夏目漱石論

〈男性の言説〉と〈女性の言説〉

小泉浩一郎
Koizumi Koichiro

翰林書房

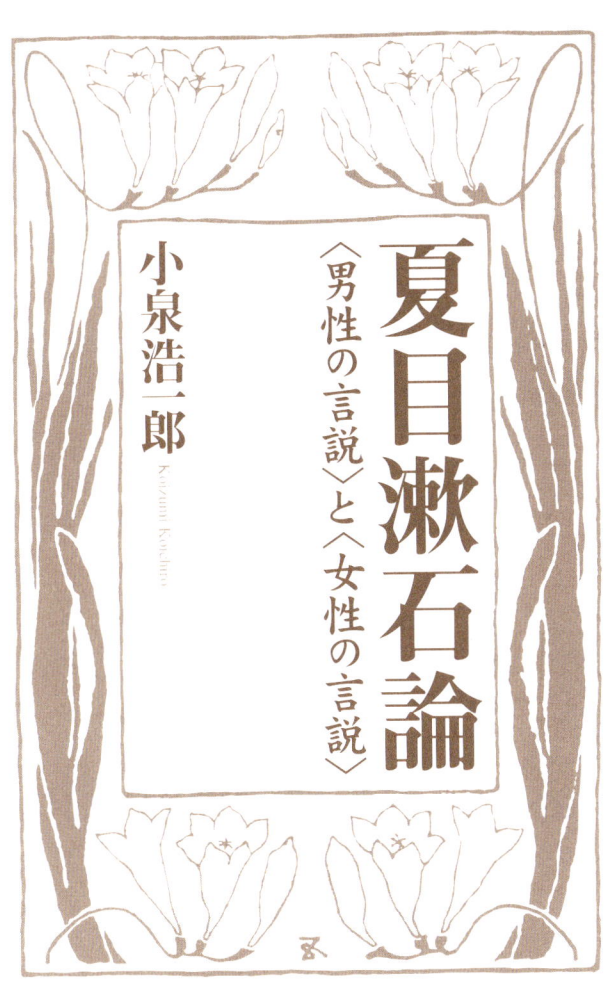

夏目漱石論〈男性の言説〉と〈女性の言説〉◎目次

I

II

III

IV

V

＊

I

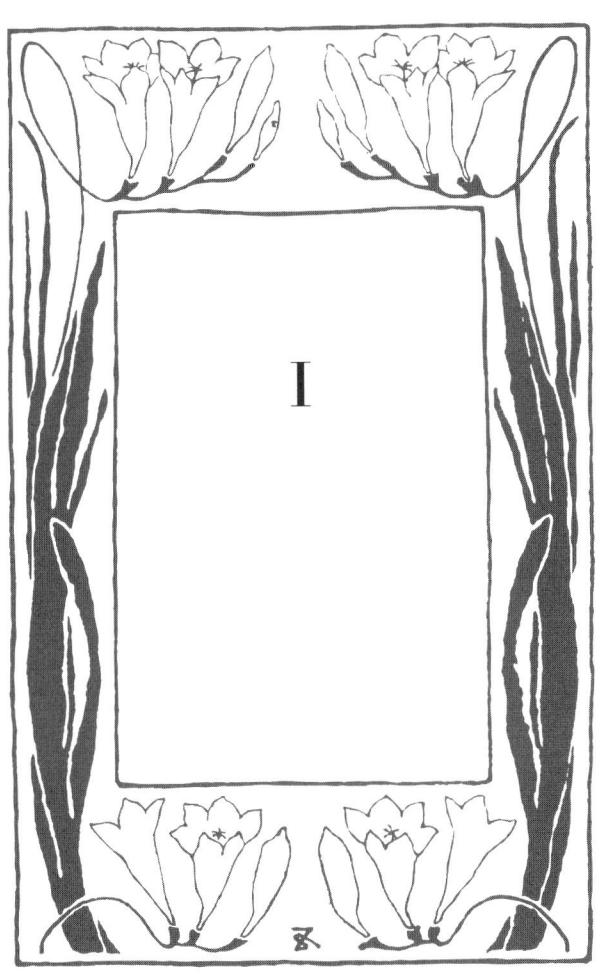

漱石と鷗外——日露戦前から戦後へ

漱石と鷗外というテーマを立てた時、両者の個性の相違を『三四郎』と『青年』を視座として明らかにしようとする論は数多い。[1]確かに両作品ともに青年を主人公とし、約一年半の時間のズレを介在させつつ、明治四十年代の東京というほぼ同時代状況の内部で、それぞれの作家の懐抱する課題を追求している点、そのような視座の設定が一先ず有効である所以は否定し難いところであろう。たとえ『三四郎』が青春小説、もしくは恋愛小説であり、『青年』が教養小説もしくは思想小説と規定されるべき相異った実質を内包しているとしても、[2]それ自体作者固有のテーマ、課題の露頭を示すものである所以は消えない。まして『青年』起筆に当り、鷗外が『三四郎』を強く意識していたとすれば尚更であると言えよう。

にも拘わらず私は漱石と鷗外という与えられた課題を、明治四十年代状況とのそれぞれの作家の対応の姿勢を通じて明らかにしようと試みる場合、『三四郎』に対する『青年』という一種パターン化した図式は果して真に必要かつ十分なる条件を具備しえているかどうか、いささか懐疑的なのである。

ことは両作品の各作家内部に占める——それぞれの精神史内において、という意味での——重さに必然的に関わっている。端的に云って『三四郎』は確かに漱石固有の文学的主題の出発点でありつつも、陳腐な表現ながら状況に対する作家の主体的定立という視角からは、到底鷗外『青年』のもつ作家内部のモチーフの重量に正面から太刀打ちし得る底《てい》の作品では、元来ない筈だからである。その意味では『それから』こそ、漱石においては、鷗外『青年』と拮抗しうる重さを持った、そして作家としての漱石の真の状況認識の定立と、状況に対立せざるを得ぬものとしての〈個〉の確立という内面認識とを、ともどもに充足しえた作品である、と云って良いだろう。このような私の見方の根底には、『それから』こそ、いわゆる日露戦後状況下における漱石の自己変革、少くとも認識の変革の一到達点であるという、必しも新しくはない一つの予断が働いている、と云って良い。

いま、私は漱石の自己変革と云ったが、まさに絶えざる自己もしくは認識の変革と、それに伴う価値体系そのものの変革（化）こそ、漱石文学の特徴であり、そのような柔軟な姿勢こそ彼をして以後数多の長篇小説の作家たらしめた根本的要因であった、と云って良いだろう。そのような漱石の自己乃至認識の変革の過程の中でも、とりわけ明治四十年代における最大のピークを形作るものが『それから』における日露戦前的価値観への否定の遂行であったことを指摘するのは決して失当とは云えない筈である。

視点を明治四十年代状況への批判と克服というモチーフに絞るならば、鷗外の場合、『かのやうに』や『灰燼』という後の作品の存在が問題を複雑化する訳だが、それらを含み込んだ上で、なおかつ以後の作者の文学的行程の自ら意識せざる象徴的縮図たりえている点で、『青年』に指を屈することは、これ亦、決して的外れではないだろう。とりわけ、青年を主人公とし、明治四十年代状況に彼を直面せしめ、それぞれの自己決定の道を作者が択ばしめている点で、『それから』と『青年』との対比は、『三四郎』と『青年』との対比以上に、それぞれの作家の原質を照し出す有効な手段たりうるに違いない。

因みに『それから』は明治四十二年六月二十七日から十月十四日にかけて東京・大阪両『朝日新聞』に連載され、『青年』は明治四十三年三月から四十四年八月にかけて雑誌『昴』に連載された。この前後関係に注目するのみでも、漱石に対する鷗外の「技癢」（『ヰタ・セクスアリス』）の中に、『三四郎』のみならず『それから』を視野のうちに含み込んで、長篇『青年』を起筆するに至る鷗外の抱負の大きさを想望することは十分可能な筈である。

＊

『それから』は、夙に猪野謙二氏が「この小説は何よりもまず、日本の近代小説中まれにみる、純乎とした一篇の恋愛小説である[3]」と道破した如き「恋愛小説」であることは、既に云う迄もあるまい。猪野氏は続けて「しかし、この作品のより大きな意義は、わが近代的な知識人の自我の覚醒を、それに伴う社会的な不安と人間存在そのものにまつわる生の不安との両面から描こうとしているところにあるのではないか」と説き、いわゆる戦後（太平洋戦後）漱石像の新たな評価軸を鮮明に照し出している訳だが、それは暫く問わない。ここで重要なのは、あの「道義」（過去）と「文明」（現代）との対立、前者による後者の断罪という『虞美人草』における作家の姿勢が、百八十度のベクトルの転換を閲したという周知の事実の意味測定にこそあるだろう。云う迄もなく『虞美人草』における「文明」は、『それから』における「恋愛」と、殆んど同義の謂であるからだ。ここに漱石における恋愛の否定から恋愛の肯定へという姿勢の転換をみるのは、無論同義反復にすぎない。何故に、漱石がかかる転換を果さざるを得なかったか、という発問は自然だが、従来の漱石研究には、そもそもかかる発問自体がなぜ有効であるか、という視点さえも決定的に欠落しているように私には思われる。

端的に云って『それから』における恋愛の肯定こそ、日露戦前から日露戦後にかけての漱石の自己（認識）変革の否定すべからざるメルクマールであり、日露戦後状況認識の確立と、状況との関わりにおける個の生き方の追求という以後の漱石文学の道程への必須の出発点であったという、従来決して等閑視されてきた訳ではない事情を漱石の発想そのものに即して明らかにしなければならない必要性を、多くの漱石研究者は見逃してきたのではないか。

性急に云えば、『それから』における恋愛の肯定という漱石の態度決定の背後にあるものが、国家と個人、全と個の決定的亀裂の発生という日露戦後状況認識の確立であったことは、もはや云う迄もないだろう。作品前半における主人公代助の「高等遊民」哲学という形を藉りての文明批判は、それ故にこそ、自己の自然に忠実であれという内面の声に従ったものでありつつも、嘗てとりもち役を努めた友人の妻を奪うという一見反社会的、反倫理的行動を、代助という形象、個性に即して必然的なるものとして読者に納得せしめる必要かつ十分な理論的基盤を提供したものとみなされなければならない筈である。蓋し代助の高等遊民的立場そのものは、決して全的に肯定され得るものでないことは云う迄もないが、高等遊民としての立場が可能とする傍観者としての捉われない、自由な認識の到達した射程距離そのものの意味を決して否定することができないことも、亦自明だからである。云う迄もなく代助の認識の到達点が、ほぼ作家漱石のそれに重なり合うものである所以は、後年の講演「現代日本の開化」（明44・8）を引き合いに出さずとも明らかであろう。見方を変えれば、作中人物代助も作家漱石もかかる恋愛の肯定へと、他者に対する暗い罪の意識を背負いつつ、飽く迄も受け身の形で追い込まれて行く訳であり、その意味では真に生きんとする者が、このようなネガティヴな形でしか自己や自然を肯定できなかったところにこそ、全と個の相関々係を飽く迄も見据えて放さなかった明治の作家としての漱石の否定すべからざる精神的骨格が示されている、と云って良い筈である。

　そして、全と個との相関関係に対する絶えざる凝視という一点においては、鷗外も亦漱石と軌を一にすると断言しても決して不当ではない。その意味では彼らは、秩序（全）の課題を回避し、もしくは捨象、抽象化することで自我や恋愛の全的肯定を計ることによって、主観の「天窓を」（芥川龍之介）開け放った武者小路実篤を領袖とする白樺派の人々とは明らかに相異なった明治の作家であったことは否定し難い。

　それにしても漱石、鷗外が全と個、秩序と自我の両極の間に身を横えつつ、漱石がどちらかと云えば個、自我の側に、鷗外が全、秩序の側に自己の双脚の一方のウエイトを傾けている感のあることは、否定できないところであろう。日露戦前から戦後にかけての姿勢の変化においても、両者がいずれも誠実な認識の目を介して、状況認識の変革や自己認識の変革の必要性に迫られつつ、漱石においては殆ど百八十度のコペルニクス的転回が見られるのに対し、鷗外が芸術と実生活、公と私の矛盾の狭間にあって、時として苦しい折衷主義、もしくは判断停止の危機に遭遇せざるを得なかった所以は、周知の事実である。

にも拘わらず、両者が日露戦前的価値観という一点においては、嘗て一度は、ほぼ同じ地点に佇んだという事実を、私たちは見逃してはならない。そのような事実を示す徴標として、私は漱石『文学論』第一編「文学的内容の分類」第二章「文学的内容の基本成分」の「両性的本能」の項目の叙述内容に対する注意を促したい[4]と思う。

＊

漱石は「両性的本能」の項において、スペンサー『心理学大綱』“Principles of Psychology”における恋愛観を引用した上で「此基本情緒が果して文学的内容たり得べきや否やに関しては、何人も其答を要せざるべけれど、これには社会維持の政策上許し難き部分あることを忘るべからず。如何に所謂『純文芸派』の輩と云へども恋には文学に容れ難き方面の存在し居ることを是認すべきなり。然れども、かく云へばとて此情緒が文学的内容即ち（F＋f）の資格を具有することは到底之を否定すること能はず。こゝに吾人は当下の義務として普通の意義に於ける恋の作例を挙ぐべし」（傍点筆者）と述べているが、傍点部分には日露戦前的価値観に基づく、漱石の恋愛観の位相、もしくは文学と恋愛との相関関係に対する漱石の自己決定の位相が、いち早く露出していることを取り敢えず指摘しておきたい。

そして、このような漱石の自己決定の位相は、引き続くコールリッヂの詩“Love”、ブラウニングの同じく

"Love among the Ruins"（結末に"Love is best"の句あり）、とりわけキーツの"Endymion"からの恋愛に対する頌歌とも云うべき部分を逐一列挙した上での次の如きコメントの付加の内部に一層明瞭に刻印されることになる。

文学もこゝに至りて多少の危険を伴なふに至るなり。真面目にかくの如き感情を世に吹き込むものあらば、そは世を毒する分子と云はざるべからず。文学亡国論の唱へらるゝは故なきにあらず。凡そ吾々東洋人の心底に蟠る根本思想を剔抉して之を暴露するとせよ。教育なき者はいざ知らず、前代の訓育の潮流に接せざる現下の少年はいざ知らず、尋常の世の人心には恋に遠慮なく耽ることの快なるを感ずると共に、此快感は一種の罪なりとの観念付随し来ることは免れ難き現象なるべし。吾人は恋愛を重大視すると同時に之を常に踏みつけんとす、踏みつけ得ざれば己の受けたる教育に対し面目なしと云ふ感あり。意馬心猿の欲するまゝに従へば、必ず罪悪の感随伴し来るべし。これ誠に東西両洋思想の一大相違と云うて可なり。（略）

漱石がここで「凡そ吾々東洋人の心底に蟠る根本思想」に立脚し、恋愛を断罪していることは余りにも明瞭である。「尋常の世の人心には恋に遠慮なく耽ることの快なるを感ずると共に、此快感は一種の罪なりとの観念付随し来ることは免れ難き現象なるべし」或いは「意馬心猿の欲するまゝに従へば、必ず罪悪の感随伴し来るべし」という叙述に示される恋愛と罪悪感との相関関係への注目は、必しも日露戦前に留まるものではなく、『こゝろ』に至る迄の漱石の文学的道程に纏りつく一つの基調低音と云っても良い訳だが、いずれにせよ漱石がここで「吾々東洋人の心底に蟠る根本思想」という日露戦前の価値体系――忌憚なく云えば儒教的倫理規範の内部に自らの立脚地を、、、、、片付けていることは、動かない。そして、云わば個よりも全を優先する漱石のこのような自己決定は、実は日露戦前の国家秩序、もしくは社会制度への漱石の一体感と不可分の関係にあることを、引き続く次の叙述は示しているのである。

更に一例を重ぬれば、Weyburn と Aminta（Lord Ormont の有名無実の妻）が再会して昔の恋再発する様を作家 Meredith は評して曰く "An honorable conscience before the world has not the same certificate in love's pure realm. They are different Kingdoms. A girl may be of both ; a married woman, peering outside the narrow circle of her wedding-ring, should let her eyelids fall and the unseen fires cousume her"—Chap. xx.

恐らくは、これが真理なるべく、また古往今来かゝる婦人は夥多あるべし。然れども此真理は徒らに吾人を不快に陥入るゝの真理なるのみならず、現在の社会制度を覆へす傾向ある真理なり。現在の社会制度を覆へす傾向ある真理は必要を認めざる限りは手を触れざるを可とす。西洋に於てすら然るべし。東洋に在つては無論ならん。されば作家が如此不法の恋愛を写し、しかも、これに同情を寄するに至りては、到底吾人の封建的精神と衝突するを免れ能はざるなり。吾人は父子君臣の関係に於けるが如く、恋に於ても亦、全然自由を有するものにあらず。否其自由を得んとする心を我儘と感じ、手前勝手となすものなり。されば、如此き自由のうちに耽る者を社会の秩序を破る敵と心得、これを描くものあれば、たゞ忌まはしと憎むのみ。

私たちは、このような漱石『文学論』の叙述の裡に、日露戦前における漱石の恋愛観のみならず、漱石の社会観・国家観、総じて個と全との関係をめぐる漱石の明確な態度決定の位相を認めることができよう。再言すれば、『文学論』における漱石の恋愛観の背後にあるものは、現存の社会制度・国家秩序に対する漱石の一体化の姿勢であることは動かない。このような日露戦前における全と個、秩序と個人の関係をめぐる幸福な調和感・一体感が喪失して行ったところに、日露戦後における漱石の困難な文学的課題が出来しきたったことは云う迄もなく、そのような漱石の文学的思想的な日露戦前的価値観への自己清算と自己否定との到達点が『それから』における生きんとする青年の唯一の活路としての恋愛への肯定という態度決定であった、と云うことは、十分可能だろう。

にも拘わらずここでの課題は、そのような漱石の自己変革や認識の変革が、なぜ可能であったのか、という根本的原因の究明にこそある。漱石の自己変革や認識の変革が、その発想の柔軟さ、意識と無意識とを包括するトータルな人間認識の確立に求められることは云う迄もないが、そのようなトータルな人間認識の基盤に『文学論』前引部分に引き続く美と道徳との相関関係をめぐる、次のような「推移」の視点が見られることは、重要である。

要は此忌まはしと思ふ心と、面白しと興がる心、又は美しゝと見る念との釣合にてかゝる文学の存在の価値は決するものなるべく、此釣合は常に社会の組織と共に推移するものなれば、此点に於ては現代の青年は既に封建時代の青年と著しく其見解を異にするやも知るべからず。世に徒らに美的生活を叫び美感の満足を得れば道徳は顧みるに足らずと云ふものあり。然れども道徳も遂に一種の美感に過ぎず。裁決は此両者衝突の結果をまたざるべからず。

右の引用部分における美と道徳の問題は、その儘全と個、秩序と個人、社会と文学の問題に読み替えが可能であり、とすれば、両者の「釣合は常に社会の組織と共に推移する」という漱石の発想こそは、全と個との決定的乖離という日露戦後状況認識の確立とともに『それから』における恋愛の復権を可能ならしめた根本的要因であった、と云って良いだろう。そこにおいては、もはや『文学論』の段階（日露戦前）における全と個の強固な国民的一体感は喪失し、守るべき「現在の社会制度」、それと相表裏する「吾人の封建的精神」は、完全に空洞化され、解き放たれた個人は、孤々介立の孤独の道を辿ることを余儀なくされるからである。

飛躍を恐れずに云えば、このような全と個、秩序と個人との相関関係をめぐる「推移」への視点・発想こそ、日露戦後の漱石の自己変革、認識の変革を可能ならしめ、漱石を真のリアリズム作家たらしめた根本的要因であったのだ。

かくして『それから』に示される如き、そして以後の漱石の作品に顕在化される如き恋愛の主題は、少くともその出発点として秩序への明瞭な批評意識の確立と相伴っていた、ということは許されるであろう。それは同時に「野分」に示された如き漱石における当代青年層に対する高踏的かつ外在的批評姿勢の放棄と、いかに生きるかという課題の共有を前提として、当代青年層とともに時代現実の渦中に歩み入ろうとする漱石の作家としての姿勢の確立とを意味していた。言う迄もなく、このような現実的状況と、そこに派生する課題の青年層との共有は、決して『それから』の代助の作品終末部における姿に端的に示される如き内在的批評の介在を決して否定するものではなかった。

＊

以上、漱石における日露戦前から戦後にかけての価値観の変容を、『文学論』における「両性的本能」を起点とし、『それから』を到達点として辿って、そのような漱石の自己変革、認識の変革を可能ならしめた根本的要因として、社会組織の変容に伴う倫理もしくは美意識の「推移」を必然とする漱石における、いわば経験主義的態度の介在を照し出して見た訳だが、そのような漱石における自己変革の根本に、あの全と個、秩序と個人との相関関係をめぐる決して手放すことのなかった誠実な凝視が存在したことを再び確認しておくことは、無益ではあるまい。

秩序や社会組織の変容が、青年の生きんとする活路としての恋愛の相対的上昇を齎しめたことは明かだが、にも拘わらず漱石作品の主人公たちは、以後内在化された不安、他者に対するうしろめたさの意識に悩まなければならなかった。そして、そのようなうしろめたさは、恐らく『こゝろ』における知識人としての先生の自己否定、「明治の精神」への「殉死」としての形を取って逆説的に示された明治的なるものへの全的否定という結論の提出に至る迄、作家漱石を内的に苦悩せしめたものではなかったか。そして『こゝろ』以後の漱石は、新たに出現し来った大正期ブルジョア社会の中での一人の市民として、新たな倫理の確立を『道草』『明暗』の相対的な人間関係の世界のうちに追求することになるのである。

＊

苦渋に充ちつつも、現実への対応の柔軟さと、自己や認識の変革への発想の自由という一点では、作家として至福の道を辿りえた漱石の場合に比し、鷗外の場合は、公と私、芸術と実生活の二元性という課題をほとんど終生抱き続けただけ、事柄は今一歩深刻かつ悲劇的であった、と云えよう。

例えば私たちは、恋愛や結婚に対する見方における日露戦前における鷗外と漱石の立脚点の共通性を次の如き鷗外「心頭語」の一節に見ることを許されよう。

恋愛の事豈説き易からんや。その説き易からざるは、我国と西洋と全くその俗を殊にしたればなり。我俗は相識らずして相婚す。（略）西洋の俗は相識りて択み、相択みて挑み、諾すれば婚成り、諾せざれば婚破る。

而して女の諾すると婚の成るとの間、所謂許嫁の交をなす。（略）是故に我には並宿前の恋愛なく、その偶〻これ有るは、詭遇にあらざれば非礼なり。彼には並宿前の恋愛ありて、許嫁の前後に亙り、日を連ね月を累ね、間〻《まゝ》また年を経るに至る。その相異なること大なりといふべし。（略）然らば今の東西の俗よりして言ふときは、恋愛は我に在りて罪悪たり、彼に在りて徳義たりと云はんも、また不可なることなきにあらずや。（「心頭語」中「恋愛」）

確かに鷗外はこゝで「恋愛は我に在りて罪悪たり、彼に在りて徳義たり」云々と断言している限りで、『文学論』における漱石の恋愛をめぐる現実認識と同軌の立脚点に立っていると眺めることは可能であろう。にも拘わらず鷗外の冷静な行文から窺われるのは、恋愛をめぐる東西の「俗」の「相異なること」の「大」《おほい》さに対する透徹した凝視と云うべきものであり、そこに東洋と西洋、公と私、芸術と実生活、封建と近代との二元に足をかけた偉大な折衷主義者にして、認識者であった鷗外の面目が露頭していると見ることは、決して飛躍ではあるまい。

恐らく日露戦後における鷗外の文学的課題は、容易に埋め難い、この東と西、封建と近代、全と個との亀裂の中に誠実に身をさらし、二元を性急に止揚することも、又二元をどちらかの一元に片付けることをも拒否し、現実の矛盾を矛盾として認識することの徹底に自らの主体を賭けることから出発した筈であり、それを『半日』論における平野謙氏のように「耐えぬく勁さ」と捉えることも十分可能である。そして又、そのような鷗外の対現実的姿勢の根底に潜むものが「併し是はみんな遠い、遠い西洋の事だ」（「夜なかに思った事」明41・12）「ここは日本だ」（『普請中』明43・6）という西洋からの空間的な隔絶感であったことも再言を要さないであろう。後に三島由紀夫は、『普請中』の渡辺参事官の姿を作者の姿と重ねて捉え、「半ば絶望しながら建設に携はつてゐた知識人の像は、今日のやうな、絶望しつつ建設とは無縁に生きてゐる知識人の像とちがつて、はるかに小説的鑑賞に堪へるものである」

所以を説いたが、絶望しつつ「建設に携はつてゐた」鷗外の姿をその文学的述作の内部から取り出すとすれば、『青年』の「利他的個人主義」の主張に過ぎるものはあるまい。(8)

我といふ城廓を堅く守つて、一歩も仮借しないでゐて、人生のあらゆる事物を領略する。君には忠義を尽す。併し国民としての我は、昔何もかもごちやごちやにしてゐた時代の所謂臣妾ではない。親には孝行を尽す。併し人の子としての我は、昔子を売ることも殺すことも出来た時代の奴隷ではない。忠義も孝行も、我の領略し得た人生の価値に過ぎない。日常の生活一切も、我の領略して行く人生の価値である。

秩序と個人との関係性をめぐるこの融和策を観念的折衷主義として一蹴し去ることは余りにも易い。そもそも個人主義を「利己的」なそれと、「利他的」なそれとに峻別した発想それ自体において、封建的秩序に対するブルジョア・イデオロギーとして提起され来った個人主義にまつわる闘いへのエネルギーは消滅する筈でもある。その意味で『青年』の思想的帰結としての「利他的個人主義」は、『それから』以後『こゝろ』における明治への否定を経て、『道草』『明暗』という近代の相対的な関係の世界へ歩を進め得た漱石と、『灰燼』の挫折と引き替えに得た、武士道的な規範に則るものとしての「真の我」の確認を原点として、歴史の世界へ参入して行った鷗外との、鷗外自らも予期せざる象徴的な分岐点たり得ていると言い得るのである。

『青年』作中の構成に即して眺めれば、「生きる。生活する。／答は簡単である。併しその内容は簡単どころではない。（略）現在は過去と未来との間に画した一線である。此線の上に生活がなくては生活はどこにもないのである。／そこで己は何をしてゐる。」「己はなんといふ怯懦な人間だらう。なぜ真の生活を求めようとしないか。なぜ猛烈な恋愛を求めようとしないか。己はいくぢなしだと自ら恥ぢた。」という作品第十章の主人公の内省に示される如き「真の生活」「猛烈な恋愛」への渇望が、現実には坂井未亡人の性欲の犠牲たることでしかなく、同じく「自分の画がくべきアルプの山は現社会である。」とする作品第五章の純一の芸術的抱負が、作品末尾においては「国の亡くなつたお祖母《ば》あさんが話して聞せた伝説」の作品化の抱負へと転換してゆくところに、まさに個人主義や恋愛に象徴される現代の課題からの鷗外の敗退が示されていると言って良く、それらは「利他的個人主義」というテーゼそのものに示された折衷主義的発想の芸術的反映であったと断じても決して飛躍ではあるまい。

　勿論、鷗外が『青年』の「利他的個人主義」の折衷主義的限界に無自覚であり得た筈はなく、『かのやうに』から『灰燼』への鷗外の文学的道程は、天皇制的国家秩序の根幹にかかわる矛盾の凝視と、今一度日本的秩序との正面からの対決をニヒリズムを通じて遂行しようとした文学者としての主体の再生を賭けた凄絶な闘いの道程であったことを、私も亦否定するものではない。

　にも拘わらず鷗外生涯の悲願としての芸術と実生活、思想と実行の一元化への驍望を基軸として眺める時、『灰燼』の挫折が鷗外主体そのものの史的限界性に由来することを自明とした上で、[9] 鷗外の「真の我」の具現化が、『興津彌五右衛門の遺書』を第一作とする歴史小説の世界、ひいては退官を契機としての『澀江抽斎』以下の史伝執筆の営みのうちにこそ存在することを今日誰人とも否定しえないであろう。

　その意味においては個の放棄を至高の理想とした[10]「利他的個人主義」のモラルは、その折衷主義的、観念的思弁主義の限界をこえて、遠く歴史小説や史伝の世界に甦えることになる鷗外の「真の我」――鷗外精神の原基を、作者の意識をもこえて、いち早く指し示した象徴的縮図であった、と眺めることができよう。

　稍々《やや》まとまりの悪い構成となったが、私はここで日露戦前から戦後にかけての漱石と鷗外における日本的〈近代〉との関わり方の共通性と異質性へのささやかな構図をスケッチしたつもりである。既に高橋義孝氏に「森鷗外とともに、事実上何かが終ったと私は思う。そして、夏目漱石とともに、事実上何かが始まったと思う[11]」と云う、周知の名言がある。含蓄の深い言葉だが、これを私なりにパラフレーズすれば、漱石、鷗外の両者は、ともに全と個、秩序と個人との関わりを、その文学的発想の根源にすえながら、漱石が秩序と個人との関係の推移に伴う価値観、倫理観の変化を必然なるものとして、それを吾身に引き受けることによって、現代に連なる課題を文学的主題として、一貫して形象化しえた誠実な認識者であったのに対し、鷗外は亀裂を深める時代の課題に正当に対決しえぬ自己の史的限界性を『灰燼』の挫折や乃木殉死への共感を介して自覚することで、逆に「真の我」を把握し、歴史の証言者としての誠実な姿勢の確立を通じて、逆に現代への批判を提起しうる自由を獲得しえた「清潔」な「傍観者」(石川淳)であった、と云うことになろう。

注

(1) 例えば成瀬正勝「鷗外と漱石――『青年』と『三四郎』」(『森鷗外覚書』万里閣 昭15・4)吉田精一「漱石と鷗外――『三四郎』と『青年』を中心にして――」(「解釈と鑑賞」昭31・12)長谷川泉「『青年』と『三四郎』」(『続森鷗外論考』明治書院 昭42・12)等。

(2) 前注所出、吉田氏論に拠る。

(3) 「『それから』の思想と方法」(『岩波講座 文学の創造と鑑賞』第一巻、岩波書店 昭29・11)。

(4) 管見に入った限りでは、この項目の叙述内容の重要性に着眼したものは、吉田精一「解説」(筑摩書房版『夏目漱石全集』第三巻 昭41・1)及び同氏「漱石と明治精神」(「国文学」昭43・2)のみである。氏は主として漱石における「封建的精神」の自覚及びその作家論的意味を中心に解明しているが(「漱石と明治精神」)、稿者は『文学論』の恋愛観に示された漱石の「封建的精神」の自覚を、漱石における日露戦前的価値観の表明と位置づけ、『それから』における恋愛の肯定を日露戦前的価値観への漱石における自己清算と否定――即ち日露戦後的価値観の定立として、以下において捉えてみたいと思う。

（5）平野謙「森鷗外Ⅰ」（『芸術と実生活』講談社　昭33・1初出、『人間』昭24・5〜6）。

（6）三好行雄「解説」（『近代文学注釈大系　森鷗外』有精堂　昭41・1）に「普請中」「夜なかに思つた事」に関説して「この〈遠い〉という判断には、日本と西洋の差を空間の距離とする認識、すくなくともその萌芽があった」という指摘がある。

（7）「鷗外の短篇小説」（『文芸』臨時増刊　森鷗外読本、昭31・7）。

（8）『かのやうに』（明45・1）における「かのやうにの哲学」の援用を挙げる向きもあろうが、稿者は当該哲学は『かのやうに』作中において否定されることが作者のモチーフにおいて必然であったと見ている故に、ここには挙げない。拙稿「『かのやうに』論――主題把握への試み――」（『日本文学』昭47・11、『森鷗外論　実証と批評』〈明治書院　昭56・9〉収録）参照。

（9）拙稿「『灰燼』覚え書き――『中絶』と『新聞国』との相関関係をめぐり――」（『言語と文学にみる文明』東海大学出版会　昭53・7）参照。

（10）『青年』二十章の大村の議論の末尾には既出引用部分に続き、「そんならその我といふものを棄てることが出来るか犠牲にすることが出来るか。それも慥に出来る。恋愛生活の最大の肯定が情死になるやうに、忠義生活の最大の肯定が戦死にもなる。生が万有を領略してしまへば、個人は死ぬる。個人主義が万有主義になる。遁世主義で生を否定して死ぬるのとは違ふ。」とある。

（11）「森鷗外とともに」（『森鷗外』五月書房　昭32・11）。

Ⅱ

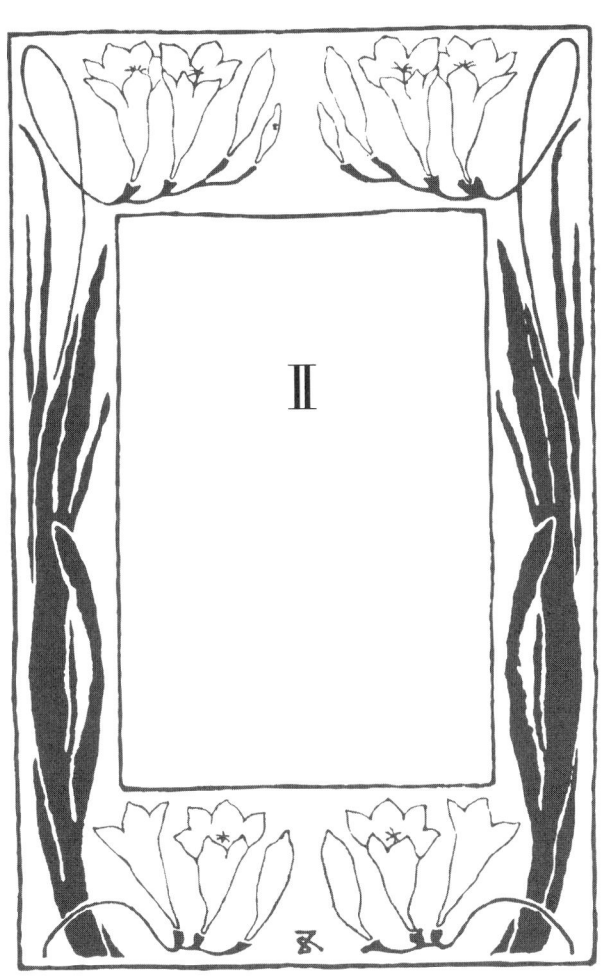

『坊つちやん』の構造――マドンナの領域

「親譲りの無鉄砲で小供の時から損ばかりして居る。」(一)という冒頭の一文に、既に作品『坊つちやん』の、語りの基本的性格が必要かつ十分な形で露出している。即ち「親譲り」と云い、「無鉄砲」と云い、それらの具体的意味は、徹頭徹尾男性的領域に属し、女性的領域に及ばない、と云うことである。とすれば、「小供」という語も、男の子供であって、女の子供を意味しないことも明らかである。むろん、それは坊っちゃん自身をさすのだから当然だが、事態の意味は一層深いところにある。確かに作品『坊つちやん』には、女の子供は、一人も登場しない。序に云えば、「女」でも「男」でもありうる、それらの未分化な存在としての「赤ん坊」さえ、一人も登場しない。

端的に云えば、『坊つちやん』と云う作品は、「小供」「人間」など、本来「男」と「女」とによって構成される言葉の世界から、「女」と云う要素を徹底的に拒外化したところに成立しているのだ。換言すれば、作品『坊つちやん』において女性的要素は、完全に否定的な存在として、予め決定づけられているのである。

しかし、男性主人公坊っちゃんと雖も木の股から生まれた存在ではない。現に、レッキとした父親も居れば母親も居る。つまり、坊っちゃんは、明らかに、「女」から生まれた存在なのである。しかし、この自明の事実は、坊っちゃんの意識すると否とに関わらず、彼にとって解決すべからざる矛盾である。なぜなら正義の士、男性坊っちゃんが、不正、不義なる存在としての「女」から生まれた、と云うことになるからだ。

既に坊っちゃんを操るのが、坊っちゃん本人の如何ともし難い反女性原理、すなわち女性原理を拒外化する男性原理であるとすれば、第一に作者がなさねばならないのは、父親としての「男」と、母親としての「女」との肉体的結合の所産としての「小供」としての坊っちゃんと云う三者をつなぐ、親と子のえにしの切断でなければなるまい。まさに坊っちゃんは、親の愛を享けること薄い存在である。第一章に次のような著名な条りがある。

おやぢは些ともおれを可愛がつて呉れなかつた。母は兄許り贔負《ママ》にして居た。（略）おれを見る度にこいつはどうせ碌なものにはならないと、おやぢが云つた。乱暴で乱暴で行く先が案じられると母が云つた。成程碌なものにはならない。御覧の通りの始末である。（略）只懲役に行かないで生きて居る許りである。（一）

しかし、女性原理の拒外化というテキスト固有の法則は、同じ親子でも、父親と坊っちゃん、母親と坊っちゃんと云う二つの親子関係に微妙な偏差を与えていることを見落としてはなるまい。すなわち、下女清の「御兄様は御父様が買つて御上げなさるから構ひません」という言葉に対して、「是は不公平である。おやぢは頑固だけれども、そんな依怙贔負はせぬ男だ。」（一）と坊っちゃんが異を称えるように、父親と坊っちゃんとの間には公平な相互理解への、少なくともその糸口だけは示されているのに、母親と坊っちゃんとの間には、「母は兄許り贔負にして居た。」（一）と明確に述べられているように、母の側からの兄への〈依怙贔負〉に基づく断絶がある。「坊っちゃん」の母は「贔負」する母であり、差別する母なのである。このような母の兄への贔負、坊っちゃんへの差別と嫌悪は、やがて母の死の「三日前」の台所での坊っちゃんの宙返りに対する激怒の結果としての「御前の様なものゝ顔は見たくない」と云う事実上の勘当宣言に発展し、坊っちゃんが親類の家に避難しているうちに母は死んで了う。つまり、母の坊っちゃんへの差別意識は、ここに永遠化されたのであり、かつ、兄に言わせれば坊っちゃんの「乱暴」

の故に母は死んだのであるから、坊っちゃんと母との関係は、坊っちゃんの意識を超えて本質的に敵対的なのである。

　しかし、母と坊っちゃんとの関係性をめぐって現れるこのような些《いささ》か常軌を逸した敵対性は、作品『坊つちやん』の、以後のプロット展開をめぐって現れる今迄私たちの目には隠されていた真の主題を解読するための必須の手がかりに外ならない。坊っちゃんは、単に男の子らしい男の子（「乱暴」で「無鉄砲」）であったに過ぎないが、「乱暴」や「無鉄砲」とによって象徴される男性性こそが、女である母の憎しみの対象なのである。そこに母の兄への「贔負」と坊っちゃんへの差別の生ずる根拠がある。

＊

　このような坊っちゃんの親子関係をめぐって現れる男性原理対女性原理の対立というテキストの法則は、坊っちゃんの兄弟関係――坊っちゃんと「兄」との関係をめぐっても、又、反復されざるを得ない。

　事実、母の「贔負」を享受する兄は「やに色が白くつて、芝居の真似をして女形《をんながた》になるのが好き」、「元来女の様な性分で、ずるい」（一）と明確に述べられているように、「女の様」な男なので、その兄は「実業家になるとか云つて頻りに英語を勉強」し、「母が死んでから六年目の正月におやぢも卒中で亡くな」り、「其年の四月」に坊っちゃんが中学校を卒業すると同時に、高等商業[1]を卒業し、家屋敷を処分して、坊っちゃんに六〇〇円を渡して事実上の義絶宣言をするとともに某会社の九州の支店に赴任して了う。「女の様な性分で、ずるい」男が、明治の立身出世主義を地で行って実業家として社会的に上昇するという設定は、既に平岡敏夫が指摘するような[2]、兄と坊っちゃんの対立が、後の四国の中学における赤シャツ、野だと坊っちゃん、山嵐の対立の伏線であるのみならず、兄が

「女の様な性分で、ずるい」点で、「女の様」な赤シャツと「男」の中の「男」である坊っちゃんとの対立の先駆的イメージであることも併せて示している。

かくして、兄が母に象徴される女性原理に浸潤され、女性原理の世界に帰属せしめられた存在、すなわち女のような男ではなく、男の形姿をまとった女であると解釈しうるならば、兄─坊っちゃんの対立が赤シャツ─坊っちゃんの対立の伏線である限り、赤シャツも又、マドンナの女性原理に浸潤され、女性原理の世界に帰属せしめられた存在であるが故に女のような男と云うより、正しくは男の形姿を纏った女である、と解釈することに何の不都合があろう。彼らは、それぞれ、母、マドンナの発揮する強烈な女性原理によって、男性原理を骨抜きにされ、形は男だが実質的には女の精神を持つ男として脱構築された存在なのである。もし、このように解釈することが可能ならば、坊っちゃん─赤シャツの対立を作品の中心軸にすえる従来の〈読み〉も、又、変換されなければならない。先走って言えば作品『坊つちやん』の主人公が四国においてみた真のドラマは、その表層のプロットが示唆するような、地位・金力・権力を持つ男に、弱者としての女が靡くドラマなどでは断じてない。逆に絶対的存在である女の美とエロスを獲得するためにこそ、男は狡猾で策略的となり、結果として女のような男、即ち男の形姿を纏った女となるのである。なぜなら漱石作品の展開プロセスにおいて、女は「狡猾な策略家」（『こゝろ』「先生と遺書」十五）であり、「女は策略が好きだから不可い」（『道草』八十三）のであるから。

こうして、兄、赤シャツのような女のような男、男の形姿をまとった女──ひいては、彼らを支配するマドンナの象徴する女性原理と、坊っちゃん・山嵐とによって体現される男性原理との対立が作品『坊つちやん』という虚構世界の真のドラマであるとすれば、坊っちゃんを愛し、坊っちゃんを支持する下女清の存在は、どこに位置づけ得るか。清が坊っちゃんの理解者・支持者であることは疑いえないところだが、そこに男性原理と女性原理との和解への糸口を見出そうとするのは馬鹿げている。「もと由緒のあるもの」が「瓦解のときに零落して、ついに奉公迄する様になつた」（一）存在としての清の出自は疑いえないが、それを旗本を出自とする坊っちゃんの血脈と重ね合わせ、佐幕対勤王――反明治的近代と明治的近代との対立を作品の構図とする文明批評的視座を受け容れるには、今少し慎重を要する。佐幕派と言うならば、坊っちゃんのみならず、父も兄もその系譜に立つ存在である筈であり、野だに至ってさえ、江戸っ子である限り、そうでないとは言えないからである。

　ここにおいても瞠目されるのは、男性原理性という法則の作品『坊つちやん』における貫徹性である。清が『坊つちやん』の世界で唯一肯定的女性像であるのは矛盾に見えて、実は矛盾ではないのだ。清はすでに女性の生理的機能を喪失した女性――「婆さん」（一）であることによってこそ、坊っちゃんの理解者たりうるからである。つまり、清は既に死したる女性――女性の形骸をまとった男性であるからこそ、男性原理の貫徹する坊っちゃんの世界に、よく許容され得、のみならず、坊っちゃんのよき理解者にして支持者たりうるのである。序に言えば、井上ひさしが既に指摘しているように(3)、作品『坊つちやん』の世界において、清のみならず、坊っちゃんの四国における最初の下宿、いか銀の亭主の女房の婆さんも、「ヰツチに似て居」（二）ても、坊っちゃんが下宿替えする時は、うそつきの亭主にも似ず、「何か不都合でも御座いましたか、御腹の立つ事があるなら、云つて御呉れたら改めます」（七）と申し出て、坊っちゃんを驚かすほど善良であるし、「五十位な年寄」である「うらなり君の御母《おつか》さん」に至っては、「おれは若い女も嫌ではないが、年寄を見ると何だかなつかしい心持がする。大方清がすきだから、其魂が方々の御婆さんに乗り移るんだらう」（七）と坊っちゃんに述懐せしめるほど「品格のある婦人」なのだ。そして、そのうらなり君が紹介してくれた第二の下宿の主人萩野夫婦は、「貧乏士族のけちん坊」（七）とけなされるほど、まずい食事しか出さないが、「もとが士族なだけに双方共上品だ」「いか銀よりも鄭寧で、親切で、しかも上品だ」と語られ、とりわけ「御婆さんは時々部屋へ来て色々な話をする」（七）序にうらなり、マドンナ、赤シャツの三角関係を坊っちゃんに教え、赤シャツと「不慥かなマドンナ」に対する倫理的批評を下し、坊っちゃんを女性という不確実な現実に開眼させる媒介項とさえなる。要するに作品『坊つちやん』における、これら脇役的な御婆さん像の肯定性は、清と云う一個具体的な存在への坊っちゃんの好意の余慶に与かるからではなく、清によって体現される反女性原理性、裏返せば男性原理性の共有によってこそ肯定化されている、と読むのが作品の戦略に対する礼儀なのである。

くり返せば、坊っちゃんに好意を寄せ、坊っちゃんと価値観を共有する異性は、彼女ら——「現役の肉体をもっていない」、「おばあさん」達（前出、井上ひさし文）のみである。清は彼女達によって構成される世界の中心軸であり、既に指摘されているように坊っちゃんは清の世界を出て「世の中」に行き、その「不慥な」現実に触れることで清の意味を再認識し、清のもとに帰還する。しかし、それは、女としては死んだ肉体のもとに帰還することである。清がどれほど坊っちゃんを愛し、坊っちゃんがどれほど清を評価しても、男としての「現役の肉体」を持つ坊っちゃんと、女としては死んだ肉体を持つ清との間に新しい生命の増殖を期待することは出来ない。清が「死によって永遠にへだてられつつも、ひたすら待ちつづける切実な女性存在」（平岡敏夫）[4]であることは否定できないとしても、だからと云って、坊っちゃんの清への帰還は、坊っちゃんの生命性（エロス）の放棄であり、従って坊っちゃんにおける男性性の死を意味することを読み落とすべきではあるまい。小谷野敦による、「男性性は、文学作品の構造において、現実の心理学の反映として、女性の無条件の支持なくしては維持することができない」、「男性性の根本的矛盾」[5]と云う坊っちゃん像の本質をめぐる指摘も既にあるが、男性原理性の貫徹による男性性そのものの死と云う男性原理性をめぐる作品『坊つちやん』における二律背反性の定着は、もはや動かし難いテキストの現実と云えよう。

＊

そもそも、坊っちゃんが世の中に出て、四国の中学校で見た現実とは、赤シャツによって支配される世界であった。赤シャツについては二章で「妙に女の様な声を出す人」と第一印象が語られ、五章では「赤シャツは気味の悪るい様に優しい声を出す男である。丸で男だか女だか分かりやしない。男なら男らしい声を出すもんだ」と詳細化され、六章でも「赤シャツは声が気に食はない」「親切は親切、声は声」と、赤シャツの本体については誤解しつつ、「女の様な声」への嫌悪は一貫している。六章のこの部分には「弱虫は親切なものだから、あの赤シャツも女の様な親切ものなんだらう」という判断の錯誤の中に「女の様な」という表現があるが、作中、この表現が肯定的に用いられたのは、赤シャツの本質への誤解に支えられたこの一箇所だけである。既に見た一章の兄の場合を参照すれば、「女の様な」という直喩の、反復される否定性を打ち消すことはできない。そして、論理的につきつめれば、「女の様な」とは「女の様な男」、男の内部にある「女の様な」部分が悪いのではなく、そもそも「女」――肉体、生命、エロスと云うような女性原理そのものが悪い、の意である。そこ迄徹底して初めて、私達は『坊つちやん』というテクストの最も暗い部分、即ち男性としての作者の最も暗い情念としての女性原理に対する根本的な懐疑に到達しうるのである。

赤シャツは又、「赤シャツは歩るき方から気取つてる。部屋の中を往来するのでも、音を立てない様に靴の底をそつと落とす。音を立てないであるくのが自慢になるもんだとは、此時から初めて知つた。泥棒の稽古ぢやあるまいし、当たり前にするがいゝ。」（六）とあるように音を立てないで歩く。次の七章、駅頭でマドンナ一行と出会う赤シャツを望見する場では、近づいてくる赤シャツの歩き方をはっきり「猫足」と規定する。以上の諸例によって、いわば〈泥棒猫〉としての赤シャツの存在様態の寓喩性は明らかと言えようが、猫的イメージとは古来女性性に帰属するものであることも常識の内であろう。赤シャツは猫的存在原理によって浸潤され尽くした「女の様な」男であり、このような存在原理の具体的発現が、うらなりからその婚約者マドンナを、こっそりと奪うという〈泥棒猫〉としての赤シャツの行為であることは言う迄もあるまい。

しかし、一般的に「猫」が主体性の非常に強い動物であることも常識の内である。猫は、人間的原理――飼い主への義理、人情を顧みない。作品『坊っちゃん』において、人間的原理とは、とりも直さず坊っちゃんの依拠する男性原理であることが自明とすれば、猫的なるものとしての女性的原理とは、人間的原理としての男性的原理に対立、拮抗すると云う一般的事態に留まらず、肉体、エロスというその固有の本質によって、精神、ロゴスとしての男性的原理に積極的に浸潤し、男性的原理を脱構築、解体し、「正直」な人間としての男性を不正直にして狡猾、かつ策略に充ちた女性的存在たらしめる強大なエネルギーを持つ存在であるとする判断、認識こそ作品『坊っちゃん』のものであると云えよう。そして、そのような強大なエネルギーを持つものとしての女性原理性の象徴こそがマドンナである。しかし、この判断は、『坊っちゃん』(6)という作品の読みの要《かなめ》に関わるので、尊敬に価する先駆的業績として既に挙げた井上ひさしのエッセイの他の部分を参照しつつ、今少し具体的な考察を遂行する必要がある。

漱石は、このように美しい女が〈ハイカラ野郎の、ペテン師のイカサマ師の、猫被りの、香具師《やし》の、モヽンガーの、岡っ引きの、わんわん鳴けば犬も同然な〉男どもの権力や金力で、不貞無節な肉体になってしまうのが現世の定めだと言っているかのようだ。現役の肉体がもっているすさまじいばかりの自己主張。それからできるだけ遠ざかったところにいたいという漱石の基本姿勢がうかがわれる。

井上氏は、右の叙述の延長線上で「これとは正反対のところに清や、下宿の萩野家のおばあさんがいる。二人とも現役の肉体を持っていない。だから自己主張はせず、たった一つ残された心を大きく開いて他者を迎え入れ、あたたかく包み、そして世間知を授けてくれる」と説くが、このような井上のマドンナ・清（萩野のおばあさん）の把握が、ともすれば清一人に収斂しがちな研究史の流れとは逆に清とマドンナという作品内の二つの極を先駆的に指摘した点は、研究史上の屈折点として明確に定位する必要があろう。そして、それとともに、井上のマドンナ評が、あたかもマドンナが赤シャツの権力・金力・策略に引きずられ、「不貞無節」な肉体となって果てるが如き矛盾した解釈に帰着する点において、作品『坊つちやん』における根源的な力としてのマドンナのエネルギーを取り落としていること、又それと対応して清や萩野の婆さん等の数多の「おばあさん」達における、もはや現役でない肉体の根源的な非生産性・非生命性を取り落としているという限界を持つことをも併せて指摘しておくことが、井上氏の見解を研究史上に相対化するための必須不可欠の手続きであると私は考える。

細説すれば、マドンナは決して萩野の婆さんが説く如く、狡猾な赤シャツによって「手馴付け」（七）られて了ったのではない。赤シャツこそ、マドンナの「現役の肉体」、その美とエロスによってロゴスとしての男性原理を骨抜きにされ、狡猾な策略家となり終ったのである。そのような男性原理性を侵食する女性原理性の強力なエネルギーへの率直な認識者の目こそが、主人公坊っちゃんの意識をも超える作品『坊つちやん』に仮託せしめられた作者のものである。

＊

そのようなマドンナの魅力が発揮する強烈なエネルギーは、マドンナに対して徹頭徹尾批判的言辞を弄する坊っちゃんの威勢の好いベランメー口調——男性の言葉をも一瞬封じ込めずには措かなかったことを、湯の町へ行く停車場でマドンナを寓目した坊っちゃんの語りは示している。

所へ入口で若々しい女の笑声が聞えたから、何心なく振り反つて見るとえらい奴が来た。色の白い、ハイカラ頭の、脊の高い美人と、四十五六の奥さんとが並んで切符を売る窓の前に立つて居る。おれは美人の形容抔が出来る男でないから何にも云へないが全く美人に相違ない。何だか水晶の珠を香水で暖ためて、掌へ握つて見た様な心持ちがした。（略）おれは、や、来たなと思ふ途端に、うらなり君の事は全然《すつかり》忘れて、若い女の方ばかり見てゐた。（七、傍点筆者）

この既に有名な叙述の重要性は、作品『坊っちゃん』を貫く主人公坊っちゃんにおけるロゴスの言葉や男性の語りの多弁的エネルギーが、マドンナのエロスや肉体の発する強烈なエネルギー――女性の言葉の無言のエネルギーに逆照射されることで、解体、無化されたことを証し立てている点にこそある。坊っちゃんはここにおいて、もはやマドンナを批評化、相対化する力を悉皆奪い尽くされている。そこに先の引用文中、傍点を付した「えらい奴が来た」、「何だか水晶の珠を香水で暖ためて、掌へ握つて見た様な心持ちがした」という坊っちゃんにおける唯一の肉体的にして反ロゴス的なエロスの言葉――作品『坊っちゃん』を統括する男性言語の世界において、その異質性において際立つ未曾有の女性原理的表現が生じることになった所以がある。

即ち、「えらい奴が来た。」とは、男性の言葉を以てしては把握しえず、また、それによく拮抗することもできない対象に対する、自らの無力を自認する者の弁であり、「何だか水晶の珠を」云々とは、理性的・倫理的・論理的・道義的な男性の語りを無化、解体する女性の語りの根源的にして生命的なエネルギーを、触覚的・嗅覚的・肉体的・エロス的に把握しえた者の弁に外ならない。およそ坊っちゃんに似合わないこの感覚的かつ肉体的な比喩表現の客観的リアリティそのものが、坊っちゃんの担う男性の語りの持つロゴス性の自己解体という凶々しい事態の生起をも直接的に証し立てている。

その意味で、比喩的にして感覚的なこの一個不抜の表現の内に、坊っちゃん主体におけるエロティックにして肉体的な女性原理性の目覚めを――即ち、今迄坊っちゃんの首尾貫徹しえていた男性原理的にしてロゴス的な語りの小宇宙――男性の言葉の世界に生じた、もはや修復不可能な決定的亀裂の兆を認めることは、私達に課せられた論理的な義務であるとさえ言わなければならない筈である。(7)

むろん、坊っちゃんは、自らの主体内部に生じた、この亀裂の決定的な意味を、持続的に掘り下げ、掘り下げることによって自らの世界認識変革の道へと上り得る存在ではない。そのような自己変革の道に上り得るには、坊っちゃんは余りにも純粋かつ潔癖に男性原理的であり過ぎるのだ。しかし、「正直」(四)を至上の美徳とする坊っちゃんの率直な目が、自らの男性の語りや言葉の、決して領略しえない対象としての肉体的感覚的な女性の語り、エロスの言葉の厳然たる存在性をここで確実に見届けていることを否定することはできない。

その意味で坊っちゃんの悲劇は二重である。即ち、女性の語りやエロスの言葉の現実的支配力の決定的優位性を「正直」に見届けつつ、しかも最後迄、この新しい支配力に屈服することを肯定しないこと――ここに作品『坊つちやん』の主人公に仮託せしめられた二重の悲劇の相があるのだ。

マドンナの美とエロスは、坊っちゃんの内部にそれほど迄に深い悲劇的な亀裂の萌芽を芽生えさせながら、それと知らず、自足し、屹立する。赤シャツとうらなり――この自らの内部のエロスや女性原理に忠実な二人の男は、互いに反目し合いながら、坊っちゃんの憤りや心配をよそにマドンナに拝跪し、牽引される自らを制禦、抑制しようとはしない。赤シャツが狡猾でうらなりが善良であるのは、実は現象上の区別に過ぎず、問題の本質はそのような点にある訳ではない。赤シャツが自己主張的であるのに対し、うらなりは自己抑制的に女性原理に拝跪しているのみなので、両者共に坊っちゃんの依拠する男性原理性から見れば「女の様な」男というのが客観的定義というものなのだ。だからこそ、うらなりは自らに同情的な坊っちゃん・山嵐の言説に、素知らぬ顔、迷惑顔なのである。うらなりをも旧佐幕派とし、文明批評的枠組みのうちに取り込もうとする視座(8)の限界はここにも露呈されている。

それにしても、既に述べた如く、坊っちゃんの「正直」な目が、うらなりを歯牙にかけないのみならず、赤シャツをも頤使《いし》しうる存在、少なくとも赤シャツに十分に拮抗しうる主体的存在としてマドンナの本質を直覚的に見届けていることを見逃すことはできない。すなわち、「気の毒」なうらなりは、先の叙述に続く部分で「突然（略）立ち上がつて、そろ〳〵女の方へ歩行《ある》き出」し、坊っちゃんを驚かせると同時に、件《くだん》の美人がマドンナであることを坊っちゃんに気づかせるのだが、ここで一層重要なのは、赤シャツとマドンナをめぐる次の叙述であろう。

又一人あはてゝ場内へ馳け込んで来たものがある。見れば赤シャツだ。（略）赤シャツは馳け込んだなり、何かきよろ〳〵して居たが、切符売下所の前に話して居る三人へ慇懃にお辞儀をして、何か二こと三こと、云つたと思つたら、急にこつちへ向いて、例の如く猫足にあるいて来て、や君も湯ですか、僕は乗り後れやしないかと思つて心配して急いで来たら、まだ三四分ある。あの時計は慥かしらんと、自分の金側を出して、二分程ちがつてると云ひながら、おれの傍へ腰を卸した。女の方はちつとも見返らないで杖の上へ顋をのせて、正面ばかり眺めて居る。年寄の婦人は時々赤シャツを見るが、若い方は横を向いた儘である。いよ〳〵マドンナに違ない。（七）

「女の方はちつとも見返らないで（略）正面ばかり眺めて居る」赤シャツと、「横を向い」て素知らぬ顔のマドンナから坊っちゃんは「いよ〳〵マドンナに違ない。」と結論するのだが、後の野芹川の土手での二人の逢引きというプロットの展開を踏まえる限り、マドンナの素知らぬ顔が、逆に彼女における赤シャツとの約束を世間の目から隠蔽する主体的な決断の強固さを浮き彫りにする証左として解読しうるのみならず、この一対の男女をめぐる関係の力学をも語っているとみなし得る点で重要である。

「あはてゝ場内へ馳け込」み、「きよろ〳〵」周囲を見回し、マドンナ母娘に「慇懃にお辞儀」をする赤シャツの鞠躬如《きつきゆうじよ》ぶりと、彼を無視して「横を向いた儘」であるマドンナの泰然自若ぶりとは、描写の対比的効果において明らかに意図的であるからである。マドンナは赤シャツに挨拶も返さず、社交儀礼としてのお世辞の一つも言う訳ではない。赤シャツを気にしているのは「時々赤シャツを見る」母親の方である。つまり、赤シャツをあたかも雲煙霞眼視するマドンナの泰然自若とした態度が示すものは、彼女が決して赤シャツになど心服してはいない、と云う事実に外ならない。にも拘わらず、マドンナも赤シャツ同様に、今宵の野芹川の土手における逢引きの約束を母にも世間にも完全に秘密にしようとの態度決定を示しているのである。

以上から推断できるのは、赤シャツ、マドンナをめぐる次のような諸徴標であろう。即ち、マドンナは、うらなりを捨てて、赤シャツを選んだことに対する世間の批判的視線を完全に自覚していること、自覚しつつ、なお彼女は主体的決断において赤シャツを選択していること、しかも赤シャツとの約束の履行において完璧に赤シャツと気息を一にしていること、さらには赤シャツの小心翼々として世間を憚る姿勢に反し、泰然自若たる大胆にして不敵な姿勢を示していること。これらは一見、相矛盾するようでありつつ、実は、そうではない。それらは機略・知恵・主体性の三点におけるマドンナの、赤シャツの狡猾性・策略性・不正直性——即ちうしろめたい非主体性（この非主体性はマドンナによって脱構築された存在としての彼の被主体性に対応する）に対する、圧倒的優位性によって、全て矛盾なく統括されうるものなのである。そして私達は、赤シャツとマドンナとのこのような関係性の裡に、以後の漱石文学における三四郎と美禰子との関係性（『三四郎』）のみならず、須永と千代子との関係をめぐって明確に規定づけられることになる「恐れない女」と「恐れる男」（『彼岸過迄』「須永の話」）の原イメージさえ、望見しうる筈である。

以上のように見てくる時、まさにマドンナは、坊っちゃんの直観的な把握の通り、「えらい奴」――男性的主体に拮抗し、男性原理としてのロゴス性を解体し得る女性原理性としてのエロスのエネルギーを主体的に行使し得る圧倒的な強者なのである。

かくして、マドンナは、坊っちゃん・山嵐が己の原理としてそれに依拠し、清・萩野の婆さんを始めとする数多の「おばあさん」がそれに服従する男性的原理を足蹴にして顧みない存在であるのも当然と云うものだ。のみならず、彼女は、坊っちゃんの兄や赤シャツが体現する明治的立身出世主義の意味をも認めていない可能性がある。なぜなら、立身出世主義も又、男性原理の世界に属するからだ。そのようなマドンナが赤シャツを選択するのは、男性社会の強者としての赤シャツを女性化することで男性原理や男性社会を内部から腐食し、解体せしめるためでこそある。なぜなら、マドンナの女性原理――エロスの敵は、男性現実や男性社会を通底する男性原理としてのロゴスの原理それ自体に外ならないからだ。

こうして、マドンナにおける男性原理との戦いとは、世界の中心軸から男性原理やロゴスを放逐し、女性原理やエロスを中心軸とする新たな世界や現実を創造するための戦いとして意味づけられよう。駅頭における坊っちゃんの「えらい奴」としてのマドンナ把握や、赤シャツ・マドンナの力関係への観察は、坊っちゃんの意識を超えて、そのような、いわば女王蜂としてのマドンナにおける、男性原理や男性世界を自己に奉仕する雄蜂の世界たらしめようする男性世界転覆への秘めたる野望を直観的に把握、定着せしめているのである。

＊

矛盾するようだが、坊っちゃんに錯誤があるとすれば、彼の意識が赤シャツや野だの狡猾さに届いて、その背後に潜む真の支配者たるマドンナに届かなかった点にこそあろう。しかし、なぜ、坊っちゃんの目は、赤シャツに届いて、マドンナに届かなかったのであるか。おそらく、その最も明解な解答が、坊っちゃんにおけるエロティックな要素の欠落に求められよう。坊っちゃんは元来、エロスの言説を解さない。坊っちゃんと母親との関係においては、男の子供に通有の母親との肉体的にして性的な一体化から、その分離へと云う通常の心身の発達関係が完全に欠落せしめられている。母親と坊っちゃんとの関係は、その冷淡氷塊の如き、殆ど赤の他人同士である。成長した坊っちゃんにおいても、二十歳前後の男性が直面する性欲の衝動というものが全く感じられない。女性との性的体験もあるかないか分からない。「温泉《ゆ》の町」の遊廓への興味も「山門のなかに遊廓があるなんて、前代未聞の現象だ。一寸這入つて見たいが、又狸から会議の時にやられるかも知れないから、やめて素通りした」(七)など通り一遍である。うらなりの母を見た時の「おれは若い女も嫌ではないが、年寄を見ると何だかなつかしい心持ちがする」(七)という前出叙述の前半部分にしても同断であろう。性欲に代って坊っちゃんの意識の大半を占めるのが食欲であることについては、天麩羅・団子事件や下宿の食い物についての度重なる不平の吐露を挙げる迄もなく、自明に属する。要するに坊っちゃんは、客観的に見て宛然たるロゴスのお化けである。江戸っ子とは、かくの如く超性欲的存在であるという先験的命題こそ、作品『坊っちゃん』の主題を形成する最大の前提である、としか言いようがない。

　こうして見ると、少なくとも坊っちゃんは、自らの内部に存在する筈の性欲という絶対的潜勢力を正面から意識化し、対象化することを予め禁じられた青年なのである。性欲を恋愛と言い換えても同様である。坊っちゃんと恋愛などと云う主題は、考えるさえ愚かしいのである。その結果、坊っちゃんは、若さに充ち、行動的エネルギー溢れる存在でありながら、恰も性的不能者であるかのように印象されることになる。そしてこれが坊っちゃんと云う主人公を形象化する上での最大の矛盾なのだが、この矛盾が矛盾として感じられないのは、作品『坊っちゃん』の語りが、最初から最後まで徹底的に男性の一人称独白体として貫徹せしめられているからである。

　中島国彦は、その論文「坊っちゃんの『性分』――一人称の機能をめぐって――」（「日本文学」一九七八・九、のち『漱石作品論集成〔第三巻〕坊っちゃん・草枕』〈桜楓社、平2・1、片岡豊・小森陽一編〉に再録）において、「表現」即ち「隠蔽」という言語表現の一般的法則を踏まえての「一種の逆説の形式」「両刃の剣」としての一人称小説固有の性格を指摘すると共に、『坊っちゃん』の語りが「問題の本質化（現実化）でなく機能化にしか結びつかないと言う弱点」を持つにも拘わらず、実はその「機能化の方向」が「問題の本質化を生み出している」という『坊っちゃん』の語りをめぐる「不思議な逆説」を見出しているが、意図と実現との百八十度の落差のうちにこそ存在する作品『坊っちゃん』のリアリズム性をめぐる問題の本質を先駆的に把握した卓見と云っても良いだろう。

　語りの機能化が問題の本質化を生むと云う『坊っちゃん』の語りをめぐる逆説は、一人称の言語から三人称の言語が立ち上がってくる逆説的な事態に作者が立ち会わざるをえなくなったと云う一人称小説固有の劇として読み替えることも可能だが、事態の本質は、そのような一般的次元に留まらない。『坊っちゃん』において一人称の言語が男性の言語であり、三人称の言語が女性の言語であるという固有の事態を踏まえれば、それは、当初から確立されたものとしてあった男物語り――男性言語の世界の完結性が、他者として意図的に対置せしめられた女物語り――女性言語の世界の本質としての「生」の、直接的かつ無意識的な赫きに射抜かれることで、「死」という男性言語固有の本質を自覚化すると同時に、汚れに充ちた「生」に汚染せしめられるよりは、自己本来の居場所としての「死」の領域へと再び帰還することを積極的に選択する神話的な構図ですらあるのだ。そこに男性中心主義にして厭生的なテキストとしての『坊っちゃん』の語りの持つ逆説的な自己完結の形があるといってもよいだろう。

　いわば、男物語りとしての言語世界の完成と崩壊こそが『坊っちゃん』固有の文学言語のドラマなのであり、その意味においてこそ、繰り返し指摘されつつ、なお十分な論理的整序化を見ない作品『坊つちやん』における「死」のモチーフは、切実なのである。(9) そして、このとき作品『坊つちやん』における坊っちゃんの語りは、殆ど男性作者漱石における文学言語の総体をも担っていた、と見るべきではあるまいか。

いわば、作者におけるエロスの言葉への禁忌のモチーフを仮託された存在として、坊っちゃんにおける男性の言葉・ロゴスの言葉の位相があり、又、作者によって選ばれた男性の一人称独白体という語りの形式の意識と無意識のドラマ——その逆説性があったと言えよう。そして、そのような意図において形象化され、又、事実その通りに形象化されているからこそ、坊っちゃんはエロスの支配力に無自覚であり、マドンナが赤シャツを支配しているにも拘わらず、赤シャツがマドンナを支配していると錯認する。結果として彼の目に映るのは「女らしい」男としての赤シャツの狡猾な策略のみなのである。赤シャツが悪の主役であり、マドンナはその陰に隠れてしまう。つまり、赤シャツ——マドンナの関係を赤シャツが「マドンナを胡魔化し」(七) たものと見るのである。

こうして坊っちゃんにあるのは、男性を中心軸とし、女性を従属軸とする男性中心主義的世界像の無意識性である、とも言えるだろう。坊っちゃんの語りを貫くロゴスの原理は、そのような一元的にして純一なる世界像の別名でもあった。しかし、一元的かつ純一な世界像などと云うものは、たった一つの衝撃によっても突き崩されがちなものだ。なぜならそれは、自己と他者、男性と女性とによって構成される二元的にして多層的な存在としての現実を欠いた観念や想念の世界に過ぎないからだ。そしてまさに坊っちゃんは、女性と云う他者現実を喪失したところで、今迄、観念的な世界像を無邪気に紡いできたのである。とすれば、駅頭でマドンナのエロスと美と云う他者としての女性現実に遭遇し、男性の言葉の体現者としての自己を取り落としてしまった坊っちゃんが、唯その一事でアイデンティティー喪失の危機に直面することになるのも亦、已むを得ないなりゆきではあるまいか。一面、それは観念や理想の、現実に対する敗北の危機でありつつ、いっそう本質的には一元的世界像や一人称の言葉に支えられたロゴス的な男性中心主義的世界像崩壊の危機、即ち男性の語りの危機である。と言うのも、作品『坊っちゃん』にあるのは、男性的な一元的な言葉と、もう一つの女性的な一元的な言葉との食うか食われるかの死闘であって、二元的現実を相互に容認し合うことによる二者の和解への道は構造的に絶たれているからである。

要するに、坊っちゃんの眼前に出現した女性の言葉、エロスの言葉、肉体の言葉に依拠するマドンナを絶対者とする女性中心主義的世界像によって齎らされるところの、男性の言葉・ロゴスの言葉・道義の言葉に依拠する自己を盟主とする男性中心主義的世界像の敗北の必然性を予知するが故に、坊っちゃんは自己の世界像に対する自信を喪失し、混迷に陥ることになる（もちろん、坊っちゃんの混迷は、マドンナの美に対する己の感動を起点とするが、それは他者認識の誕生に留まり、漱石の後期三部作の主人公たち〈須永・一郎・先生〉における認識の到達点が示すような、男性の内部には女性の言葉の領域が既に組み込まれて了っていると云う男性現実というものの先験的な所与性、被造性に対する明瞭な自己認識の成立に迄は届いていない。その意味で、実質は悲劇である筈の『坊っちゃん』は、主人公の無意識性の故にあく迄喜劇の部類に属する）。

本当に人間程宛にならないものはない。あの顔を見ると、どうしたつて、そんな不人情な事をしさうには思へないんだが――うつくしい人が不人情で、冬瓜の水膨れの様な古賀さんが善良な君子なのだから、油断が出来ない。（略）おれは、性来構はない性分だから、どんな事でも苦にしないで今迄凌いで来たのだが、此所へ来てからまだ一ヶ月立つか立たないうちに、急に世のなかを物騒に思ひ出した。別段際立つた大事件にも出逢はないのに、もう五つ六つ年を取つた様な気がする。早く切り上げて東京へ帰るのが一番よからう。（七、傍点稿者）

この坊っちゃんの混迷、坊っちゃんにおける単一的世界像崩壊の危機は、小森陽一の指摘するような[10]「裏表のある言葉」と云う一般的かつ抽象的な現実のあり方に基づいて生起したものではない。小森はあくまで「語り」のレベルで分析するのだが、「男性の語り」と「女性の語り」のパラフレーズこそ『坊つちやん』読解の大前提であると云う意味では、常識的世界像を〈語り〉に翻訳したに過ぎないのが、小森論の限界である。そこからは〈男性の言葉〉対〈女性の言葉〉の死闘という作品の最奥に潜む固有のイデオロギー的命題がみごとに捨象されて了っている。

ともあれ、先の引用部分において、坊っちゃんのロゴス的世界像が崩壊の危機に直面しつつあること、それは坊っちゃんがマドンナの美に打たれたという事実によって生起していること、そして、この危機的瞬間において坊っちゃんのロゴス的世界像を理解し、評価し、支持する坊っちゃんの分身――「片破れ」（六）としての清が想起されていること、ひいては坊っちゃんがマドンナの発揮するエロスの原理の浸透力の前に自らの敗北の必然であることを予感しつつあること等々の諸点によってこそ、この引用部分が既に先行する諸論が指摘するように作品構造上の要《かなめ》であることは疑う余地がない。

そして、ここに示された坊っちゃんの混迷を現実の多元的性格に直面しての単一的世界像崩壊の危機であると要約することは可能だが、現実の多元的性格の一つの現れとしてマドンナが居るわけではない。逆に現実の多元的性格は、マドンナによってこそ象徴されているのである。なぜなら、赤シャツも野だも、いか銀の亭主も、そして坊っちゃんをからかう中学校の生徒も現実の多元的性格の体現者である（うらなりさえ、その選に漏れない存在であることは、先の引用が示している）。にも拘わらず、坊っちゃんの正義・坊っちゃんのロゴス、坊っちゃんの〈男性の言葉〉は、彼らによって些かも動揺せしめられてはいないからである。にも拘わらず、マドンナを見たとき坊っちゃんは、初めて自己の単一的世界像のアクチュアリティーを疑い、現実が訳の解らない「物騒」なものとして見え始め、自らの敗北を予感し、孤独に陥るのである。

こうして見れば、明らかにマドンナは、彼女のみが坊っちゃんの世界像を震撼させ得る、と云う意味で主人公坊っちゃんにとってのみならず、作品『坊つちやん』の構造上、特別な存在（「えらい奴」）なのである。飛躍を恐れずに言えば、坊っちゃんはここで四国において彼がめぐり会った唾棄すべき諸人物が、赤シャツ・野だを筆頭として、全て仮象に過ぎず、マドンナこそがその背後に潜む実在であったことに、ぼんやりとではあるが気づき始めたのである。それは、ぼんやりとではあるが画期的な発見であった。発見が、認識の逆転と共にあれば最も効果的であるのは、アリストテレスの悲劇論以来の鉄則であろう。つまりは、仮象のベールが剝がれて、実在が顔を覗かせ、以後この実在の相によって作品の枠組みが決定される。結末部のプロットの意味のみならず、作品の全体的枠組みの意味が変換され、逆転するのである。

　具体的に言えば、今迄、坊っちゃんの見てきたのは、自己を含めてマドンナをめぐる男と男との対立の劇であった。それは、悪人としての男達と善人としての男達との対立の劇であった。ところが、今やこの劇の真相が、女と男との敵対関係にこそあったと云うことに坊っちゃんは直感的に気づいてしまったのだ。つまり、エロスを武器とする女と、ロゴスに依拠する男との闘いこそが、赤シャツ一派と坊っちゃん・山嵐との敵対関係という現象の奥に潜む真相にして実在であると云うことになったのである。それは、エロスを武器として男性を脱構築し、自らの領域を拡大しようとする女王としてのマドンナと、男性を男性たらしめるロゴス的世界を死守することによって男性的主体をあく迄維持しようとする盟主としての坊っちゃんとの死闘として要約されうるだろう。むろん、この時、赤シャツやうらなりは主役の座から滑り落ち、とりわけ赤シャツはマドンナによって男性的主体を脱構築され、その支配に屈服した典型的存在、即ち「女らしい」男となり終っている。赤シャツが不善にして不義であるのは、ロゴスの打倒を目的とする「不人情」なマドンナのエロスに浸潤され切って了ったからなのだ。

　この時、私たちは、作品『坊つちやん』における善はロゴスと共にあり、悪はエロスと共にある、という先験的な枠組み――換言すれば、善は男性原理とともにあり、悪は女性原理とともにあるという作品を貫く固有の世界観的イデオロギーを確認せざるを得ないことになる。なぜなら既に述べてきたように作品『坊つちやん』においては、女性的なる属性は、すべて先験的に否定的範疇に属するからである。作品『坊つちやん』を貫く、作者の女性原理に対する不信感は蔽うべくもなく、そこに作者固有の厭生観の投影があると云うよりは、女性原理に対する不信の故にこそ、作者の厭生観が必然であったのだという精神史的事実さえもが、逆に『坊つちやん』という作品の構造を通じて解読されうるのである。

もはや明らかであろう。作品『坊つちやん』は、マドンナを客体とする赤シャツ一派と坊っちゃん・山嵐との対立の劇ではない。坊っちゃんの認識の行方を注意深くたどれば明らかなように、赤シャツを尖兵とするマドンナと、清を「片破れ」とする坊っちゃん（そして山嵐）との対立の劇であった。そして作品『坊つちやん』に描かれた四国の中学校における現実が、そのすべてに亘って不正直・不人情・陰険・策略・裏表等々の否定的な言辞によって比喩せしめられる女性的なる現実であると言いうるとしても、抑も作品『坊つちやん』において、四国の現実とは、総体的な現実そのものの比喩であったという明白な虚構の原理に私たちは再び立ち戻らねばなるまい。とすれば、作品『坊つちやん』において現実とは元来女性的なるものであり、従って「現役の肉体」（井上ひさし）を持つ女性こそが現実の中核たるべきものなのである。こうして坊っちゃんのマドンナへの敗北は、坊っちゃんの観念の、現実への敗北であることを私たちは初めて正当な形で諒解しうることになる。そして、観念（＝ロゴス）とは「死」の異名であることを『彼岸過迄』以後の漱石が立証し続けたことも亦、自明の事実に属する。

それにしても坊っちゃんは、一度でも自らの敗北を認めたことがあったろうか。敗北というものが現実への主体の屈服を意味するとすれば、坊っちゃんは決して敗北などしてはいない。彼は、エロスによって自己解体される以前に、むしろ現実を去ることを選ぶのである。彼に出来たのは、マドンナによる男性攻略の有能なる尖兵としての、赤シャツや野だを打ち懲らしめること位であった。そして、坊っちゃん・山嵐が如何に快哉を叫ぼうと、現実はマドンナの支配の領域に属し、マドンナは自己の子孫を次々に生み、マドンナの王国の版図は拡大し続けるであろう。作品『坊っちゃん』の、そのような未来のなりゆきは、人間における「生む」という行為への作者の拭い切れぬ懐疑的視線（例えば、後年『道草』の男性主人公健三の独白する如き）をも胚胎せしめている。坊っちゃんは、そのようなマドンナの領域こそが、現実そのものの異名であることを（あくまで直感的に）知ったが故に現実を去るのだ。現実の異名である四国の地に「不浄」という女性的差別表現を冠せつつ……。

*

それでは、坊っちゃんの帰還する東京の虚構的意味は、どこに求められるべきか。——端的に云って作品『坊っちゃん』における東京という実在の空間の虚構的意味及びその本質は、「死」と「滅び」の世界に外ならない。坊っちゃんの父母は死に、家屋敷は売り払われ、兄は坊っちゃんに手切れ金を渡して、この世界から出て行って了った。即ち兄は、男性によって代々継承される「家」を滅ぼして去ったのだ。坊っちゃんの身寄りは、今やもと下女の清しかいず、清その人が「瓦解」の犠牲者であり、もはや余命幾干《いくばく》もない。そのような「死」と「滅び」に濃く彩られた世界が坊っちゃんの帰還する世界であり、「死」と「滅び」とは、即ち非現実の世界の異名に外ならぬだろう。それは、現実の反極であり、且つ生の反極に外ならぬ世界である。そしてそれこそ、男性中心主義的世界像の帰結点である。

この世界に帰ったことは、坊っちゃんの死を意味するだろうか。[11] それは半分真実であり、半分真実ではない。先に挙げた小谷野敦の言う「男性性の根本的矛盾」という視角さえも、坊っちゃんの主観こそ作品『坊っちゃん』の主軸であると云う意味ではここでは全能ではない。死と非現実の世界の人となったという意味では、坊っちゃんは客観的に死んだのである。しかし、主体の屈服と挫折が死であるという意味では、坊っちゃんは決して死んでなどいない。むしろ、主体を貫き、男性中心主義的世界像のアクチュアリティーを維持し続けるためにこそ、坊っちゃんはこの「死」の世界を積極的に選んだのである。そして、その世界は、今や彼の「片破れ」としての清の棲む冥《よ》府《み》の国に迄、続いているのである。清が、坊っちゃんの許可を得て、——いまや坊っちゃんのみが「家」の当主なのだ——坊っちゃんの家の墓に入っていること自体に、坊っちゃんの男性中心主義的世界像——その〈男性の言葉〉の支配的枠組みの健在《アクチュアリティー》が示唆されている、と言って良いのである。この意味で作品『坊っちゃん』は、単なる文明批評の域を超え、今日なお未解決な、性差をめぐる敵対の主題のトバ口に迄届きえている男性原理小説であるが、『野分』『二百十日』とモチーフを分け持つ、初期漱石に色濃い「敗北の美学」[12]を男性対女性、ロゴス対エロスという枠組みのうちに形象、完結化しえた男性言説の完璧な虚構宇宙であったと云ってよいだろう。

注

(1) 作中では「商業学校」とあるのみだが、平岡敏夫「『坊つちゃん』試論—小日向の養源寺—」(「文学」昭46・1のち表題と副題を入れ替えて『「坊つちゃん」の世界』〈塙書房　一九九二・一〉に収録)の指摘に従う。

(2) 前注(1)、所出平岡論。

(3) 「百年の日本人・夏目漱石③」(「読売新聞」昭59・1・12)。

(4) 注(3)に同じ。

(5) 小谷野敦『夏目漱石を江戸から読む　新しい女と古い男』(中央公論社　一九九五・三)のうち「第一章　『坊っちゃんの系譜学—江戸っ子・公平・維新」。

(6) 注(4)に同じ。

（7）米田利昭は、その著『わたしの漱石』（勁草書房　一九九〇・八）中「坊っちゃんのアイデンティティ」において、作品第六章の辺りから「清は相変わらず思い出されるには違いないが、だんだん影が薄くなり、遠ざかってゆく」のに反比例して、「マドンナが登場してくる。」として、「いわば清はしだいに肉体と性を失いつくす。そしてまさにその時、マドンナは若々しい肉体と性を持って出現するのだ。」と見、駅頭の場面を「肉体を持つマドンナの初登場」と規定する。マドンナを「若々しい肉体と性」とし、清をそれらを喪失した存在とする視角は、小論と重なり、共感しうるが、大岡昇平論とも重なる「マドンナの内実は芸者」とする視角には従いがたい。『坊っちゃん』は、そのような社会的視座を超えたロゴスに依拠する男性原理性とエロスを拠点とする女性原理性との闘いを描いた小説であり、前者は「死」の領域に根ざし、後者は生の領域に根ざすという作品構図にこそ、作品『坊っちゃん』における漱石の認識の現代に迄及ぶアクチュアリティーがあると考えるところに、拙論の視角がある。

（8）注（2）に同じ。

（9）注（1）所出平岡論は、死の世界にあるのが清であり、生の世界にとり残されたのが坊っちゃんであると見るが、拙論は、形の上では死と生とを分っていても、清のもとに帰還した坊っちゃんは既に死んでいる——と言うより、もともと坊っちゃんは清とともに死の領域に属する存在と見ている。このような視角は、作品『坊っちゃん』を、リアリズム小説という形を取ってはいるが、本質的には寓喩小説であるとみる基本的立場と連動していることを断っておく。なおこの「寓喩小説」という規定には、作品に対する何らの貶価の意味をも込めてはいない。

（10）小森陽一「裏表のある言葉—『坊っちゃん』における〈語り〉の構造—」（『日本文学』一九八三・三〜四、のち『構造としての語り』〈新曜社　一九九八・四〉に『坊っちゃん』の〈語り〉の構造—裏表のある言葉—」として収録）。

（11）注（5）に同じ。

（12）拙論「観念と現実—『野分』論—」（『講座夏目漱石　第二巻　漱石の作品（上）』有斐閣　昭56・8、本書所収。）並びに「『野分』の周辺」（『湘南文学』昭56・3、同上）参照。なお、自己の正義に徹して討死を覚悟する初期漱石の敗北の美学は、明治三十九年七月三日付高浜虚子宛書簡における「世界総体を相手にしてハリツケにでもなつてハリツケの上から下を見て此馬鹿野郎と心のうちで軽蔑して死んで見たい。」と云う言辞のうちに最も端的に吐露されている。この書簡前半には「小生は何をしても自分は自分流にするのが自分に対する義務だと思ひます。天と親がコンナ人間を生みつけた以上はコンナ人間で生きて居れと云う意味より外に解釈しやうがない。コンナ人間以上にも以下にもどうする事も出来ないのを強ひてどうかしやうと思ふのは当然天の責任を自分が脊負つて苦労する様なものだと思ひます。此論法から云ふと親と喧嘩をしても充分自己の義務を尽くして居るのでありますす。況んや隣り近所や東京市民や。日本人民や乃至世界全体の人の意思に背いても自分には立派に義理が立つ訳でありますす。」とも述べており、親・天・世界全体の人との喧嘩も又辞さないとする姿勢は、坊っちゃんの江戸っ子弁に託された喧嘩早さ——現実との戦闘のモチーフ、並びに自己にのみ忠実なその孤立無援性と対応する。作品『坊つちやん』発表（「ホトトギス」明39・4）後に属するが、モチーフを考察する上で参考となる。

『草枕』論——画題成立の過程を中心に

齢三十の画工の、「喜びの深きとき憂愈深く、楽みの大いなる程苦しみも大きい」（一）という人間存在の現実に対する重い思念が『草枕』の「非人情」の背景に存在することは、すでに言う迄もあるまい。例えば平岡敏夫氏は、画工が峠の茶屋で「高砂の媼」に比定される婆さんから那美の話を聞いた際、彼女の嫁入り姿を「花の頃を越えてかしこし馬に嫁」と句作しつつも「花嫁の顔だけは、どうしても思ひつけなかつた」にも拘らず、そこに「忽然」と現われたミレーの「オフエリヤの面影」を問題とされているが[1]、この部分には確かに画工固有の人間認識が端的に出ていると言えよう。「空に尾を曳く彗星の何となく妙な気になる」とあるようにオフェリヤの画像への画工の拘執は深い。そしてそれは、冒頭に引いた画工の現実への重い思念と、正にパラレルである筈だ。漱石が画工の「非人情」の対象として、このような人間内面の究極の相を対置せしめたことの意味は、重い。

「水死美人」（平岡氏）のイメージは、確かに『草枕』に一貫しているが、少なくともオフェリヤに関するそれは、純人情の究極の相として画工に受けとめられていることに注意したい。それがために画工は「折角の図面を早速取り崩す。」のである。そしてオフェリヤは「あきづけばをばなが上に置く露の、けぬべくもわは、おもほゆるかも」と詠んで淵川へ身を投げたという伝説上の「長良の乙女」の「古雅」のイメージとは、正に対極の位置にあると言って良い。

しかし「非人情」を標榜する画工は、「長良の乙女」に「古雅」のイメージを見出しつつも、実は深く「オフエリヤの画像」にも惹かれているのであり、那古井での第一夜の夢に、「長良の乙女」とオフェリヤとのダブル・イメージが向島を背景に出現するさまは、叙上の画工内面世界の分裂したモチーフに根ざすものだろう。そこには、純人情としての現実に脅かされる非人情の危うい位置が示されている。夢から醒めた画工は、深夜の庭を逍遥しつつ「秋づけば」の歌を口ずさむ那美の姿に驚かされるが、その不気味な感触を俳句創作を通じて画工は解消しようと努める。

すでに那美のこのような異常な行動の中に画工の内面の分裂と対応する形での那美の内面の分裂が予示されていた訳だが、これを伏線として翌日風呂場の戸口で出会った那美の表情を画工は次のように描写する。

元来は静であるべき大地の一角に陥欠が起つて、全体が思はず動いたが、動くは本来の性に背くと悟つて、力めて往昔《むかし》の姿にもどらうとしたのを、平衡を失つた機勢に制せられて、心ならずも動きつゞけた今日は、やけだから無理でも動いて見せると云はぬ許りの有様が――そんな有様がもしあるとすれば丁度此女を形容する事が出来る。（三）

ここには、その本性を「静」に根ざしつつも動くことを宿命づけられた那美の自我意識の分裂の苦痛が的確に捉えられている。実はこれが作者漱石の置かれた現実の相とパラレルでもあった訳で、(2)本性に背いて動き続けなければならないのが、日本の国民の置かれた歴史的状況であることを、漱石は「現代日本の開化」（明治44・8）で後に説くことになる。「統一」を欠く那美の「顔」「心」「世界」の背景には、「外発的開化」を宿命づけられた日本の国民の悲惨な現実がダブル・イメージをなして存在している訳で「不幸に圧しつけられながら、其不幸に打ち勝たうとして居る顔だ。不仕合な女に違ない」と画工が語る時、「皮相上滑りの開化」を「涙を呑んで上滑りに滑つて行かなければならない」（「現代日本の開化」）として痛哭する作者の近代日本の現実に対する深い感慨がもれ聞えてくるのである。那美に寄せる画工の関心の根底には、那美—画工—作者が共有するものとしての近代日本の現実から生ずる悲惨な精神的体験が存在することは、疑うことができないのである。画工は「非人情」を標榜して山里に逃れるが、山里の住人でもある那美はあくまで現実から受けた精神的瘡痍に固執しつづけ、その意味において現実の渦中に留まる存在として、いわば現実の即自的表現と言って良い。そして「現代日本の開化」のみならず漱石の主要な作品に一貫する特徴は『草枕』においても例外ではなく、漱石は那美の自我意識の分裂と苦痛という、きわめて心理的な視点からの現実の追及を遂行していることは言うまでもあるまい。『草枕』の「非人情」の対極には、このようなトータルな日本的現実のイメージが潜んでいるわけで、那美に仮託されたこのような現実と画工の「非人情」との対立葛藤のドラマの裡にこそ『草枕』固有の主題が存在したのである。

従って端的に言えば、那美は、絶えず画工の「非人情」を相対化しようとする「現実」の役割を以て作中に登場している訳で、那美が終始一貫、画工を驚かす存在として設定されている主要な目的は、そこにある。このような那美を、「非人情」の芸術世界に領略することができれば『草枕』の主題が完結するのは見やすい道理だが、そのような主題の完結のためには、画工における「非人情」そのものの変化、もしくは止揚が必須の前提をなしていることに注目しなければなるまい。

例えば第六章における宿の夕暮の静寂に思いを潜めた画工の、芸術家の「楽は物に着するのではない。同化して其物になるのである。其物になり済ました時に、我を樹立すべき余地は茫々たる大地を極めても見出し得ぬ。自在に泥団を放下して、破笠裏に無限の青嵐を盛る」と云う芸術観や、更に同章における「何とも知れぬ四辺の風光にわが心を奪はれて、わが心を奪へるは那物ぞとも明瞭に意識せぬ」という心的状態の叙述は、非人情芸術の出発点として明確に把握しておく必要がある。後者は画工が「唐木の机に凴りてぽかんとした心裡の状態」を指すが、画工はこれを更に説明して「余が心は只春と共に動いて居る」、そこには「何と同化したか不分明であるから、毫も刺激がない」、従って「窈然として名状しがたい楽があ」り、「沖融とか澹蕩とか云ふ」形容句は、その境地を「切実に言ひ了せた」ものだと言う。以上のような画工の「楽」を約言すれば、それは「物化」即ち自然同化の境地と言うことができよう。「物化」の志向が画工の非人情芸術の出発点であり、このような境地が『草枕』の世界に頻出し、そこにこの作品の東洋的な独自の魅力が存在することは否定できない。

その意味で第七章の温泉の場は「物化」という非人情論的立場に基づいての「水死美人」の画題の発生の根拠を示すものとして興味深い。湯に漂う快感の中で画工は「分別の錠前を開けて、執着の栓張をはづ」し、「湯泉《ゆ》の中で、温泉《ゆ》と同化して仕舞」い、「流れるもの程生きるに苦は入らぬ。流れるものゝなかに、魂迄流して居れば、基督の御弟子となつたより難有い」と考える。このような「物化」の快感の中で画工は「余が平生から苦にして居た、ミレーのオフエリヤも、かう観察すると大分美しくなる」と思い至る。これは、明らかに第二章における純人情の象徴としてのオフエリヤの画像の換骨奪胎による非人情世界への領略と言える。しかし、何よりも明らかなことは、画工における「純人情」の極致としての狂気と死との結合したオフェリヤの画像の世界への拘執である。画工は「水に浮んだ儘、或は水に沈んだ儘、或いは沈んだり浮んだりした儘、只其儘の姿で苦なしに流れる有様は美的に相違ない。夫で両岸に色々な草花をあしらつて、水の色と流れて行く人の顔の色と、衣服の色に、落ちついた調和をとつたなら、屹度画になるに相違ない」と考える。ここには、後の鏡が池の画題につらなるモチーフが既に示されている。また「流れ行く人の表情」についての「丸で平和では殆んど神話か比喩になつてしまふ。痙攣的な苦悶は固より、全幅の精神をうち壊はすが、全然色気のない平気な顔では人情が写らない」という考察は、そのまま鏡が池での那美の表情についての考察の前提となっている。[3] 画工は、こうして「ミレーはミレー、余は余であるから、余は余の興味を以て、一つ風流な土左衛門をかいて見たい。然し思ふ様な顔はさう容易く心に浮んで来さうもない」と述懐して画題追求をやめるが、この「思ふ様な顔」が仲々浮び出ないところに作者の計算があろう。「思ふ様な顔」が浮び出るためには、画工と那美とのより深い接触が必要なのである。そこには又「神話」や「比喩」に留まらず、「ミレーはミレー、余は余」という近代日本文明の渦中に生きる画工の芸術家としての自己本位の信念も存在しているわけで、このような画工の信念は、すでに第一章においても陶淵明や王維の詩境に関連して、その非人情が「南山や幽篁とは性の違つたものに相違ないし、又雲雀や菜の花と一所にする事も出来まいが、可成之に近づけて、近づけ得る限りは同じ観察点から人間を視てみたい」と思量するところにも逆説的に示されていたし、第十二章における「個人の嗜好はどうする事も出来ん。然し日本の山水を描くのが主意であるならば、吾々も亦日本固有の空気と色を出さなければならん。いくら仏蘭西《フランス》の絵がうまいと云つて、其色を其儘に写して、此が日本の景色だとは云はれない」という日本近代の画家としての自己本位の覚悟の叙述に至る迄、『草枕』の世界に明確に一貫しているものである。このような画工の日本近代の渦中における芸術家としての「自己本位」の信念に注意するならば、鏡が池における画題の成立が、日本近代文明固有のドラマの非人情世界への領略を意味するものであったことも亦明らかではなかろうか。

ともあれ、第七章の浴室の場において陶然と自然同化の快感に浸っている画工の前に裸体の那美が出現し、湯烟の中に「うつくしい画題」を見出させるのも束の間、鋭い笑声によって、画工の非人情的境地を無慚に崩壊させて去るのは、画工の単純な非人情的境地に対する作者の批評と見なされるであろう。

画工はこの場面において、いわば「物化」の耽美的志向に陶酔しすぎているのであって、「ミレーの画像」が、かつて彼に与えた「空に尾を曳く彗星」の如き、あの無気味な感覚や、夕暮の廊下を逍遥する那美の姿に「黒い所が本来の住居」という素性をよみとった「物凄い」イメージを、温泉《ゆ》と同化する「物化」の有難さの中に失なっているのである。そしてそのような画工の境地は、恐らく湯の中で「古き世の男」と自己を観じ、画題を「風流な士左衛門」としてしか捉え得なかった画工の認識の中に、はっきりとその限界を露呈している筈である。因みに第二章における長良の乙女の「古雅」なイメージは、上引の「古き世の男」と対応する筈で、そのままでは決してオフェリヤのイメージに託された画工固有の感覚を代弁しえないことも明らかである。画工は後に那美の顔に恰好の画題を見出すわけだが、それは鏡が池のイメージを背景として初めて可能となったのであり、そのためには又、那美の手引と介入とが必要であったことは興味深い。那美は、日本近代の現実の即自的体現者であることにより、画工の単なる「物化」や自然陶酔（同化）に留まる「非人情」のあり方を相対化し、日本近代の現実にトータルに対立し得る想念の世界へと画工を駆り立てる存在であると言い得る。換言すれば、画工は己れの固有の感覚――存在論的人間認識を介してのみ那美を非人情的境地に領略することができるのであり、画工の非人情的境地が単なる「物化」の志向を越えて、存在論的な深さを獲得することを通じてのみ、那美が画題として領略され得るのである。

那美の示唆により、鏡が池をおとずれた画工は、その水際で「百年待つても動きさうもない」、「動くべき凡ての姿勢を調へて、朝な夕なに、弄らるゝ期を、待ち暮し、待ち明かし、幾代の思を茎の先に籠めながら、今に至る迄遂に動き得ずに、又死に切れずに、生きて居るらしい」水草に先ず注目する。画工は、この水草の姿態を「往生して沈んでゐる」と捉えているが、この水草の姿は「活力の動かんとして、未だ動かざる姿」、「端粛」と称される「静」の様相である。その限りにおいて、そこに画工が、現実に対する、一つの慰藉に充ちた非人情の世界を眺めていることは事実である。にもかかわらず、その非人情世界の基底に単なる「物化」の志向を越えた存在論的な罪のイメージが色濃く投映されていることを否定することはできまい。鏡が池においては「自然」そのものが変容し、人間存在の基底に潜む深淵のイメージを開示するかの如き形而上的背景を持って出現していることに私は強く注目しておきたい。既に著名な椿の群花のイメージは、この水草のイメージの発展として登場する。

「ぱつと咲き、ぽたりと落ち、ぱつと咲いて、幾百年の星霜を、人目にかゝらぬ山陰に落ち付き払つて暮らしてゐる」椿の群花のイメージは、既に評家の言がある如く、(4)「永遠の相」と呼ばるべきものであろう。しかし又、他の評家が指摘する如く、(5)「黒ずんだ、毒気のある、恐ろし味を帯びた」、「屠られたる囚人の血が、自づから人の眼を惹いて自から人の心を不快にする如く一種異様な赤」と形容される椿の色は、人に「不安と恐怖」を感得せしめることも否定できない。いずれにせよ、この椿のイメージは、もはや単なる「物化」や「慰藉」の対象ではなく、形而上的な罪のイメージの象徴に迄、高められていることは否定できない。「永遠の相」と言い、「不安と恐怖」と言い、それは決して別箇のものではなく、後年の漱石の言葉を借りて言えば（『硝子戸の中』三十）、時空を越えて存在する「継続中」の何ものかの表現なのである。

画工は正直に「向ふ側の椿が眼に入つた時、余は、えゝ、見なければよかつたと思つた」と語っている。椿は又「黒い眼で人を釣り寄せて、しらぬ間に、嫣然たる毒を血管に吹く」妖女の姿に擬せられている。椿のイメージは、今迄自然同化の志向に基づく「非人情」を求め続けてきた画工が、自ら求めて得たものではない。にも拘わらず、それは一旦眼にしたが最後、その呪縛を免れ得ぬ存在としてここで捉えられている。そこに「非人情」への拘執にもかかわらず、純人情の究極の相としての深淵に覗き込むことを余儀なくされた画工の姿がある。「物化」の境地に留まりがちな画工を、このような深淵の認識者としての立場に迄連れてきたのは、画工に対立する那美であり、那美を操る作者の計算である。そこに単なる「物化」の志向を相対化し、深淵をみつめる作者漱石の位置がある。

鏡が池の椿のイメージは既に指摘されている如く、(6)『倫敦塔』（明38・1）において漱石の覗き込んだ生の極限状況を連想させる。例えばそのボーシャン塔の部分には「何だか壁が湿つぽい。指先で撫でゝ見るとぬらりと露にすべる。指先を見ると真赤だ。壁の隅からぽたり〳〵と露の珠が垂れる。床の上を見ると其滴りの痕が鮮やかな紅ゐの紋を不規則に連ねる。十六世紀の血がにじみ出たと思ふ」という幻覚の叙述があった。鏡が池における椿の落花のイメージは、明らかに漱石がボーシャン塔において紡いだ想念の世界に連なるものである。更に漱石が「倫敦塔は宿世の夢の焼点の様だ」と規定し、その外観を「見渡した処凡ての物が静かである、物憂げに見える、眠つて居る、皆過去の感じである。さうして其中に冷然と二十世紀を軽蔑する様に立つて居るのが倫敦塔である。汽車も走れ電車も走れ、苟も歴史の有らん限りは我のみは斯くてあるべしと云はぬ許りに立つて居る。」と叙述する姿勢は、そのまま人里離れた鏡が池のあの「永遠の相」に連なるものと言えるであろう。『倫敦塔』におけるポーシャ塔の地下牢や、『草枕』における鏡が池の設定の背後には、かくして二十世紀文明から隔絶した密室的状況という点で共通の志向を見出すことができる。恐らくその密室的状況の意識的設定を前提として初めて、漱石は壁から滴たる血や「屠られたる囚人の血」を連想せしめる椿の落花のイメージに表現された如き、固有の存在論的感覚を紡ぎ得たのである。そこにおいては、過去と現在との仕切りは取り払われ、過去も亦現在である。『倫敦塔』について言えば、囚人が壁に残した爪痕や壁からにじみ出る血の滴りの中に、漱石は絶望的な状況下における〈書く〉という自己の究極的な営為のあり方を重ね合わせ、その意味を自問しているのである。(7) かくして『草枕』における旅は、鏡が池の椿の落花のイメージに対する画工の異様な拘執とそれを基盤としての画題成立に注目するならば、究極においては『倫敦塔』に示された如き、漱石固有の存在感覚獲得への旅であった、と言えるであろう。それを画工における人間存在に普遍的な命題としての「継続中」の何ものかへの認識の獲得として、いわば「罪」のイメージの獲得の過程として捉えることは、恐らくさほど見当違いではあるまい。(8) 女性のイメージを髣髴させる鏡が池の椿のイメージは、「死」と「罪」という絶対的な視点を媒介として、この世におけるさまざまの人間の営為を相対化するための「鏡」であったのである。こうして画工は、二十世紀文明の渦中に生きる熾烈な自我の営みを、客観化し、自他を相対化する普遍的な視点を獲得したのである。それは又、「死」と「罪」という絶対的な視点を介しての無意識を透視する視点の確立でもあった。画工の「非人情」は、「名も知らぬ山里へ来て、暮れんとする春色のなかに五尺の痩軀を埋めつくして、始めて、真の芸術家たるべき態度に吾身を置き得る」（十二）という当初からの現実逃避の機能もしくは「物化」の境地から、ここに至って初めて、積極的な現実批評の機能へと転換を始めていると言えるのではないか。その現実批評の発動を告げるものこそ、他者の意識の先取りと自我の主張に狂奔する二十世紀文明の即自的体現者としての那美を、この「死」と「罪」との絶対的な境地に領略し、相対化せんとする画題意識の確立にほかなるまい。その背後に自他の葛藤を意識のドラマとしてのみ把握する那美に対して、鏡が池における存在論的人間認識の確立を媒介として意識、無意識を一丸としてトータルな人間認識に進み出た画工の認識上の優位性が秘められていることは、既に言うまでもあるまい。

かくして画工は、鏡が池で那美の意識（自我主張）と無意識（静）とを透視する想点を獲得したのである。画工の那美追及は、ここにおいて一つの極点に到達した、「温泉場《ゆば》の御那美さんが昨日冗談に云つた言葉が、うねりを打つて、記憶のうちに寄せてくる。心は大浪にのる一枚の板子の様に揺れる」と、那美を画題として初めて意識した画工の心理を漱石は劇的に叙述する。ここには「物化」の陶酔境にまどろむ画工の、那美に仮託された二十世紀現実の領略を志向する画題意識の成立を介しての近代的芸術家への転生の心理的機微が巧まずに反映されているのである。そしてそれは恐らく『漾虚集』（明39・5）の諸短篇や『猫』（明38・1〜39・8）の自由な習作的営為を踏まえての漱石の本格的な作家意識の確立と重なってくる筈である。即ち『漾虚集』の諸短篇に示された「深淵」の追求と、『猫』に示された生の形での文明批判とが、『草枕』においては那美という漱石における二十世紀現実のトータルな状況把握を仮託した人物像の造型と、固有の存在論的認識を仮託した鏡が池の椿のイメージとを介して、鋭どい緊張関係を結ぶに至ったことは、たとえそれが「非人情」追求のモチーフによって統一されていたとは言え、漱石内面において、それまで二つに分裂していた主題意識が、作品のプロット展開の裡に統一的に止揚、主題化されたことを意味する。そこに内界と外界とを統一的に領略しようとする漱石の作家的自己確立への貴重な第一歩が踏み出されたことは疑い得ない事実である。

画工は鏡が池に浮ぶ那美の表情に苦慮し、「静」と「動」に分裂し「心に統一のない」那美の世界の統一の契機を「憐れ」に見出し、「人間を離れないで人間以上の永久と云ふ感じを出す」、「神の知らぬ情で、しかも神に尤も近き人間の情」であるとする。引用の後者に注目すれば「憐れ」を媒介としての画工の非人情の完成は「善悪の彼岸にある」「芸術至上主義的な非人情の世界」（小宮豊隆『漱石の芸術』）とは言えまい。むしろ「憐れ」は、鏡が池での絶対の視点を介しての自他の罪を透視する態度の確立であると言えるのだ。このように見るならば、「憐れ」による「非人情」の完成に、非人情芸術論の破綻を見る意見(9)は、鏡が池における画題意識成立の作品構造上における意味を正当に把握しえていない点に由来する誤解であろう。画工の「非人情」は、そこでは最早、人間存在の現実を意識、無意識を一丸として把握する認識上の方法に変質していると言っても過言ではない。

画工は、かくして最早殆んど完璧に近い形で画題が成立しているにも拘わらず、「ある咄嗟の衝動で、此情があの女の眉宇にひらめいた瞬時に、わが画は成就するであらう。然し——何時それが見られるか解らない」と述べる。即ち画工が固執するのは、あくまでも現実の那美との関わりの許における「胸中の画」の成立への賭けであり、そこに「文明の中にありつつ文明を超えようとする漱石の文明批評」（平岡氏）が託されていると見るのは至当である。

かくして画工がその画題完成のために、那古井の温泉場から「汽車の見える」「現実世界へ引きずり出され」（十三）るのは必然であった。川舟で久一を吉田の停車場へ送って行く舟中で画工は那美の自画像の要求に対し、次のような問答を試みている。

「なに今でも画にできますがね。只少し足りない所がある。それが出ない所をかくと、惜しいですよ」
「足りないたつて、持つて生れた顔だから仕方がありませんわ」
「持つて生れた顔は色々になるものです」

「自分の勝手にですか」
「えゝ」
「女だと思つて、人をたんと馬鹿になさい」
「あなたが女だから、そんな馬鹿を云ふのですよ」
「それぢや、あなたの顔を色々にして見せて頂戴」
「是程毎日色々になつてれば沢山だ」

引用が長くなったが、ここには無意識界を透視している画工の、那美の自己認識に対する決定的な優位が示されている。そして現実の背後に無意識を透視する画工の視点は、「草枕」起筆の十カ月前に記された、次の如き英文断片の内容を想起せしめる。

○Crust on crust. The glory of the spirit is hidden deep under the hard skin. A crisis arrives—a crisis which calls on the free and active play of the essential quality of the mind.—a crisis in which a man must, will or nill, burst open the hard shell and evoke the hitherto unknown (unknown to the possessor as well as to obserevers) faculty of the mind in its quitessential rage and fury. Then and then alone, he recognises self— self in its nudity, in full glory of its spiritual significance. But alas! The crisis causes more than a flaw, more than a crack. It often results in breaking the mind in pieces, both the coating and kernel together. Would that it were the hard skin only that was burst, thus allowing the inner light shed its iridescent rays around, bathing the darkness which surrounds the owner with heavenly hues.

文中“Crust on crust”とは、同時期の「断片」や『猫』に散見される現代人のとぎすまされた「自覚心」を指す。しかし、その「自覚心」の厚い殻の下に“The glory of the spirit”（本性）が潜んでおり、“A crisis”（予期せぬ危機的状況）が突発するや、本性が解き放たれ、その所有者も第三者も気づかなかった、精神作用が本質的に且つ猛烈に、厚い外皮を粉々にして立ち現われる、そしてそのような“Crisis”は、しばしば外皮のみならず、精神それ自体までも破壊し尽すが、破られるものが外皮のみであった場合は、内から漏れ出た光が、その所有者を虹の様な光彩でおおう、と言うのである。

これは、漱石における無意識の本体への畏怖と、現代人の自覚心に対する鋭い批判を記した極めて注目すべき「断片」であり、特に“crisis”の突発により、無意識の本体が意識界に躍り出て、自覚心の殻を打破し、あるいは精神自体をも破壊するに至るという見方は、以後の漱石の小説の主題の母胎を予示したものと言える。そこには鏡が池におけるあの絶対の視点を介しての意識、無意識を透視する人間認識の確立がある。そして、このような英文断片の存在論的人間認識が最初に小説化されたものこそ『草枕』結末における那美の「憐れ」の表出であった、と言える。先に引用した画工の那美の意識、無意識を透視する視点は、この英文断片に示された作者の人間認識と全く重なるのである。いわば、漱石も画工も、自覚心の充満する二十世紀現実の渦中において、あえて「本体」の出現の現実的可能性に賭けたのである。そしてその時、それを可能とする“crisis”の訪れとして、那美と満州へ出で立つ前夫との予期せざる邂逅が、作中において必然化される必要があったのである。

（略）那美さんは茫然として、行く汽車を見送る。其茫然のうちには不思議にも今迄かつて見た事のない「憐れ」が一面に浮いてゐる。

かくして画工の「胸中の画面」は「咄嗟の際」（“crisis”）において成就した。くどいようだが、画工はこの時、あくまでも鏡が池の画題を意識している限りにおいて、那美を「画中の人間」として領略しえたのであって、非人情の破綻とは言えまい。むしろここでこそ、画工の、そして作者の「夢」が現実化したのである。この「咄嗟の際」における「夢」と「現実」との出会いにこそ、『草枕』の小説構成の集約点が存在する、と言っても良い。画工の「胸中の画面」の成就が同時に、那美に象徴される二十世紀文明へのトータルな批評と重なるところに、作品結末における現実界の導入の狙いがあった訳である。

もちろん那美におけるその本体への回帰は、「一瞬」の出来事でしかない。しかし「一瞬」が実は「永遠」であるという作者の拘執は、「百年を十で割り、十年を百で割つて、剰す所の半時に百年の苦楽を乗じたら矢張り百年の生を享けたと同じ事」（『幻影の盾』）「百年は一年の如く、一年は一刻の如し、一刻を知れば正に人生を知る」（『一夜』）等の叙述によって明らかである。何よりも那美の「憐れ」を見た画工胸中の「鏡が池」の永遠のイメージは、それを物語る。かくして「憐れ」は那美の本性の開示として、画工の画題に定着され、画工の「夢」は、現実の即自的体現者である那美から、みごとにその存在の根拠を獲得した。それは二十世紀的現実に対する無意識界への透視を通じての作者の文明批判の完遂を示すものであった。しかし、その背後に久一青年に象徴される如き悲惨な現実が、依然として取り残されていることに変りはない。

○美其物ヲ愛シテ其他ヲ顧ミザル状態ハ

(一)　世間が何処ヲ向イテモ醜悪デ然モ之ヲ改良スル余地ノナイトキ、此絶望ヲ苦ニセヌ為メ、ワザト美ノ一面ニノミ眼ヲツケテ「マギラカス」悲酸ナモノナリ。借金ヲ返却スル路ナキ故ニ壱杯ノ酒ニシバラク其心酸ヲ忘ルゝガ如シ。

㈡　天下太平ニシテ衣食ニ齷齪スル心配ナク。心ニ余裕アリ。贅沢ヲスル時ト了簡アリ故ニ美ノ方面ニ着眼シテ充分ニ之ヲ味ヒ得、之ハ安楽ナリ（明治39、「断片」）

「草枕」の営為も、作者にとって「借金ヲ返却スル路ナキ故ニ壱杯ノ酒ニシバラク其心酸ヲ忘ルゝ」如き「悲酸」なものであったと意識されていた訳で、その営為の空しさに耐え切れず、やがて現実の「悲酸」そのものに対決することになるモチーフの推移は、既に「草枕」のモチーフそのものの中に内在していたのである。

注

（1）平岡敏夫「志保田那美」（「国文学」昭43・2）

（2）越智治雄「『草枕』」（『漱石私論』〈昭46・6〉所収）に「この説明はほとんど作者の二十世紀日本の文明に対する意見とされてよいものだ」との指摘がある。

（3）平岡前掲論文に「『平和』では神話、『平気』では人情が写らぬとしている点は注意を要する。『人情』否定という方向でのみ『草枕』をとらえようとする通説はここでもつまずくはずである」とある視点に注意しておきたい。

（4）越智前掲論文参照。

（5）玉井敬之「『草枕』の一面」（「関西大学国文学」昭39・6）。なお越智説は、玉井説への批判として提出されたものだが、両氏の意見は必ずしも対立するものではないとするところに小論の方向がある。

（6）以下に引用する、椿のイメージと「倫敦塔」の「ボーシャン塔」での幻覚との類似については、内田道雄『草枕』注釈（角川書店「日本近代文学大系」第二五巻『夏目漱石集Ⅱ』〈昭44・10〉の補注一八六に指摘があり、「『ぱつと咲き、ぽたりと落ち、ぽたりと落ち、ぱつと咲いて、幾百年の星霜を……』という本作での椿のイメージには、右『倫敦塔』の『ぽたり〳〵と露の珠』『十六世紀の血』という、血のイメージと同質のとらえ方がある」と述べられている。

（7）前出注（6）所出、内田氏注釈。

（8）椿の落花のイメージには、罪の意識と関わる漱石固有の把握があるらしい。例えば『こゝろ』の「先生と私」第一四章で先生の思想に肉迫する「私」に先生が警告する対話の場に「先生は迷惑さうに庭の方を向いた。其庭に、此間迄重さうな赤い強い色をぽたぽた点じてゐた椿の花はもう一つも見えなかつた、先生は座敷から此椿の花をよく眺める癖があつた」（傍点稿者）という叙述があり、血の色にまがう椿の深紅のイメージの中にKとともに共有した人間存在の深淵の意味を反芻しつつある先生の無意識の姿勢が表現されていると見るのは可能であろう。

（9）例えば片岡良一「『坊っちゃん』と『草枕』」（『夏目漱石の作品』〈厚文社書店　昭37・3〉に所収）に「あわれが浮ばねば絵にならぬとは、要するに人情が漂わねば芸術にならぬというのと同義語なのであろうから、人情の放棄を根本の建前としたこの作の主張からいえば、これはかなり大きなミスだったことになるのである」とある。

『野分』の周辺

一

例えば、日露戦争末期及びその直後に漱石は次の如き感想を示した。

僕は軍人がえらいと思ふ。

西洋の利器を西洋から貰つて来て、目的は露国と喧嘩でもしようといふのだ。日本の特色を拡張するため、日本の特色を発揮するために、この利器を買つたのだ。文学者が西洋の文学を用ゐるのは、自己の特色を発揮する為でなければならん。それが一見奴隷の観があるのは不愉快だ。（『批評家の立場』『新潮』明38・5）

兎に角日本は今日に於ては連戦連捷——平和克復後に於ても千古空前の大戦勝国の名誉を荷ひ得る事は争ふべからずだ。こゝに於てか啻に力の戦争に勝つたといふばかりでなく、日本国民の精神上にも大なる影響が生じ得るであろう。

（略）我邦の過去には文学としては大なる成功を為したものはないが、これからは成功する。これからは大傑作が製作される。決して西洋に劣けは取らぬ。西洋のに比較され得るもの、いやそれ以上のものを出さねばならぬ。出すことも出来得るといふ気概が出て来る。これが反響として国民に自覚され自信される事になるのは自然の勢ひである。で、この趨勢から生れて来る日本の文学は今までとは違つて頗る有望なものになつて来るであらう。（『戦後文界の趨勢』『新小説』明38・8）

『猫』に始まる漱石の日露戦後文学活動の基盤に、このような日露戦勝利を契機としての国民的自覚の昂揚が存在したことを、私たちは第一に注目しなければならない。これは、遠く『野分』の「現代の青年に告ぐ」の趣旨につながるモチーフの最も早い提示である。

しかし、漱石におけるこのような国民的自覚昂揚の背後に次の如き戦後社会状況に対する素朴な楽天観が存在したことを見逃すことはできない。

（略）戦後に於ける経済的変化で、日本の富が在来よりも膨張して来れば、すべての贅沢な職業とか事業とかが従つて発達して来る。文学の如きも無論この部分に属して発達して来るので、富の力はかゝる種の事業を必要ならしめる。（略）で、富の力が膨張すればするほどこれらの需要も多くなり、これに対する名誉も報酬も多くなるといふことになる。従つてこれらの事業も発達して来るのである。（前出『戦後文界の趨勢』）

逆説的に言えば、これらに示された国民的自覚の昂揚と、にも拘わらず漱石の楽天観を裏切る富と貧、明と暗という社会的階層の激しい分化、総じて悲惨な社会状況の現実化という歴史の新たな展開こそ、『野分』における文学者としての〈覚悟〉を漱石にもたらしめたものに外ならない。漱石における日露戦後文学者概念の確立の背景に、以上の言説に示された如き楽天観の喪失と、新たな現実認識の発生があったことは重要な事実と云って良い。

例えば「断片」（明治38、9年）に漱石は次の如く記した。

黠者をして乗ぜしむるは汝の正義に背くなり
陋者をして侮らしむるのは汝の気品に背くなり
愚者をして軽んぜしむるは汝の智慧に背くなり
富者をして擅まゝな〔ら〕しむるは汝の学殖に背くなり
権者をして専らならしむるは汝の道念に背くなり（略）

吾は日本の人なり、天下の民なり。日本を挙げて吾を容れずんば天下に行かん。天下を挙げて吾を容れずんば天下を去らん。天下を去るは己を屈して天下に容れらるゝの耻に優る。（傍点筆者）

ここには、既に富と権力と策の前に、敢然として自己を主張し、常に「飄然として去る」、『野分』の白井道也の面影が髣髴たりえている。それは著名な「汝ノ見るは利害の世なり。われの立つは理否[原]の世なり。汝の見るは現象の世界なり。われの視るは実相の世なり。人爵――天爵。栄枯――正邪。得失――善悪。……」という同じ「断片」の記述と表裏するものでもあるが、この期漱石の思念を貫くものが色濃い敗北の悲劇への固執であることだけは、指摘して置かねばならぬ。次の同じ「断片」の英文メモも、この事実の一傍証たりうるであろう。

A world of woes, a world of rage and a world of temptation.

Besieged by the world, the world of misery, wickedness, and its lowest phases of wretchedness. Evil sprits howl around, vying with each other to subdue the godly man. Suddenly a way is made for him, made by the cunning hand of the devil. Forward they say. The man slowly rises, looks at the way which seemingly leads him to a place all but miserable. He scornfully turns his head, planges at once into the storm, which rages round him. "Fight and conquer!" says he. His voice is drowned among the wind and rain.

この英文「断片」の示すものは、断固として道念に反する悪への誘引を拒否し、戦闘の意図に固執し、破滅を覚悟しつつ、悲惨な現実の直中に躍り込もうとする漱石の姿勢であると要約することができよう。漱石は、このような姿勢を別の角度から又、次の如く記している。

○二個の者が same space ヲ occupy スル訳には行かぬ。(略)甲でも乙でも構はぬ強い方が勝つのぢや。理も非も入らぬ。えらい方が勝つのぢや。(略)賢も不肖も入らぬ。人を馬鹿にする方が勝つのぢや。礼も無礼も入らぬ。鉄面皮なのが勝つのぢや。(略)文明の道具は皆己れを節する器械ぢや。(略)我を縮める工夫ぢや。(略)凡て消極的ぢや。(略)――夫だから善人は必ず負ける。君子は必ず負ける。徳義心のあるものは必ず負ける。(略)勝つと勝たぬとは善悪、邪正、当否の問題ではない――power デある――will である。

漱石が自己の道念の貫徹と、現実世界における敗北とを一体のものとして捉えていたことを、私たちはここに重ねて確認することができる。云う迄もなくその〈敗北の美学〉は、現実への屈服を絶対に認めぬ戦闘への姿勢によって貫かれていた。そこに要請されたものが、前出英文「断片」所出の "the godly man" であり、又、同じ「断片」の次の記述に所出する「独立セル人」であった。

○独立セル人ノ他ノ憐ミヲ乞フ程愚ナルハナシ。故ナクシテ人ヲ賤シムヨリ下品ナルハナシ。
○独立セル人ハ孤立シテ天下ヲ行ク。他ノ侮蔑ヲ受クレバ他ヲ侮蔑スルノミ。陰陽剝復ハ天下ノ理ナリ。我ヲ侮ドル者ハ天子ト雖モ侮ツテ可ナリ。

「独立セル人」の付帯条件が「孤立シテ天下ヲ行ク」ことである所以が、ここに明らかだが、その家庭的条件は、又次の如き記述に示される。

○親ノ威光ヲ借リル細君。御大名ノ威光ヲ借リル細君。下女ヤゴロツキ書生の補助ヲカリル細君。ナカウドの威光ヲカリル細君。……他人ノ力ヲ借リテ夫ニ対スル細君ハ細君ニアラズ他人ナリ。只名前丈ノ細君デアル。二十世紀デハ妻スラ他人ナリ。況ンヤ他ヲヤ。親愛トカ交情トカ云フ者ノ存在スベキ理由ナシ。

ここには既に『野分』における白井道也とその妻お政との孤絶した夫婦関係の実態が提示されていると云って良い。そして敗北を必然としつつ、決して現実への屈服を容認せず、あくまで戦闘への姿勢を保持しつつ、現実の渦中に飛び込もうとする“the godly man”や、孤立を怖れぬ「独立セル人」のイメージは、その儘『野分』の主人公白井道也を造型するに至る漱石の精神的基盤の所在を示すものであると言って過言ではない。

おそらくこのような道念の人の形象化に至る漱石の精神的基盤の背後にあるものは、前出『批評家の立場』『戦後文界の趨勢』における国民的自覚の昂揚を継承しつつ、日露戦後の史的過程に色濃く現出し来った悲惨な状況への直視に伴なう楽観的な戦後現実への見透しの転換——状況認識の確立であったことを、私は再び強調しておきたい。

既に唐木順三に次の指摘がある。(1)

『野分』は『草枕』と『坊つちやん』の二傾向の綜合であると同時に、先に言つた如くまたひとつの転回点であり新しい出発点である。(略)『猫』『坊つちやん』に於けるブルジョアジイに対する反抗は要するに無鉄砲と痼癪に始まり、自己の優越感と快哉に終つてゐるに対し、『野分』の主人公の対立は常に「飄然として去る」を特徴とする。(略)

かうして道也先生は愈々高く「一人坊つちの崇高」へ登りはじめる。人格価値の前に一切の金と権力の力をすくめさせようとする。ブルジョアジイと自己乃至人格との全き隔離を企てる。道也先生の演説の要点は其処にある。(略)

作品そのものの分析を一先ず措いて、「ブルジョアジイに対する反抗」を『野分』のモチーフの根源に据える叙上の唐木氏の視角を私は支持する。そしてそのような道也の立場、もしくは作者の立場に対する次の如き唐木氏の視角にも私は率直に共感する。

だがこれは明らかにブルジョアジイに対する敗北を意味する。一切の人格教養を無視し、或はそれを利用することによつて、余剰価値の蓄積に余念のないブルジョア社会機構内に於て「わたしは痩せてゐる。痩せてはゐるが大丈夫」といふ道也先生の『人格論』は、痩我慢であると同時に社会の中心機構から疎外されたインテリゲンチアの唯一の逃避場であるのだ。

確かに白井道也の至りつく究極の場は、作品の構成を越えて、客観的には「明らかにブルジョアジイに対する敗北」であろう。しかし、既にこの期漱石の「断片」を閲し来った私たちは、そのような漱石の〈敗北の美学〉への固執が、一面、ブルジョア的俗悪との熾烈な戦闘のモチーフの所産であることをも唐木の視角に付け加え、確認しなければならない。そして、かかる漱石における戦闘へのモチーフを介してこそ、前引唐木氏の視角は、『野分』のモチーフを「作者の自己定立」に置く越智治雄氏の視点[2]や、「文学者の社会参加」に置く内田道雄氏の視点[3]、これら一見相反する二つの視点を生み出すに至る原点として、『野分』研究史上揺ぎない位置を獲得し得ていると思われるのである。

例えば、相原和邦氏は、その周到な『野分』論[4]の中で、越智・内田両氏によって代表される『野分』に対する一見背反したモチーフの措定を、「そのどちらかを選ぶというより、むしろ自己定立の場として社会が設定され、社会参加は自己定立を抜いてはあり得ないとして両者を統一するところにこそ、この作品の真のモチーフが読み取れるのではないだろうか」という方向で統一しようと試みているが、「作者の自己定立」と云い、「文学者の社会参加」と云い、日露戦後の国民的自覚の勃興に対応する作者の異様な迄の主観の燃焼――いわば自己変革のモチーフ、ひいては〈文学者〉概念変革への熾烈なモチーフ燃焼を踏まえずして、それらを統一することは遂に不可能な筈である。

しかし先走って言えば、そのような日露戦後状況を踏まえての作者の両様のモチーフの文学的遂行が、色濃い〈敗北の美学〉に彩られてなさざるを得なかった一点にこそ、漱石における未だ遂げられなかった芸術と実生活の一元化と、そこに齎され来った観念のドラマとしての『野分』の芸術的限界が、否定しようもなく露呈されていると眺めうるのではないだろうか。相原氏に倣って言えば、「文学者の社会参加」を希求しつつ、作品の実質は「作者の自己定立」という観念のドラマを結果したところにこそ、『野分』における漱石の到達点と限界とが共に示されていると見得るのである。云う迄もなく、それら両様のモチーフを作品内部で辛うじて統一しえているものこそ、この期漱石の〈敗北の美学〉への固執であったのである。

二

この期漱石の〈敗北の美学〉の裡に込められた激しい戦闘への意志は、既に次の如き『文学論』序（明39・11執筆）の一節の裡にも明らかである。

（略）余は日本の臣民なり。（略）日本の臣民たる光栄と権利を有する余は、五千万人中に生息して、少くとも五千万分一の光栄と権利を支持せんと欲す。此光栄と権利を五千万分一以下に切り詰められたる時、余は余が存在を否定し、若くは余が本国を去るの挙に出づる能はず、寧ろ力の継く限り、これを五千万分一に回復せん事を努むべし。是れ余が微少なる意志にあらず、余が意志以上の意志なり。（略）余の意志以上の意志は余に命じて、日本臣民たるの光栄と権利を支持する為めに、如何なる不愉快をも避くるなかれと云ふ。

このような激しい戦闘への意志は、他面、若き学徒に対する「（略）何故に萎縮するのである。今日大なる作物が出来んのは生涯出来んといふ意味にはならない。たとひ立派なものが出来たつて世間が受けるか受けないかそんな事はだれだつて受け合はれやしない。只やる丈やる分の事である」（明39・2・15 森田米松宛）「兎に角に活動あらん事を希望する。明治の文学は是からである。（略）是から若い人々が大学から輩出して明治の文学を大成するのである。頗る前途洋々たる時機である。僕も幸に此愉快な時機に生れたのだからして死ぬ迄後進諸君の為めに路を切り開いて、幾多の天才の為めに大なる舞台の下ごしらへをして働きたい」（同10・10　若杉三郎宛）などと云う激励の言葉となって表現される。

このような日露戦後文運の興隆への漱石の期待を最初に充足しえたものが島崎藤村『破戒』（明39・3）の出現であったことは、既に汎く知られている。明治三十九年四月一日付高浜清宛、同森田米松宛、四月四日付高浜宛書簡等に示される『破戒』を「傑作」とする漱石の感動は、『破戒』の文体の斬新さや事柄の真面目さへの着目を越えて、何よりも日露戦に触発された作者藤村の社会と個、芸術と実生活統一への希求に発する自己変革へのモチーフ、もしくは全生活を賭して〈文学者〉としての自己確立に賭けた藤村の小説家としての覚悟の定立に対する感動に裏付けられていた、と言わねばならない。

勿論そのような漱石の『破戒』への感動が、直ちに『野分』のモチーフに結びつくと見ることは性急であることは云う迄もない。『破戒』刊行前に脱稿されていた『坊っちやん』は一先ず措くとしても、この期漱石の文学的企図が「小生が芸術観及人生観の一局部を代表したる小説」（明39・8・7　畔柳芥舟宛）としての『草枕』（39・9『新小説』）や、それに先立つ『猫』における「太平の逸民」としての気儘な言説の表現の裡に強く傾いていることは、多くの徴標の示唆するところである。

しかし、そのような所謂余裕、低徊と一括しうるこの期漱石の文学的傾向の裡において、『野分』執筆への漱石の潜在的姿勢は徐々に顕在化しつつあったのだ。例えば、『猫』（十一）脱稿の半月前、『草枕』起稿の二十数日前漱石が既に「小生は何をしても自分は自分流にするのが自分に対する義務であり且つ天と親とに対する義務だと思ひます」云々と前置きした上で「世界総体を相手にしてハリツケにでもなつてハリツケの上から下を見て此馬鹿野郎と心のうちで軽蔑して死んで見たい。」（明39・7・3　高浜清宛）という凄絶な迄の覚悟を記しているのは、その一徴標と云えよう。

ここに示されているのは、既に見て来たような漱石における〈敗北の美学〉への固執と、戦闘の意志との結合である訳だが、それを漱石自身の現実問題における去就と密接に関わらせ、この期漱石の一つの自己定立を形成するに至らしめたものこそ、七月十日、同十九日、同三十日及び十月二十三日（二通）付狩野亨吉宛書簡に示された京都帝国大学招聘の件をめぐる漱石の逡巡と、究極における断りの意志表明という態度決定であったと云っても過言ではあるまい。それらで漱石は「打死」の覚悟を披瀝するとともに、「余は余一人で行く所迄行つて、行き尽いた所で斃れるのである」という孤独往邁の決意を示し、社会や身辺の「色々な不幸やら不愉快」を生ずる「エヂエント」を「社会の罪悪者」と認定し、「天下の為め。天子様の為め。社会一般の為めに打ち斃さんと力めつゝある」姿勢を揚言し、「而して余の東京を去るは此打ち斃さんとするものを増長せしむるの嫌あるを以て、余は道義上現在の状態が持続する限りは東京を去る能はざるものである」と結論するに至っているのである。ここに当時の一月十日付森田米松宛、七月十八日付小宮豊隆宛、九月十八日付畔柳都太郎宛書簡等に現われ来る「大学をやめたい」「講義を作るのは死ぬよりいやだそれを考へると大学は辞職仕りたい」等々の言辞を重ねれば、『野分』の白井道也における、「三たび飄然と中学を去つた道也は飄然と東京へ戻つたなり再び動く気色がない」（二）「教師ももうやらぬと妻君に打ち明けた。学校に愛想をつかした彼は、愛想をつかした社会状態を矯正するには筆の力によらねばならぬと悟つたのである」（同）という境位が、当時の漱石の東京を去らぬ決意、創作及び文筆による自己定立への翹望に対する、実像と理想像とを組み合わせて造型された存在である所以が髣髴とする筈である。

恐らく八月九日脱稿の『草枕』から、九月初旬の『二百十日』の成立を介し、十二月二十一日の『野分』脱稿の経緯に示された漱石の文学的境地の殆んど百八十度の転換に与って力のあった直接的与件は、十月二十三日付狩野宛書簡に示された京都帝国大学招聘への断りと東京における不退転の覚悟の確立であったと云って良い。

当時の漱石が三カ月の長きに亘り京都帝国大学の件に逡巡し続けたのは、狩野の執拗な招きもさることながら、主として東京帝国大学及び第一高等学校における講師という身分の不安定さに拠るものであることは、七月十九日付狩野宛書簡が明瞭に示している。にも拘わらず、十月二十三日付狩野宛書簡において漱石は、「教授や博士になるならんは瑣末の問題である。夏目某なるものが伸すか縮むかといふ問題である」云々という大局的見地に立ち至っていることに注目したいのである。

かくして狩野宛十月二十三日付書簡投函の三日後に、漱石は鈴木三重吉宛書簡（同日付第二信）において「苟も文学を以て生命とするものならば単に美といふ丈では満足が出来ない」、「僕は一面に於て俳諧的文学に出入すると同時に一面に於て死ぬか生きるか、命のやりとりをする様な維新の志士の如き烈しい精神で文学をやつて見たい」という既に余りにも著名な言辞を吐き得る自己を確立しえた訳で、そこに日露戦後状況に厳しく対決しようとする漱石の自己変革の一到達点と、美と想念の作家としての漱石から、文明批評家としての作家漱石の自立を見ることは一先可能であろう。

尤も『野分』構想の潜在的契機の発生という点に視点を限定すれば、管見に入った限りでは、『草枕』に関説しての「花嫁の馬で越ゆるや山桜」の句を「花の頃を越えてかしこし馬に嫁」（第二章所出）と直したことを前書とする八月十一日付高浜清宛書簡における「『御前が馬鹿なら、わたしも馬鹿だ。馬鹿と馬鹿なら喧嘩だよ』今朝かう云ふうたを作りました。此人生観を布衍していつか小説にかきたい。（略）先づ当分は此うた丈うたつてゐます。小説にしたらホト、ギスへ上げます。」という叙述が最も早い。『草枕』脱稿（八月九日）の直後に、既に『野分』へのモチーフは胎動し始めていた訳である。

ともあれ、漱石は前出三重吉宛書簡の延長上に「正月には何か純人情的即ちシヤボテン式ならざる物をかきたいと思ふ」（11・6　森田米松宛）「正月には非人情の反対即ち純人情的のものがかきたいが出来るか、出来損ふか、又は出来上らないか分らない。」（11・9　高浜清宛）「小生今後の傾向は先づ以て四方太先生の堕落的傾向であります。（略）小生が好んで堕落するんぢやない。世の中が小生を強ひて堕落せしむるのであるか。」（11・11　高浜清宛）「ホト、ギス未だ手を下さず今度は今迄と違ふ方面をかゝうと存候（略）是から学校のひまにポツ〳〵堕落文学を五六十枚かゝうと存候」（12・8　森田米松宛）等と述べ、美と想念の文学への一応の訣別を告げるに至る訳だが、このような日露戦後現実の渦中に積極的に踏み込もうとする作家漱石の精神的基盤にあったものは、現実との対決（「喧嘩」）の姿勢に由来する美的世界からの「堕落」を怖れぬ覚悟のみに留まらず、「打死」（10・23　狩野亨吉宛）の語に端的に示される如き〈敗北の美学〉への固執と、それと相表裏する飽くなき戦闘への意志であったことを、三たび確認して置くことは、決して無駄ではあるまい。そして上記書簡群に所出『ホト、ギス』明治四十年一月号掲載予定の作品こそ、『野分』であったことは贅言の要もあるまい。

注

（1）「漱石概観」（『夏目漱石』〈修道社　昭31・7〉所収。初出「夏目漱石論」〈『現代日本文学序説』春陽堂　昭7・10〉）。
（2）「野分」（『漱石私論』〈角川書店　昭46・6〉所収。初出『国文学』昭44・4）。
（3）「漱石と社会問題――『野分』の成立」（『国文学』昭40・8）
（4）「『野分』の位置」（『国文学』昭49・11）。

観念と現実　『野分』論

一　当代青年への共感と激励

『野分』成立の背景に同時代青年への漱石の深い関心が存在し、そこから数多のモデル論も生じていることは周知の事実だが、作中最もリアルな形象性を獲得しているとされる高柳にしても、また作者に最も近い存在とされる道也にしても、既に「今度の小説中には平生僕が君に話す様な議論をする男や、夫から経歴が（人間は知らず）君に似てゐる男が出て来る。自然の勢何となしにさうなるのだから君や僕の事と思つちやいけない」（明39・12・10 森田米松宛書簡）とあるように、作品中における一つのタイプとして造型する意図が強く存在したことは否定し難い。それはまた、中野とその婚約者との場合にも適合する筈だ。

このような当代青年層をタイプとして把握しようとする漱石の意図は、直接的には、当代青年層への批評意識の介在を除いては考えられない。それを最も良く示すものは、『野分』の前作『二百十日』の作意に触れた十月九日付高浜清宛書簡における次の如き叙述である。

（略）碌さんはあのうちで色々に変化して居る然し根が呑気原が人間だから深く変化するのぢやない。圭さんは呑気にして頑固なるもの。碌さんは陽気にして、どうでも構はないもの。面倒になると降参して仕舞ふので、其降参に愛嬌があるのです。圭さんは鷹揚でしかも堅くとつて自説を変じない所が面白い余裕のある逼らない慷慨家です。（略）

僕思ふに圭さんは現代に必要な人間である。今の青年は皆圭さんを見習ふがよろしい。然らずんば碌さん程悟るがよろしい。今の青年はドツチでもない。カラ駄目だ。生意気な許りだ。

ここには『二百十日』における「圭さん」「碌さん」の造型が、漱石における観念的理想像としてのそれであった所以が示されている訳だが、その背後に「圭さん」ほど徹底もせず「碌さん」ほど悟りもしない当代青年層のあり方を「カラ駄目だ」とする漱石の峻烈な批評意識の存在が明瞭に示されている。そのような漱石の批評意識は「未来の日本を作る青年が自己の責任もエライ事も何も知らずにワー〳〵して居るのは天子様の為めに御気の毒である。（略）今の青年共は猫をよんで生意気になる許りだ。猫さへ解しかねるものが品格とか人柄とかいふ事が分り様筈がない。困つたものだ」（明39・10・20　野間真綱宛）とか、「高等学校の教師のあるものは生意気である。生徒のあるものは生意気である。（略）生徒は何の考もなく只軽跳（原）にして生意気なのである」（明39・11・16　滝田哲太郎宛）という如き書簡叙述における高飛車な批判とも重なるものであるが、一層深くは日露戦後状況に溺れ、埋没し、現実を怖れる傍ら現実に拮抗する主体を確立しえずにいる現代青年層の脆弱な精神的基盤に対し鋭く指し向けられたものであろう。

例えば「君はあまりに神経的、心配的、人の心を予想しすぎる様な傾向がありはせんかと思ふ。他人に対してはとにかく僕に対してはさうせん方がいゝ。君も気楽でいゝでせう」（明39・1・8　森田米松宛）、「君は自我の縮少を嘆じて居ると同時に君の手紙中には大に自我を立てゝ居る。君の手紙の如く我が立つて居ながら夫でも自から小さいく〳〵と嘆息するのは必竟幾分かのウソが籠つて居る」（明39・2・15　同）、「世の中が恐しき由、恐しき様なれど存外恐ろしからぬものなり。もし君の弊を言はゞ学校に居るときより君は世の中を恐れ過ぎて居るなり。君は家に居つておやぢを恐れ過ぎ。学校で朋友を恐れ過ぎ卒業して世間と先生とを恐れ過ぐ。其上に世の中の恐しきを悟つたら却つて困る位なり。恐ろしきを悟るものは用心す。用心は大概人格を下落せしむるものなり」（明39・7・24　中川芳太郎宛）等の書簡叙述を、六月七日付鈴木三重吉宛書簡（「現下の如き愚なる間違つたる世の中には正しき人でありさへすれば必ず神経衰弱になる事と存候。」云々）や同二十三日付森田米松宛書簡（「純文学の学生は大抵神経衰弱に罹つて居る。」云々）に見える青年および自己の神経衰弱的状況の把握（これは直接には『猫』十一の神経衰弱論に帰結する。）に重ね合わせる時、当時の漱石が当代青年層一般を重苦しく覆っている脱出口のない自滅的傾向を確実に把握しえていることは、見逃すことのできない事実である。

この事情は直ちに漱石をして「天下は君の考ふる如く恐るべきものにあらず、存外太平なるものなり」（前出、中川宛）、「天下は太平である。ユツクリと鷹揚に勉強してエライ者になつて、名前を後世に御残しなさい」（明39・10・16　行徳二郎宛）などという、いわば対症療法的状況認識を青年に告げしめるに至るのだが、そのような認識を告げしめた漱石のモチーフの根底にあるものは、前出二月十五日付森田宛書簡や十月十日付若杉三郎宛書簡（「明治の文学は是からである。（略）是から若い人々が大学から輩出して明治の文学を大成するのである。」云々）等に示されている現代青年層に対する鼓舞激励のモチーフ、ひいては、その根底に潜む自滅的・神経衰弱的当代青年層の精神状況を、戦闘への積極的姿勢に転換させようとする必死の試みであった、と言って良いだろう。そのような漱石の姿勢は、後『野分』の白井道也の演説「現代の青年に告ぐ」に一層深化、発展を遂げて提示されることになるが、ここでは漱石の目にいいい「天下の心細がつてるもの」（明39・12・22　小宮豊隆宛）としての日露戦後状況下の青年の普遍的イメージが、具体的に見えつつあることを確認しなければならない。

このような青年層の自滅的傾向に対する漱石のもう一つの対症療法は、既に挙げた行徳二郎宛書簡における「ユツクリ」「鷹揚」な対人生態度涵養の勧告であり、それは『二百十日』の圭さんに対する「鷹揚でしかも堅くとつて自説を変じない」、「余裕のある逼らない慷慨家」という把握、ひいては前出高浜宛書簡の省略部分における「あんな人間をかくともつと逼った窮屈なものが出来る。（略）所が二百十日のはわざと其弊を脱してしかも活動する人間の様に出来てるから愉快なのである」という作品執筆上の方法意識にまで溯り得るのである。そして、この第二の対症療法の究極的到達点こそ『野分』の白井道也が『江湖雑誌』に掲載し、青年高柳をして感動せしめ、両者の邂逅の直接の機縁をなすに至った論文「解脱と拘泥」であったのだ。

勿論、既に相原和邦氏が指摘する如く(1)、漱石自身「僕の様な人間は君程悟つてゐないから稍ともすると拘泥していけないが」とか、「実世間では人間らしく振舞つて居てもチヨイ〳〵拘泥する所が自分にあるから却つて醜悪な感じがする」（明39・10・23、狩野亨吉宛）とか述べている訳で、「ユツクリ」「鷹揚」「拘泥しない」人生態度の涵養をめぐる青年層への勧告は、漱石自身の課題でもあった。日露戦後状況下における青年層の課題は、その意味においては、半面において漱石自身の課題でもあったのである。にもかかわらず大学卒業後、松山—熊本—倫敦—東京と漂泊し来たった漱石の生活歴の齎した精神状況と、大学卒業後、直ちに首都の日露戦後状況下に投げ出された青年層の精神状況との落差の存在は否定しえない。『二百十日』脱稿後、明治三十九年十月二十日付皆川正禧宛書簡は、その間の事情を明確に浮かび上がらせているのである。

（略）近頃は世の中に住んで居るのが夢の中に住んでゐる様な気がする。どこを見ても真面目なものが一つもない。悉く幻影と一般タワイないものである。こんな世界に住んで真面目に苦しい思ひをして暮らすのは馬鹿気てゐる。真面目になり得る為めには他人があまり滑稽的である。

（略）青年は真面目がいゝ。僕の様になると真面目になりたくてもとてもなれない。真面目になりかける瞬間に世の中がぶち壊はしてくれる。難有くも、苦しくも、恐ろしくもない。世の中は泣くにはあまり滑稽である。笑ふにはあまり醜悪である。

「猫は苦しいのを強いて笑つてる許ぢやない。ほんとに笑つてるのである」（明39・2・15　森田米松宛）という『猫』の作者漱石の真の面目をここに見ることができるのだが、ここで漱石が自己と青年の「真面目」とを対比的に捉え、後者に大きな共感と期待とを寄せている具体相を、私たちは確認することが出来る（同様の自己認識は皆川宛書簡と同日の野間真綱宛および前出行徳二郎宛書簡においても見出すことができる）。

漱石は一方で「今の世に神経衰弱に罹らぬ奴は金持ちの鲁鈍ものか、無教育の無良心の徒か左らずば、二十世紀の軽薄に満足するひやうろく玉に候」（明39・6・7　鈴木三重吉宛）とも述べていた。とすれば、ここには、「真面目」に立脚した神経衰弱的・自滅的傾向を青年とともに共有しつつ、世の中の「真面目」と「滑稽」との並在を「幻影と一般タワイないもの」と見る、もう一人の漱石がいる訳で、それは直ちに「天下は（略）恐るべきものにあらず」、「天下は太平である」という漱石の青年に宛てた現状認識に重なるものと言えよう。「真面目」に煩悶する青年層に宛てた漱石の対症療法的現実認識は、このような十数余年にわたる生活者としての漱石の実感に支えられていた訳で、実は、ここにこそ、当代青年層への批判意識を越えて、「現代の青年に告ぐと云ふ文章中には大に青年を奮発させる事をかく」（明39・10・18　高浜清宛）という青年層への連帯と激励の意図に支えられた『野分』の根源的モチーフの発する精神的基盤が存在したと言い得るであろう。

このような自己の生活歴に立脚した実感によって齎された漱石の青年層への共感と激励という『野分』の根源的モチーフは、漱石と道也の漂泊の履歴、定収入の落差、社会的存在様態の懸隔をこえて、漱石の人生観的到達点に最も近い存在として、「食へさへすればいゝぢやないか、贅沢を云や誰だつて際限はない」(三) という道也の生活者としての覚悟や、「呑気」「飄逸」にして「拘泥」せず、常に「飄然として去る」道也のイメージの裡に具体的に結実するに至るのである。

二 『野分』の趣向

言うまでもなく小説は文学であって、決して思弁ではありえない。したがって叙上において遂行し来った如き作者の精神的位相の把握よりも作品は、遙かに豊かな実質を内包する。『野分』評価の微妙さも恐らくはこの普遍的原理に由来する。もちろん、漱石自らも観念や思想の表現と、小説としての表現との相違を痛感したに違いなく、そこにこの期他の諸作と異なり「ホト、ギス未だ手を下さず今度は今迄と違ふ方面をかゝうと存候然し趣向纏まらず二十〔日〕迄に出来さうもなし」(明39・12・8 森田米松宛)、「ホト、ギスを書き始めんと思へど大趣向にて纏らず」(同 鈴木三重吉宛) 等と「趣向」、いわば作中のドラマを巡る漱石の苦心努力の姿が立ち現れてくるのである。恐らくそれは、この期漱石の観念の二重性、いわば戦闘への飽くなき意志と、〝敗北の美学〟という一見相対立する対現実的態度[2]や、それらを根源において統一する青年層の自滅的・神経衰弱的傾向を、いかに積極的なエネルギーに転化せしめるかという抱負の大きさ、課題の至難さに拠るのみならず、『草枕』『猫』『漾虚集』に示された美と想念の作家漱石から、現実もしくは文明批評家漱石への脱皮、成長への苦しみに比例するものであったに違いない。「向鉢巻大頭痛」(明39・12・16 高浜清宛)、「向鉢巻の大頭痛」(明39・12・19 中川芳太郎宛) 等の率直な苦心の表明は、そこに由来する。

このような漱石の苦心は、『草枕』や『漾虚集』の諸作に象徴される如き、〝余裕〟〝低徊〟と概括される耽美的要素や、否定すべからざる漱石の生への暗い実感――死のモチーフ――を作中に引き継ぎつつ、その背後に確固たる日露戦後現実を据えるという「趣向」として『野分』に結実する。中野と高柳の棲む世界が明と暗、耽美と現実（実感）とをそれぞれ仮託されていることは動かぬところだが、それらがそのまま、日露戦後現実の富と貧という社会構造の落差を示す象徴たりえているところにこそ、〝余裕〟〝低徊〟や美と想念（死）の世界を含み込みつつ、さらにそこから一歩踏み出した『野分』における漱石の位相が鮮やかに示されているのである。『猫』の諷刺に関連しての「彼等の云ふ所は皆真理に候然し只一面の真理に候。（略）もし小生の個性論を論文としてかけば反対の方面と双方の働らきかける所を議論致し度と存候」（明39・8・7　畔柳都太郎宛）という抱負が、いよいよこの作品に至って実現の段階に至ったとの感が深い。

　しかし『野分』の「趣向」は「反対の方面と双方の働らきかける所」という単純な対立的構成法によっては成り立っていない。対立という点では、既に指摘した如く中野と高柳の場合がそれに当たり、彼らは人生観、芸術観、社会的位置その他諸々の点で明と暗の截然たる対比を構成し、「双方の働らきかける所」も、一々指摘するに枚挙の遑がない、と言って良い。しかし、少なくとも作者のモチーフに従えば『野分』の構成の中軸をなすものは白井道也であり、白井道也のイメージを明確に把握しえて初めて、作者は『野分』の筆を執りえた筈である。贅言すれば、たとえ高柳の暗く淋しい現実認識や、中野輝一の耽美的世界が作者の分身としてのそれであること[3]は否定しえないとしても、道也を欠いた『野分』の世界は、もはや『野分』ではありえないのである。なぜなら『野分』が『野分』でありうるのは、道也の行動や観念に託された作者の主観の燃焼によってでこそであるからなのだ。

　このような「趣向」に基づく『野分』において、当時の作者に最も遠い存在として設定されたのが、中野輝一であることは動くまい。恐らくそれは「愛は尤も真面目なる遊戯である。遊戯なるが故に絶体絶命の時には必ず姿を隠す」と言う如き恋愛遊戯論を超えて、「尤も我儘なる善人が二人、美くしく飾りたる室《しつ》に、深刻なる遊戯を演じてゐる。室外の天下は蕭寥たる秋である」（七）と言う叙述に示されている如く、中野とその婚約者の愛のドラマを、「蕭寥たる秋」に棲む高柳と道也の世界との截然たる距離において眺める作者の視線の裡にこそ明瞭に示されていよう。

だが『野分』一篇の構成において興味深いことは、そのように自己完結した中野の愛の世界への批判を指向するというより、同じ「蕭寥たる秋」に住む高柳と道也の姿勢の相違を鋭く照らし出すところに叙述の力点を置いている、という一点にこそ存在するのである。換言すれば「蕭寥たる秋」に対処する高柳と道也の姿勢の相違を通じてこそ、『野分』一篇に込められた作者の意図が鋭く浮かび上がって来るのである。

三　高柳の形象と作者の眼

既に作者は「今迄いつでも日が照つて居た」（二）中野の世界と「暗い所に淋しく住んでゐる」（同）高柳の世界との断絶をきびしく見据えている。しかし、逆説的に言えば、作者の出発点は、この断絶を憤るでもなく、悲しむでもなく、厳然たる事実として認定してかかる精神の強靭さにこそある。その意味では高柳の顔についての「悲劇と喜劇の仮面《めん》を半々につぎ合せた様だ」（二）という中野の無責任な批評は、むしろ作者に最も近い境地にある道也と高柳の境地との落差を間接的に照らし出したもの、といい得るだろう。

無論、高柳の形象は、既に西垣勤氏によって指摘されている如く、日比谷公園の空いたロハ台を求めつつも「三度巡回して一脚の腰掛も思ふ様に我を迎へないのを発見した」という叙述に示されている如く「青春の実感」[4]の優れた表現たり得ているし、また、「梢を離れる病葉」をめぐり「死と気狂とを自然界に点綴《てんてつ》」（四）する自然に関しての高柳の認識は、殆んど彼の自己認識に重なるものであるし、中野に厭人癖を指摘された時の「一人坊つちと云ふ言葉を聞いた彼は、耳がしいんと鳴つて、非常に淋しい気持がした」（同）という心理描写は、「空想的で神秘的で、夫で遠い昔しが何だかなつかしい」（二）という中野の小説への構想に対し、自然嫌いに立脚して「夫よりかうちへ帰つてホルマン、ハントの画でも見る方がいゝ」（二）という高柳のラファエル前派への共鳴とも相俟って、殆ど実存の深み――否定すべからざる漱石の「生の実感」（越智治雄）[5]の的確な代弁たりえている、と言い得る底のものである。

そして、かかる高柳における文学のイメージが「呑気なものや気楽なものは到底夢にも想像し得られぬ奥の方にこんな事実がある、人間の本体はこゝにあるのを知らないかと、世の道楽ものに教へて、おやさうか、おれは、まさか、こんなものとは思つて居なかつたが、云はれて見ると成程一言もない、恐れ入つたと頭を下げさせるのが僕の願なんだ」（二）という必須の方向を取る時、そこに既に人間認識者としての漱石の萌芽が覗いていると見ることは、強ち強弁ではない筈である。

恐らく、このような高柳の形象を端的にしめくくるものは、既に著名な「過去を顧みれば罪である。未来を望めば病気である。現在は麵麭の為めにする写字である」（八）という叙述であろう。私たちは、ここに道也の観念では救い得ぬ高柳の究極の孤独を読みとることも可能である。

しかし、敢えて言えば『野分』の主要人物像は、それぞれの世界から他の世界への通路を持たぬという点で例外なく孤独なのである。したがって「わたし？　わたしは瘠せてゐる。瘠せては居るが大丈夫」（六）といい得る道也と高柳との落差は、それ自体で高柳に象徴される現実に対する、道也の観念や作者の観念そのものの敗北を意味するものでは、ありえない。それを証明するものは、次の如き作者による高柳への批評の介在である。

　痰に血の交らぬのを慰安とするものは、血の交る時には只生きて居るのを慰安とせねばならぬ。生きて居る丈を慰安とする運命に近づくかも知れぬ高柳君は、生きて居る丈を厭ふ人である。人は多くの場合に於て此矛盾を冒す。（略）彼等が此矛盾を冒して塵界に流転するとき死なんとして死ぬ能はず、而も日毎に死に引き入れらるゝ事を自覚する。負債を償ふの目的を以て月々に負債を新にしつゝあると変りはない。之を悲酸なる煩悶と云ふ。（八、傍点筆者。以下同じ）

作者の眼は、ここに端的に示された現代青年の「矛盾」に発する「悲酸なる煩悶」を見据えて離れない。「高柳君は自分の身体を医師の宣告にかゝらぬ先に弁護した。神経であると弁護した。神経と事実とは兄弟であると云ふ事を高柳君は知らない」（八）、「彼は不愉快を忍ぶべく余り鋭敏である。而してあらかじめ之に備ふべくあまり自棄である」（同）等の諸文は、高柳の「矛盾」を見据える作者の眼の所在を確実に示唆する。

作者は、高柳におけるかかる「鋭敏」かつ「自棄」的傾向の剔出の背景に、庭前にある梧桐の葉が変色し、風に吹き飛ばされる寸前の「もう危うい」枯葉を点出する。「心細いと枯れた葉が云ふ。心細からうと見て居る人が云ふ。所へ風が吹いて来る。葉はみんな飛んで仕舞ふ」とは、「一人坊っちだ」という高柳の語を引くまでもなく、彼の前に迫る孤独のうちの死を暗示する。

したがって叙上の文脈を辿る限り、高柳の病の根源は、肉体というより精神それ自体に起因すると見る方が至当である。高柳における精神の病の根源は、「知り過ぎたるが君の癖にして、此癖を増長せしめたるが君の病である」（八）という把握のうちに定着せしめられている。高柳の意識に従う限り「自分を一人坊っちの病気にしたものは世間である。（略）世間は自分を病気にした許りでは満足せぬ。半死の病人を殺さねば已まぬ。高柳君は世間を呪はざるを得ぬ」（八）という被害者意識が現出し、「われは呪ひ死にゝ死なねばならぬか。――」（四）という述懐に帰結するのに至るのだが、しかし大局的に見れば、「世間」とは元来そのようなものだ。高柳の如く「世間」をどこまでも敵とする見方に固執する限り、人間は究極的には孤独と死に陥らねばならぬだろう。にもかかわらず、大多数の人間は、敵たる社会の中で生存の活動を続ける。それなのに、高柳一人がなぜ、かかる「病」（「矛盾」）を得、孤独と死に赴かねばならぬのか。その疑問に対する間接的な解答を、私たちは、中野の結婚を祝う園遊会で高柳の陥った孤独についての作者による次の如き分析のうちに見出すことができる。

　主客は一である。主を離れて客なく、客を離れて主はない。吾々が主客の別を立てゝ物我の境を判然と分画するのは生存上の便宜である。（略）一たび此差別を立したる時吾人は一の迷路に入る。只生存は人生の目的なるが故に、生存に便宜なるこの迷路は入る事愈深くして出づる事愈難きを感ず。独り生存の欲を一刻たりとも擺《ひ》脱《だつ》したるときに此迷は破る事が出来る。高柳君は此欲を刹那も除去し得ざる男である。従つて主客を方寸に一致せしむる事の出来がたき男である。主は主、客は客としてどこ迄も膠着するが故に、一たび優勢なる客に逢ふとき、八方より無形の太刀を揮つて、打ちのめさるゝが如き心地がする。高柳君は此園遊会に於て孤軍重囲のうちに陥つたのである。（九）

いうまでもなく園遊会における高柳の孤独は、第四章における中野に誘われた音楽会における高柳の孤独を、さらに深化、発展させたものである。これら高柳の孤独の背後には、貧と富により画然と分割された中野と高柳の社会上の地位の落差がある。にもかかわらず、引用文傍点部分に示された作者による高柳への批評は、そのような中野と高柳との落差への注目のみによっては、決して生じ得ない。作者は既に第二章における中野と高柳との会話に示された日露戦後の高等遊民問題の顕在化や、第三章の白井道也の述懐に示された日露戦を挟んでの社会思潮の激変や、本格的ブルジョア社会の到来と、その卑俗性に対する反感を決して忘れている訳ではないのだが、高柳の病への作者の視線が、飽くまで、高柳の主体、主観そのものの「矛盾」に起因すると眺めている点で、著しい批判的色彩を獲得するに至っていることは、注目に価する事実といえる。そのような作者の位相は、無論、自己の観念の現実に対する敗北を容認する立場にはいない。むしろ高柳の形象こそ、現代青年の病、その「鋭敏」「自棄」――総じて自滅的傾向を、白井道也の観念を介して、プラスのエネルギーに転化させるため、作中に点綴された一つの否定的典型である、といって良いだろう。

四　「解脱と拘泥」

『江湖雑誌』に「憂世子」と署名した「解脱と拘泥」で、道也は「拘泥は苦痛である。避けなければならぬ」、「自己が拘泥するのは他人が自己に注意を集中すると思ふからで、詰りは他人が拘泥するからである」と説く。これを読んだ「高柳君は音楽会の事を思ひだ」(五)す。道也は拘泥を解脱する二法として「他人がいくら拘泥しても自分は拘泥せぬ」法と、「拘泥せねばならぬ様な苦しい地位に身を置くのを避ける」法とを説く。前者は「釈迦や孔子」の解脱法、後者は「常人」「江戸風な町人」の解脱法である。芸妓、紳士、通人から前者を見れば「全然たる狂人」であるが、耶蘇、孔子、釈迦から彼らを見れば「依然として拘泥して居る」、「両者の解脱は根本義に於て一致すべからざるものである」。

このような解脱論を読んだ高柳は「今迄解脱の二字に於て曾て考へた事はなかつた。只文界に立つて、ある物になりたい、なりたいがなれない、なれんのではない、金がない、時がない、世間が寄つてたかつて己れを苦しめる、残念だ無念だと許り思つて居た」と反省する。以下「解脱と拘泥」論は、趣味の高尚なる所以を核とする門閥・権勢・黄白主義への仮借なき批判へと発展するが、道也の「解脱と拘泥」論のモチーフの根底に反権力・反金力主義に立脚しての「学徒は光明を体せん事を要す。（略）而して之を現実せんが為めに、拘泥せざらんが為めに解脱を要す」という若い「学徒」への警醒のモチーフが存在することは、見逃すことができない。

端的に言えば、ここには既に言及した如き高柳に象徴される現代青年層の自滅的傾向を、積極的な戦闘への姿勢に転化するための道也並びに漱石の野心的な観念論が展開されている訳で、このような観念論が、果たして「現代青年の煩悶」を象徴する高柳を「拘泥」から解き放ち、「光明」の域に牽引、到達せしめ得るか否かの実験に『野分』の枢要のモチーフが込められている、といっても過言ではない。

「解脱と拘泥」論を契機に高柳は道也に接近し、「同類に対する愛憐の念より生ずる真正の御辞儀」（六）をする。しかし高柳の誠意にもかかわらず道也を自己と「同類」と見る高柳の視角は、明らかに錯覚である。それは現在の道也の境位を「零落」（四）としてしか把握しえない高柳の限界と完全に符合する。高柳がたとえ「昔しの関係を残りなく打ち開けて」も、両者の間に「同類相憐むの間柄」は、決して成立し得ないだろう。既に著名な次の如き道也の覚悟の前に、高柳の社会と個、文学と人生（苦）の対立に発する苦衷は、最早なんらの意味をも持ちえぬからだ。

> 文学は人生其物である。苦痛にあれ、困窮にあれ、窮愁にあれ、凡そ人生の行路にあたるものは即ち文学で、それ等を嘗め得たものが文学者である。文学者と云ふのは原稿紙を前に置いて、熟語字典を参考して、首をひねつてる様な閑人ぢやありません。円熟して深厚な趣味を体して、人間の万事を臆面なく取り捌いたり、感得したりする普通以上の吾々を指すのであります。（略）だから書物は読まないでも実際其事にあたれば立派な文学者です。従つてほかの学問が出来得る限り研究を妨害する事物を避けて、次第に人世に遠かるに引き易へて文学者は進んで此障害のなかに飛び込むのであります（六）

なるほど高柳は「何だか急に広い世界へ引き出された様な感じ」を味わうが、「一人坊っちの様な気がして淋しくつていけない」という高柳の嘆きと、「一人坊っち」崇高論に結実することになる道也の覚悟との落差は余りにも明瞭であって、その根底には「今こそ苦しいが、もう少し立てば喬木にうつる時節があるだらう」と「絹糸程な細い望みを繋」ぐ高柳における不徹底な現実認識と、「昔から何か仕様と思へば大概は一人坊つちになるものです。（略）ことによると親類とも仲違になる事が出来て来ます。妻に迄馬鹿にされる事があります。仕舞に下女迄からかひます」、「わたしも、あなた位の時には、こゝ迄とは考へて居なかつた。然し世の中の事実は実際こゝ迄やつて来るんです。うそぢやない」という道也における厳しい現実認識との落差が横たわっているのだ。

道也は決して「立派な作物を出して後世に伝へたい」と要約される高柳の野心を否定する訳ではないのだが、「君は人より高い平面に居ると自信しながら、人がその平面を認めてくれない為めに一人坊つちなのでせう。然し人が認めてくれる様な平面ならば人も上つてくる平面です。芸者や車引に理会される様な人格なら低いに極つてます。それを芸者や車引も自分と同等なものと思ひ込んで仕舞ふから、先方から見くびられた時腹が立つたり、煩悶するのです」（八）「例はだれだつて同じ事です。同じ学校を同じに卒業した者だつて変りはありません。（略）自分こそ後世に名を残さうと力むならば、たとひ同じ学校の卒業生にもせよ、外のものは残らないのだと云ふ事を仮定してかゝらなければなりますまい。既に其仮定があるなら自分と、ほかの人とは同様の学士であるにも拘はらず既に大差別があると自認した訳ぢやありませんか。大差別があると自任しながら他《ひと》が自分を解してくれんと云つて煩悶するのは矛盾です」（同）という高柳の「煩悶」そのものの裡に内在する「矛盾」を剔抉するに至る。この道也の発言は、既に先に引いた現代青年の「矛盾」に発する「悲酸なる煩悶」（八）への作者の視角や二月十五日付森田宛書簡に見えた森田への批判と完全に一致する。『野分』一篇に込められた作者の現代青年層への批判は、ここに否定し難く定着されている、といって良い。

　にもかかわらず、『野分』のモチーフの一面を形成する現代青年層の「悲酸なる煩悶」への批判的視角の提出や、高柳の形象の否定的典型としての造型が、直ちに道也や作者における現代青年層への同情や共鳴の存在を否定する証左たりえぬことは、既出、青年宛漱石書簡のみならず、作中における以後の「現代の青年に告ぐ」という演説の所在そのものが明瞭に証明している。高柳の自滅的・神経衰弱的主体の「矛盾」「煩悶」それ自体が、既に作者に失われつつあった「青年」の「真面目」（前掲明39・10・20　皆川正禧宛）そのものに由来するものでないと、どうして言えようか。したがって、先に言及した高柳の否定的典型性の造型は、現代青年の自滅的傾向を、道也の観念を介して、プラスのエネルギーに転化させようとする作者の計算に裏付けられていた、とする拙論の視角は、依然として有効な訳で、第八章末尾における本郷四丁目の角での二人の袂別の場面に仮託された象徴的なまでの両者の心理的位相の断絶の設定も、小説的形象性の裏に込められた作者のそのようなモチーフの所在を、決して否定し尽くすことはできない。

　換言すれば、観念の徹底化による自己定立への作者のモチーフを仮託した、「名前なんて宛にならないもの」を求めず、「只自分の満足を得る為めに世の為めに働」（八）き、「飄然」として去る白井道也の孤影の小説的形象化それ自体こそ、社会と個、観念と現実の対立に敗れ、主体の「矛盾」によって自滅せんとする現代青年層の位相をプラスの方向に転化するための一つの起爆剤たり得ているのではないかと眺めることが可能な筈である。

　しかし、青年高柳が「道」の人白井道也の背後に「御光」を認めつつも、遂に道也の精神的境涯に至り得ないように、「拘泥」を排した道也の身辺にも、観念による自己定立では片づかぬ現実（金）の問題が逼迫しようとしている。外は既に「木枯」の吹く世界である。道也の観念論は、この「枯芭蕉を吹き倒す程鳴る」木枯（現実）の前に、敢えなく倒れるのだろうか。

五　道也とその妻

この時、事柄を複雑にするのは、道也における妻の問題である。『野分』作中に道也と妻お政との夫婦の問題が正当な重みを以て描かれていないことを、作の欠陥とする論者は多い。(6) しかし正確に言えば「妻君の世界には夫としての道也の外には学者としての道也もない、志士としての道也もない。道を守り俗に抗する道也は猶更ない。夫が行く先き〳〵で評判が悪くなるのは、夫の才が足らぬからで、到る所に職を辞するのは、自から求むる酔興に外ならんと迄考へてゐる」(一)とある如く、夫の観念のドラマと断絶した現実(生活)の立場に、徹底的に一元化せしめられていることこそが問題なのだ。現実(生活)の立場に身を置く妻は、道也の兄と組んで「もつと着実な世間に害のない様な職業」、「教師」に道也を引き戻そうとする。道也の『人格論』が、大学教授である友人足立(これは多分明治三十九年十月二十三日狩野宛書簡に見える漱石の同期生山川信次郎がモデルであろう。大塚保治をモデルとする和田謹吾説(7)には従い難い。)の序文執筆拒否により刊行不能となった現実を踏まえれば、道也は正にオリに追い込まれんとする獣と何等異なるところがない。にもかかわらず、「今から考へて見ると嫁に来た時の覚悟が間違つて居る。自分が嫁に来たのは自分の為めに来たのである。夫の為めと云ふ考はすこしも持たなかつた」(十)云々という叙述を踏まえれば、「人の為め」「世の為め」という道也の観念それ自体の優位は、ここでも崩れてはいない。既に作者は「博士になり、教授になり、空しき名を空しく世間に謳はるゝが為め、其反響が妻君の胸に轟いて、急に夫の待遇を変へるならば此細君は夫の知己とは云へぬ。(略)従つて夫から見ればあかの他人である」(一)とも記していた。

にもかかわらず「道也は夫の世話をするのが女房の役だと済ましてゐるらしい。それはこつちで云ひ度事である。

（略）家庭の生涯は寧ろ女房の生涯である。道也は夫の生涯と心得てゐるらしい」（十）云々という妻の述懐を敷衍化すれば、己れの妻をも幸せに出来ない人間が、天下のために何事をなすことが出来るのか、という反問も亦当然可能な筈だ。しかし、「天下の為め」という道也の覚悟と、妻の問題の無視とに作品の限界と一つの亀裂とを見る通説(8)には、なお疑問が残る。

道也の妻は「金にならぬ文章を道楽文章と云ふ。道楽文章を作るものを意気地なしと云ふ」（三）存在であるとすれば、もともとこの妻は、金と地位とを除いて夫の価値を測る物指を持ちあわせていないのである。だから、事柄の本質は、道也と妻との対立にあるのではなく、『人格論』の刊行不能によって齎された夫婦の経済的基盤瓦解の危険それ自体にあるのだ。そして恐らくここにこそ、教師稼業に慊焉の情を催し、作家として立つことを切望しつつあったこの期漱石における、文筆による経済的自立は可能か、という重い危惧の念、その実感が色濃く投影している。この生活者としての漱石の重い実感は、だから「志士」としての道也の「解脱と拘泥」や「現代の青年に告ぐ」における熱い観念の奔流にもかかわらず、『野分』の結末に一つの弱さ――中野の出資した百円による道也の窮境の救済という姑息な設定の弱さを与えずにはいなかったのではあるまいか。

ともあれ、道也の崇高な孤立と妻の批判とは、作品全篇を貫く観念と現実との対立のドラマの一つの縮図たりえているのであり、道也の兄と組んでの妻の詭計は、後者の否定性をいよいよ強調することになる。なかんずく、道也の兄は実は道也を危険視する会社の上司の代弁者である点で、結果としては妻の不満に結びつきつつ、実質的には作品第十一章における道也の演説「現代の青年に告ぐ」後半の権勢、門閥、金力に対する批判への周到な伏線たりえている。

おそらくこの事態は、日露戦後社会に露呈し来たった国家と個人との亀裂、具体的には言論・思想の自由の問題への漱石の視角と不可分の筈である。そして、清輝館における電車事件被疑者家族救援のためという道也の演説のモチーフに触れての「社会主義だなんて間違へられるとあとが困りますから」（十一）という妻の危惧や、道也の「沈吟」の末の「そんな事はないよ。そんな馬鹿な事はないよ。徳川政府の時代ぢやあるまいし」（同）という苦しい答の裡には、漱石自身の日露戦後状況に対する、暗い現実認識への予感、もしくはその萌芽が託されている。道也の「沈吟」が端的に現している如く、道也も漱石もここにおいて初めて正当に時代の暗さそのものを先取りする出発点に立ちつつも、同時にその認識が「徳川政府の時代ぢやあるまいし」という言葉に示されている如く、未だ認識それ自体として明晰に自立し得るものではなかったことも否定できない。そしてこの両面の事態は、次章での道也の演説「現代の青年に告ぐ」の内容のみならず、『野分』全篇を貫く作者漱石の状況認識の到達点とその限界、ひいては作品評価そのものの肯定面と否定面とに密接に関連してゆくものと言い得るであろう。

六　啄木と白井道也

「現代の青年に告ぐ」前半において、道也はまず、現代の青年は理想を持たねばならぬ所以を説くが、逆に言えば、道也ならびに作者の眼には、現代青年層における理想喪失の悲しむべき状況が見えていたのである。

　理想は魂である。魂は形がないからわからない。只人の魂の、行為に発現する所を見て髣髴するに過ぎん。惜しいかな現代の青年は之を髣髴する事が出来ん。（略）事実上諸君は理想を以て居らん。（略）自己に何等の理想なくして他を軽蔑するのは堕落である。現代の青年は滔々として日に堕落しつゝある（十一）

「現代の青年に告ぐ」前半を規定する「後を顧みる必要なく、前を気遣ふ必要もなく、只自我を思の儘に発展し得る地位に立つ諸君は、人生の最大愉快を極むるものである」という道也の観念的な現実認識に比し、理想の喪失、という現代青年層の普遍的境位に対する道也の把握には、遙かに透徹した状況認識が込められていることを、今日何人も否定することは出来ない。そして、このような道也ならびに漱石の認識は、確実に来るべき明治四十年代現実の本質を鋭く先取りしていた。

例えば、私たちは、このような漱石の認識の延長上に石川啄木『時代閉塞の現状』（明43・8執筆）における次のような把握が位置することを、強く確認して置く必要がある。

　斯くて今や我々には、自己主張の強烈な欲求が残つてゐるのみである。自然主義発生当時と同じく、今猶理想を失ひ、方向を失ひ、出口を失つた状態に於て、長い間鬱積して来た其自身の力を独りで持余してゐるのである。既に断絶してゐる純粋自然主義との結合を今猶意識しかねてゐる事や、其他すべて今日の我々青年が有つてゐる内訌的、自滅的傾向は、この理想喪失の悲しむべき状態を極めて明瞭に語つてゐる。――さうしてこれは実に「時代閉塞」の結果なのである。（四）

この『時代閉塞の現状』の書かれる三年半程前に書かれた『野分』作中の高柳周作は、この期漱石における「解脱と拘泥」論の壮大な観念論的枠組を取り外して言えば、確かに理想喪失の状況に由来する当代青年層の「自滅的」「内訌的」傾向を先駆的に定着化しえた一典型であった、と見ることが可能である。そこに漱石の比類ないリアリストとしての眼、ひいては単なる作者の「生の実感」の文学的定着化の域を越えて、来るべき日露戦後状況の核心に迫ったものとしての『野分』の優れたリアリズム性が存在する所以を、私は指摘しなければならない。

にもかかわらず、そのような的確な現実認識に比し、次の如き道也（漱石）の対応策は、啄木の場合に比較して余りにも力弱いと言わざるを得まい。

「諸君。理想は諸君の内部から湧き出なければならぬ。諸君の学問見識が諸君の血となり肉となり遂に諸君の魂となつた時に諸君の理想は出来上るのである。付焼刃は何にもならない」

「文明の社会は血を見ぬ修羅場である」と言い、青年に「勤王の志士以上の覚悟」、「斃るゝ覚悟」を要請する道也は、その内実として「道」を示唆している。しかし「道」の具体的内容は、遂に不明の儘である。それは、「我々青年を囲繞する空気は、今やもう少しも流動しなくなつた。強権の勢力は普く国内に行亘つてゐる。現代社会組織は其隅々まで発達してゐる」という現状認識に立脚しつつ、「斯くて今や我々青年は、此自滅の状態から脱出する為に、遂に其『敵』の存在を意識しなければならぬ」と論ずる啄木の主張が、少なくとも当代青年層に対する、「自滅」からの脱却への具体的方途の提示という点で、外界と鋭く拮抗し得る現実的有効性を持ち得ているのに対して、道也ならびに漱石の主張が、既にその「解脱と拘泥」論が示す如く観念による現実への勝利という方向を取る点で、客観的には遂に無力であり、敗北と孤立とをしか齎さない、という事実と密接に対応する。

無論、この事情は、既に道也の「斃るゝ覚悟」に示されている如く、直ちに作者の観念論それ自体の破綻を示すものではない。しかし、あえて言えば、「青春」の課題とは、何よりもまず、如何に生きるか、ということでなければなるまい。「斃るゝ」運命を既定の事実とする道也の形象そのものは、その意味では何よりも如何に生きるかを根本命題とする「青春」の課題への必要かつ十分な解答たり得ないのである。そして真の文明批評とは、如何に生きるかの具体的処方箋を青年に与えるものでなければならないことは、いうまでもない。

七　リアリズムへの道程

如何に生きるかを、「青春」の課題とすることは、青年の置かれた状況と客観的与件とを有機的な結合体として見る視点の確立を前提とする。その意味では高柳の「病」を、根源的には青年の精神、主体の「鋭敏」「自棄」に起因するとする視角に立つ『野分』における漱石の状況認識は、未だ暗いと批評しても大過あるまい。しかし、その暗さは薄明の暗さである。それでなければ、「現代の青年に告ぐ」後半における金力批判が出現する筈もない。それはまた、『野分』における中野――高柳の対比を通じて示される、日露戦後社会の貧と富との拡大という社会構造それ自体の把握と表裏する。現に道也の演説「現代の青年に告ぐ」において、高柳が興奮し、聴衆がどよめくのは、後半部分における金力批判の条りにおいてであった。そして恐らく高柳は、ここにおいてこそ真に己れの代弁者としての道也を見出し、その感動の延長線上において初めて、自己の死命を決する百円を以て道也の『人格論』を購い、中野のもとに齎そうとするのである。

かくして道也及びこの期漱石の〈敗北の悲劇〉に帰結する壮大な観念論の到達点の彼方に、漱石における真の文明批評――「青春」の課題追求への胎動が明らかに始まっていた、と言えるだろう。しかしそのようなリアリズム作家としての漱石の自己確立の前に、漱石は今一度、「青春」と「観念」との拮抗のドラマを潜り抜けねばならなかった。そこに次作『虞美人草』の位置が予め設定されていたのである。

注

（1）相原和邦「『野分』の位置」（『国文学』昭49・11）。

（2）拙論「『野分』の周辺」（『湘南文学』昭56・3、本書所収）参照。
（3）相原・前掲論文参照。
（4）西垣勤「『野分』私論」（『日本文学』昭47・6）。
（5）越智治雄「『野分』」（『漱石私論』角川書店　昭46）。
（6）その代表的な例として前掲西垣論における『野分』の道也・お政の関係における〃性〃の問題の捨象への批判を挙げることができる。
（7）和田謹吾「『野分』の構図――作家漱石の原点」（『国文学　言語と文芸』昭46・3）。
（8）たとえば、前出注（5）所出、越智論、及び西垣・前掲論。

III

『三四郎』論——美禰子・そのもう一つの画像をめぐり

一　汽車の女

『草枕』(『新小説』明39・9)が東京の住民である画工の、那古井という僻陬の出湯の里に内と外との状況認識の課題を抱えて旅をする物語であったとすれば、『三四郎』(『東京(大阪)朝日新聞』明41・9・1〜12・29)は、福岡県京都郡真崎村という僻陬の地の生れである第五高等学校卒業生の小川三四郎が東京帝国大学学生として上京するところから始まる物語である。都市から山村へ、山村から都市へ、という二つの作品に示された空間移動の対比的な図式は、両作品における作者の主題追求のヴェクトルの明確な差異を象徴する。『草枕』第十三章における、次のような画工の汽車論を想起すれば、九州から東京へと通じる幹線軌道上の列車の客となった三四郎は、まさに〈現実世界〉〈文明〉の世界へと一路驀進していることになろう。

(略)余は汽車の猛烈に、見界なく、凡ての人を貨物同様に心得て走る様を見る度に、客車のうちに閉ぢ籠められたる個人と、個人の個性に寸毫の注意をだに払はざる此鉄車とを比較して、——あぶない、あぶない。気を付けねばあぶないと思ふ。現代の文明は此あぶないで鼻を衝かれる位充満してゐる。おさき真闇《まつくら》に盲動する

汽車はあぶない標本の一つである。（傍点筆者、以下同じ）

右引用文の傍点部分には、既に『三四郎』第一章における「髭の男」広田先生の「実際危険《あぶな》い。（略）気を付けないと危険い」と言う現実批評が先どりされている訳だが、まさに『草枕』から『三四郎』への作者の足どりが、総括的な文明論・存在論から、「危険《あぶな》い」現実そのものの解析と定着化に向って確実に動いていることは否定できない。そこに作品主題の微分化の軌跡を眺めることも可能だろう。

しかし「危険《あぶな》」い現実を象徴する「鉄車」（『草枕』十三）の客たりながら、その「危険」さに気づいていないところに空白の画布《タブラ・ラサ》としての三四郎の主体の位相があり、作品の主題は、三四郎という空白の画布《タブラ・ラサ》の上に、作者が如何なる画（現実）を描き込もうとするか、というところに現われてくる筈である。むろん、この事態は、自らの視線・関心によって「汽車の女」を招き寄せながら、女と同衾して、ついに一線を越えなかった三四郎が、「あなたは余つ程度胸のない方ですね」（一）という女の別れ際の言葉に、「プラット、フォームの上へ弾き出された様な心持」を味わわされることになる彼の自己認識の空白領域にも関わりつつ、しかし、作者の真の意図は、「度胸のない」臆病な三四郎の視点により添いつつ、「現実世界の稲妻」（二）としての「汽車の女」を、やがて現実そのものとして三四郎の前に立ち現われることになる「池の女」里見美禰子に象徴される〈女の謎〉という画題の粗削りにして乱暴な、しかし核心を射た下画《デッサン》たらしめるところにあったことは間違いあるまい。

その意味で、西洋人の美しさを公言し、「囚はれちや駄目だ。いくら日本の為を思つたつて贔屓の引倒しになる許だ」（一）という広田の文明批評の挿入も、「此言葉を聞いた時、三四郎は真実に熊本を出た様な心持がした」、「同時に熊本に居た時の自分は非常に卑怯であつたと悟つた」と三四郎に感ぜしめる限り、現実の〈謎〉をその上に思うが儘に描き出すために三四郎主体の空白の画布《タブラ・ラサ》性を一層徹底させるための、旧時代的遺臭の脱臭・シミ抜き作用に外ならなかったと言えよう。

二　池の女

東京の「激烈な活動」（二）に直面しての三四郎の驚きは、「現実世界」と三四郎との間の決定的距離の自覚と表裏のものである。あまつさえ、周到にも作者は、三四郎が「西洋の歴史にあらはれた三百年の活動を四十年で繰返してゐる」、明治の「思想界の活動には毫も気が付かなかつた」ことを付け加える。この透徹した作者の批評による三四郎相対化を俟つまでもなく、三四郎における二十世紀現実との接触は、已然決定的に脱落しているのであり、したがって彼の第一の課題が如何に現実を所有しうるかにあることは明らかだろう。理科大学の地下室で光線の圧力を調べつつある同郷出身の理学者野々宮宗八にあった後、夕日の中を池のほとりにしゃがみながら、「野々宮さんは生涯現実世界と接触する気がないのかも知れぬ」、「自分もいつそのこと気を散らさずに、活きた世の中と関係のない生涯を送つて見様かしらん」（二）と三四郎が思うのは、明らかに前出の課題と照応している。

　だが、抑もいまだ現実らしい現実に接触した経験がなく、したがって真に生きた覚えのない三四郎にとって、野々宮の生き方は晏如たるものであるとは言え、余りに淋しい。「（略）私は淋しくつても年を取つてゐるから、動かずにゐられるが、若いあなたは左右は行かないのでせう。動ける丈動きたいのでせう。動いて何かに打《ぶ》つかりたいのでせう。……」（『こゝろ』「先生と私」七）という、後年の作中人物の青年評にあるように、若い三四郎における第一の課題は「動ける丈動」くこと、「動いて何かに打《ぶ》つか」ることでもあろう。その意味で池の底を覗き込みつつ、三四郎が味わう「遠く且つ遙な心持」、「薄雲の様な淋しさ」ひいては「野々宮君の穴倉に這入つて、たつた一人で坐つて居るかと思はれる程な寂寞」や「孤独の感じ」は、野々宮の学究生活の高尚さに惹かれつつ、野々宮の生活に生きることの欠落を見出さざるを得ない三四郎固有の青春の原理を示している。

そして、このとき、三四郎における「現実世界」が、〈女性〉存在とほとんど重なることは、「汽車で乗り合はした女」を思い出して一人顔を赤くしつつ、「現実世界はどうも自分に必要らしい。けれども現実世界は危なくて近寄れない気がする（略）」という彼の想念のうちに明らかであろう。そのような「生涯現実世界と接触する気がないのかも知れない」野々宮と、危険を感じつつも「現実世界」との接触の必要性を自己確認する三四郎との対比の上に、「池の女」里見美禰子が三四郎の前に出現する作品の設定は重要である。

不図眼を上げると、左手の岡の上に女が二人立つてゐる。女のすぐ下が池で、池の向ふ側が高い崖の木立で、其後が派手な赤煉瓦のゴシツク風の建築である。さうして落ちかゝつた日が、凡ての向ふから横に光を透してくる。女は此夕日に向いて立つてゐた。（略）（二）

華麗な、夏の終りの落日に向って立つ美禰子のたたずまいは、青春の絶頂と青春の死とを共に含み持つが故に、悲劇的であることは云う迄もない。蓋し、作品の結末部分を踏まえれば、画に化そうとする美禰子の意志決定は、偶然のいたずらとも言える三四郎との邂逅のこの場面においても作用している、と見られようが、同時に結末に至る作品のプロット展開に見え隠れする美禰子の心情は、余りにも混乱し錯雑しているのであり、そのような美禰子の心情の複雑なヒダに注目する限り、画に化そうとする彼女の明確な自己決定をこの場面に読みとることは、危険でもあり、不可能でもある。この決定と未決定との両義性の中に、美禰子にも未だ意識化されざる自己認識の空白領域が介在することは事実だが、それにしても先に引用した落日に向って立つ彼女のイメージは、余りにも鮮烈である。

その鮮烈なイメージを、三四郎は「只奇麗な色彩だ」と感じただけだが、しかし、それは、まさに三四郎が一幅の画（色彩）として美禰子を見たことを意味するだろう。のみならず、私は既に美禰子を見る三四郎の主体を空白の画布《タブラ・ラサ》と規定していたのであり、まさに美禰子のイメージは、第一に「奇麗な色彩」として、この空白の画布《タブラ・ラサ》の上に刻印されることになる。それは「汽車の女」のデッサン（素描）の上に力強く塗りつけられた、強烈な色彩の絵具であったのだ。

こうして、作品『三四郎』には、画に化そうとする美禰子のモチーフを中心に二枚の画が存在すると見られる。一つは言う迄もなく、画家原口によって実際に描かれる美禰子の肖像画（「森の女」）であり、他は、三四郎の目を通じて、三四郎に、そして読者である私たちに刻印され、結像してくる現実の美禰子の像である。この美禰子の像が、混乱し、錯雑していることは、先にも述べた。だが、それは決して、単なる混乱でも錯雑でもなく、その複雑な諸相そのものが美禰子の像の立体的な奥行を構成するのである。その意味では、プロットの展開につれて、見え隠れする様々な美禰子像は、画像「池の女」を基本的輪郭として、空白の画布《タブラ・ラサ》なる三四郎の主体の上に、何度も何度も現実の画の創造過程のように塗り込められてゆくのであり、そこにやがて美禰子の自意識をもこえた美禰子の像が領略されてくる、と眺められるべきであろう。そして、この二つの画像は、共に三四郎が仰ぎみた「池の女」を出発点とし、帰結点とするが、作品のテーマ、作者のモチーフが、二つの画像の後者、即ち三四郎における美禰子像の領略に決定的に傾いていることは、指摘する迄もない。

こうして、時々に隠見する美禰子像の混乱や錯雑は、決して文字通りの混乱や錯雑ではない。画の特性たる空間性に従う限り、それらは、複雑なモチーフの共時的多層的複合体の謂に外なるまい。錯雑し、矛盾した要素の同時共存体としての、美禰子像の完成こそ、作者の『三四郎』製作に当っての秘かな意図であり、方法であったと思われる。

そのような美禰子像創造への実質的な第一の出発点を、私たちは、匂いのない白い花を嗅ぎつつ、「三四郎から一間許の所へ来てひよいと留」り、椎の木の名を尋ねたり、夏なのに「さう。実は生つてゐないの」と言う美禰子の、既に錯雑な言動を踏まえての、次のような眼の表情のうちに眺めることを許されよう。

（略）と云ひながら、仰向いた顔を元へ戻す、其拍子に三四郎を一目見た。三四郎は慥に女の黒眼の動く刹那を意識した。其時色彩の感じは悉く消えて、何とも云へぬ或物に出逢つた。其或物は汽車の女に「あなたは度胸のない方ですね」と云はれた時の感じと何処か似通つてゐる。三四郎は恐ろしくなつた。（二）

明らかに作者は、男性に不安や恐怖をよび起す根源的に女性的なるあるもの――女性の〈謎〉に三四郎を直面させているのであって、その先行イメージを、私たちは例えば『草枕』第十章において、「余は深山椿を見る度にいつでも妖女の姿を連想する。黒い眼で人を釣り寄せて、しらぬ間に、嫣然たる毒を血管に吹く。欺かれたと悟った時は既に遅い」、「黒ずんだ、毒気のある、恐ろし味を帯びた調子である。此調子を底に持つて、上部はどこ迄も派手に装つてゐる。（略）只一眼見たが最後！　見た人は彼女の魔力から金輪際、免るゝ事は出来ない。あの色は只の赤ではない。屠られたる囚人の血が、自づから人の眼を惹いて、自から人の心を不快にする如く一種異様な赤である」（傍点筆者）と叙述される「深山椿」の落花のイメージのうちに見出すことを許されよう。このイメージの分析については別稿(1)があるが、鏡が池の深山椿を背景に画工は那美を初めて画題として領略するのに成功するのに対し、画工ならぬ三四郎は美禰子の「黒眼」の動きの中に「何とも云へぬ或物」としか形容できぬ、いまだ漠然たる何物か――「不安と恐怖(2)」に出会うのである。三十歳の画工と二十三歳の大学生との決定的落差がそこにあるが、とりあえず重要なのは、『草枕』においては、分裂した那美の主体統一への契機を画工が模索し、『三四郎』においては、画工ならぬ三四郎が分裂した――共時的多層的なる美禰子の自我像の諸々のモチーフを、己れを画布として読者の眼前に描き出しつつ、やがて固有の美禰子像を打ち立てようとする認識の旅を続けることの共通性である。

　その意味では、美禰子の「黒眼の動く刹那」をふり返りつつ、三四郎が発する「矛盾だ」の一語のうちには、三四郎その人の意識をこえて、美禰子の存在のあり方そのものへの作者の端的な批評の介在を見出すことができる筈である。『草枕』の鏡が池の深山椿と『三四郎』の美禰子の「黒眼」の裡に秘められた、女性存在の根源に潜む〈エロス〉の無意識性を領略しようとする作者のモチーフの措定を、この段階で挿入することは許されよう。即ち、あの著名な「無意識《アンコンシアス》なる偽善者《ヒッポクリット》」(3)造型の意図である。

三　椋鳥・三四郎の射程

　「池の女」との出会いの後、下宿へ帰る三四郎が、彼女の「顔の色」ばかり考えるのは、「其色は薄く餅を焦した様な狐色であつた。さうして肌理《きめ》が非常に細かであつた」と具体的に叙述されるように、彼女の健康的な生命力（エロス）と、「九州色」（二）の三四郎のそれとが交響し始めるからに外なるまい。しかし、その同じ生命力（エロス）が、逆に死をも齎しうることを、その直後の野々宮の留守宅の夜、「人生と云ふ丈夫さうな命の根が知らぬ間に、ゆるんで、何時でも暗闇へ浮き出して行きさうな」（三）恐怖を三四郎に与えた「若い女」の轢死事件は示している。三四郎がこの時「汽車の男」の言葉を思い出し、「批評家」としてのその存在の輪郭を把握するに至るのは、自然である。にもかかわらず翌朝の三四郎にとって、「昨夜の事は、凡て夢の様」であるばかりか、自分を病院へ呼び出した妹に対する野々宮の「馬鹿」呼ばわりに対して、「轢死の事を忘れ」て「自分が野々宮君であつたならば、此妹の為めに勉強の妨害をされるのを却つて嬉しく思ふだらう」という感想を抱きさえするところに、青春特有の忘却の能力の健康さが示されているのだ。

　このようなエロスと向日性によって彩れる三四郎の姿は、野々宮の依頼で袷を持って病院を訪れた彼の目にするよし子の像に逆照射されてもいる。「遠い心持のする眼」に、高空に浮ぶ雲の様な「崩《なだ》れる様に動く」表情を浮べ、「三四郎に取つて、最も尊き人生の一片」、「さうして一大発見」としての「懶《ものう》い憂鬱と、隠さゞる快活との統一」の感じを見出させたよし子の像は、「遠い故郷にある母の影」を想起させつつも、「眼の大きな、鼻の細い、唇の薄い、鉢が開いたと思ふ位に、額が広くつて顎が削《こ》けた」と描写される生命力の衰弱したイメージにおいて、帰途三四郎の前に再び現われ、例の狐色の肌と「綺麗な歯」、その「忘るべからざる対照」即ち健康な生命力と、「肉が柔かいのではない骨そのものが柔かい様に思はれる」という極限的なエロスとを合したイメージによって彼の生命力に交響を誘《いざな》う「池の女」の牽引力に、遂に及ばない。

　にもかかわらず、再会した「池の女」がつけていた、野々宮が兼安で買ったのと同じ「蟬の羽の様なリボン」は、三四郎の気を重くし、あまつさえ彼の魂を「ふわつき出」（四）させ、「世紀末の顔」と与次郎に批評される仕儀に立ち至らせるところに、プロット展開への新たな布石があろう。しかし、ここでも亦私たちは、「三四郎は世紀末抔と云ふ言葉を聞いて嬉しがる程に、まだ人工的の空気に触れてゐなかつた。またこれを興味ある玩具《おもちゃ》として使用し得る程に、ある社会の消息に通じてゐなかつた。たゞ生活に疲れてゐると云ふ句が少し気に入つた。（略）けれども大いに疲れた顔を標榜するほど、人生観のハイカラでもなかつた」（四）と丁寧に注釈し、「そのうち秋は高くなる。食慾は進む。二十三の青年が到底人生に疲れてゐる事が出来ない時節が到来した」という季節感の推移に対応する青年の心理を踏まえた上で「三四郎が色々考へるうちに、時々例のリボンが出て来る。さうすると気掛りになる。甚だ不愉快になる。すぐ大久保へ出掛けて見たくなる。然し想像の連鎖やら、外界の刺激やらで、しばらくすると紛れて仕舞ふ。だから大体は呑気である。それで夢を見てゐる。大久保へは中々行かない」（傍点筆者）とする作者の周到な要約に慎重に対処する必要があろう。

たしかにこれらの叙述には、三四郎の野々宮に対する意識されざる嫉妬の存在が捉えられている。にもかかわらず、作者が三四郎固有のものとして措定しているのは、既に轢死事件の場合にも見られたような若さの特権としての健康な忘却の能力であり、「大体は呑気」で「夢を見てゐる」三四郎の存在の様態なのだ。そこに、現実に出会おうとして、いまだ出会わない彼の精神の成長段階に対する作者の批評が示されていると考えるのは性急なので、むしろ逆に浮び上ってくるのは、三四郎という青年が、観念で現実を截断して足れりとしたり、軽躁に現実の渦中に飛び込んで主体の成熟に一頓挫を来たすことなどのない、質実で内発的な現実認識形成能力の持ち主であるという美質に外ならぬだろう。鷗外の用語に従えば、まさに三四郎は熊本の田舎から二十世紀現実の直中へ飛び込んできた一羽の〈椋鳥〉[4]なのである。従って私たちは、三四郎の現実認識の成熟過程のうちにこそ、作者漱石の二十世紀現実への内発的な認識の形成過程を読みとり得るのであって、後に美禰子との対比でとりわけ強調される三四郎主体の未成熟性を重視する余り、椋鳥としての彼の思想・認識形成能力に託した作者のいっそう重いモチーフを見逃すべきではあるまい。

四　批評と傍観・広田先生の位相

むろん、この事態は、たとえば作中における「偉大な暗闇」（四）広田先生の明晰な現実批評の位置づけにも関わってくる。団子坂の上で再会した三四郎に、広田先生は「東京は如何《どう》です」、「広い許で汚ない所でせう」、「富士山に比較する様なものは何にもないでせう」と言うのを皮切りに「自然を翻訳すると、みんな人間に化けて仕舞ふから面白い（略）」、「人格上の言葉に翻訳する事の出来ない輩《もの》には、自然が毫も人格上の感化を与へてゐない」等と奇抜な見解を披露した上で、古い寺の傍らに青ペンキ塗の西洋館が建てられているのを見て「時代錯誤《アナクロニズム》だ。日本の物質界も精神界も此通りだ（略）」と酷評し、偕行社と九段の灯明台との対比を例にあげるが、このような広田の文明批評の明晰さは、必ずしも作中で無条件に許容されている訳ではないことを、翌日の三四郎と与次郎との会話、とりわけ与次郎の広田評は、あかしている。

すなわち、広田の独身であることに驚いた三四郎の問いかけに対する「そこが先生の先生たる所で、あれで大変な理論家なんだ。細君を貰つて見ない先から、細君はいかんものと理論で極つてゐるんださうだ。（略）だから始終矛盾ばかりしてゐる（略）」（傍点筆者）という与次郎の答え、又、「先生は洋行でもした事があるのか」という三四郎の問に対する「なにするもんか。あゝ云ふ人なんだ。万事頭の方が事実より発達してゐるんだからあゝなるんだね。其代り西洋は写真で研究してゐる。（略）あの写真で日本を律するんだから堪らない。（略）それで自分の住んでる所は、いくら汚なくつても存外平気だから不思議だ」（傍点筆者）という与次郎の答えには、批評家にして理論家である広田の限界と矛盾とが的確に衝かれているのである。広田の限界と矛盾は、理論が事実や体験に先行し、それらの裏づけを持たない、という点にあるのだ。そのような広田の限界を背景として、三四郎の内発的な認識形成能力にこめられた作者のモチーフは次第に浮び上る、といえよう。

五　〈低徊〉の地平――「『坑夫』の作意と自然派伝奇派との交渉」と「文学雑話」

くり返して言えば、作者が〈批評家〉広田の限界を指摘しつつ、すでに見たように三四郎という青年の資質を、夏から秋への季節の推移、東京という大都市の各所への彷徨（空間的移動と視点の拡散）、昼から夜への一日の変化等を踏まえつつ、次々と微分化して行くことは重要である。そして、その極点に位置するのが、季節柄「筆記をするには暗過ぎる。電灯が点くには早過ぎる。（略）室の中は講師の顔も聴講生の顔も等しくぼんやりしてゐる（略）」、「何となく神秘的」な教室の情景を点出しての「三四郎は講義が解らない所が妙だと思つた。頬杖を突いて聴いてゐると、神経が鈍くなつて、気が遠くなる。これでこそ講義の価値がある様な心持がする」という三四郎の感想、さらには、「三四郎は勉強家といふより寧ろ低徊家なので、割合書物を読まない。其代りある掬すべき情景に逢ふと、何遍もこれを頭の中で新にして喜んでゐる。其方が命に奥行がある様な気がする」（四）という、研究者野々宮や批評家広田とは異質な〈低徊家〉としての三四郎の特質の把握である。既に「草枕」において〈低徊〉は明らかに主人公画工、ひいては作者の認識の手法であった。[5] 又、『三四郎』の前作『抗夫』においても、〈低徊〉がその枢要な認識の手法であったことについては、周知のように作者自身による次の如き証言がある。

も一つは、あの書方で行くと、ある仕事をやる動機《モーチブ》とか、所作なぞの解剖がよく出来る。元来この動機《モーチブ》の解剖といふ奴は非常に複雑で、我々の気付かん所が多くある。これを真に真実として写せば極く〳〵煩瑣なものであつて殆ど書現はせない。よし現はせても煩に堪へぬ不得要領のものとなつて了ふ。（略）かゝる方面の事は余り多くの人がやつて居らん。のを、私は却て夫が書いて見たい――細かくやつて見度い。といふ念があるから、事件の進行に興味を持つよりも、事件其物の真相を露出する。甲なる事と、乙なる事と、丙なる事とが寄つて、斯うなつたと云ふ風な所に主として興味をもつて書く。――詳しく云へば、原因もあり結果もあつて脈絡貫通した一個の事件があるとする。然るに私はその原因や結果は余り考へない。事件中の一箇の真相、例へばBならBに低徊した趣味を感ずる。従つて書方も、Bといふ真相の原因結果は顧慮せずに、甲、乙、丙の三真相が寄つてBを成してゐる、夫が面白いと書く。即

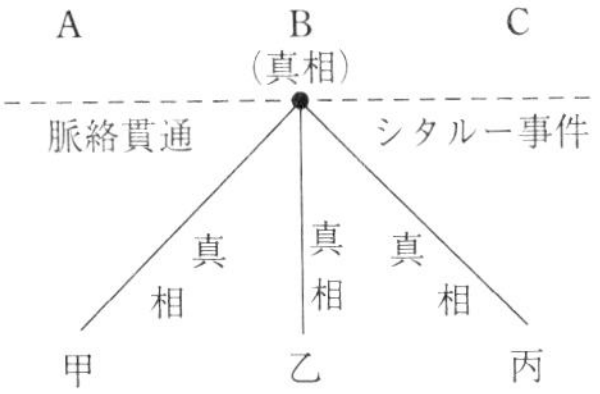

ち同じ低徊してゐても、分解的に出来てゐる所が多い。（略）」（「『坑夫』の作意と自然派伝奇派の交渉」〈『文章世界』明41・4〉）

作者は同じ談話で活人画を見物する見方に例を取り、「願くは活人画の人物が動かずに、長くあの好ましい姿勢を取ってて呉れゝばいゝと希望する趣味が一つ。第二はあの状態《ありさま》が変じたら今度は如何《どう》なるんだらうといふ事を考へるんで、これは事件の筋を悦ぶ人なんだ。また第三は何でも事件の内幕に興味を持つ。即ち活人画を見せるに至るまでの成立《なりたち》、事件を知らう〳〵とするのだ。私の先きに云つた書方はこの第三に属するので、つまりコンポジシヨンをやつた要素を知る所が面白い。『坑夫』の書振は第三のつもりだ」とも述べて、これはまさに今日流に言えば、構造主義・記号論的な認識の方法と言うべきであろう。どちらの説明においても、この書方から生ずる興味を「智力上の好奇心《インテレクチュアル・キュリオシティ》」の「満足」に置いていることも注目される。この談話の直接的対象は『坑夫』だが、しかし実は、『三四郎』にこそ最も良く該当するのではないか。

通常『三四郎』の叙法については、談話「文学雑話」（『早稲田文学』明41・10）における「低徊趣味と推移趣味の一致」としての「層々累々的叙述」が作者その人によって挙げられていることが汎く知られている(6)。しかし、この談話を頭初から読めば、ズーデルマンの『カツツエンステツヒ』（『猫橋』、英訳『レギーナ』）に対して最初この名の叙法が与えられているのであり、かつその具体相は「茲に云ふデツプスが無いとは、普通にいふ奥行が無い、内部《インナー》の意味《ミーニング》が無いとの意味でなく、余り興味がアクセレレートせられないといふのである。同じインテレストが加速度を受けて段々とインテンシテイーが強くなるのが私の所謂深さで、同じインテレストを以て進んで行くからして作に統一《ユニテイー》がある事になる」、「併し然う書いて行くと、エキステンシヨンは勿論無い。だから興味は統一されるが、云はゞ細い水が一本流れて行くやうなもので、従つてナローになる。だけども同じインテレストでも加速度を以てアクセレレートして層々累々に新味を加へて行くとなると、其処に深さが生ずる。『レギーナ』には此の困難な書き方で、余程深さを表はしてゐる」という具合であるから、この談話結末部分における「エキステンションと直線とを合併」し、「低徊趣味と推移趣味の一致したもの」としての「層々累々的叙述」は、「同じインテレスト」が「加速度を以てアクセレレートして層々累々に新味を加へて行く」と談話前半に説明される「層々累々」的叙述とは意味がずれ、一般論・抽象論に解消して了っていることが分る。(7) 少くとも『レギーナ』を指しての「層々累々」的叙述は、談話結末部で作者の言う「エキステンションと直線とを合併したもの」とは受けとれない。

談話「文学雑話」における「低徊趣味と推移趣味の一致」としての「層々累々的叙述」は、談話中に「成程——層々累々の書き方と私の云ふ低徊趣味が似てゐるといふのですか。意味の取方にも依るが大きく云へば、ある程度迄は何うしても然うなるでせう」、「かう説明して置いて、あと戻りをして、あなたの先の質問に答へたら善く分るでせう。あなたが、前述の層々累々的叙述は低徊趣味ではないかと聞かれた時、私は幾分か低徊趣味に違ひないと答へたが、どこが低徊趣味だか大抵は見当がつく事となつた」とあることから分るように、『早稲田文学』記者の誤解を、寛容に迎え取って自己の土俵に持ち込もうとした漱石の説明法に由来する、本意でない概念的抽象化・一般化であったのではないか。もしくは、『三四郎』においても未だ実現しない漱石の理想としての小説的叙法の観念的説明であったのではあるまいか。そのように考えると、『レギーナ』や『アンダイイング、パスト』の「層々累々の書き方」、「層々累々的な叙述」に注目した漱石の関心は、むしろそこに自己の未だ到達、獲得しえざるものとしての小説叙法の世界への希求、即ち裏返せば未だ「低徊趣味」を脱化しえない（『三四郎』をも含めて）自己の小説叙法への痛切な自覚にこそ発していた、と見るべきだろう。

談話「文学雑誌」で漱石は周知のように『アンダイイング、パスト』のフェリシタスに触れ、森田草平に彼女のような「無意識《アンコンシアス》なる偽善者《ヒポクリット》」を「書いて見せる義務がある」と述べた上で「他《ほか》の人に公言した訳でもないからどんな女が出来ても構はないだらうと思つてゐます。（略）且つ今お話した層々累々的な叙述丈で進むのではなくエキステンションも這入つてくるんだから、女は何うなつても構はない、と云ふと無責任ですが、出来損なつてもズーデルマン抔を引合に出して冷かしちや不可ません」と語っているのだが、作品『三四郎』の実態に即する限り、「層々累々的な叙述」と「エキステンション」即ち「低徊趣味」との相対的力関係は、談話「文学雑話」のそれとはまさに逆であるところに問題がある、と言えよう。

以上は、『三四郎』の叙法——そして叙法は作者の認識の手法と不可分のものである——をめぐる作者自身による説明として、談話「文学雑話」より「『坑夫』の作意と自然派伝奇派の交渉」の重視せらるべき所以を強調するための寄り道であったのだが、具体的には後者における「動機《モーチブ》の解剖」、「Bといふ真相の原因結果は顧慮せずに、甲、乙、丙の三真相が寄つてBを成してゐる」という「書方」、「活人画の人物」という比喩と「何でも事件の内幕に興味を持」ち、「活人画を見せるに至るまでの成立《なりたち》、事情」即ち「コンポジションをやつた要素」への興味などの説明が、『三四郎』における美禰子をめぐる、三四郎に仮託せられた〈低徊〉的認識方法、その結果としての因果律的ではなく、多元的共時的な矛盾に充ち充ちた複合的な美禰子の相貌の提起に合致し、ひいては、三四郎との邂逅における画としての美禰子のイメージの提起と、見様によっては、その画（活人画）を「見せるに至るまでの成立《なりたち》、事情」、「コンポジションをやつた要素」の解明こそが眼目であると見られる作品『三四郎』の基本的構造に、「『坑夫』の作意と自然派伝奇派の交渉」が合致すること、言いかえれば、結婚を決意した上で青春への訣別を告げた美禰子の自己決定の謎（真相）をめぐる三四郎の彷徨、即ち彼女の「動機《モーチブ》の解剖」を直線的な原因・結果の関係においてでなく、甲・乙・丙・丁……等の多元的要素の共時的かつ複合的結合体《ストラクチュアー》として三四郎が認識、理解するに至る過程を描き上げるところにこそ、作品『三四郎』の眼目があったことを、「『坑夫』の作意と自然派伝奇派の交渉」を踏まえることで立証しうるのではないかとする筆者の秘かな見取り図の説明に外ならない。

ともあれ「『坑夫』の作意と自然派伝奇派の交渉」を踏まえる限り、『三四郎』の美禰子は、第二章での池の丘の上で夕陽に向って立った自己の画像（＝「活人画」）に向って、成熟し続けるのである。だから、以下三四郎や野々宮との接触の都度現われる彼女の矛盾に充ち充ちた相貌は、〈青春〉の喪失という終着点から振りかえられた、甲・乙・丙・丁……という数々のモチヴェイションの共時的複合体《ストラクチュアー》でこそあれ、決して直線的因果律で裁断しうるものでないことを、作品の方法に即してくりかえし確認しておく必要があろう。そしてこの時、そのような美禰子の喪失された〈青春〉のドラマを、一つの統一体《ユニティー》、共時的多元的複合体として把握するためにこそ、椋鳥としての三四郎の〈低徊〉的認識方法は、必須不可欠であったと言えよう。なぜなら、〈低徊〉こそは、この多層的現実、そのさまざまのモチーフを、一つのコンポジション、「奥行」のある一つの構造として立体的に把握するための、いわば〈空間〉的認識方法であったからだ。(8)

かくして、私たち読者に要請されているのは、三四郎とともに、美禰子の内面空間――その立体的多層的な、数々のモチーフの共時的複合体を、あるが儘に捉えるための認識への旅なのだ。

三四郎に対し、野々宮に対し、その時々に顕現する彼女のイメージは、余りにも錯雑である。そこには、意識と無意識、理想と現実、夢と覚醒、偽善と露悪、自我と秩序など、いわば近代の自意識の負わざるを得ぬ不幸な背理が、分裂として、矛盾として、錯雑なるが儘に投げ出されている趣がある。そして今は、それを作者の美禰子造型上の失敗(9)と眺めるよりは、むしろ、作者の表現意図が錯雑を錯雑として、多層性を多層性として摘出することで、生の「奥行」を彷彿たらしめんとするところにあった、と見る地点に迄あえて進み出ることこそが、私たちに課せられた課題なのではあるまいか。

六　〈現実〉への出発

こうして椋鳥としての三四郎の飛び込むべき東京の二十世紀現実の具体相と、椋鳥に適《ふさ》わしい低徊家としての三四郎の内発的な思想認識形成能力を設定し了った作者は、三四郎の前に現われた世界を㈠故郷（母）㈡学問㈢青春（美しい女性）の三項に分節化して示すが、夙に越智治雄氏の指摘するように[10]、以後の三四郎の出発すべき世界が㈢のそれであったことは言う迄もない。この出発点において三四郎が下す「要するに、国から母を呼び寄せて、美しい細君を迎へて、さうして身を学問に委ねるに越した事はない」（四）という結論は「頗る平凡」な折衷案である訳だが、それに続く「たゞかうすると広い第三の世界を眇たる一個の細君で代表させることになる。（略）苟も人格上の言葉に翻訳の出来る限りは、其翻訳から生ずる感化の範囲を広くして、自己の個性を完からしむる為に、なるべく多くの美しい女性に接触しなければならない。細君一人を知って甘んずるのは、進んで自己の発達を不完全にする様なものである」という三四郎における論理の演繹は決して平凡ではない。結婚という制度と個性の解放という近代の原理との対立矛盾に対する三四郎の注目は、作者における「文明はあらゆる限りの手段をつくして、個性を発達せしめたる後、あらゆる限りの方法によつて此個性を踏み付け様とする」、「何坪何合のうちで自由を擅《ほしいまま》にしたものが、此鉄柵外にも自由を擅にしたくなるのは自然の勢である。憐むべき文明の国民は日夜に此鉄柵に噛み付いて咆哮して居る」（『草枕』十三）という現代文明の抱える本質的矛盾への認識を分節化したものであるからである。低徊家三四郎はまだ「これ程痛切に不足を感じ」ないのだが、美禰子に仮託されたのは、まさに〈個性〉拡張の原理と結婚という〈制度〉の対立という〈文明〉そのものの矛盾に外ならない。

従って、飛躍を怖れずに言えば広田の新しい借家の庭先における三度目の邂逅において、次のように三四郎によって美禰子の眼付が観察されるのは作品のプロット展開における半ば必然の事態であった。

（略）オラプチュアス！　池の女の此時の眼付を形容するには是より外に言葉がない。何か訴へてゐる。艶なるあるものを訴へてゐる。さうして正しく官能に訴へてゐる。けれども官能の骨を透して髄に徹する訴へ方である。甘いものに堪へ得る程度を超えて、烈しい刺激と変ずる訴へ方である。甘いと云はんよりは苦痛である。卑しく媚びるのとは無論違ふ。見られるものゝ方が是非媚たくなる程に残酷な眼付である。しかも此女にグルーズの画と似た所は一つもない。眼はグルーズのより半分も小さい。（四）

美禰子の「官能の骨を透して髄に徹する」、「見られるものゝ方が是非媚たくなる程に残酷な眼付」という三四郎の把握は、既出『草枕』第十章、鏡が池の場面に現われる深山椿の群花に対する画工の「黒い眼で人を釣り寄せて、しらぬ間に、嫣然たる毒を血管に吹く」、「黒ずんだ、毒気のある、恐ろし味を帯びた調子」、「只一眼見たが最後！見た人は彼女の魔力から金輪際、免るゝ事は出来ない」という観察と見事に一致する。『三四郎』の美禰子が、先に見た〈文明〉の矛盾を背負いつつ、同時に意識と無意識の分裂をかかえ、その底に「無意識なる偽善者《アンコンシアス、ヒポクリット》」の「残酷」を潜めた存在ならば、『草枕』の那美も「元来は静であるべき大地の一角に陥欠が起つて、全体が思はず動いたが、動くは本来の性に背くと悟つて、力《つと》めて往昔《むかし》の姿にもどらうとしたのを、平衡を失つた機勢に制せられて、心ならずも動きつゞけた今日は、やけだから無理でも動いて見せると云はぬ許りの有様」（三）という現代日本文明の外発性を仮託せしめられつつ、鏡が池の深山椿に象徴されるごとき不吉な「継続中」の何ものかを秘めた存在である。しかし、那美が三角関係に悩んだ末に愛しえぬ男と結婚し、離婚して戻った女であるのに対し、美禰子は、結婚を眼前に据えた未婚の女性である。そこに『三四郎』に固有の〈青春〉という主題が浮び上がる。『三四郎』

に、美禰子の青春というもう一つの主題の潜在することを否定する必要はない。だが、作品『三四郎』において、文字通り〈青春〉を生きるのは、三四郎であって美禰子ではない。美禰子の〈青春〉は、三四郎の心情のドラマの彼方に辛うじて隠見するに過ぎぬ。しかし翻って考えれば、そこに視点人物としての三四郎を必須としたこの作品の方法が浮び上るのであって、時々に三四郎の心情に隠見する美禰子の錯雑したイメージが多層的重層的に三四郎主体に塗り込められてゆくことで、やがて里見美禰子という女性の矛盾し錯雑した青春のドラマが画として彷彿せしめられてくると言えよう。それは、畢竟、彽徊家（＝認識者）三四郎における彷徨を経ての美禰子像確立への認識の旅のプロセスと、その終着点としての認識の確立、即ち三四郎における完結した画としての美禰子像の領略という課題の達成に重なる。

そして、そのような〈青春〉の渦中にある三四郎の認識への旅は、暗く不吉な里見美禰子という女性現実、もしくは女性の〈エロス〉の暗く攻撃的な凶々しい相貌という現実との出会いへの旅だったと言えよう。

七　美禰子の相貌

それにしても美禰子にも三四郎と〈青春〉の原理を共有した瞬間があったことを無視するのは不当と言うものだろう。例えば、三四郎との三度目の邂逅後、広田の借家の二階から高空に浮ぶ雲を眺め、「駝鳥の襟巻《ボーア》」に喩える傍ら、雲は雪の粉という野々宮の説明の受け売りをする三四郎に「（略）雲は雲でなくつちや不可ないわ。かうして遠くから眺めてゐる甲斐がないぢやありませんか」（四）と手厳しく反撃する美禰子の立場は、研究者・観察者としての野々宮の生の原理の反極に位置する。従って、三四郎の嘱目した「蟬の羽の様なリボン」の介在にもかかわらず、二者の対立は、作品の時間的枠組以前から醸成されていたと見ることも強ち牽強付会ではあるまい。そして、雲をめぐる野々宮の観察的立場への美禰子の拒否権の行使に釣り合う形で、野々宮も、サヾーンの脚本『オルノーコ』作中の Pity's akin to love の与次郎訳（「可哀想だた惚れたつて事よ」）をめぐって、美禰子による憐憫への訴えかけを拒絶する。(11) このような野々宮の〈愛〉の拒否と、美禰子における〈愛〉への希求は、菊人形見物の当日、「空中飛行器」をめぐる両者の争論のうちに、もはや覆い隠しえない赤裸の対立として現われている。それは〈現実〉=〈愛〉を拒否する研究者・批評家の立場と、〈現実〉=〈愛〉を希求する〈青春〉の立場との対立と言いかえうるだろう。

野々宮における〈愛〉の不可能性の確認は、菊人形見物の前日、野々宮の留守宅を訪れた三四郎に投げかけられたよし子の問が既にあかしていた。即ち「研究心の強い学問好きな人は、万事を研究する気で見るから、情愛が薄くなる訳である。人情で物を見ると、凡てが好き嫌ひの二つになる。研究する気なぞが起るものではない。自分の兄は理学者だものだから、自分を研究して不可ない。自分を研究すればする程、自分を可愛がる度は減るのだから、妹に対して不親切になる（略）」（五）というよし子の野々宮評の明かすものは、観察・研究による曇りなき認識の深化が、実は「情愛」と背反する形においてのみ可能である――逆に言えば〈愛〉は〈認識の錯誤〉としてのみ可能である、という不易の真理に外ならない。

野々宮が日本より外国で輝いている世界的な水準の物理学者であればある程、彼は〈愛〉の世界から拒まれている筈であり、重要なのは、数々の例証が示すように、(12) それは彼の積極的な自己決定であることなのである。美禰子が、この事態を直観的に理解するのは、あの団子坂の観菊における、菊の栽培法の違いについて、熱心に広田に説明する野々宮の念頭から、完全に彼女のイメージが払拭されていることに気付いた瞬間（「五」）に外なるまい。それは同時に美禰子主体における〈認識の錯誤〉からの自己解放と状況認識成立の瞬間に外ならない。そして〈認識の錯誤〉からの自己解放とは、〈愛〉の喪失と同義であるという弁証法こそ、作品『三四郎』のものである。作者は、三四郎と同じく美禰子にも〈認識の錯誤〉に生きた瞬間のあったことを、美禰子における〈愛〉の喪失の瞬間から逆照射する、と言いうる訳だが、それにしても、この美禰子の変貌の瞬間が、三四郎一人によって捉えられていることの意味は重い。養老の滝の人形を見ている美禰子に三四郎は、

「どうかしましたか」と思はず云つた。美禰子はまだ何とも答へない。黒い眼を左も物憂さうに三四郎の額の上に据ゑた。其時三四郎は美禰子の二重瞼が《ママ》不可思議なある意味を認めた。其意味のうちには、霊の疲れがある。肉の弛みがある。苦痛に近き訴へがある。三四郎は、美禰子の答へを予期しつゝある今の場合を忘れて、此眸と此瞼の間に凡てを遺却した。すると、美禰子は云つた。

「もう出ませう」（五）

おそらく作者はここで、タブラ・ラサなる三四郎という画布の上に描かれつつある美禰子像の上に今一度の加筆を加えた訳であり、引用傍点部に注目すれば、三四郎の主観を離れて、そこに浮び上りつつあるものこそ、美禰子における〈愛〉の喪失、もしくは〈認識の錯誤〉からの自己解放の瞬間に伴う生々しい苦痛それ自体の定着に外なるまい。面白いのは、それが、野々宮の、美禰子という〈現実〉もしくは〈自意識〉への拒否という形で生起せしめられていることであり（美禰子の野々宮への関心・目差しの存在と、野々宮の無関心・目差しの非在）、そこでは、ほとんど〈自意識〉は〈愛〉の対立命題とさえ思われる。団子坂への途中、大観音の前で大声で喚く乞食や、大きな声で泣き叫ぶ女の子の迷児への都会人種の無関心は、既にこの自意識という命題を指向していた訳で、それらを踏まえての野々宮に対する「責任を逃れたがる人」という皮肉な批評、反転して自己に向けての「御貰をしない乞食」、「大きな迷子」という美禰子の自と他とに向けた屈折した批評の成立は、『三四郎』における美禰子像の

造型が、近代人の〈自意識〉と〈愛〉という緊迫したドラマを含み込むものであったことを明かす。

作者は、しかし、〈自意識〉と〈愛〉の対立という一般論的レベルで問題を追求しようとはしていないので、野々宮や美禰子における〈自意識〉と〈愛〉との矛盾対立は、その根底に男と女の、凶々しく暗い〈エロス〉の衝動——男女の性差に基づく対立を秘めている点が重要なのではないか。

性差に基づく対立矛盾は、第一に美禰子の外側から、彼女に向って投げられる男性側の視線として現われる。男性側から見れば、美禰子は「あの女は自分の行きたい所でなくつちや行きつこない。勧めたつて駄目だ。好な人がある迄独身で置くがいゝ」／「全く西洋流だね。尤もこれからの女はみんな左うなるんだから、それも可からう」（七）という広田と画家原口との対話、原口のアトリエで美禰子をモデルとした画を描きながらの「（略）だから結婚は考へ物だよ。離合集散、共に自由にならない。広田先生を見給へ、野々宮さんを見給へ、里見恭助君を見給へ、序に僕を見給へ。みんな結婚をしてゐない。女が偉くなると、かう云ふ独身ものが沢山出来て来る。だから社会の原則は、独身ものが、出来得ない程度内に於て、女が偉くならなくつちや駄目だね」（十）という原口の言葉に概念化されるような視角で捉えられ、野々宮による美禰子拒絶として肉付けされる。しかし、同時に性差による対立関係は、美禰子を内部から規制する力としても現われる。具体的にはそれは風邪と美禰子婚約の衝撃で寝込んだ三四郎を見舞った与次郎の「馬鹿だなあ、あんな女を思つて。思つたつて仕方がないよ。第一、君と同年ぢやないか。同年位の男に惚れるのは昔の事だ。八百屋お七時代の恋だ」、「何故と云ふに。廿前後の同じ年の男女を二人並べて見ろ。女の方が万事上手だあね。男は馬鹿にされる許だ。女だつて、自分の軽蔑する男の所へ嫁に行く気は出ないやね。尤も自分が世界で一番偉いと思つてゐる女は例外だ。軽蔑する所へ行かなければ独身で暮すより外に方法はないんだから。（略）美禰子さんは夫《それ》よりずつと偉い。其代り、夫として尊敬の出来ない人の所へは始から行く気はないんだから、相手になるものは其気で居なくつちや不可ない。さう云ふ点で君だの僕だのは、あの女の夫になる資格はないんだよ」（十二）という言葉によって概念化され、美禰子の三四郎拒絶、「立派な人」（十）との結婚という事実によって肉付けされる。美禰子に対し外（男性）から投げかけられる反感にみちた視線と、美禰子の内部から彼女を規制するもの、それらは夫を妻より上位に、妻を夫の下位にすえる垂直的階段的発想法において同一の盾の表裏であることは言う迄もない。しかも悲劇は、「尊敬の出来」る夫、軽蔑（！）しうる妻というこの図式が、美禰子の願うものでありつつ、それが美禰子の希求する個の解放という〈近代〉の原理に決定的に背反するという事実にある。二兎を追うものは一兎を得ずとは、ここでの苛烈な真理であり、〈愛〉が平等の原則を前提とする近代の原理に立つ限り、〈尊敬〉可能な夫は、〈愛〉の対象たりえず、〈愛〉の対象たりうる夫は、〈尊敬〉の対象たりえない。人はこのいずれかの場合を選択せねばならない。美禰子が〈現実〉に覚醒するとは、このような矛盾にめざめることなのだ。美禰子が現実の内部に確固とした位置を占めるとは、このような矛盾に意識的に組み込まれていくことである。美禰子の自意識をめぐる考察は、このような「文明」の〈矛盾〉にまで私たちを導いてゆく。

無論、〈迷へる子《ストレイシープ》〉という語を発したのち、「急に真面目にな」って、「私そんなに生意気に見えますか」と問う美禰子について「今迄は霧の中にゐた。霧が晴れゝば好いと思つてゐた。此言葉で霧が晴れた。明瞭な女が出て来た。晴れたのが恨めしい気がする。／三四郎は美禰子の態度を故《もと》の様な、——二人の頭の上に広がつてゐる、澄むとも濁るとも片付かない空の様な、——意味のあるものにしたかつた」としか思わない「呑気」な三四郎にとって、美禰子が現実から受けた衝撃の真の意味の捕捉は、いまだ不可能である。しかし、少くとも彼は、〈認識の錯誤〉から解放され、〈現実〉にめざめた衝撃と苦痛の深さに耐え、「寒い程淋しい」（五）愛不在の世界を敢えて択ぼうとする美禰子の誇り高き〈自意識〉の世界を確かに想望し得る地点に佇んではいたのである。そして、おそらく、〈現実〉に覚醒しつつ、人は猶〈夢〉を夢見る存在なのだ。〈現実〉と〈夢〉との距離を正確に測りつつ、〈夢〉を夢みるところに、三四郎に対する美禰子の以後の錯雑し、動揺するイメージが顕現する。

田端の小川への散歩の翌日、三四郎に送られた美禰子の絵葉書に示された彼女の三四郎への好意と、大学の運動会の日、三四郎に向けられた「火の消えた洋燈《ランプ》を見る」ような「丸で高い木を眺める様な」、「何物をも訴へてゐ」ない美禰子の眼付との落差は、〈現実〉と〈夢〉との距離を測りつつ、〈夢〉を夢見る美禰子のあり方＝「矛盾」（二）から生ずる必然の事態であって、それ以下でもそれ以上でもない。そこに三四郎への〈愛〉の芽生えや、返信を寄せない三四郎への美禰子の断念などを見る仮説は、美禰子の誇り高い自意識と知性とを侮蔑し、そもそもの作品の構成原理――共時的多層的複合体《ストラクチュアー》としての彼女の像の創造のモチーフに反するものであろう。

八　「優美なる露悪家」

従来、美禰子像の把握において重視されてきたのは、既出「無意識なる偽善者《アンコンシアス、ヒポクリツト》」という作者の定義とともに、広田の美禰子評、とりわけ七章における「優美なる露悪家」という規定であったことは言うまでもない。前者については、論ずる段階ではないが、広田の批評の扱いについては、いっそうの慎重さが要求されよう。既に見た様にそれは、作中で決して無限定に容認されてはいないからである。例えば六章。馬鹿貝の剝身の干焼の咀嚼に苦しむ広田を見て、与次郎が「（略）こりや、ことによると先生には駄目かも知れない。里見の美禰子さんなら可《い》いだらう」、「あゝ落ち付いてゐりや味の出る迄屹度噛んでるに違ない」と言うと、広田は「あの女は落ち付いて居て、乱暴だ」、「イブセンの女は露骨だが、あの女は心《しん》が乱暴だ。尤も乱暴と云つても、普通の乱暴とは意味が違ふが。野々宮の妹の方が、一寸見ると乱暴の様で、矢つ張り女らしい。妙なものだね」と言う。この広田の言を迎えて「里見のは乱暴の内訌ですか」と応じ、三四郎の追求に詰《つま》って「イブセンの人物に似てゐるのは里見の御嬢さん許ぢやない。今の一般の女性《によしよう》はみんな似てゐる。女性ばかりぢやない。苟くも新しい空気に触れた男はみんなイブセンの人物に似た所がある。たゞ男も女もイブセンの様に自由行動を取らない丈だ。腹のなかでは大抵かぶれてゐる」と論じ、「僕はあんまり、かぶれてゐない」と言う三四郎に「ゐないと自ら欺いてゐるのだ。――どんな社会だつて陥欠のない社会はあるまい」、「（略）とすれば、その中に生息してゐる動物は何処かに不足を感じる訳だ。イブセンの人物は、現代社会制度の陥欠を尤も明かに感じたものだ。吾々も追々あゝ成つて来る」と説明する与次郎の言は、まさに作者漱石の汎世界的な二十世紀文明論そのものであることは既に見てきたところである。又、それが作品底部に潜む現実認識であることも論を俟たない。

にも拘わらず、与次郎の解釈は、広田の自由かつ奔放な批評の底に潜む直観的認識を必要かつ十分なる形で救抜しえていない。この時、広田の用いた「乱暴」という語に拘わり、広田も意識化しえなかった彼の語の真の意味に照明を与えたのが「だつて、先刻《さつき》里見さんを評して、落ち付いてゐて乱暴だと云つたぢやないか。それを解釈して見ると、周囲に調和して行けるから、落ち付いてゐられるので、何処かに不足があるから、底の方が乱暴だと云ふ意味ぢやないのか」という三四郎の解釈だった訳である。そして、この時、三四郎が到達したのは、汎世界的な二十世紀文明の矛盾――と云うことは時代柄、無論西欧的近代文明の矛盾と云うことになる訳だが――の毒を総身に浴びた、イブセン的女性としての美禰子像に留まらず、既に『草枕』の志保田那美がそうであった如く、現代日本文明の内在的矛盾を総身に浴びた新しい日本の女としての美禰子の像と、その裏面の哀しみ（「寒いほど淋しい」世界）への、未だ漠然たる認識のめざめであった、と言えよう。

『草枕』の画工がミレーのオフェリヤの画像に固執しつつ「ミレーのオフェエリヤは成功かも知れないが、彼の精神は余と同じ所に存在するか疑はしい。ミレーはミレー、余は余であるから、余は余の興味を以て、一つ風流な土左衛門を書いて見たい」（『草枕』七）と言い、英国の風景画家グーダルに触れつつ「個人の嗜好はどうする事も出来ん。然し日本の山水を描くのが主意であるならば、吾々も亦日本固有の空気と色とを出さなければならん。いくら仏蘭西《フランス》の絵がうまいと云つて、其色を其儘に写して、此が日本の景色だとは云はれまい」（同十二）と言った西洋文明に対する芸術家としての自己本位の信念は、『三四郎』の美禰子造型の意図の裡にも明瞭に認められる訳で、それ故にこそ、そのような作者の立場の代弁として、三四郎による広田の美禰子評の再構築《レコンストラクション》によって、美禰子把握が一歩突き進められた直後に、学生集会所での懇親会における匿名の学生の次の如き演説が挿入されるのは、必然であったのだ。

> 我々は西洋の文芸を研究する者である。然し研究は何処迄も研究である。その文芸のもとに屈従するのとは根本的に相違がある。我々は西洋の文芸に囚はれんが為に、これを研究するのではない。囚はれたる心を解脱せしめんが為に、これを研究してゐるのである。此方便に合せざる文芸は如何なる威圧の下に強ひらるゝとも学ぶ事を敢てせざるの自信と決心とを有して居る。（六）

　ともあれ私たちは、広田の批評の自由闊達性を認めつつ、それがその儘では、決して美禰子への真に活きた批評たりえなかったという事情、その空白の部分への三四郎の意味づけがあって初めて認識として機能しえた事実を、以上の挿話の副産物として読みとることができよう。

　思わぬ長い寄り道をしたが、以上を前提として本題に立ち戻れば、この事情は、第七章において展開される広田の「優美なる露悪家」論にも当て嵌まる。新旧世代に対し、偽善家、露悪家の呼称をそれぞれ与えた広田は、美禰子を念頭において頷かない三四郎の沈黙を前にして、二十世紀の最新流行として「利他本位の内容を利己本位で充たす」、「人の感触を害する為めに、わざ〳〵偽善をやる」、「偽善を偽善其儘で先方に通用させ様とする正直な」露悪家の出現を指摘し、「極めて神経の鋭敏になつた文明人種が、尤も優美に露悪家にならうとすると、これが一番好い方法になる。血を出さなければ人が殺せないといふのは随分野蛮な話だからな君、段々流行《はや》らなくなる」と説明するが、三四郎の受けとめ方は「念頭に美禰子といふ女があつて、此理論をすぐ適用出来る」故に「応《こた》へた」と同時に、「三四郎は頭の中に此標準を置いて、美禰子の凡てを測つて見た。然し測り切れない所が大変ある」という具合に二面的である。おそらく、この「大変ある」「測り切れない所」——その剰余部分にこそ、広田の批評の網の目にすくい取れない真の美禰子像があり、それは「優美なる露悪家」という広田の観念的範疇に留りうるものでないことは、最早明らかではないだろうか。(13)

この事態は、六章における広田の美禰子評の、三四郎による再構築の意味を重からしめると同時に、あの団子坂の観菊以来、美禰子の自恃と孤独、誇りと屈辱との振幅を、十分諒解しえない儘に目にしてきたのが、作中、三四郎唯一人であった、という事情を改めて私たちに想起せしめよう。すでに見たように美禰子の三四郎への親愛（決して〈偽善〉でない）の一端は、そこに発するのだが、美禰子の側に立てば彼女が抱え込まざるを得ないのが、彼女の生きつつある状況のすべてに〈愛〉の不可能性を立証された結果、「寒い程淋しい」世界に耐えて生きることであった筈である。論理的には、ここで結婚否定論となるのだが、しかし「寒い程」の淋しさにも拘わらず、彼女は結婚するのである。そして、この孤独と寂寞を介して、美禰子は三四郎と二度の〈愛〉のニアミスを冒す。その一度目は、大学の運動会見物の帰途、三四郎と邂逅した彼女が、よし子を看護婦への挨拶にやった後、丘の上で三四郎と交す次のような会話に示されている（二人の最初の邂逅をふり返りつつ）。

「熱い日でしたね。病院があんまり暑いものだから、とう〳〵堪え切れないで出て来たの。——あなたは又何であんな所に踞がんで入らしつたんです」

「熱いからです。あの日は始めて野々宮さんに逢つて、それから、彼処《あすこ》へ来てぼんやりして居たのです。何、だか心細くなつて」

「野々宮さんに御逢ひになつてから、心細く御成になつたの」

「いゝえ、左う云ふ訳ぢやない」と云ひ掛けて、美禰子の顔を見たが、急に話頭を転じた。（六）

三四郎は、ここで明らかに嘘を吐いている。第二章の叙述を踏まえる限り、三四郎のあの場の孤独は「生涯現実世界と接触する気がないのかも知れない」野々宮の学者としての生活に触れたことにより生じたのであり、その時池の面をみつめて彼が味わった「薄雲の様な淋しさ」は、「野々宮君の穴倉に這入つて、たつた一人で坐つて居るかと思はれる程な寂寞」と説明されていたからである。この「孤独」と「寂寞」とにこそ、三四郎と美禰子の接触点が存在した筈なのに、「野々宮さんに御逢ひになつてから、心細く御成になつたの」と美禰子が差し伸べた手を、「いゝえ、左う云ふ訳ぢやない」と我知らずふり切ってしまった三四郎が、美禰子に野々宮の貧乏の尊敬すべき所以を説かれて、彼の思い上りを（その実、彼の不正直さを）諷喩されることになるのは当然と言って良いだろう。しかし、少くとも先の美禰子の問いかけには、〈愛〉の可能性と迄言えずとも、二人の間の共通理解――コミュニケーションの場の成立しうる可能性が秘められていたとは言えるだろう。

二度目のニアミスは、より重大である。広田先生の答案調べの手当を預って野々宮への借金を返しに行った与次郎は、その全額を馬券ですってしまい、三四郎から借りる。しかし与次郎には入る筈の原稿料が入らない。そこで与次郎は、美禰子が、三四郎本人が来るならば金を貸しても良いと言っているという話を持ってくる。この段階での三四郎の心理は、広田の優美なる露悪家論の上に、運動会当日の美禰子の諷喩を重ねて、「三四郎は此間から美禰子を疑つてゐる。然し疑ふばかりで一向埒が明かない」、「（略）どう想像しても、自分に都合の好い光景ばかり出て来る。それでゐて、実際は甚だ疑はしい。丁度汚ない所を奇麗な写真に取つて眺めてゐる様な気がする。写真は写真として何処迄も本当に違ないが、実物の汚ない事も争はれないと一般で、同じでなければならぬ筈の二つが決して一致しない」(八)という混迷の状況にある。この混迷の原因は「もし、ある人があつて、其女は何の為に君を愚弄するのかと聞いたら、三四郎は恐らく答へ得なかつたらう。強ひて考へて見ろと云はれたら、三四郎は愚弄其物に興味を有つてゐる女だからと迄は答へたかも知れない。自分の己惚を罰する為とは全く考へ得なかつたに違ひない。——三四郎は美禰子の為に己惚しめられたんだと信じてゐる」(同)と云う具合に説明されるが、とりわけ引用傍点部分には自己相対化の視点を欠落させた三四郎の姿が批判的に定着されている、とは言えよう。しかし、そのような三四郎の認識の錯誤を剔抉し、戯画化し、その対極に〈青春〉を虚妄とみる美禰子のけざやかな自己決定を対置、強調するところに作のモチーフがあるとする意見(14)には、与することができない。

三四郎は、低徊家としての設定に適わしく美禰子の設定した状況の下で、美禰子に会い、金を借り、丹青会の展覧会に行き、野々宮への美禰子の愚弄に立ち会わされることになるのだが、そのような美禰子の行動にも三四郎の「己惚を罰する」モチーフを読みとるには(その実、それは十分三四郎への諷喩たりえているが)、その場における美禰子の意識は、余りに混乱し、錯雑している。「呑気」な三四郎は、画家の兄妹をも識別しえないのだが、その「呆《ぼん》やり」は、二人の間に笑いを惹き起すばかりでなく、「随分ね」と言いつつ、先へ行った美禰子をして「向から三四郎の横顔を熟視」せしめさえする。その直後、原口に呼ばれた美禰子は、原口より遠くの野々宮を「見るや否や、二三歩後戻りをして三四郎の傍へ来」、彼の耳に「何か私語《ささや》」くのだが、この行為が、野々宮の三四郎に向っての「妙な連と来ましたね」という問いかけに対する、美禰子の「似合ふでせう」という発語への伏線であることは、言う迄もない。むろん、野々宮は「くるりと後を向」き、返事を拒絶するのだが、〈現実〉との接触を拒絶する野々宮の内面の相は、彼のみつめる「一面に黒い。着物も帽子も背景から区別の出来ない程光線を受けてゐない中に、顔ばかり白い。顔は痩せて、頰の肉が落ちてゐる」と描写される「肖像画」の世界に仮託して述べられていることは、指摘する迄もないだろう。

美禰子の愚弄は、生の豊かさを代償とする野々宮の研究生活への揶揄《アイロニー》という目的を達したかも知れないが、同時に野々宮の厳しい拒絶によって、彼女自身の傷を深め、彼女の自意識を混迷に陥れたことも争われない。

それでなくては、展覧会場における「あなたを愚弄したんぢや無いのよ」、「何故悪いの？」、「本当に宜《い》いの？」、「悪くつて？　先刻《さつき》のこと」、「だつて」、「私、何故《なぜ》だか、あゝ為たかつたんですもの。野々宮さんに失礼する積ぢやないんですけれども」などの、美禰子らしからぬ必死の弁解や、展覧会場を出た後での「必竟あなたの為にした事ぢやありませんか」という彼女の「瞳の中」の「言葉よりも深き訴」の意味が理解できないだろう。私たちは、この場の美禰子に思いやりを示すことも、彼女と三四郎との〈青春〉の共有の可能性を想望することも、もしくは「優美なる露悪家」のイメージを読みとることも全く無用である。野々宮への揶揄《アイロニー》のために三四郎を小道具に用いた美禰子の行為は、事実として三四郎を愚弄したことになる筈だが、この事実を三四郎にのみならず、自らにも告白しようとしない美禰子（そう理解しなければ美禰子のみじめな弁解の意味を諒解できない）が、自己の冒した行為に明晰な自意識を持っていたとは到底思われない。私たちはここに美禰子における正確な自己認識への怖れ——まさに女性的なる（！）恐怖を読みとっておけば足りる筈だ。三四郎に対する彼女の必死の訴えかけこそが、実は、自意識の拒む自己内部のあるものを認識の明るみへ引き出すことを拒否するための、彼女自身にもそれと意識されざる演技であると言えよう。

そして、それは、もはや広田の「優美なる露悪家」論を遥かに越える世界であり、三四郎に顕現した、この錯雑し、混乱する美禰子の意識の形そのものの中にこそ、私たちは作者の意図した「無意識なる《アンコンシアス、》偽善者《ヒポクリット》」の明瞭なイメージを読みとりうるのではないか。その意味では、先に使用した〈ニアミス〉なる語の不用意さを訂正しておかなければならないので、雨の杉の下での三四郎と美禰子との次のような接近のうちにも、後に世故に長けた「愛すべき悪戯もの」与次郎が「何時迄も借りて置いてやれ」、「君は厭でも、向ふでは喜ぶよ」、「(略) 人間はね、自分が困らない程度内で、成る可く人に親切がして見たいものだ」(九) と解説するように、美禰子の意識下における三四郎との距離測定の目は確かに生き続けていたことを、以後のプロット展開は物語っている筈である。


雨は段々濃くなつた。雫の落ちない場所は僅かしかない。二人は段々一つ所へ塊まつて来た。肩と肩と擦れ合ふ位にして立ち竦んでゐた。雨の音の中で、美禰子が、

「さつきの御金を御遣ひなさい」と云つた。

「借りませう。要る丈」と答へた。

「みんな、御遣ひなさい」と云つた。(八)

くり返しておけば、私たちは、ここに美禰子と三四郎との青春の〈孤独〉の共有とか、美禰子の三四郎への〈愛〉の可能性とかを見ることを許されていない。それは、三四郎に対する美禰子の優越性とか、三四郎への戯画化のモチーフを認めることを許されない、と同様である。美禰子をみつめる作者の視線はもっと暗いという一点につきる。美禰子が応《まさ》に「市に生きる者」(十二) の世界に座を移そうとしているとしても、美禰子にはもともと研究・批評・傍観＝大学の世界に座席が用意されていなかった——というのが既にみてきた作品構造の論理から由来する結論である。結婚という確固たる現実から青春の虚妄と彷徨を批判するところに作意を見たのは越智氏だが、[15] それは美禰子自身の自己批評としては成り立つ意見としても、[16] すでにみたように野々宮の生の原理は初めから微動だにしていない以上、『三四郎』の世界全体への批評たりえないことは自明である。ことは、美禰子の結婚相手が「立派な紳士」であったか否かなどに関わってのみ論じらるべき問題でもない。[17] まして、三四郎その人をめぐって、

美禰子が距離測定の目を狂わすなどという事態の仮設は、彼女への侮辱でさえあろう。

　そして、作者の視点は、彼女の自己決定の鮮かさをも含めて、分裂し混乱する美禰子の像への固執から、三四郎の幻滅の悲哀へと大きく動くというのが私見である。三四郎にとって、美禰子は現実そのものであった。暗く、赤く、不吉な「運命」としての凶々しい生の、そして女性的なる現実（「矛盾」もしくは〈謎〉）への痛々しくも悲しいめざめ――そのような三四郎のめざめをして、日本近代の青春の典型的悲劇として謳いあげたところに、作者漱石における低徊という認識手法を駆使しての、不吉な現実（「文明」）の世界への決定的越境へのモチーフが秘められていたのである。

九　もうひとつの画像――あるいは作品構造の開示

　それにしても私達は、既に美禰子が、あらゆる意味で、その熾烈な「個」の拡充、即ち〈エロス〉充足の願望を拒まれた存在であることを見てきた筈である。三四郎を含めた作品中のあらゆる主要な男性が、彼女を追い詰め、結婚の不可能性を立証してゆくプロセス、その諸々のモチーフの解析に、作品『三四郎』の今迄の眼目があった、と云っても過言ではあるまい。その意味で誇り高き彼女の自意識――その〈エロス〉の全重量は、今や無残にも破綻に瀕せんとしている――その破れ目から敗北の塵にまみれた新時代の女性の涙顔が、ふと覗くのではないか、という錯覚を抱くのは、私一個の妄想という訳ではあるまい。広田、野々宮、原口という結婚否定論者達の誇らかな勝利の凱歌が告げられようとしているのだ。

　にも拘わらず、事態は美禰子の婚約・結婚という思いがけぬ転機を迎える。この時、第九章の精養軒の会合における「（略）斯う云ふ事は人間の研究上記憶して置く可き事だと思ふ。――即ち、ある状況の下に置かれた人間は、反対の方向に働き得る能力と権利とを有してゐる。と云ふ事なんだが。――所が妙な習慣で、人間も光線も同じ様に器械的の法則に従つて活動すると思ふものだから、時々飛んだ間違が出来る（略）」という広田の発言は、理学者野々宮などの与かり知らぬところで主体選択の自由を美禰子がいまだ所有しえていることを示唆すると同時に、美禰子の主体の「反対の方向に働き得る能力と権利」を示唆して、以後のプロット展開への貴重な伏線たりえていよう。

そして美禰子の自己決定のこの瞬間においてさえも、美禰子との愛の成立を錯覚する三四郎の姿は、確かに滑稽なピエロと評されても仕方があるまい。しかし既に画家原口と広田との対話における美禰子と結婚という話柄が、帰途の三四郎の出会う辻占屋の「大きな丸い提灯を点けて、腰から下を真赤にしてゐる」（七）不気味なイメージに彩られたように、与次郎に指摘される美禰子の夫に要求される現実的資格の問題や、よし子に起った縁談は、激しい北風や遠い火事の赤のイメージの点出によって、現実に対する不吉な認識のめざめの予感を三四郎に与えることになる。無論、三四郎は「夜が明ければ常の人」（九）なのだが、この事態が原口の許にいる美禰子に会いに急ぐ道すがら、「寂滅の会《ゑ》を文字の上に眺めて、夭折の憐れを、三尺の外に感じ」ながら、「美しい享楽の底に、一種の苦悶」を感じさせる「生きてゐる美禰子に対しては」「苦悶を除《と》る為に一歩《あし》傍へ退《の》く事は夢にも案じ得ない」背理を彼に演じさせることを妨げることがない限り、作者が描こうとしている眼目が、美禰子の自己決定のありかよりは、三四郎における〈現実〉への認識のめざめの哀しみにあることは、どうやら疑いのないものに思われる。それは同時に、『三四郎』において作者が描こうとした美禰子像――その共時的多層的複合体《ストラクチュアー》としての自我像が、徐々に完成の域に近づきつつあることの証左に外ならない。

原口の描こうとする画像が、大学の池のほとりで三四郎が彼女を眺めた、その時の美禰子の姿勢・図柄であることは、第七章での広田に対する原口の話で三四郎に知られていた。美禰子を描く原口のアトリエを訪れた三四郎が最初に認識するのは、「団扇を翳して立った姿其儘が既に画」という第一の美禰子と、第一の美禰子に次第に近付いてくる「普通の画」としての第二の美禰子との区別である。同時に「静かな長い時間」を経て「第二の美禰子が漸く追付いて来る。もう少しで双方がぴたりと出合つて一つに収まると云ふ所で、時の流れが急に向を換へて永久の中に注いで仕舞ふ」（十）という二つの画にまつわる時間の弁証法――第一の画の現在性と第二の画の永遠性との問題である。

周知のようにそれらは、自己の青春を画に封じ込めようとした美禰子のモチーフを明かすものと言って良いだろうが、その側面からの考察は、原口の描き上げた肖像画の題名が「森の女」であったことと相俟って、第十一章後半の広田の夢に現われた初恋の少女の挿話との関連から説明されることが普通である。にも拘わらず私は、今まで見過されてきた問題として第二の画に関わりつつ作品『三四郎』の構造、あるいは読みとりの方法そのものの開示を、肖像画の描写法についての原口の説明のうちに認めることこそが、『三四郎』論の現段階において決定的に重要ではないか、と思う。

既に作品『三四郎』のドラマの実質的出発点は、夕陽に向って団扇を翳して立った美禰子を三四郎が「奇麗な色彩」として眺め、彼女の「黒眼の動く刹那」に「何とも云へぬ或物に出逢つた」ところにあった。その時、三四郎は「矛盾だ」とつぶやいたのだが、今まで作中に点綴された美禰子の時々の姿は、まさに、分裂し、混乱し、矛盾していた。そして今や、作品は再び美禰子が三四郎の前に現われた最初の図柄に戻る。しかし、作品第二章と、原口のアトリエの場面を描く第十章との間には、数々の錯雑した美禰子の像の点綴があり、就中、数々の美禰子の「眼付」の点綴があった。そして、普通なさるべき、それらへの統一的説明が欠落せしめられているところに、作品『三四郎』の描写法があり、それは、同時に低徊家としての三四郎の視点人物としての設定の意味と表裏の関係にあった。そして、作品の実質的ドラマが終った今、作者は原口の口を藉りて、このような美禰子描写法の意味を私たちに明かすのである（原口も亦、美禰子の眼に惹かれた一人であり、彼女の眼を描くために、彼女の肖像画を描くのである。――この原口を三四郎に置き換えるならば、私たち読者は、三四郎の描く時々の美禰子の眼を画として見てきていた訳である）。

三四郎の「（略）一体かうやつて、毎日々々描いてゐるのに、描かれる人の眼の表情が何時《いつ》も変らずにゐるものでせうか」といふ質問に、原口は「それは変るだらう。本人が変るばかりぢやない、画工《ゑかき》の方の気分も毎日変るんだから、本当を云ふと、肖像画が何枚でも出来上がらなくつちやならない訳だが、さうは行かない。又たつた一枚で可なり纏まつたものが出来るから不思議だ。何故と云つて見給へ……」、「かう遣つて毎日描いてゐると、毎日の量が積り積つて、しばらくする内に、描いてゐる画に一定の気分が出来てくる。（略）つまり画の中の気分が、此方へ乗り移るのだね。里見さんだつて同じ事だ。自然の儘に放つて置けば色々の刺激で色々の表情になるに極つてゐるんだが、それが実際画の上へ大した影響を及ぼさないのは、あゝ云ふ姿勢や、斯う云ふ乱雑な鼓だとか、鎧だとか、虎の皮だとかいふ周囲《まはり》のものが、自然に一種一定の表情を引き起す様になつて来て、其習慣が次第に他の表情を圧迫する程強くなるから、まあ大抵なら、此眼付を此儘で仕上げて行けば好いんだね（略）」と説明し、モデルや画家の日々の気分の変化にもかかわらず画に纏まりができるのは、「画の中の気分」や「周囲《まはり》のもの」が、自然に「一種一定の気分」や「一種一定の表情」を惹きおこすからだ、と説くのだが、これは要するに作者の美禰子描写をめぐる方法意識の第一規定を開示したものと言えよう。

次いで原口は、美禰子の眼の表情の描写法を「それに表情と云つたつて」、「画工《ゑかき》はね、心を描くんぢやない。心が外へ見世《みせ》を出してゐる所を描《か》くんだから、見世さへ手落なく観察すれば、身代は自ら分るものと、まあ、さうして置くんだね。（略）そこで此里見さんの眼もね。里見さんの心を写す積で描いてゐるんぢやない。たゞ眼として描いてゐる。此眼が気に入つたから描いてゐる。此眼の恰好だの、二重瞼の影だの、眸の深さだの、何でも僕に見える所丈を残りなく描いて行く。すると偶然の結果として、一種の表情が出て来る（略）」と説明するが、これは応《まさ》に作品『三四郎』に一貫する作者の美禰子描写の第二規定を明かすものと言えよう。なぜなら、作品『三四郎』に美禰子の「眼付」の呼びおこした三四郎の心理、もしくは三四郎の解釈はあっても、美禰子の心理分析は、皆無だったからである。作者は明らかに美禰子の「心を写す積」ではなく、「心が外へ見世を出してゐる所を描く」積りでやってきた訳で、その「偶然の結果」として「一種の表情」が出来ることを期待していると言えよう。

以上を踏まえた上で、作者による美禰子の描写法と原口の描写法とを一括する第三の規定として、どちらも基本的には共時的多層的複合体としての画像の完成をめざしているということを挙げたい。原口が一枚のカンヴァスの上に毎日々々、何層もの美禰子への観察を丹念に描き込むことによって、「奥行」（立体感）のある「一種の表情」を現出せしめるように、作者は、三四郎の眼に映じた美禰子の「眼付」の種々相、その矛盾と混乱とを丹念に描き込むことによって、「池の女」の「眼の表情」そのものを、時間の変化やプロットの展開に支配されない諸々のモチーフの共時的多層的複合体《ストラクチュアー》＝画として構築しようとしているのである。即ち作品『三四郎』に物理的時間の流れはあっても、基本的には時間の推移を拒否した、美禰子の内面空間の領略、その空間的広がり――「コンポジション」もしくは「エキステンション」の追求こそが、作品の基本的方法論であり、又目的であったと言ってよいだろう。原口のアトリエからの帰途、「余り出来方が早いので御驚ろきなさりやしなくつて」という美禰子の問いかけをきっかけとして両者の間に交わされる、

「何時から取掛つたんです」
「本当に取掛つたのは、つい此間ですけれども、其前から少し宛描いて頂いてゐたんです」
「其前つて、何時頃からですか」

「あの服装《なり》で分るでせう」（十）

という対話も亦、この間の事情を明かしたものに外ならない。

　アトリエにおける原口の話をめぐっては、この外にも注目すべき、もう一つの問題点がある。それは原口が美禰子の眼に注目することを三四郎に促した時、美禰子が「突然額から団扇を放して、静かな姿勢を崩した」という叙述に始まり、以後原口の話が続く間「色光沢《いろつや》が好くない、眼尻に堪へ難い嬾《ものう》さが見える」とあるように彼女に頽落の影が強く落ちかかり、ついに原口に絵筆を投ぜしめるに至ることである。おそらく、原口の描写論が真（無意識）を領略する芸術的認識の方法を包摂する限り、美禰子の意識をこえて、彼女内面の秘められた領域が認識の世界に絡めとられる瞬間が確実に近づきつつあるのだ。美禰子の怖れ、頽落は、その予覚に由来する。そしてそれが『三四郎』のプロット展開に託された、もう一つの画像――三四郎における「池の女」としての美禰子像の完成に重なることは、既に言う迄もないだろう。

十　現実覚醒の悲哀あるいは美禰子像の領略

　それにしても、画の中の美禰子と現実の美禰子との落差が、ほとんど、あの「丁度汚ない所を綺麗な写真に取つて眺めてゐる様な気がする」（八）と評された三四郎の認識の分裂に重なることは興味深い。原口の肖像画の構図が「当人の希望」（七）であり、後に広田の夢に現われた二十年前の少女が「此顔の年、此服装《なり》の月、此髪の日が一番好きだから、かうして居る」（十一）と語るのを脚注にすれば、原口の画「森の女」の美禰子は、ほとんど彼女の自意識に重なる。しかし、作品のプロットは、そのような彼女の「綺麗な写真」の彼方に存在し、「実物の汚なさ」（八）と評される、もう一つの美禰子像に向って急速に収斂して行く。三四郎にとってそれは、美しい幻想（錯覚）としての美禰子の現実への墜落に外ならない。広田に倣って、これを〈夢〉と〈現実〉との落差として一般化するには、三四郎における美禰子の〈結婚〉という事態への逢着は、余りにも凶々しいのではないか。広田にしても、その結婚否定論の彼方には、彼が姦通によって生れた私生児であることに由来する女性不信が抜き難く横たわっていると見ることも確かに可能なので、女性存在なるものをめぐるこの暗さこそ、『三四郎』において、作者が定着しようとした現実の暗さ――不吉な、凶々しい、混迷し、解決不能の〈女性の謎〉そのものの姿に外ならないのではないか。

そして、今、三四郎は、その低徊家としての認識の旅の果に、美禰子における混迷と矛盾にみちた生の実相を把握する地点に辿りつく。彼の罹る重い風邪は、低徊と夢想の世界から、現実への覚醒のプロセスにおいては必須の、痛々しい通過儀礼《イニシエーション》の比喩に外ならない。三四郎の病からの治癒は、抜き難い不信の念を以ての、凶々しい不吉な現実としての美禰子像、即ち女性観の確立と同義である。[18] それが作品『三四郎』における、もう一つの画像「池の女」の完成であることは、言う迄もない。そのような「池の女」の共時的多層的複合的自我像は、実は第二章での美禰子の黒目に潜む「何とも云へぬ或物」に出会った三四郎の呟く「矛盾だ」の語のパラフレーズと再構成に外ならなかった。そして、凶々しい、不吉な、矛盾と混乱にみちた共時的多層的複合的自我像としての「池の女」の画像の完成こそは、作者における、「無意識なる偽善者《アンコンシアス・ヒポクリット》」としての美禰子像の完成を物語るものに外ならない。

美禰子が「脊のすらりと高い細面の立派な」、「全く男らしい」、「若い紳士」（十）と結婚しようと、与次郎が不思議がり、よし子が面白がるように、美禰子の結婚相手がよし子の縁談の相手だったという経緯にまつわる不審さ、異常さ、あるいは婚約・結婚のあわただしさにまつわる突発感などに由来する不吉な印象は已然として残る。

美禰子は確かに広田・野々宮・原口・三四郎らの棲息する世界から飛び出し、〈市に生きる者〉の世界に座を占めた。そこに彼女の主体的決断があったことは事実だが、その決断は、「尊敬」出来るが、〈愛〉することのできない人と結婚し、「寒い程淋しい」世界に耐えて生きる以後の人生コースを選ぶ勇気に支えられている。結婚という社会制度の中に決然として身を入れる自己決定において、彼女は「落着いてゐ」る。個性（エロス）拡充の願望をあえて蹂躙する勇気において「乱暴」である。その結果「寒い程淋しい」孤独と寂寞の世界をさまようことになる点で、「迷へる子《ストレイ　シープ》」である、と言えよう。従って三四郎の視点を意識しない限り（演技から解放された場において）、以後の美禰子が「俯向いて」「凡てに揚がらざる態度」（十二）を持続することになるのは、当然なのだ。

十一　夫の問題

美禰子の結婚相手が彼女にとって「尊敬」できる人であることは事実としても、彼女を理解しうる人、真のコミュニケーションの成立しうる人であるか否かは甚だ疑問である。既に平岡敏夫氏が指摘するように(19)第十三章において肖像画「森の女」の前に立った美禰子の夫が、画のモチーフについて何ら知るところなく構図と光線の具合について、原口に出来栄えを賞め、「いや皆御当人の御好みだから。僕の手柄ぢやない」という原口の返事を聞いて「夫は細君の手柄だと聞いて左も嬉しさうである。三人のうちで一番鄭重な礼を述べたのは夫である」（十三）という反応を呈するのは、滑稽を通り越して悲惨とさえ言えよう。美禰子と夫ひいては〈結婚〉という制度に向けられた作者の暗い視線が浮び上ってきそうな一節である。

十二　「無意識《アンコンシャス》なる偽善者《ヒポクリット》」

それにしても、彽徊家三四郎の認識の旅を辿り来った私たちは、第十二章末尾のヘリオトロープの香を沁み込ませた手帛《ハンケチ》を用いての美禰子の最後の演技をめぐる、次のような両者のやりとりを見過すことは許されまい。


「ヘリオトロープ」と女が静かに云つた。三四郎は思はず顔を後へ引いた。ヘリオトロープの罎。四丁目の夕暮。迷羊《ストレイシープ》。迷羊《ストレイシープ》。空には高い日が明かに懸る。

「結婚なさるさうですね」

美禰子は白い手帛《ハンケチ》を袂へ落した。

「御存じなの」と云ひながら、二重瞼を細目にして、男の顔を見た。三四郎を遠くに置いて、却つて遠くにゐるのを気遣ひ過ぎた眼付である。其癖眉丈は明確《はつきり》落ついてゐる。三四郎の舌が上顎へ密着《ひつつい》て仕舞つた。

女はやゝしばらく三四郎を眺めた後、聞兼る程の嘆息《ためいき》をかすかに漏らした。やがて細い手を濃い眉の上に加へて云つた。

「われは我が愆《とが》を知る。我が罪は常に我が前にあり」（十二）

演技を演技として明白に指摘されつつ、なお「明確《はつきり》落ついてゐる」したたかな生活者としての美禰子、故意に「三四郎を遠くに置」きながら、「却つて遠くにゐるのを気遣ひ過ぎた眼付」をする美禰子という〈現実〉を前に、「舌が上顎へ密着《ひつつ》」く悲惨な三四郎の姿のうちに、私たちは三四郎の現実覚醒の痛ましさと、「此女にはとても叶はない」（「五」）という三四郎の屈辱の極限を読みとりうることは確かだが、男の関心と視線を貪りつつ、自己の生の基盤を決して手放さぬ「落ち付いて居て、乱暴」（「六」）な美禰子の本体＝女性の〈謎〉は、今、確実に三四郎のものとなったことも否定しえぬ事実であろう。そのような三四郎の視線の前に、美禰子の側にも漸く自己を促す意識下の禁忌《タブー》の領域への認識の微かなめざめが胎動することになる。それが「聞き取れない位な声」で彼女の言う「われは我が愆《とが》を知る。我が罪は常に我が前にあり」という詩篇第五十一篇の一句の作品表現上の意味である。[20] おそらくこの美禰子の言葉に三四郎の視線への美禰子の屈服を見る権利は、私たち読者のものである。しかし、そこに美禰子における如何なる自己変革の可能性を読みとることも私たちには許されてはいない。作者はただ、かかる暗く、凶々しく、不吉な、罪に彩られたものとして、女性存在の謎――その現実相をここに定着させたに過ぎない。

評判の高い原口の肖像画も、固有の低徊的認識方法に固執することを通じて、三四郎の――そして作者の描き出した、このもう一つの画像の深刻さには及ぶべくもない。[21] 私たちはそこに、個性の解放と社会秩序との対立・矛盾という二十世紀的課題や、結婚という制度への屈服（即ち男性中心の支配原理への屈服）を通じてしか、自己（我）を定立しえなかった日本的近代の知的女性の屈折した自意識の定着を見ることも無論可能だが、しかし、三四郎と作者の構成する、このもう一つの共時的多層的自我像の意味するものは、何よりもまず日本的近代の新しい女性という〈現実〉におけるエロスの暗さそれ自体の存在論的領略である、と思われる。そのエロスの暗さを構成するさまざまの与件、そのコンポジションの追求が、時々の美禰子の像の分裂、混乱、矛盾となって作中に散乱した訳で、その意味では、それらに眩惑されつつ、認識の旅の果として、画像「森の女」の前で、「題が悪い」（美禰子と三四郎とのドラマには、広田先生と初恋の少女との間におけるような、おおどかで非現実的なロマンの香りはない）としつつ、「たゞ口の内で迷羊《ストレイシープ》、迷羊《ストレイシープ》と繰返」す三四郎の呟きは、「無意識《アンコンシャス》なる偽善者《ヒポクリット》」[22] という固有のもう一つの美禰子の画像の確立を踏まえての、その核心を衝く美禰子への批評であった筈である。そしてあえていえば、美禰子の像が日本近代の不吉な現実そのものの比喩であった限り、この解決のつかぬエロスの暗さを、日本近代文明の解決のつかぬ暗さ、その「迷羊《ストレイシープ》」性へと拡大したところに、次作『それから』における漱石の人間認識と文明批評の格段の深まりと一転機とが、やがて果たされることになるというのが、筆者のささやかな見取り図である。

注

（1）拙論「『草枕』論――画題成立の過程を中心に――」（『国文学 言語と文芸』昭48・11、本書所収）

（2）玉井敬之「『草枕』の一面」（『夏目漱石論』桜楓社、昭51・10）に『草枕』の鏡が池の場面と『夢十夜』第一夜、明治三十七、八年頃の英詩との共通点を踏まえつつ、「鏡が池での椿の繰返し落ちる姿や、大きな赤い日が幾度となく落ちていく時間や、Full many a time, the pale moon grew と綴るとき、永久、永遠というものに裸でむきあったときの不安と恐怖が、その底に秘められていたとみることができる。鏡が池での椿の落ちる描写は、このような不安と恐怖の文体であったわけだ」という指摘がある。

（3）談話「文学雑誌」（『早稲田文学』明41・10）。

（4）講演「混沌」（明治四二年一月一七日、於在東京津和野小学校同窓会第九回例会）の一節に「どうも欧羅巴に来た時に非常にてきぱき物のわかるらしい人、まごつかない人、さう云う人が存外後に大きくならない。そこで私は椋鳥主義と云ふことを考へた。それはどう云ふわけかと言ふと、西洋にひよこりと日本人が出て来て、所謂椋鳥のやうな風をしてゐる。さう云ふ椋鳥が却つて後に成功します。それに私は驚いたのです。（略）何だか締りの無いやうな椋鳥臭い男が出て来て、さう云ふのが後に帰る頃になると何かしら腹の中に出来てゐる。さう云ふ事を幾度も私は経験しました。物事の極まつてゐるのは却つて面白くない。（略）余り綺麗さつぱりきちんとなつてゐるものは、動く時に小さい用には立つが、大きい用には立たない。小才と云ふのもそんなやうな意味ではないかと思ふのです」とある。

（5）注（1）掲出、拙論参照。但し、ここでは『草枕』の「非人情」を「低徊」的認識方法の一つのパラフレーズと見て論じている。

（6） この点についての注目は、平岡敏夫「『虞美人草』から『坑夫』『三四郎』へ」（『漱石序説』塙書房、昭51・10）が最も早い。氏は「文学雑話」に注目した上で「漱石は『三四郎』を『低徊趣味と推移趣味の一致したもの』と見なしている」、「何げなく語られている『低徊趣味と推移趣味の一致』という、従来見すごされてきたこの一句にこめられた新しい小説のイメージは、まだまだ確認される必要があるといわねばならない」と論じている。上引部分からも分るように『三四郎』を「低徊趣味と推移趣味の一致したもの」と見る点は、拙論の方向とは異なる。また、平岡説に「文芸雑話」の「低徊趣味と推移趣味の一致」と言う部分の引用はあるが、「層々累々的な叙述」との関係が一切カットされているのは、論の整合上の都合だが、ものたりない。「低徊趣味と推移趣味の一致したもの」という表現は、「文学雑話」後半における「層々累々的叙述」をさして用いられている以上、その限りでは同義である。従って、平岡説の言う「低徊趣味と推移趣味の一致したもの」は、拙論では「層々累々的叙述」の意と解釈した。

（7） 念のため「文学雑話」末尾の「層々累々的叙述」をめぐる説明を必要な範囲内において引いておく。「○かう説明をして置いて、あと戻りをして、あなたの先の質問に答へたら善く分るでせう。あなたが、前述の層々累々的叙述は低徊趣味ではないかと聞かれた時、私は幾分か低徊趣味に違ひないと答へたが、どこが低徊趣味だか大抵は見当がつく事となつた。即ち今こゝに男女の関係を層々と重ねて描いて行くとすると、各章毎に旧い分子と新らしい分子が交つて来る事になる。全然新らしければ漸次の発展でも何でもない。又全然旧ければ前章の繰返しに過ぎない。だから各章ともに前章のあるものを繰返すと同時に、前章にないあるものを付加しつゝ進まなければならない。さうなると、其二要素のうちで、新らしい所は前章から脱化した変化であるから直線的に推移の傾向を満足せしめるし、又古い方は前章を其儘重複するのだから、いつ迄も一所に定住して、低徊的に味はひたいと云ふ傾向をも満足させる。従つて此かき方はエキステンションと直線とを合併したもので、外の言葉でいふと、低徊趣味と推移趣味の一致したものに相違ないでせう。此場合に於るエキステンションは無闇に新事相を付加するのでなく、旧事相の重複なのだからインテレストの統一上最も便宜なものである。それから此場合に於る直線推移は一道のコーザリティーで発展するから、是亦インテレストの統一を破る憂はない。だから此の書き方は深さを生ずる書き方だと云つたのです」。

（8）前出「文学雑話」に「若し小説を離れて写生文となると、面白味はエキステンションに在る、平面的の興味云はゞ空間的《スペシアル》の特質がある」、「低徊趣味の特質はエキステンションの方に属するので、直線を迹付ける変化を面白がる方ではないのです」等の発言がある。

（9）三好行雄「迷羊の群れ――『三四郎』夏目漱石」（『作品論の試み』至文堂　昭42・6）第二章の「画中の愛」の項に「（略）青春の見切りないし断念の時期は、美禰子の結婚以前にあった筈である。具体的には、肖像画の構図が選ばれたときがそうであるわけだが、肖像がいつ書きはじめられたかを作者は明確に告げていない。ただ、（略）三四郎と美禰子の対話で、〈其前つて、何時頃からですか〉という三四郎の問いに、美禰子は〈あの服装で分るでせう〉と答える。これで見ると、最初のめぐりあいにすぐ続いて、絵の構図が決定されたことになる。「三四郎」という小説のもっとも大きな不自然がここにあらわれる。つまり、ここから導かれる妥当な解釈は、出会いが三四郎に強烈な印象を残しただけでなく、美禰子の内面にもはげしい劇を呼んだとしなければならない。それを愛だとすれば、青春を見切るヒロインを設定しながら、彼女の愛をえがくという困難な試みに作者は挑んだことになるが、それにしても、愛から断念への屈折はえがかれていない。三四郎との出会いに青春の見切りがあったと考えても、いぜんとして、美禰子になにが起ったかは、小説の脈絡のなかでは不明である。三四郎を視点人物とする計算にまでさかのぼってもいいのだが、その点に関するかぎり、この小説を失敗作と見る評価もなりたつようである」との指摘があり、第三章の「三四郎から美禰子へ」「風俗小説への傾斜」の項にも、その延長線上での作品批判がある。

（10）越智治雄「『三四郎』の青春」（『漱石私論』角川書店　昭46・6）。

（11）作品第四章後半で、与次郎訳「可哀想だた惚れたって事よ」原文を、「Pity's akin to love」と「美しい奇麗な発音」で繰り返した美禰子に対して、野々宮は「椽側から立つて、二三歩庭の方へ歩き出したが、やがて又ぐるりと向き直つて、部屋を正面に留つた。／『成程旨い訳だ』／三四郎は野々宮君の態度と視線とを注意せずには居られなかつた」という叙述があり、美禰子の野々宮への秘かな愬えかけと、野々宮の意志的な拒絶という暗黙のドラマをそこに見ることができよう。

（12）前注掲出文もその一つだが、本文に指摘したように第五章の広田の家の庭での「空中飛行器」をめぐる「そんな事をすれば、地面の上へ落ちて死ぬ許りだ」、「尤もそんな無謀な人間は、高い所から落ちて死ぬ丈の価値は充分ある」という美禰子批判、第八章丹青会の展覧会（後出）で三四郎とともに来た美禰子が野々宮に「似合ふでせう」と云うと「野々宮さんは何とも云はなかつた。くるりと後《うしろ》を向いた」という野々宮の拒絶的行動、あるいは第十三章の美禰子の肖像画の前で、すでに済んだ「美禰子の結婚披露の招待状」を偶然隠袋から探り出した野々宮が「引千切つて床の上に棄てた」という何気ない中に、異常に激しいものを感じさせる行為などが、その例として挙げられよう。

(13) この点について前掲三好論に「美禰子を無意識の偽善家とする理解は一般的だが、広田のえがく美禰子は実はきわめて意識的で、優美な露悪家である。〈無意識の偽善〉を広田の語彙で翻訳すれば、〈無意識の利他＝愛〉ということになるが、三四郎を罰するのは美禰子の愛ではなく、自意識である。美禰子は優美な露悪家として三四郎を傷つけたのであって、無意識な偽善家としてではない。彼女がやがて自覚するはずの罪は一次的には、優美な露悪家であった罪として理解しておくべきである」との把握があり、一方、前出平岡論は、三好説を引いた上で「氏自身も別なところで引用しているように、『此理論をすぐ適用出来る』と感じた三四郎はつづけて『頭の中に此標準を置いて、美禰子の凡てを測って見た。然し測り切れない所が大変ある。』と考えているのであって、『三四郎が美禰子に見る謎は謎のままに小説のなかにのこる』（三好）はずであり、広田先生が『優美な露悪家』を美禰子に意識したかどうかは、広田先生自身も作者によって相対化された存在である以上、ことの正否にはかかわらない。三四郎にとっては汽車の女と同じく美禰子もまた謎であり、『無意識な偽善者』と作者もまた三四郎を視点とすることで見なしていたとしてもさしつかえないのではないか」と論じている。単なる「視点人物」以上に、三四郎の認識形成能力に作者の決定的モチーフがこめられているとみる拙論も、美禰子を「優美なる露悪家」にあらず、「無意識なる偽善者」と見る点で、平岡論と符節を合する。

(14) 越智治雄氏注（10）掲出論。

(15) 前注に同じ。

(16) 三好氏前掲論は、越智氏の「青春の断念」という美禰子への視角を肯定した上で「美禰子の結婚が主体の意志であって挫折ではないゆえんをさきに論じたが、それとちがった意味でなら、美禰子にはやはり挫折があったのである。美禰子の挫折というより、青春自体の挫折である」と論じている。

(17) 越智氏前掲論初出稿（「共立女子大学短期大学部紀要」昭40・12）に「なるほど、その結婚の相手はよし子の諷意の対象となりうるだろう。しかし、作者が『立派な人』とした外貌まで反語ととる必要はないので、三四郎の知った三つの世界と異なる現実世界に男は確固として存在し、美禰子もまたそこに自己の位置を定めただけのことである」とあり、三好氏前掲論がそれを承けて「彼は〈市に生きるもの〉のひとりにまぎれもない。三四郎の現実＝第三の世界の周縁に漱石の措定した世界、いわば第二の現実世界に確乎とした世を築く〈立派な人〉なのである」と論じているが、「立派な人」をめぐっては、後出注（19）掲出平岡論のように、別の視角からの接近が必要だろう。

（18）おそらく漱石は、美禰子的な女性像こそ、近代の女性像の本流を構成することを歴史的必然と見ている。逆に、よし子的女性像は、作者の共感を託されこそすれ、前者の前に敗北を強いられるのも亦、必然とされる。その意味で、よし子は、作者の〈夢〉の世界に属する存在とも言えようが、リアリストとしての作者の目が、そのような作者の主観の位相にもかかわらず、近代の必然としての女性像を美禰子においてヴィヴィッドに形象化しえた点に『三四郎』における芸術的達成度の高さがあった、といえよう。その意味で、結末の場面におけるよし子の姿の欠落は、作者の歴史的認識のもたらす作品構成上の必然であった。その喪失感の深さは、まさに美禰子像への三四郎のめざめの不吉さ、凶々しさによくつりあっている。

（19）平岡敏夫『日露戦後文学の研究　上』（有精堂　昭60・5）「第一部　三つの轢死」「第三章　夏目漱石」に、この場面を引いて「見落されているようだが、この場面は、三四郎の視点にはなっていない。美禰子・夫・原口の三人しかいない第二日目のことなのであるが、漱石はいったいどういう気持をこめてこの場面を描いたのか。何も知らぬ夫は、ほめればほめるほど、鄭重に礼を述べれば述べるほど、滑稽かつ、あわれなピエロとなるのである。内実は原口ももちろん知らないが、夫の前で、「御蔭さまで」と礼を述べる美禰子を漱石がどういう思いをこめて書いているかを想像するとき、女、あるいは結婚という問題への、言い知れぬ漱石の暗さを読んでしまいたくなるのである」、「文字どおり〈立派な人〉との、美禰子の結婚という地点から三四郎らの世界を痛烈に批判したとするのは、作品を通してうかがえる漱石の暗い結婚認識からははるかに遠いように思われる」等の指摘がある。美禰子の暗さに力点を置く把握だが、美禰子がここでは、もはや結婚以前のような潑剌たる主体でなく、夫の影となって了っている点にも注目したい。

（20）越智氏前掲論文にこの美禰子の言葉を「宗教的な意味を切り捨てて言えば、断念したものへの悔恨がそこにある」とする把握があるが、氏の美禰子像は、余りに意識的でありすぎる嫌いがある。

(21) 原口さんの画は、作中で「三四郎が見ると、此画は一体にぱつとしてゐる。何だか一面に粉《こ》が吹いて、光沢《つや》のない日光《ひ》に当つた様に思はれる。影の所でも黒くはない。寧ろ薄い紫が射してゐる。三四郎は此画を見て、何となく軽快な感じがした。浮いた調子は猪牙船《ちょきぶね》に乗つた心持がある。それでも何処か落ち付いてゐる。剣呑ではない。苦つた所、渋つた所、毒々しい所は無論ない。三四郎は原口さんらしい画だと思つた」（十）と説明されるが、この「軽快」で「落ち付」き、「剣呑でない」と三四郎によって捉えられた原口の画像と、三四郎がやがて結像せしめる現実の美禰子像の凶々しさとの落差は大きい。

(22) 越智氏前掲論は、この三四郎の呟きを、前々注所出の美禰子把握とつなげて「しかし断念に至らぬ三四郎に残ったのは、画像を前にして『迷羊《ストレイシープ》、迷羊《ストレイシープ》』という自身のありようをずしりと感じとった重さだけである」と把握するが、前掲三好説は「青春の世界」を「自意識に動かされる愛の虚妄（略）それは生死を切実に考えぬという三四郎への批評と表裏一体」と越智氏の作品世界像の微分化とも言える把握を示した上で「美禰子の見切りがその点にかかわってあったことはすでに述べたが、彼女に愚弄された三四郎も、愛の挫折において虚妄に覚めるというかたちで、確実に変る。（略）この迷える羊の認識はまっすぐ美禰子への批評だったと見なければならない。三四郎は美禰子を批評できる地点にはじめてたたずむ。この急激な変貌に、三四郎の青春が演じた最大の波瀾があったのである」と、三四郎の呟きをめぐり、越智論とは反対の見解を提示している。前掲『日露戦後文学の研究 上』所収論で平岡氏は、三四郎の呟きに「結婚した美禰子の現位置、及び自身のそれをふくめて、自分らを迷羊と見うる眼の所有に行きついた（略）」三四郎を捉えているが、三四郎の現実認識の悲哀に作品後半の主要モチーフを見る拙論の観点からいえば、美禰子の迷羊性と三四郎の迷羊性との質の違いは明らかである。美禰子に象徴される暗く不吉な女性の内的現実への開眼（覚醒）、幻滅の悲哀という点に三四郎の認識の到達点を見るという前提の上で、三好説の有効性を認めたい。

付記 本稿においては、美禰子の複合的自我像創出の方法論的根拠として、「『坑夫』の作意と自然派・伝奇派との交渉」「文学雑話」の二つをあげるに留ったが、成稿後「創作家の態度」（『ホトトギス』明41・4）の後半に従来の小説に支配的な「全性格の一特性」についての描写ではない「全性格の描写」の提言があることに気づいた。「全性格の描写」とは本稿のコンテクストの中では、まさに美禰子描写の多層性、複合性に該当するので、本稿校正の段階で挿入する予定でいたところ、「創作家の態度」のこの部分を含め、漱石の人間性格の多面性の認識と描写の方法論をめぐる小倉脩三氏の優れた論考「『森の女』と『迷羊《ストレイシープ》』―『三四郎』論その一―」(『成城短大国文学ノート』第二四号　昭62・3)が現われたので、本稿においては、省略に従った。方法論の考察において小倉論は、作品の全局の把握に力点をおく本稿より遙かに尖鋭で深いが、本質的に本稿の趣旨や作品の把握の方向と相補関係をなすものと思われる。ここにあえて付記し深い共感の意を呈するものである。(昭62・7・20記)

（付）『三四郎』の時計台

『三四郎』（『東京（大阪）朝日新聞』明41・9・1〜12・29）は、不思議な作品である。幾つかの謎があって、それらが決して解けない。早い話が、里見美禰子が、青春を断念して結婚を決意したのが何時だったのか分らない。大きく分ければ、小川三四郎に大学の池の傍であった時と云う説と、それよりも後と云う説とになりそうだが、ここに、三四郎に会う前という説も加えることができそうである。美禰子の青春への断念は、むろん、彼女の結婚への決意の成立と重なり、それは、画家原口描くところの美禰子の肖像画の成立と重なる。作品第十章で、肖像画に描かれつつある美禰子を原口のアトリエに訪ねた三四郎は、二人つれだってのアトリエからの帰途、肖像画について、美禰子から「余《あんま》り出来方が早いので御驚ろきなさりやしなくつて」と聞かれる。その後に、作品では、次のような三四郎の心理と美禰子と三四郎との会話を配している。

「えゝ」と云つたが、実は始めて気が付いた。考へると、原口が広田先生の所へ来て、美禰子の肖像画を描く意志を洩らしてから、まだ一ケ月位にしかならない。展覧会で直接に美禰子に依頼してゐたのは、夫より後の事である。三四郎は画の道に暗いから、あんな大きな額が、何の位な速度で仕上られるものか、殆んど想像の外《ほか》にあつたが、美禰子から注意されて見ると、余り早く出来過ぎてゐる様に思はれる。

「何時《いつ》から取掛つたんです」

「本当に取り掛かつたのは、つい此間ですけれども、其前から少し宛描いて頂いてゐたんです」

「其前つて、何時頃からですか」

「あの服装《なり》で分るでせう」

三四郎は突然として、始めて池の周囲《まはり》で美禰子に逢つた暑い昔を思ひ出した。

「そら、あなた、椎の木の下に跼《しや》がんでゐらしつたぢやありませんか」

「あなたは団扇《うちは》を翳《かざ》して、高い所に立つてゐた」

「あの画の通りでせう」

「えゝ。あの通りです」

二人は顔を見合はした。もう少しで白山の坂へ出る。（傍点筆者）

この会話での美禰子の言葉によれば、彼女の肖像画は、「つい此間」原口によって本格的に「取り掛」られることになったのだが、実は「其前から少し宛描いて」貰っていて、「其前」とは、三四郎と美禰子が大学の池の傍で邂逅した、八月の末から九月初旬にかけての夏の終り、即ち「暑い昔」を指している。つまり、美禰子個人に即して言えば、三四郎とのめぐりあい＝青春の成立が、その儘、青春への断念＝結婚の決意の成立に重なっていたと言う、不合理かつ不可思議な事情がここに浮び上ることになる訳である。この不可思議性を更に原理的に敷衍化すれば、美禰子の結婚の決意、即ち青春への断念の成立を、三四郎との邂逅以前に迄遡らせることも可能であるのだが、それでは、三四郎と美禰子との〈愛〉という作品固有の劇の重さが些か軽くなって了うであろうと思われる。ともあれ、この事態の矛盾を、三好行雄「迷羊の群れ―『三四郎』夏目漱石」（『作品論の試み』至文堂、昭42・6）は、次のように指摘している。

「三四郎」という小説のもっとも大きな不自然がここにあらわれる。つまり、ここから導かれる妥当な解釈は、出会いが三四郎に強烈な印象を残しただけでなく、美禰子の内面にもはげしい劇を呼んだとしなければならない。それを愛だとすれば、青春を見切るヒロインを設定しながら、彼女の愛をえがくという困難な試みに作者は挑んだことになるが、それにしても愛から断念への屈折はえがかれていない。(略)その点に関するかぎり、この小説を失敗作と見る評価もなりたつようである。

以上は、三好論の第二章、「画中の愛」の項でのものだが、「失敗作」との視角は、第三章の「三四郎から美禰子へ」、そして「風俗小説への傾斜」の項へと承け継がれ、発展せしめられてゆく。

むろん、客観的に見て、『三四郎』は決して「失敗作」ではないし、「風俗小説」へ傾斜などもしていない。漱石の作品の中でも、これほど渾然とした、珠玉のごとき、みごとな統一性と輝きとを兼備した作品は珍しいと言いうる類の作品である。三好氏が「失敗作」と言い、「風俗小説」への傾斜を問題にしたのは、作品に美禰子の内面分析が欠けている、とするからで、それは一面、氏の研究者としての感性の誠実性を証し立てているので、『三四郎』の矛盾を、今迄の小説概念の常識に従って整合化しようと、様々な解釈を編み出した、それ以後の『三四郎』論の猥雑さに較べると、寧ろ清爽の観が深いのである。

美禰子の内面把握の欠如云々の問題は措いて、三好の論の重要性は、それが、小説は、時間軸に従って展開されるものであると言う大前提と、そのような大前提が作品の実質と激しい摩擦を引き起こし、論と作品の実質との乖離を惹き起すという、それ以後の論に顕在化する『三四郎』とその論をめぐるアポリヤの一つを、象徴的かつ先駆的に示し得ている処にこそ存在すると私は思う。

私は今、作品『三四郎』の時間軸をめぐるアポリヤという、ことごとしい物言いをしたが、もう一つの例を挙げると、例えば、有名な広田先生の夢の中に出現する初恋の少女の話を挙げることができる。それは、第十一章に布置されている。即ち、この章で初めて広田先生は昼寝の夢の中で、「二十年前見た時と少しも変らない十二三の女」としての初恋の少女に出会うのである。現に先生は、この少女を「今では思ひ出す事も滅多にない。今日夢を見る前迄は、丸で忘れてゐた」云々と三四郎に語っている。にも拘わらず、美禰子の肖像画の枠組は既に決定されており、それは広田先生の夢の女、即ち夢中の先生が「森の下を通つて行くと、突然（略）逢つた」森の女の構図を下敷にした図柄であったことを、どう解釈すれば良いのであろうか。その他にも例はあるであろうが、美禰子の肖像画をめぐるこの二つのアポリヤは、共に、『三四郎』という作品における、方法としての、時間軸の解体という方向性を指し示していることだけは疑えない。

つまり、作品『三四郎』において、美禰子の青春の断念をめぐって生起する諸々の事象は、一見、時系列的に配置されているようでありながら、実は、いつ、起っても又、既に起っていても、将又《はた》、これから起るであろうものであっても、一向構わないものなのだ。作者の関心は、空間軸の確立にこそあり、時間軸的に見れば、『三四郎』という作品が、様々の矛盾の集合体と化すであろうことに作者は十分に意識的であるとしか言い様がないのである。

この事態と対応して美禰子の内面把握も、時間軸を中心とする近代小説のそれよりも、空間軸的な並列性へと移行する。例えば、青春への激しい希求と青春への断念と、三四郎への愛と三四郎への軽蔑と、野々宮への尊敬と野々宮への反撥と――これら相対立するさまざまな諸要素は、何らかの意味で一元的帰結に到達するために画かれているのではなく、むしろ、それらさまざまな矛盾の摘出と並列的な配置にこそ、作者の意図があるのであると言えよう。従って、それらの諸矛盾を、何らかの意味で一元的に解釈しようとする試みは、今後においても、これまでと同様に必ずや失敗の歴史を反復するに違いない。

ところで、そのような『三四郎』における時間軸の解体・解消と言う事態を、最も象徴的に物語るものとして、東大の時計台をめぐる叙述が作品の終結部分に属する、この「十一」の中に存在することに、私は、最近初めて気がついた。以上の文は、以下における、その報告のための枕である。

通りへ出ると、殆んど学生許歩いてゐる。それが、みな同じ方向へ行く。（略）其中に霜降の外套を着た広田先生の長い影が見えた。此青年の隊伍に紛れ込んだ先生は、歩調に於て既に時代錯誤《アナクロニズム》である。（略）先生の影は校門のうちに隠れた。門内に大きな松がある。（略）三四郎の足が門前に来た時は先生の影が、既に消えて、正面に見えるものは、松と、松の上にある時計台許であつた。此時計台の時計は常に狂つてゐる。もしくは留まつてゐる。

（傍点筆者）

作品『三四郎』が本郷台地上、東大を中心に、そこに生息する人々の生態に依拠して創られた作品であることは広く知られている。言わば「東京帝国大学小説」（石原千秋氏）とも呼ぶことができる、この小説の中心に屹立する時計台（おそらく第一高等学校の時計台であろう）の時計の針は「常に狂つてゐる」、あるいは「留まつてゐる」のである。この「時計台」の時計の針の狂いや停止は、即ち『三四郎』という作品における作品内時間の「狂い」や「停止」に外ならない。ついでに言えば、広田先生の「時代錯誤《アナクロニズム》」ですら、ここにおいては、単なる時系列的錯誤をこえた永遠的な何ものかの空間的象徴としての意味合いが強いものと言うべきであろう。作品『三四郎』の時間は、この「時計台」の「時計」の「針」が示唆するように、その時系列的な整合性を解体され、無化されている。美禰子の主体や、三四郎と美禰子との恋愛や、美禰子の自己決定の相、もしくは「無意識の偽善者」や「優美なる露悪家」等々の諸命題の意味が問題となるのは、以上のような時間軸の解体と空間軸の復権、確立という漱石における小説手法の前衛的実験という意図的側面を、作品『三四郎』の背後に認めてからの話であると言うことになろう。

屋上屋を架する愚挙を承知の上で言えば、そこに浮び上がるのが、「矛盾」(二)としての美禰子主体の位相、即ち美禰子主体の様々な諸矛盾に対する空間軸的かつ並列的な把握という作者の意図なのではなかろうか。

ともあれ、作品『三四郎』のもつ不可思議な捉えがたい魅力の一端は、そのような空間軸的把握によって解析された生《せい》(＝青春)の劇《ドラマ》の、画としての象徴性又は永遠性、もしくは神話性のうちにあることだけは、疑いえないようである。

付記　本稿は、既に発表した「『三四郎』論——美禰子・そのもう一つの画像をめぐり——」(東海大学紀要「文学部」第四七輯　昭62・9、本書所収)の内容に対する些《ささや》かな補足であることを、お断わりして置く。

『門』・一つの序章——男性の〈孤独〉をめぐり

漱石作品『門』（『東京朝日新聞』・『大阪朝日新聞』明43・3・1〜6・12）が「山の手の奥」（前田愛『都市空間のなかの文学』〈昭57・12、筑摩書房〉）の〈崖の下〉という空間に規定された作品であることは、指摘する迄もない。又、数ある漱石作品の中で『門』ほど〈家〉という空間に対する作者の関心が強く感じられる作品は、少ない。漱石は優れて空間的な作者であったが、『門』の場合、作者の空間に対する関心は、作中主人公野中宗助・御米夫婦の棲む家の具体的な平面図が直ちに描けるほどに詳細を極めている。

既に前田愛氏は、そのような『門』の空間叙述を踏まえた上で図Ⅰのような平面図を作成している。しかし、これには幾つかの難点がある。玄関が借家としては広過ぎること、建物の平面図が東北から西南に広がって凹凸《でこぼこ》し過ぎ、敷地の経済効率が悪過ぎること、作中で、下女清が夜中に主人夫婦の寝室（座敷）の縁側（廊下）を通らずに便所に行っているが、その通路が存在しないことなどの諸点である。

それらを補正して作成したのが図Ⅱである。図が示すように、この借家は八畳（座敷）、八畳（茶の間。但し六畳の可能性もある。）、六畳、三畳（下女部屋）、台所から成っていて現代風に言えば、四ＤＫに該当する家である。しかし、母屋が廊下・縁側で囲まれていて、しがない「腰弁当」の下級官吏宗助の借家としては不相応な豪邸であるように見える。世間的に見れば、家賃も宗助には支払い不能なほどの額に上った筈である。しかし、一方でそれは、男女一体の〈神話的な〉愛の世界から男性宗助の他者的世界が分離、独立してくる内面的経緯を主題とする

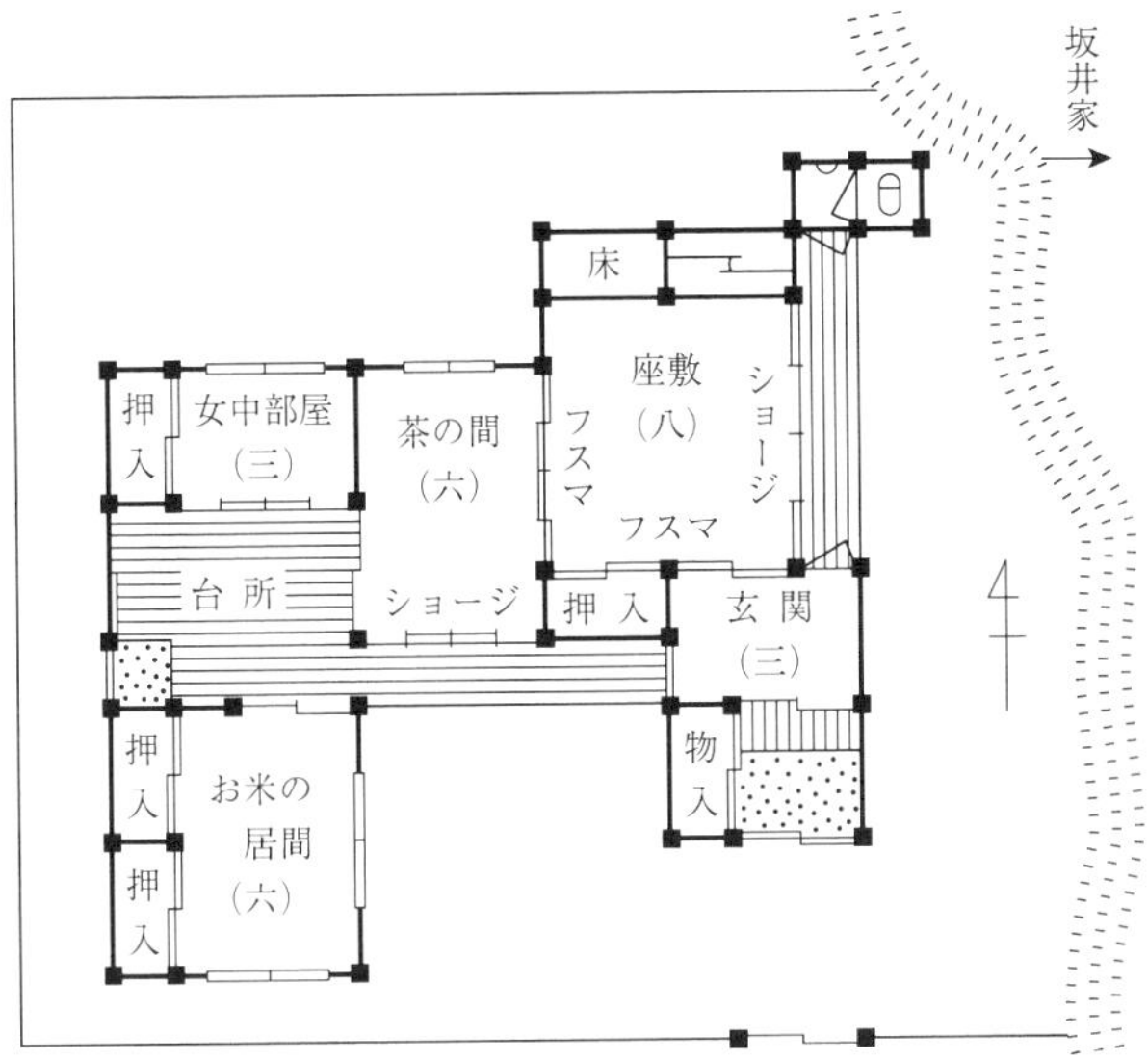
坂井家
床
座敷
（八）
ショージ
フスマ
フスマ
押入
女中部屋
（三）
茶の間
（六）
台所
ショージ
押入
玄関
（三）
押入
お米の
居間
（六）
押入
物入

図Ｉ

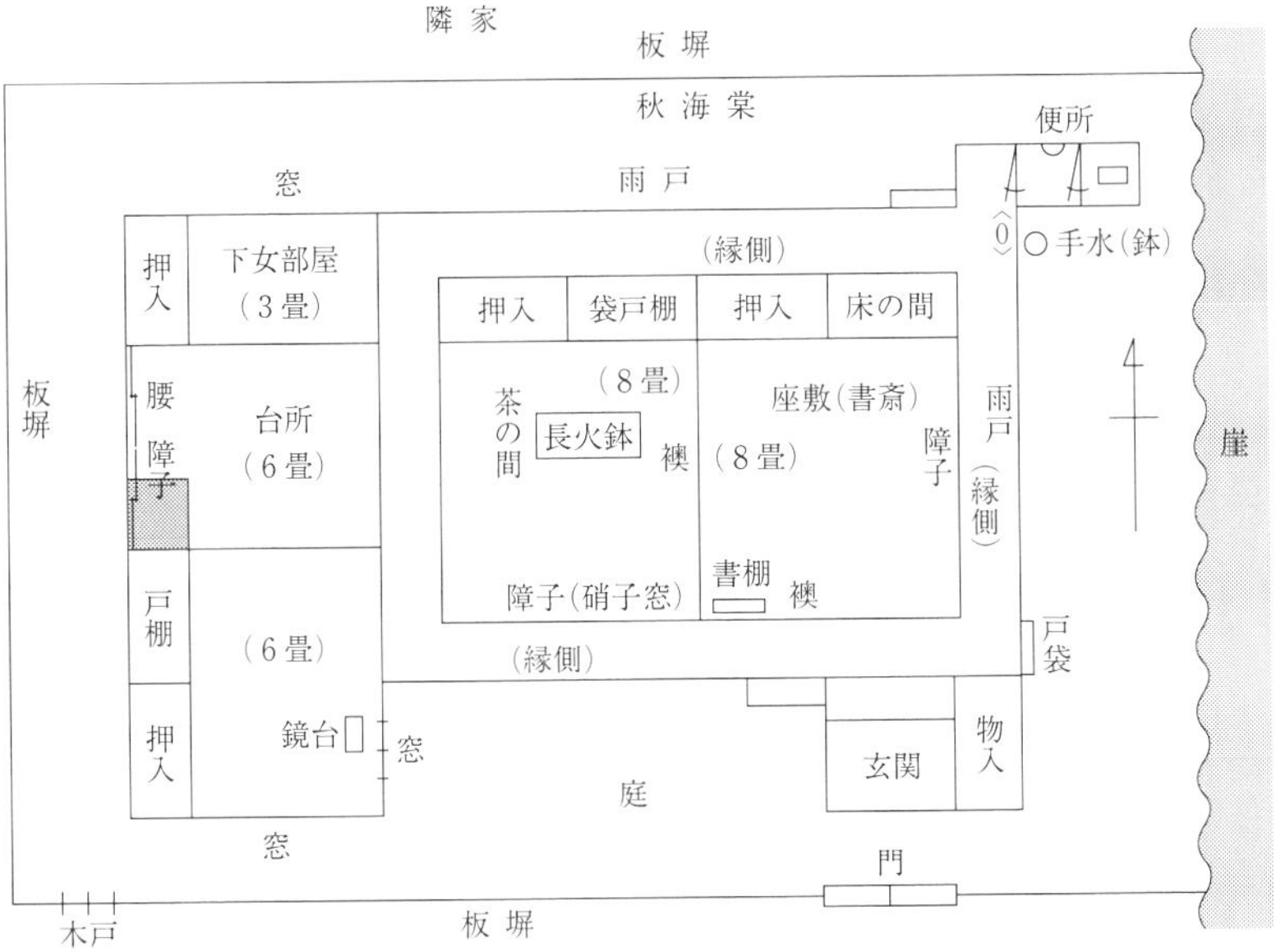
隣家
板塀
秋海棠
便所
窓
雨戸
（縁側）
手水（鉢）
押入
下女部屋
（3畳）
押入
袋戸棚
押入
床の間
板塀
腰障子
台所
（6畳）
茶の間
（8畳）
長火鉢
襖
座敷（書斎）
（8畳）
障子
雨戸
（縁側）
障子（硝子窓）
書棚
襖
戸棚
（6畳）
（縁側）
戸袋
崖
押入
鏡台
窓
物入
玄関
庭
窓
門
木戸
板塀

図II

『門』の位相と、それを支える複雑なプロット展開とが要求する必要最小限の広さであったと考えざるを得ない（この矛盾をカバーするために作者は、この家の「家賃」を作中で具体的に示すことを避けている）。

この家の、〈崖下〉という基本的空間設定には、世を避けて暮らす宗助・御米と、社会という外的世界との関係性に基づく〈隠れ家〉としての特殊性が反映しているが、それは同時に彼らの閉じられ、自己完結した愛の世界の空間的投影図である。しかし、作品『門』を構成する作者漱石の空間的方法意識は、そこに留まるものではない。第一に作者漱石は、〈崖下の家〉を、座敷・茶の間・六畳など個別的空間に分割している。〈崖下の家〉は、日本式家屋だが、日本式家屋だからと云って、各部屋の個別的独立性が無視されて良い訳ではない。

ついで、漱石は、それぞれの部屋に男性と女性の性差による個別性や特殊性を与えている。第三に、それらを貫く方法として漱石は、各部屋の物理的空間的特質と、それぞれの部屋における主要人物の心理的内面的な特質とを対応せしめている。しかし、それぞれのと言っても、作品における主要人物は、宗助と御米の二人の男女しかいないのだから、以上の方法は、すべてこの二人の〈愛〉と〈孤独〉をめぐる心理的ドラマをめぐって適用されていることになる。即ち家を構成する各部屋の空間には、夫婦を構成する男と女の個別的な内面空間との密接な対応性があるということになるのである。つまり、部屋という個別的空間には、夫婦という関係性に向って開かれる側面と夫と妻、男と女という性的個別性に向って閉じられる側面とが、併せて投影されているということでもあるのだ。

以下では、そのような観点に基づいて、作者の方法意識に留意しつつ、個別的な各部屋について男女の性的差違性に基づく、これら二つの側面の投影のあり方を考察、概観し、それらから導きだされた空間の性的差異性の問題が、主人公宗助を中心とする心理的ドラマと、如何なる関係性を作品読解上提起しているかを追求し、併せて作品の主題に遡って見たい。

＊

主人公宗助の居間兼書斎としての八畳の座敷は、東の崖に面している。崖と縁側との間には僅かな隙間（庭）がある。空は崖と庇との間の狭い空間から覗かれるだけだ。縁側と座敷との間に障子があり、夜になると縁側には雨戸が引かれる。西側の茶の間との間には襖があり、座敷の南側は襖を隔てて玄関である。就寝時、終夜ランプを点して置く床の間は、以上の東・西・南を除く北側にあることになる。

南・北・西の三方向が玄関・床の間・襖で塞がっていて、東側も、庇と崖との間の狭い空間からしか空を望めない座敷の空間は、〈崖下の家〉の中でもドン詰りの部屋である。〈崖下の家〉が、外界に対する密室ならば、夫宗助の居間である八畳は、その内部に入子型に設定され、内部に対しても閉ざされたもう一つの密室——〈崖下の部屋〉である。その意味で宗助の部屋は、二重に閉ざされた空間なのである。東に崖を控えるこの密室には、殆んど逃げ場がない。

従って、この空間から派生する具体的な物理的特性は、「暗さ」と「寒さ」である。それは、作品『門』における男性主人公宗助の〈孤独〉という心理的密室空間の特性と正確に対応している。

「座敷」の西側に襖を隔てて存在するのが、通常御米の居間としての茶の間である。茶の間は、宗助の座敷と違って、南のやや広い庭に向って開かれているから、明るく暖かい。庭の外は塀を隔てて往来（路地）であり、又、茶の間と縁側との間には硝子窓の嵌った障子がある。縁側からも茶の間からも広々とした空が望める。そういう訳で、茶の間は原理的に開かれた空間を構成している。御米に付属する空間の、この開放的特質は注目しておいて良い。

茶の間の中央には長火鉢が置かれ、柱時計や袋戸棚もある。広さが八畳か六畳かは不明だが、母屋の西南に突き出たもう一つの部屋を作中で「六畳」(四)と呼んでいるのを見ると、八畳である確率が高い。

茶の間は御米の居室とは言え、日常的には夫婦共有の、というより、登場人物達の交叉する空間でもある。

茶の間の空間は明るく暖かく開放的であるのに越したことはない。作品『門』の冒頭が、茶の間で「裁縫《しごと》」(一)をする御米と、その縁側に横たわって暖かい日光を貪ぼる宗助の姿との描写から始まるのは、そのような茶の間の特性によく適っている。作品『門』における茶の間の空間的特質が明るさと暖かさとによって象徴される限り、それは殆んど御米という女性存在の特質に重なるものだとすれば、明るく暖かい茶の間の空間的特質は、御米に象徴される女性存在の特質の空間的投影なのだ、とする理解の仕方こそ、漱石作品『門』を解読する正当な方法なのではあるまいか。

茶の間の更に西側には、障子を隔てて台所がある。台所の南側には、先に触れた六畳があり、北側には下女部屋がある。下女部屋は、恐らく三畳程度の小部屋であろう。台所を西へ突き当たると「腰障子」(七)が嵌っていて、外界との境界を構成している。勝手口も、そこにあるだろう。

台所が御米(及び下女清)の働く女性の空間であることは、無論である。そして、ここには〈食〉という人間生活の基本に関わる労働があり、その労働に発する音があり、声がある。御米の空間の発する音や響きは、人間の生活の響きに外ならない。台所は、その空間を充たす生活の響きの賑やかさにおいて、主人公宗助の主宰する男性的空間の沈黙性と鋭い対照関係を構成している。この対照は、作品『門』を男性の空間と女性の空間とから構成される性差の文学として解読しようとする試みの有効性を示唆しているだろう。

六畳の空間は、東西に長いこの家の主要空間から南に突き出ている。六畳全体が突き出ているのか、部分的に突き出ているのかは分からない。しかし、全体が突き出ているとすると、台所空間が広くなり過ぎるし、南側の土地の利用に、庭を含めて、貸家としてはかなりの無駄が出る。茶の間の縁側が直ちに六畳の入口に接続している風でもない。とすると、部分的に南に突き出ているのではなかろうか。その上、後に寄寓する宗助の弟小六が玄関から六畳に入るには、どうしても一旦茶の間を経由する必要があるようでもある（十一）。

六畳は、〈崖下の家〉の中で最も独立性の高い空間である。同時に明るさと暗さ、暖かさと寒さとが交々に明滅する空間である。即ち、この空間は第一に「東と南が開いてゐ」（九）る。つまり、「家中で一番暖かい部屋」（同）なのだ。そこで庭に面した「東向の窓側」（四）に、御米の「御化粧《おつくり》」（六）のための鏡台が置かれている。従っておそらく西側に作中に所出する「戸棚」（押入れ）があり、その中には御米の過去を物語る箪笥が仕舞われている。御米が三度目の子供を「臍帯纏絡」（十三）によって死産し、三週間の産褥生活を送ったのは、ここである。後に触れる様に、夫宗助における、子供のいない淋しさの表白や、反対に御米の不調を妊娠の兆と錯覚して喜ぶ夫宗助の目を逃れて、御米が閉じ籠るのも、ここである。

そのような御米の内面に対応する六畳の空間の特質は、作中に「宗助は小六に六畳を宛てがつた事が、間接に御米の避難場を取り上げたと同じ結果に陥るので、ことに済まない様な気がした。」（九）とあるように、宗助にも明瞭に把握されている。のみならず、それは又、弟小六をこの部屋に寄寓させることを御米自身の提案によって決めてから、鏡台に写る御米の「血色のわる」（六）さが宗助の目にとまり、一時は気の張りから逆に元気づいたので安心したものの「暮の二十日過になつて突然」（十一）その彼女が倒れるという形で宗助の危惧が的中する、以後のプロットの展開によっても裏付けられている。

その意味では、六畳の空間には宗助の八畳の座敷におけるのと同じ様な御米における「暗さ」と「寒さ」、つまり孤独が纏わりついているのも事実である。それは、先にも触れた彼女の不調の原因を錯覚した宗助の「御米、御前《おまい》子供が出来たんぢやないか」という問いかけをきっかけとしてここに閉じ籠る、彼女の姿への具体的な叙述から、最も端的に読みとることができるものだ。

御米は返事もせずに俯向いてしきりに夫の脊広の埃を払つた。刷毛《ブラツシ》の音が已《や》んでも中々六畳から出て来ないので、又行つて見ると、薄暗い部屋の中で御米はたつた一人寒さうに、鏡台の前に坐つてゐた。はいと云つて立つたが、其声が泣いた後の声の様であつた。（六、傍点筆者、以下同じ）

しかし、だからと言って、六畳の部屋を御米の心の暗部や彼女の孤独を象徴する密室空間として一元的に把握するのみでは、既に述べた様な、作品において六畳に与えられた明るく暖かい物理空間的特質と御米の人間像とのもう一つの基本的対応関係の措定の意味を見落とすことになろう。これ又、繰り返しになるが、何しろ「（略）六畳は、（略）南と東が開《あ》いてゐて、（略）家中で一番暖かい部屋なのである」（九）から。六畳の空間のそのような本質的開放性は、御米に纏わる孤独という課題の作品『門』における意味が二次的、即ち非本質的であることと連動している、と筆者は考える。

座敷・茶の間・六畳と順を追って崖下の家の主要な部屋の空間的特質と宗助・御米の内面空間との対応関係を見てきたが、宗助の住む座敷を「寒帯」（九）として、御米の「避難場」としての六畳へ向かうに従って明るさと暖かさを増してゆくと云う明らかな序列構造《パラダイム》の存在がそこから自然に浮び上がって来る。紋切り型的に割り切れば、暗く、寒い座敷の空間こそ宗助という男性主人公の認識の課題を担う作品『門』の中心空間であり、明るく、暖かい六畳の空間は、男性宗助に従属する御米という女性存在の感覚的肉体的特性を明かす、この作品の周縁の空間であることになろう。しかし、前者の閉塞性と後者の開放性を愛の基本原理に照らす時、殆んどそのような序列構造は、明るく暖かい茶の間や六畳を円周として、暗く寒い座敷の空間を包み込む、もう一つの序列構造《パラダイム》の正統性を浮び上らせるための逆説的な空間設定として見えてこない訳ではないのだ。明るさや暖かさが、愛の世界における、暗さや寒さの物理空間的な上位概念であることは、殆んど証明不要の公理であるだろうと思うからである。

*

ともあれ、以上のような作品『門』をめぐる物理的にして心理的な二つの序列構造《パラダイム》が最初に立ち現れる空間として作者が選び取った具体的な場が茶の間という女性的空間の外縁部としての縁側であったことは、男性宗助の身を置く心身の境界領域性をも併せ示しているかの如くであり、作品主題の胚胎する場の選択として如何にも適切であるように見える。

かくして作者は第一に明治四十二年十月三十一日の[1]「秋日和」と名付け得る、たまの日曜日の「奇麗な空」を見上げる宗助の視点を点出し、次いで茶の間で「裁縫《しごと》」をしている御米が捉えた次のような宗助の姿態を写し出すところから作品世界を出発せしめている。

（略）夫はどう云ふ了見か両膝を曲げて海老の様に窮屈になつてゐる。さうして両手を組み合はして、其中へ黒い頭を突つ込んでゐるから、肱《ひぢ》に挟まれて顔がちつとも見えない。（一）

補足すると、この叙述の前に宗助が「ぐるりと寐返りをして障子の方を向いた。障子の中では細君が裁縫《しごと》をしてゐる。」とあるから、宗助は御米のいる茶の間を向いて、頭を抱え込んでいるのである。無論、宗助が茶の間の方を向いたのは「ぎら〳〵する日」が「眩しくなつた」からではあるが、それから「二三分」後の宗助の姿勢が、以上の様なものなのだ。先走って言えば、この宗助の異様な姿態は、明るく暖かい御米の空間の中に生じた一点のシミの様なものだ。このシミが明るさや暖かさによって特徴づけられる御米の愛の空間を汚染しつつ拡大して行くのが作品『門』のプロットの以後の成り行きである（このような把握を支える茶の間や六畳を中心空間とするもう一つの序列構造の存在の可能性については、先に触れている。）そうして、その始発点は、直後の宗助と御米との会話において、とりあえず次の様な漠然たる論理の形に置き換えられている。

　宗助は、縁側に寝転びながら「御米、近来の近の字はどう書いたつけね」と問いかける。御米が「近江のおほの字ぢやなくつて」と答えると、宗助は「其近江のおほの字が分らないんだ」と畳みかける。漢字の字形をめぐる宗助の意識の解体は、〈近江の近〉だけでなく「今日《こんにち》の今《こん》」にも及ぶ。「何うも字と云ふものは不思議だよ」「何故つて、幾何容易《いくらやさし》い字でも、こりや変だと思つて疑ぐり出すと分らなくなる。」「紙の上へちやんと書いて見て、ぢつと眺めてゐると、何だか違つた様な気がする。仕舞には見れば見る程今《こん》らしくなくなつて来る。」――このような宗助における字形意識の解体を、『門』という作品の主題的文脈の中に置き換えると、具体的には次のように言い換え得るような事態に私達は直面していることになろう。

「何うも字と云ふものは不思議だよ」「何故つて、幾何《いくら》容易しい字でも、こりや変だと思つて疑ぐり出すと分らなくなる。此間も愛と云ふ字で大変迷つた。紙の上へちやんと書いて見て、ぢつと眺めてゐると、何だか違つた様な気がする。仕舞には見れば見る程愛らしくなくなつて来る。」

　明らかに作者は、宗助における愛という観念の解体の兆しを「近江」の「近」の字や「今日」の「今」の字を藉りて、読者に暗喩しているのである。とすれば、問題は宗助における、通説の指摘する如き一般的な現実というものの形や意味の解体という存在論的な次元を越えて、それは、明らかに作品『門』第十四章で縷々《るる》開陳される作品

『門』における、〈神話的〉とも評される単一・純一で、それ故一元的な愛の観念や愛のイメージの宗助における解体を指し示す隠喩表現以外の何物でもないだろう。

　無論、宗助は、それを御米に問いかけはしても、自らの内部で進行しつつある事態に十分意識的ではない。しかし、それが宗助の内部で生起したものである以上、その存在を抹殺することはできない。しかし彼にとっても、御米にとっても幸いなことに、とりあえずはそれは、宗助が「矢張り神経衰弱の所為《せゐ》かも知れない」と自問し、「左様よ」と御米に肯定されることによって日常性の中に解消されることで危機の表面化が避け得られる何かなのである。ともあれ、ここに既に明るさに対する暗さ、暖かさに対する寒さ――愛と孤独という二つのパラダイムの宗助内面における並在が暗示されていることは確実である。

　以上『門』序章における宗助の内面世界に関わる、そのような解読不能の何かの存在は、次に空間的特質に変換されて、御米の空間の明るさと暖かさに対する宗助の空間の「暗」さと「うそ寒」さとを強く印象づけることになる。先の神経衰弱をめぐる御米との対話の後、彼女の視点からの「夫は漸く立ち上つた。」とある一文の後に所出する宗助を主体とする次の短い叙述が、それである。

　　針箱と糸屑の上を飛び越す様に跨いで、茶の間の襖を開けると、すぐ座敷である。南が玄関で塞がれてゐるので、突き当りの障子が、日向から急に這入つて来た眸には、うそ寒く映つた。（一）

　座敷の外の崖についての既に著名な叙述が、この後に続くのだが、その「何時《いつ》壊《くづ》れるか分らない虞《おそれ》があるのだけれども、不思議にまだ壊《くづ》れた事がない」崖についての余りにも明白な寓喩的な意味よりも、筆者には「うそ寒く」と云う、御米の空間としての茶の間の空間の物理的特性と自己の座敷の空間の物理的特性との落差に触発された宗助の心理表現の方に作者の一層重いモチーフが懸けられているように見える。壊《くず》れそうで壊《くず》れない〈崖下の家〉の内部に「うそ寒」い宗助の密室、即ち孤独という心理の密室空間が誕生していると見えるからである。

壊《くず》れそうで壊《くず》れない崖及び〈崖下の家〉が、男女の愛の恒常性の空間的徴標であるとすれば、「うそ寒」い宗助の座敷の空間は、その内部に生れてしまった男性宗助の心理的密室空間の存在の徴標である。「うそ寒」さが孤独の換喩であることについては、説明の要があるまい。明確な言葉に置き換えられないそれが凶々しいのは、それが〈崖下の家〉の男と女が共有する愛の原理に対して否定の契機を胎む他者性を主張しているからだ。この「うそ寒」い男性の孤独の、宗助内面における漠然たるめざめこそ、御米の明るく暖かな愛の空間を無意識に傷つける元凶であるにも拘らず、宗助本人すら、自己の深部におけるそのようなめざめの凶々しさを未だ自覚していないのである。

このような茶の間と座敷の二つの空間の落差は、「針箱と糸屑」の散乱する茶の間を「飛び越」して、「襖」を開けて、孤独を再認識する、という宗助の行為の越境性としても示唆せしめられている。越境とは、異質な二つの空間の存在を前提とする行為なのだから。くり返せば、縁側で愛の観念の解体への不吉な内面的兆としての孤独を自らの裡に感じ取った宗助は、その不吉な予感を振り払うように勢いよく「襖」を開けたとき、再び言葉で言い現わせない凶々しい自己の内面＝孤独に直面したのである。

作品では以上三つの例の後に、同様の事態を示す第四の例が現われる。それは、宗助が、この日、長い市中散歩から帰った後、彼の留守中、就学資金の相談に訪れた彼の弟小六をもてなす準備に忙しい台所の御米と下女清の立てる物音や御米、清、小六達の会話を、宗助一人が座敷に座って聞いている場面における次のような叙述である。

> 勝手では清が物を刻む音がする。湯か水をざあと流しへ空ける音がする。「奥様是は何方《どちら》へ移します」と云ふ声がする。「姉さん、ランプの心を剪《き》る鋏《はさみ》はどこにあるんですか」と云ふ小六の声がする。しゅうと湯が沸《たぎ》

つて七輪の火へ懸った様子である。
宗助は暗い座敷の中で黙然《もくねん》と手焙《てあぶり》へ手を翳《かざ》してゐた。灰の上に出た火の塊《かた》まり丈が色づいて赤く見えた。其時裏の崖の上の家主《やぬし》の家《うち》の御嬢さんがピヤノを鳴らし出した。宗助は思ひ出した様に立ち上つて、座敷の雨戸を引きに縁側へ出た。孟宗竹が薄黒く空の色を乱す上に、一つ二つの星が燦《きら》めいた。ピヤノの音は孟宗竹の後《うしろ》から響いた。（二）

普通、引用第二段落後半の「家主の家の御嬢さん」の弾く「ピヤノ」の音や孟宗竹、星の燦めきなどの意味に関心が集中する右の叙述の眼目は、寧ろ賑かな会話や物音に充ちている台所や茶の間の空間と、唯一人「黙然」と座している宗助を取り囲む「暗」く「うそ寒」い座敷の空間との対照性にこそあると言うべきだろう。無論、座敷の空間の「暗」さや「うそ寒」さは、宗助の心理空間のそれらに対応している。彼の長い市中散歩を描く語り手の言葉を援用すれば、そのような宗助の内面は「果敢ない様な又淋しい様な一種の気分」（二）ということになろうが、一層的確に言い直せば、既に屢々繰り返し述べたように得体の知れない孤独に宗助はつき纏われているのである。[2]

孤独は宗助から行為の意味を奪っているが、肝腎の孤独の原因を宗助は特定することが出来ないでいる。彼は精々それを週「六日半《ママ》」（二）の塵労に起因するものと見るのに留まるが、そのような一般的次元で彼の孤独を割り切るには、彼の姿は余りに凶々しい。繰り返すが彼は、抑も孤独の存在それ自体についてさえ十分意識的でなく、且つ、それを表現する言葉を持つことができないでいるのである。要するに宗助における既成の言葉によっては、彼の孤独を把握し、表現することは不可能なのだ。

そのような既成の言葉とは何か――引用は後に回すが、それが既に名高い、作品『門』第十四章に総括されている宗助と御米との「過去」にまつわる純一で単一な愛の言葉であることに間違いはあるまい。それは、彼の半生を代償として購いえた唯一の言葉、即ち単一で純一な愛の世界原理であるのだから。そして、それは又、御米の贏ちえた言葉、御米の世界原理でもある。つまり既成の言葉とは彼らに、共通の愛の言葉なのである。既に見たように、宗助の孤独が凶々しいのは、それがそのような単一にして、純一な愛の言葉に翻訳されえず、論理化できない存在としての自己を主張しているからなのだ。言い換えれば、それは、男女共有の愛の言葉から分れて出た性差の言葉、その結果としての男性の言葉なのである。そのように考えて初めて、作品『門』が、単一な愛の世界に誕生してしまった性差の言葉、男性の言葉としての宗助の孤独の行方を問う作品であることが、漸く私達に髣髴《ほうふつ》せしめられるに至るのではなかろうか。

　宗助におけるこのような意味での孤独を、生の不条理性の認識や、逆に日常性の論理の裡に帰結せしめて足るのであれば、寧ろ事態は簡単である。しかし、宗助は、そのような存在論的な、逆に日常的な意味での孤独や不安を病んでいるのではない。彼の孤独は、既に選び取ってしまった、妻御米との具体的な愛の形・生の形・世界の形――つまり、彼の身を置く現実そのものに起因するものだ。それは、単なる風化の結果でも解体の結果でもない。忘却の原理に帰結せしめうる仮り初めの事態ではないのだ。六年の歳月をかけて確立した愛の原理そのものの内から何故か発生して了った孤独を彼の感覚が捉え、にも拘わらず既に確立ずみの愛の原理の単一性によって、その意識化が阻まれているという梗塞的な状況が彼における現実なのである。

　反面から見れば、彼は自らの中に生じつつある新しい認識の胎動を感じつつ、今や血肉と化した既成の原理への固執のために、それを論理化することが出来ないでいるのである。だから、如何に平凡な「腰弁」(三)と見えようとも、明らかに彼は世界観的な梗塞状況を自らの裡に演じつつある観念の人であるとも言い得るのだ。

　そのような自らの裡における新しい認識の胎動を対象化できない宗助に生れるのは、既に言及ずみの、作品第二章に汎濫している「淋し」さと「果敢な」さという「気分」である。

（略）必竟自分は東京の中に住みながら、ついまだ東京といふものを見た事がないんだといふ結論に到着すると、彼は其所に何時《いつ》も妙な物淋しさを感ずるのである。

さう云ふ時には彼は急に思ひ出した様に町へ出る。其上懐に多少余裕があると、是で一つ豪遊でもして見様かと考へる事もある。けれども彼の淋しみは、彼を思ひ切つた極端に駆《か》り去る程に、強烈の程度なものではないから、彼が其所迄猛進する前に、それも馬鹿々々しくなつて已《や》めて仕舞ふ。（略）だから宗助の淋しみは単なる散歩か勧工場縦覧位な所で、次の日曜迄は何うか斯うか慰藉されるのである。（二）

（略）今日の日曜も、暢びりした御天気も、もう既に御仕舞だと思ふと、少し果敢《はか》ない様な又淋《さみ》しい様な一種の気分が起つて来た。さうして明日《あした》から又例によつて例の如く、せつせと働かなくてはならない身体だと考へると、今日半日の生活が急に惜しくなつて、残る六日半の非精神的な行動が、如何にも詰らなく感ぜられた。

（同）

右の二文に氾濫している「淋し」さ「果敢な」さという「一種の気分」こそ、宗助の曖昧な自己認識の境位を端的に示す表現なのだが、実はそれらは先に触れた如く、何れも「孤独」と言い換えてこそ、一層的確な、宗助の内面の表現となりうるものだ。
にも拘わらず、何故彼は「孤独」という語を使わないのか。理由は明白であろう。「孤独」と言い換えた時、先に言及した作品第十四章における彼と御米との関係をめぐる「二人は世間から見れば依然として二人であつた。けれども互から云へば、道義上切り離す事が出来ない一つの有機体になつた。」（十四）とか「二人の精神を組み立てる神経系は、最後の繊維に至る迄、互に抱き合つて出来上つてゐた。」（同）とか云う自他未分の純一にして単一な愛の原理が確実に破綻するからである。しかし、主観はどうあろうとも、現実は現実だ。彼の現実が孤独という事実にしかない時、作品『門』の世界は、単一的な愛の原理を裏切って異様な分裂の相を露呈し始めるのである。

例えば先の散歩の帰途、宗助が買った「護謨《ごむ》風船」の「達磨の玩具」をめぐって、小六をもてなす晩餐の後に起った台所での下女清の笑いを踏まえた次のような宗助と御米との対話がそれである。

「何だつて、あんなに笑ふんだい」と夫が聞いた。①けれども御米の顔は見ずに却つて菓子皿の中を覗いてゐた。「Ⓐ貴方があんな玩具を買つて来て、面白さうに指の先へ乗せて入らつしやるからよ。Ⓑ子供もない癖に」

②宗助は意にも留めない様に、軽く「さうか」と云つたが、③後から緩くり、「是でも元は子供が有つたんだがね」と、④さも自分で自分の言葉を味はつてゐる風に付け足して、生温い眼を挙げて細君を見た。Ⓒ御米はぴたりと黙つて仕舞つた。

「あなた御菓子食べなくつて」とⒹしばらくしてから小六の方へ向いて話し掛けたが、

「えゝ食べます」と云ふⒺ小六の声を聞き流して、ついと茶の間へ立つて行つた。（略）

小六が帰りがけに茶の間を覗いたら、御米はⒻ何にもしずに、長火鉢に倚り掛つてゐた。

「姉さん、左様なら」と声を掛けたら、「Ⓖおや御帰り」と云ひながら立つて来た。（三）

詳細な分析はとにかく、ここには、不用意に宗助を傷つけてしまう御米と、半ば無意識的、半ば意識的に御米を傷つける宗助との対立劇が描かれている。御米の場合は単なる不注意で、悪意は不在だが、宗助の場合は、曖昧さの中に明らかに悪意の形が認められる（傍線部①〜④参照）。尤も「生温い眼」（④）とあるように、宗助は、自らの悪意に十分に意識的ではない。しかし、「是でも元は子供が有ったんだがね」という宗助の言葉は、確実に御米を傷つけているのだ（波線部Ⓒ〜Ⓖ参照）。一層正確に言えば、宗助の孤独の裡に潜む無意識の悪意が、過失でしかない御米の言葉の意味を主観的にねじ曲げ、その主観的な悪意によって御米における孤独の意識化、即ち愛の世界の分裂をさし招いているのである。

筆者がそれを〈異様な分裂〉と呼ぶのは、それが、既に言及ずみの第十四章における単一にして純一な愛のイメージに矛盾するのみならず、更に同章における次の二つの叙述の内容とも相反する事態だからである。

> 宗助と御米とは仲の良い夫婦に違なかつた。一所になつて今日迄六年程の長い月日を、まだ半日も気不味く暮した事はなかつた。（十四）
>
> 彼等は此抱合の中に、尋常の夫婦に見出し難い親和と飽満と、それに伴なう倦怠とを兼ね具へてゐた。（略）倦怠は彼等の意識に眠の様な幕を掛けて、二人の愛をうつとり霞ます事はあつた。けれども簓で神経を洗はれる不安は決して起し得なかつた。（同）

これら二つの叙述と対比する時、作品第三章における玩具の「護謨風船」の「達磨」を巡って生起した先のエピソードを〈異様な分裂〉と名付けることの妥当性を誰人とも首肯せざることをえないであろう。第三章で生起した事態は、右引用文で傍点を付した「気不味く暮した事」、「簓で神経を洗はれる不安」という事態に該当することに間違いないからだ。それは、宗助の内面の何かから起った凶々しいあるものであり、「淋し」さ「果敢な」さと意識化されつつあるものであるが、「淋しさ」「果敢な」さとは次元の異なる〈孤独〉に根ざす悪意に充ちた何かなのである。

以上の分析を総括すれば、作品『門』は、思いがけなくも自他未分の単一で純一な愛の原理が既に崩壊しつつある宗助の内面から出発しているのである。作品『門』は、愛と罪の物語であるとするのが同時代評によって夙に確立ずみの通説の枠組[3]であることは言う迄もなく、以後の数多の『門』論においても、愛と罪という主題的枠組自体を根本的に問い直そうとする動きは、管見の限りにおいては無い。作品『門』が、単一で純一な愛の世界が崩壊しつつあるところから出発していると云う筆者の先の立場は、そのような『門』研究史の枠組への異議申し立ての試みに外ならない。作品の実態に照らして見れば、作品『門』は、愛と孤独の物語と見る方が余程適わしいからである。

筆が先走ったが、作品『門』が一般的なプロットによる解読の手続きに拠る以上に、空間の物語として解読可能ではないかとする筆者の方法的立場は、ここにおいても有効である。愛が光と暖かさに属し、孤独が暗さと寒さに属する限り、宗助の世界が後者に属し、御米の世界が前者に属することは理に適っている。そして、光と暖かさが女性御米の空間の属性であり、暗さと寒さが宗助の空間の属性である限り、作品『門』の主題が、愛という女性的な世界の中に生れてしまった、孤独という男性的な世界の物語を指向することは殆んど疑いもなく明白である。端的に言えば、愛の世界に孤独を招き入れ、単一なる世界に分裂を喚起するものとしての男性性という領域への漠然たる認識のめざめ――それが作品『門』の世界における、解読不能なあるものの実体なのではあるまいか。その意味で、まさに『門』は、前作『それから』末尾において主人公代助に発生したあの未《いま》だ解読不能の〈男性の孤独〉の発見[4]を出発点とし、今や〈男性の孤独〉――そのうしろめたさの文学的定着化に挑戦しようとする男性作家漱石における野心的な認識の試みとして位置づけ得るのである。

一歩譲って、作品『門』を愛と罪の物語とするならば、この場合の罪は、原罪的もしくは社会的な罪である以上に、孤独がそうであるように性的個別性から生れる罪、そして何よりも男性の罪でなければならない。それは

『門』における宗助の〈孤独〉の位相そのものから帰納される必然的結論なのである。蓋し〈罪〉においてさえ、男性宗助が〈孤独〉であることを作品は描こうとしているのであるから。

逆説的に言えば、作品『門』においては、罪から孤独が生れるのではなく、孤独から罪が生れるのである。いや、一層正確に言えば、孤独そのものが罪なのである。さらに言えば孤独において罪と罰は一体なのだ。それは神不在の日本的風土に立脚し、作者漱石の発見した根源的認識なのだ。作品『門』はそのような根源的認識を踏まえた、男性の孤独に始まって、男性の孤独に終る文学の始発点なのだと言い得る所以であり、以後、漱石は『彼岸過迄』から『行人』を経て『心』に至る迄、〈男性の孤独〉という主題を担った男性を主人公とする作品を創り続けて行くのだ、と見ることに何の不都合もあるまい。

なぜ、男性と女性の孤独ではなく、男性の孤独なのか。それは言う迄もなく、これら作品において、愛の空間の主宰者としての男性の位置が揺いではいないからだ。男性の孤独とは、男性中心原理の空間の中に胚胎したこの空間の主宰者である男性固有の〈愛と孤独〉の問題なのである。

このような男女共有の〈愛と罪〉という枠組ではなく、〈男性の孤独〉と云う新たな枠組が作品『門』を何処に導いて行こうとするかは、『門』の序の部分をめぐり既に遂行した幾つかの分析を前提として論じられるべき問題と思われるが、『門』作中における宗助の言動の凶々しさの例は、まだ尽きない。更に、ここで、それらエピソードの最終的な到達点である、子供の不在をめぐっての御米の夫に隠していた秘密の開示――「自白」（十三）への決定的なスプリング・ボードの役割を果たした宗助の御米に対する異様な言動を俎上に上せて見よう。

明治四十二年の「暮の二十日過」（十一）になって突然起った御米の発作も一昼夜で幸いに収まり、「新年の頭」（十三）を拵える旁々、水道税について聞き合わせるために宗助は大家坂井の家へ立ち寄り、茶の間に導かれて甲州出の「織屋」から御米のために「銘仙を一反買ふ」羽目になる。三円という値段は、その「縞柄と地合」からして

「安い〳〵」と御米を喜ばしめるに足る破格のものであったからだ。この甲州出の「織屋」が御米の前夫安井のそれを連想させる「頭の真中で立派に左右に分けられてゐる」髪型をしていることが作品後半部への周到な伏線であることについては既に指摘があるが、それ以上にこの一段の重要なポイントは、帰宅した宗助が御米に向つて坂井の家の陽気さや賑やかさを巡り、突然次の様な言動を示し、御米に強烈な衝撃を与えることにあると思われる。

（二人の会話は）仕舞に其家庭の如何にも陽気で、賑やかな模様に落ちて行つた。宗助は其時突然語調を更へて、

「（A）何金があるばかりぢやない。一つは子供が多いからさ、子供さへあれば、大抵貧乏な家《うち》でも陽気になるものだ」と御米を（B）覚した。

其云ひ方が、（C）自分達の淋《さみ》しい生涯を、多少自ら窘《たしな》める様な苦い調子を、御米の耳に伝へたので、（D）御米は覚えず膝の上の反物から手を放して夫の顔を見た。宗助は坂井から取つて来た品が、御米の嗜好に合つたので、久し振りに細君を喜ばせて遣つた自覚があるばかりだつたから、別段そこには気が付かなかつた。御米も一寸宗助の顔を見たなり其時は何にも云はなかつた。けれども（E）夜に入つて寝る時間が来る迄御米はそれをわざと延ばして置いたのである。（十三）

傍線部（A）の宗助の言葉の内容、傍線部（B）（C）の宗助の姿勢や言葉の調子、それらは単一で純一な、自他未分の愛の世界において決してあってはならない筈のものであることは余りにも明瞭だ。御米が傍線（D）における如き激しい衝撃を受けるのは当然で、傍線（E）の叙述が示唆するように、彼がこの夜御米に「貴方先刻《さつき》小供がないと淋《さむ》しくつて不可ないと仰しやつてね」、「でも宅《うち》の事を始終淋《さむ》しい〳〵と思つてゐらつしやるから、必竟あん

な事を仰しやるんでせう」と理詰めに追求されるに至るのも又やむを得ない仕儀なのだが、問題は、事態の本質が御米の指摘に対応する宗助の「固よりさうだと答へなければならない或物を頭の中に有《も》つてゐた。」（十三）という意識のあり方を越える宗助の無意識の領域に根ざしていることにある。つまり、御米は、「小供がないと淋しくつて不可ない」と言う具合に宗助の言葉を捉えるが、宗助においては、それは小供があつても無くつても、決して消えることのない孤独の表現であった筈なのだから。つまりそれは宗助の男性の孤独の領域に根ざすものなので、御米と、彼女の生むべき子の在、不在というような女性の孤独の領域と本来無関係なものなのに、自己の孤独の本質を意識化し、言語化することのできない宗助が、とりあえず子供の不在によるものと理由づけたものに過ぎないからである。

作品では、この第六例の宗助の異様な言動が永く秘められていた御米の孤独と罪の意識の告白を作品の表面に露頭せしめる力として作用する。「私は実に貴方に御気の毒で」「疾から貴方に打ち明けて謝罪《あや》まらう〳〵と思つてゐたんですが、夫《それ》なりにして置いたのです」「私にはとても小供の出来る見込はないのよ」と云い切って泣きながら告白される御米の秘密とは、言う迄もなく「貴方は人に対して済まない事をした覚がある。其罪が祟つてゐるから、小供は決して育たない」（十三）と云う「易者の判断」であった訳だが、この事態は、作品の出発点において、御米も亦、孤独であったことを証明している。

しかし、御米の孤独は意識的自覚的な孤独であった点で、宗助の孤独とは異なっている。彼女には孤独においてさえ意識と無意識との主体の分裂はないのである。その上、御米の空間としての茶の間や六畳の空間が基本的に明るく暖かいように、この御米の孤独は、夫に対する申し訳なさ（「気の毒」）に由来するものである限り、単一にして純一な愛の原理と矛盾するものでなく、むしろ御米の内面におけるその健在ぶりを証明するものである点で、単一的な愛の原理から離反しようとする宗助の孤独とは対蹠点に位置する。と言うより、抑も御米においては「自白」（告白）という行為そのものが単一的な愛の原理の実践なのである。

御米の告白は、宗助の孤独に発する異様な言動によって触発されたものである。にも拘わらず、宗助は、それを「可憐な自白」（十三）と捉えるのみで、それを触発した自己内面の孤独への意識的な遡行の機会を取り逃してしまうのだが、それはまさに『門』後半部において彼が覿面に直面しなければならない問題の発端となるべき筈の事態なのだ。

作者は、御米の「告白」の直後に配置した作品第十四章において初めて彼等のそのような単一にして純一な愛の世界の在り方を明かすと共に、彼等の容易ならざる「過去」（十四）の総体をこれ又、読者に語り得ている。この事実は、御米の告白という行為が、そのような愛の原理や「過去」の総体に匹敵する重みを作品内で持つものであることを示唆している。それは又、作品『門』が〈愛〉の物語であり得るのは、御米に仮託された自他一元化にして、意識・無意識の統一体としての女性の主体の原理によってであることをも示唆していると言えるのではないか[5]。しかし、又もや先走って言えば、作品後半部においても主人公宗助の「孤独」は、意識化されえず、従って告白されえないものだ。従って、とりあえずは、彼にとって御米の「告白」は、日常生活の些細なエピソードの一環としてしか意味づけ得られないものなのだ。だが、例え彼が自らの孤独を意識化しえたとしても、御米が宗助になした如く、彼は御米にそれを告白し得るだろうか。御米の告白には、男性としての宗助の主体のあり方をめぐる、そのような重い思想的課題が込められている。

　御米の宗助に打ち明けないで、今迄過したといふのは、此易者の判断であつた。宗助は床の間に乗せた細い洋燈《ランプ》の灯が夜の中に沈んで行きさうな静かな晩に始めて御米の口から其話を聞いたとき流石に好い気味はしなかつた。

「神経の起つた時、わざ〳〵そんな馬鹿な所へ出掛けるからさ。銭を出して下らない事を云はれて詰らないぢやないか。其後もその占の宅へ行くのかい」

「恐ろしいから、もう決して行かないわ」

「行かないが可い。馬鹿気てゐる」

宗助はわざと鷹揚な答をして又寐て仕舞つた。（十三）

御米の「告白」の持つ意味の重大さに気づいていない宗助は、先に述べたように御米の「告白」を引き出した自己の「うそ寒」（二）い内面を意識に上せてもいない。彼の希うのは日常生活の平穏無事であることのみだが、そのような生活者に徹するには彼の言動は余りに凶々しく、かと言って、認識者の倨傲に居直るには、彼の認識は余りにも暗い。結果として、愛をめぐる御米の一元的主体と、彼の抱える男性の孤独――主体《アイデンティティ》の分裂の問題とは、御米の「告白」を閲しても、スレ違いの劇を演じたのみである。御米の「告白」は彼女の言葉が示す如く愛の危機の意識化に発しているのに、宗助は、彼女に危機意識を抱かせた自らの異様な言動の意味を解読しえず、それが単一的な愛の世界に分裂を齎しつつあることにも依然として気づいていないのである。

そして、この事態は、御米の孤独が〈言語化し得る孤独〉と定義できるそれであったと言い得るとすれば、宗助の孤独は〈言語化し得ない孤独〉として定義しなければならないそれであった、というとりあえずの結論に私達を導くものでもあるのだ。

＊

周知のように作者漱石が作品『門』の前半部から後半部への展開において、安井の出現をきっかけとする主人公野中宗助における妻御米の与かり知らぬ内面的密室での懊悩に、作品主題を収斂せしめるべく準備した数々の伏線的虚構の張りめぐらし方の見事さには、正に端睨すべからざるものがある。

作品前半部を規定した明治四十二年（一九〇九）から作品後半部を規定する翌明治四十三年（一九一〇）への歴史的にして物理的な時間の枠組みの交替、その移行を焦点化する明治四十二年の大晦日における野中家の歳末風景の簡潔で印象深い描写、それ等に先立って師走も二十日過ぎになって突然御米を襲った「早打肩」（十一）の発作と、一昼夜の睡眠を介してのそれからの奇跡的な回復（抑もこれが彼女の「可憐な自白」の直前に布置された設定の自然な見事さ）、それが宗助に惹き起した安堵の想いと、「然し其悲劇が又何時如何なる形で、自分の家族を捕へに来るか分らないと云ふ、ぼんやりした掛念」（十三）との交錯の持つ対比的効果、さらにそれ等を踏まえての「新年の頭を拵らえやう」として入った床屋における、「年の暮」に「故意《わざ》と短い日を前へ押し出したがって齷齪《あくせく》する」世間の人の有様を実見しての「成らうことなら、自分丈は陰気な暗い師走の中に一人残つてゐたい」という宗助の「茫漠たる恐怖の念」、そして、年を越えて、松の内の最終日としての明治四十三年一月七日の坂井邸における弟小六の書生としての雇用の主人からの申し出による彼の学資問題の解決というめでたい限りの出来事と、正にその場、その時、当の坂井の口から漏れた安井出現の報という『門』作中での最も凶々しい事件の出来とのコントラストの効果――更にこれらに付け加えるならば、後半における安井出現への前半序の部分での布石としての伊藤博文暗殺事件に関わる満州の問題の設定（三）に示された作品の全体構造を見遥かしての周到な伏線的配慮[6]や、前半の終末部分に至って宗助と御米の「過去」（十四）の初めての開示と、作品後半、その序の部分における安井出現の報（十六）との叙述上の接近に示される緊迫したサスペンス効果への計算など、これ等総ては作品『門』が、特にその前半部から後半部への展開において、如何に周到緻密な計算に基づいて書かれた作品であるかを、疑問の余地なく示し得ている。そして、それ等は又、虚構的時間構築上の漱石の才能の卓越性を示して余蘊がないものだ。にも拘わらず、安井の出現を知って以後の宗助を描く作品『門』の実質的後半部と言うべき第十七章以後のプロット展開には、何かしら自然でないものがあることも事実だ。端的に要約すれば、第一に宗助が坂井の家に安井の出現すべきことを御米に告白しないことが不自然であり、第二に安井が坂井邸に現れたのに、宗助が御米を〈崖下の家〉に残して、自分だけが鎌倉に出かけて了うのは、如何にも不用心である。安井の出現（蒙古からの帰還）迄を不自然と見る見方もあるが、(7) これは作者の実験的意図の徹底に関わることだから、作品の意図としては寧ろ自然であり、必然でもあると見たい。ここで言う作品の意図とは、何か。それは、作品『門』前半部から執拗にくり返されてきた、宗助における〈言語化し得ない孤独〉の最終的解明を図ることでなければなるまい。しかし、作品内事実として、それは何を意味しているのだろうか。

改めて確認する迄もないことだが、漱石作品『門』には、二つの〈孤独〉が描かれている。言う迄もなく、それは御米の〈孤独〉と宗助の〈孤独〉とである。この二つの孤独を〈言語化し得る孤独〉と〈言語化し得ない孤独〉と名付けることが出来る、とする処に、作品『門』前半部をめぐる筆者の考察の一到達点がある。

御米の〈孤独〉の告白（十三）が「宗助と御米の過去」（十四）につながって行く限り、彼等の単一にして純一な〈愛〉の世界も、〈言語化し得る〉世界の物語に属すると解釈することに無理はないだろう。ここで問題になるのは、御米の〈孤独〉の告白を聴きながら、自らについて語ることのなかった、あの〈異様な分裂〉〈異様な言動〉を惹き起した宗助における〈言語化し得ない孤独〉の行方である。作品『門』前半部が、御米における〈言語化し得る孤独〉の告白に収斂して行ったことを考えると、後半部が安井の出現を告白し得なかった宗助における〈言語化し得ない孤独〉の解析にその眼目を置いている、と考えることは、大方の諒承し得る自然の成り行きと言っても良いであろう。

しかし、作品に課されたこの課題が、第三者が言う程容易《たやす》い事柄でないのは、宗助における孤独が〈言語化し得る〉世界の外に属しているからであることも見易い道理である。筆者は先に作品後半部が「宗助における〈言語化し得ない孤独〉の解析にその眼目を置いている」と考えることの妥当性について言及したが、〈言語化し得ない孤独〉が〈言語化し得る〉世界の外に属しているとすれば、ここで〈言語〉を担う主体としての宗助が、その〈言語〉を以て〈言語化し得ない〉世界の解析に成功するためには、自らの既成の〈言語〉の有効性の喪失を現実として認め、既成の〈言語〉の有効性の喪失の根本原因に遡り、既成の〈言語〉の限界を相対化し得る新しい〈言語〉を獲得することが必須不可欠の要件となるべき筈である。そしてこの作業は、自明な〈言語〉の自明性を疑い、意識的な世界の意識性を疑うことであることも疑いを容れない。無論、当の主人公宗助にそのような意味での認識の革命を期待するのは、およそ馬鹿げているが、作者漱石の立場に立てば、それは必ずしも不可能ではない。つまり、既に『三四郎』や『それから』で遂行しえたように、意識と無意識の重層性を描き出せれば、ことは足りるからである。既に作者は、『門』における〈言語化し得る孤独〉を〈意識〉の世界に対応せしめ、〈言語化し得ない孤独〉を〈無意識〉の世界に対応せしめてきていたと考えることも可能なのである。そして『門』の世界における自明なもの、意識的なものとは、宗助と御米との間に実現した単一で純一な〈愛〉に外ならないのだが、それを体現しているのは御米における〈言語化し得る孤独〉即ち〈愛〉の世界であるとすれば、自明でないもの、意識的でないものを体現している宗助における〈言語化し得ない孤独〉の世界とは、少なくとも〈愛〉の対極に位置するもの、そして〈言語化し得ない〉もの――即ち〈意識化し得ない〉ものでなければならないと考えることは、恐らく自然であろう。この〈愛〉の対極に位置し、しかも〈言語化し得ない〉ものを〈孤独〉と意味づけるのは、無論、この論前半の考察の論理的前提にして、その結論であるところのものの反復に過ぎないので、何等考察を推し進めたことにはならない。

つまり、問題は、御米の〈孤独〉が〈言語化し得る孤独〉であったのに、宗助の〈孤独〉は、何故〈言語化し得ない〉のか、と云う具合に設定されるべきものなのではあるまいか。この問に正面から答えるとすれば、それは〈愛〉の対極に位置し、かつ〈言語化し得ない〉ほど凶々しいものであったから、と解釈するのが最も自然である。

それでは〈崖下の家〉という宗助と御米の単一で純一な愛の密室空間内において〈愛〉の対極に位置し、かつ〈言語化し得ない〉程凶々しいものとは何か。それが宗助にのみ固有のものであるとするもう一つの前提に立てば、それは、御米の前夫安井に対する消えやらぬ嫉妬であり、その反照としての御米に対する不信であると考えるのが最も理に適っている、と言えよう。蓋し、宗助の〈言語化し得ない孤独〉の実質とは、一人の女性御米をめぐる宗助と安井という二人の男性の心理的な三角関係《トライアングル》の宗助における無意識下の存続を措定する場合においてのみ、僅かに合理的に捕捉し得る余地を残していると考え得るからである。

管見の限りでは今迄、立論されたことのない、作品『門』における、あの単一で純一な愛の世界の描出に反する、一見、冒瀆的とも受け止められかねないであろうこのような仮説的にして演繹的なる解釈の客観的合理性への一つの補助線として、漱石作品の男性像が嫉妬というネガティブな感情に囚われる時、言葉を失うか、咄嗟に嘘を吐くという共通の特徴があることを指摘して置く必要がある。

作品『門』以後の後期三部作の主人公については、ここに引くに及ばず、『門』以前の作品として『三四郎』を例に取れば、美禰子と三四郎の愛（共通理解）のスレ違いを描く大学の運動会を観戦後の池を見おろす丘の上での二人の次のような会話の場合が挙げられる。二人の最初の出会いを思い出して、

「熱い日でしたね。病院があんまり暑いものだから、とう〳〵堪《こら》え切れないで出て来たの。――あなたは又何であんな所に蹲《しゃ》がんで入らしったんです」

「熱いからです。あの日は始めて野々宮さんに逢つて、それから、彼処《あすこ》へ来てぼんやりして居たのです。何だか心細くなつて」

「野々宮さんに御逢ひになつてから、心細く御成《おなり》になつたの」

「いゝえ、左《さ》う云ふ訳ぢやない」と云ひ掛けて、美禰子の顔を見たが、急に話頭を転じた。

（『三四郎』六、傍点筆者、以下同じ。）


三四郎は、ここで明らかに嘘を吐いている。作品『三四郎』第二章での叙述を踏まえる限り、三四郎の池の端での孤独は「生涯現実世界と接触する気がないのかも知れない」野々宮の学者としての生活に触れたことにより生じたのであり、この時池の面をみつめつつ彼が味わった「薄雲の様な淋しさ」は、「野々宮君の穴倉に這入つて、たつた一人で坐つて居るかと思はれる程な寂寞」と説明され、且つ「寂寞」については「此孤独の感じは今始めて起つた。」と駄目押しされてもいたからである。この「『孤独』と『寂寞』とにこそ、三四郎と美禰子との接触点が存在した筈なのに、『野々宮さんに御逢ひになつてから、心細く、御成になつたの』と美禰子が差し伸べた手を、『いゝえ、左う云ふ訳ぢやない』と我知らずふり切ってしまった三四郎が、美禰子に野々宮の貧乏の尊敬すべき所以を説かれて、彼の思い上がりを（その実、彼の不正直さを）諷喩されることになるのは当然と言って良いだろう。」とは旧稿(8)の弁だが、三四郎に嘘を吐かせ、「急に話頭を転じ」せしめた原因が、美禰子をめぐって野々宮に対抗しようとする三四郎の思い上がり、即ち嫉妬の情の生起にあることは疑えない。しかし、立場の優劣こそ違え、野々宮も又、嫉妬の情を美禰子に挑発されて言葉を返すことを拒否するのである。

作品『三四郎』第八章、与次郎に金を貸した三四郎は、下宿の払いに困って、与次郎に斡旋されて美禰子の家に金を借りに行く。美禰子は三四郎に彼女名義の通帳から金を引き出させ、連れ立って上野の丹青会の展覧会場に行く。会場で画家原口に呼びかけられた彼女は、彼と一緒に居た野々宮を見るや否や、三四郎の耳に口を寄せて何事かを「私語《さゝや》」く。

（略）野々宮は三四郎に向つて、
「妙な連《つれ》と来ましたね」と云つた。三四郎が何か答へやうとするうちに、美禰子が、
「似合ふでせう」と云つた。野々宮さんは何とも云はなかつた。くるりと後《うしろ》を向いた。後《うしろ》には畳一枚程の大きな画がある。其画は肖像画である。さうして一面に黒い。着物も帽子も背景から区別の出来ない程光線を受けてゐない中に、顔ばかり白い。顔は瘠せて、頰の肉が落ちてゐる。

美禰子の言動が無意識に野々宮を挑発し、彼に嫉妬の情を喚起せしめようと意図したものであることは明らかである。野々宮は「くるりと後を向い」て返事を拒絶するのだが、彼の内面は、彼が見つめる「一面に黒い」肖像画によって代弁されている。「黒」が嫉妬を、「赤」が愛を隠喩する色であることは、作品『三四郎』の世界の一つの修辞的法則でもある。

　つまり、野々宮は明らかに嫉妬の情を喚起せしめられているのだが、その〈言語化〉を拒否しているのだ、と考えられるのである。

　漱石作品の男性像は、自分の中の嫉妬の情を〈言語化〉することが一般に苦手である。それは、彼らの誇り高き男性的自恃が、嫉妬という女々しい女性的（！）感情に囚われる自己を許容しえないからである。そして、この誇り高き男性的自恃が却って彼らの嫉妬を無意識の世界に封じ込め、封じ込めることによって野放しにし、無制限に暴虐の限りを尽さしめ、やがて『心』の先生の場合のように人間としての道を無意識に逸脱し、親友Kを自殺せし

めるに至る。

こうして見ると、漱石作品、とりわけ『彼岸過迄』『行人』『心』という後期三部作の主人公——須永、一郎、先生に託された作者漱石の認識追求の課題は、誇り高き男性的自恃によって〈言語化し得ない〉嫉妬という無意識の領域を如何にして〈言語化し得る〉か、という壮絶な文学表現上の戦いであったと見ても決して不自然ではないのである。剰《あまつさ》え作者漱石も亦、ひとしお誇り高き男性的自恃を自己の生きる上での殆んど唯一の力杖と頼む男性存在であったことは、疑い得ない事実なのである。

さて、以上のような観点に立って、安井の出現を御米に告白しえないとする自己決定に身を委ねた瞬間の、作品『門』の主人公野中宗助についての描写を顧るとすれば、その具体相は、如何なるものであるか。

坂井邸で安井出現の情報を得た宗助は、その夜「蒼い顔をして坂井の門を出」（『門』十六）、〈崖下の家〉に戻るや否や、御米に床を敷かせて寝込んでしまう。


（略）御米は枕元を離れ得なかつた。

「何うなすつたの」

「何だか、少し心持が悪い。しばらく斯うして凝《ぢ》つとしてゐたら、能くなるだらう」

宗助の答は半ば夜着の下から出た。其声が籠つた様に御米の耳に響いた時、御米は済まない顔をして、枕元に坐つたなり動かなかつた。

「彼所《あつち》へ行つて居ても可《い》いよ。用があれば呼ぶから」

御米は漸く茶の間へ帰つた。（略）

此二三年の月日で漸く癒り掛けた創口《きずぐち》が、急に疼《うづ》き始めた。疼《うづ》くに伴《つ》れて熱《ほて》つて来た。再び創口が裂けて、毒のある風が容赦なく吹き込みさうになつた。宗助は一層《いつそ》のこと、万事を御米に打ち明けて、共に苦しみを分つて貰はうかと思つた。

「御米、御米」と二声呼んだ。

御米はすぐ枕元へ来て、上から覗き込むやうに宗助を見た。宗助は夜具の襟から顔を全く出した。次の間の灯《ひ》が御米の頬を半分照らしてゐた。

「熱い湯を一杯貰はう」

宗助はとう〳〵言はうとした事を言ひ切る勇気を失つて、嘘を吐《つ》いて胡魔化した。（十七）

端的に言って作品『門』後半部における、主人公宗助の〈言語化し得ない孤独〉をめぐる解明への手懸りは、右の描写にその総てが尽きている。以後は、安井の出現を御米に告白しないことに決めた宗助の自分自身に関わる事後処理の叙述に過ぎないからだ。宗助の円覚寺参禅の動機としての「心の実質が太くなるもの」（十七）の追求への想いにしても、その直接の原因が安井の出現の報によって生じた宗助の心の動揺にある限り、その心の動揺の更に直接の原因としての安井の出現という事実、ひいては安井という存在そのものが消えない限り、所詮は、木に登って魚を求める類の認識の錯誤の結果でしかあり得ないことは自明であろう。そうして、安井は消えることのない現実であり、宗助も亦悟れない儘、いずれ鎌倉から〈崖下の家〉に戻って来なければならない訳であるから、彼に残された唯一の自己救済の途は、安井の出現を御米に告白し、苦しみを分ち合うことで痛みを軽減する事以外にないことは、否定しようがなく明らかである筈なのだ。

にも拘わらず、なぜ彼は御米にその告白をなし得ないのであるか。改めて確認すれば、その手懸りは、先に引いた宗助の告白しないという自己決定の瞬間の描写以外、作品に皆無なのである。

無論、宗助が安井の出現を御米に告白しない内面の事情の意味づけについては、汗牛充棟、数多の見解が提出されていることは、筆者と雖ども充分承知している。しかし、それらは、作品内の事実としての先の引用部分の描写の分析から帰納されたものでない限り、畢竟憶測でしかない、と言っても不可ではない。反面、この事情は、そのような立脚地に基づいての、先の引用部分にのみ限定しての、告白しえない宗助の内面分析に成功し得なければ、本稿の学問的意義は、雲散霧消することを示唆する底のものでもあるのだ。

そこで、先に引いた叙述で不可解なことは「一層のこと、万事を御米に打ち明けて、共に苦しみを分つて貰はうか」と思った宗助が、御米が枕元に来て、「上から覗き込むやうに宗助を見」、宗助も「夜具の襟から顔を全く出し」て御米の顔を見た（作品に、その叙述は欠けているが）途端、打ち明けようと思った決意を翻し、「嘘を吐」くことである。この宗助の態度の急変は、順序は逆だが先に引いた『三四郎』第六章で、美禰子に「野々宮さんに御逢ひになつてから、心細く御成になつたの」と核心を衝かれて、「いゝえ、左《さ》う云ふ訳ぢやない」と嘘を吐き、「美禰子の顔を見た」三四郎の行動の軌跡と殆んど同じである。そして彼は「急に話頭を転じ」、そのことで一層窮地に陥いることになるのだが、この三四郎の一貫しない行動が野々宮への嫉妬によることは、先に指摘した通りである。

とすれば、三四郎とほぼ同一の行動パターンを取る宗助の態度急変の背後にも、御米の前夫安井に対する現夫宗助の嫉妬が介在していたのではないか、とする推定に蓋然性が高まることは避けられないと言うべきではなかろうか。

その上、そこには「次の間の灯《ひ》が御米の頬を半分照らしてゐた。」という叙述がある。この叙述は、「次の間の灯《ひ》に照らされていない御米の頬の半分は闇《くら》かつた。」の意を含み持つもので、このような光と影、明と暗、白と黒との対照は、先の言及からは漏れているが、『三四郎』第八章で美禰子に挑発されて、「くるりと後を向いた」野々宮の内面を語る肖像画の「黒い」背景と「白い」顔との黒白の対比に強く通う。つまり、宗助を覗き込んだ半分明るく、半分闇《くら》い御米の顔は、実は宗助の無意識の世界に蠢く御米をめぐるもう一人の男としての安井に対する嫉妬の情の、外界に投射されたイメージなのではないだろうか。

ここに至り、筆者はどうやら宗助における〈言語化し得ない孤独〉とは、御米をめぐる二人の男性の一人としての現夫宗助の前夫安井に対する決して消えやらぬ嫉妬の情と、その反照としての御米への不信の情の謂であると結論づけても然るべき段階に立ち至ったと考える。宗助の孤独の情は、安井の出現を御米に打ち明け得ない孤独であると同時に、嫉妬の情の反動として女性御米を信じ得ないとする不信の情の所産でもある。御米に子供が産れず、産れても育たないという既成の事実は、そのような宗助の意識下の嫉妬と不信の情を交々増幅する結果を招くだろう。

作品『門』における宗助の〈言語化し得ない孤独〉の実体は、そのような凶々しいものであるが、それらが総て野中宗助と云う男性の無意識の領域でのドラマであることを忘れてはならない。と言うことは、御米は、客観的にこれら一連の宗助の内面的ドラマと無関係であり、責任から免れえていると言うことだ。女性御米の〈言語化し得る〉単一で純一なる〈愛〉は、結局、このような宗助を救う〈崖下の家〉の明るく暖かい唯一の光源である筈なのである。

ともあれ〈崖下の家〉が夫婦の日常性を描きつつ、当初から宗助の〈異様な分裂〉〈異様な言動〉を布置せしめていたことを振り返ると、〈崖下の家〉の一見無事な日常性は、実は〈男性の孤独〉の核心というべき宗助の意識下に蠢《うごめ》く〈嫉妬と不信〉という不吉な基調底音――非日常的な凶々しさで枠づけられた、正に危機的な家でもあったのだ、という印象は余りに重いのである。

＊

作品『門』の末尾において、安井は何事も知らず蒙古に帰り、〈崖下の家〉には「小康」（二十三）が訪れる。

御米は障子の硝子に映る麗かな日影をすかして見て、
「本当に難有いわね。漸くの事春になつて」と云つて、晴れぐしい眉を張つた。宗助は縁に出て長く延びた爪を剪《き》りながら、
「うん、然し又ぢきに冬になるよ」と答へて、下を向いたまま鋏《はさみ》を動かしてゐた。（二十三）

確かに宗助は、単一で純一な愛の世界に孤独が生じたことを知り、御米は、それを知らない。宗助における認識者としての自立への微かな可能性を問うことも可能だが、本稿は、その方向性を採らない。と言うのも、理由はどうあれ、安井の出現を御米に打ち明けないという宗助の自己決定は、告白を遂行しえた御米のあり方が単一で純一な〈愛〉のあるべき形であることを踏まえれば、畢竟否定的な意義しか持ち得ないことは余りにも明瞭であるからだ。つまり、宗助の安井に対する嫉妬や妻御米への不信の情が彼の無意識の領域に属するとしても、彼が御米に安井の出現を告白しなかったこと自体が客観的には御米の〈愛〉のあり方に対する違背であり、裏切りであったことに間違いはないからだ。

反面、宗助におけるそのような意味での〈孤独〉は〈言語化〉し得ぬ限り、男性宗助が女性という他者現実を喪失した自閉的な主観の世界に留まることは必然であろうからだ。そうして、そのような自閉的世界において、主観は主観を生み、観念は観念を生む。無限に増殖して留まることがない。客観世界に関わらない観念や主観のドラマ

とは、そのようなものだ。男性宗助に発生して了った〈言語化し得ない孤独〉とは、そのような主観の病い、観念の病いの謂であるが、それは同時に〈男性〉の病いの謂でもあったことを忘れるべきではない。そこに漱石作品『門』の主題的固有性が立ち現れるのである。

そしてそれは、〈崖下の家〉という単一で純一な〈愛〉の空間における「暗」く「うそ寒」（二）い宗助の座敷の空間的特性の本質を良く証《あか》し得ている。〈崖下の家〉に配置された〈崖下の室〉という宗助の座敷の入子型の空間構造が示しているものは、それが光や、暖かさによって女性御米の〈愛〉の世界に開放されることのない男性宗助の自閉的且つ自足的な精神の密室であり、〈嫉妬〉や〈不信〉の際限のない自己増殖が可能な暗黒の空間――他者現実から切り離された幻想としての主観や観念の純粋培養装置と呼んでも決して不可ではない空間に外ならなかったと云うことである。

その上、この孤独の密室空間は、それを囲む〈崖下の家〉という〈愛〉の密室空間を母体とし、〈愛〉という母体から栄養分を吸収、摂取しながら、外ならぬ〈愛〉という母体そのものへの腐蝕をなし続けるのである。そして当事者たる男性宗助の僥倖《ぎょうこう》は、女性御米が自らの肉体にも比すべき〈崖下の家〉という愛の密室空間の揺ぎない確かさを信じること厚いが故に、男性宗助の精神内部に生じた〈嫉妬〉や〈不信〉という反逆的観念の存在を未だ知らないことである。それは又、宗助における物怪の幸いでもあるのだが、宗助の〈不信〉は、〈崖下の家〉に遍在する御米の〈愛〉に依拠しつつ、自己の観念を外界に投射し続けて飽くことを知らない。それを証明するのが、作品冒頭の異様な姿勢に始まる作品『門』前半の宗助における、既に前稿において検討済みの〈異様な言動〉〈異様な分裂〉の一連の描写に外ならなかったのである。

反復すれば〈崖下の家〉の〈愛〉は、そのような危いバランスの上に成り立っている。

しかし私達は、この〈崖下の家〉が、夫である宗助の座敷を中心とする空間的な序列構造《パラダイム》を持つ家であると同時に、先に「遍在」という語によって示唆した如く妻である御米の茶の間を中心とする周縁の空間が宗助の座敷を取り囲むもう一つの空間的序列構造《パラダイム》をも併せ持つ家であることの可能性を既に見てきた筈である。

忌憚なく言えば、宗助の意識下の〈言語化し得ない孤独〉の実体を踏まえる時、安井の出現を知る、知らないの区別は、最早、宗助の立場の優位性を証拠立てる指標としての如何なる根拠をも喪失して了っているのである。作品『門』全篇を貫く単一で純一な愛の原理に照らす時、問題の本質は、安井の出現という偶然にあるのではなく、作品冒頭から示唆されていた凶々しいものとしての宗助の内面それ自体にあること、即ち〈言語化し得ない〉ものとしての男性精神固有の必然的構造そのものにあることを、宗助の作品終局に至っての姿勢が示す〈言語化し得ない孤独〉の作中における自己完結性の存在は、証し得ているとさえ言い得るからである。

作品『門』は、究極においてそのような認識の高見から見はるかされた世界である。しかし、そこに作品の意図が充分伝わらない憾みがあるとすれば、それは、そのような可能性をも視野に入れつつ、あえて宗助の〈言語化し得ない孤独〉の本質の説明的叙述を避け、描写による意識と無意識の重層構造の意味伝達を選んだ作者漱石の方法的自己決定の齎したものと解釈するのが最も自然であろう。蓋し、何と言っても作品『門』は、前作『それから』の〈自然の愛〉の物語のその後でなければならず、男性精神における女性存在に対するあからさまな不信の物語は、次作『彼岸過迄』以降に繰り延べすべきものとする読者への配慮が作者の胸中に存在したことは、ほぼ確実であろうからである。

注

（1）既に指摘があるが、作品第三章で小六が宗助に「時に伊藤さんも飛んだ事になりましたね」と、明治四十二年十月二十六日のハルピン駅における伊藤博文暗殺事件に触れており、「宗助は五六日前伊藤公暗殺の号外を見たとき」の記述があるから、それから一週間経っていない「日曜日」が作品冒頭における現在であることが分る。なお伊藤博文暗殺事件は、小宮豊隆『漱石の芸術』以下が既に指摘するように、御米の前夫安井が満州に流れて行つたという作品第十四章での叙述に見合う「夫《それ》や、色んな人が落ち合つてるからね」という宗助の小六への言葉に、「妙な顔」をして「夫の顔を見」（三）る御米の視線を点出するためであり、作品後半部での安井出現への伏線として、第一に設定されていることは、言う迄もない。

（2）作品冒頭部分からは外れるが、第九章にも第三章の例と殆んど同じ状況下での座敷における宗助の孤独を描いた叙述がある。季節は既に「又冬が来た」（七）と宗助に想起せしめる頃になっていて、御米は「置炬燵」を「座敷の真中に据ゑて、夫の帰りを待ち受けてゐた。」とあるように週日の宵のことである。

宗助は御米の汲んで来た熱い茶を湯呑から二口飲んで、

「小六はゐるのかい」と聞いた。小六は固《もと》より居た筈である。けれども六畳はひつそりして人のゐる様にも思はれなかつた。御米が呼びに立たうとするのを、用はないから可《い》いと留めた儘、宗助は炬燵蒲団の中へ潜《もぐ》り込んで、すぐ横になつた。一方口《いつぱうぐち》に崖を控えてゐる座敷には、もう暮方の色が萌《きざ》してゐた。宗助は手枕をして、何を考へるともなく、たゞ此暗く狭い景色を眺めてゐた。すると御米と清が台所で働く音が、自分に関係のない隣の人の活動の如くに聞えた。そのうち、障子丈がたゞ薄白く宗助の眼に映る様に、部屋の中が暮れて来た。彼はそれでも凝《ぢつ》として動かずにゐた。声を出して、洋灯《ランプ》の催促もしなかつた。

彼が暗い所から出て、晩食《ばんめし》の膳に着いた時は、小六も六畳から出て来て、兄の向ふに坐つた。（傍点筆者）

宗助の弟小六が〈崖下の家〉に引き取られて、六畳に移って来ているという状況の違いが背景にあるとは言え、「暮方の色が萌し」、「障子丈がたゞ薄白く（略）眼に映る様に、（略）暮れて来」た部屋の中で「洋灯の催促」もせず、「御米と清が台所で働く音」を「自分に関係のない隣の人の活動の如くに聞」いている宗助の姿には、本文に引用した第三章での叙述以上に、物音に充ちた台所の空間に対する、座敷の空間の物理的沈黙性、ひいては心理的な孤独性や密室性が強調されている様に思われる。そして、それら座敷の空間の物理的にして心理的な特性は、「暗い所」と概括されることによつて、単なる孤独を超える凶々しいニュアンスを帯びるに至っていることは否定し難い事実と言っても良いだろう。

（3）同時代評として、谷崎潤一郎「『門』を評す」（『新思潮』明43・9）に「現今の社会は此の二人のやうな罪人に対してかほど迄に厳粛な制裁を与へる程鋭敏な良心を持つて居るだらうか。」という視角からの作品批判という形での〈愛〉と〈罪〉という作品の枠組の提示があり、これは恐らく今日に至る迄、変っていない定説的把握である。但し、昭和に入るが、唐木順三「漱石概観」（『現代日本文学叙説』〈春陽堂　昭7・10〉所収、執筆は昭六）に〈罪〉をめぐる「社会を捨てた以上、もとよりそれは社会的外面的なものではあり得ない。社会的な罰によって罰しきれないあるもの、罪の意識と罪の内面的な罰、即ち因果」とする〈罪の内面化〉と言っても良い把握がある。小宮豊隆「門」（『漱石の芸術』〈岩波書店　昭17・12〉所収、「（一一・七・二〇）」の日付を論末に付す）は〈罪〉を宗助・御米二人の「彼等の内に」（傍点、原文）あって「彼等を脅かすもの」、「彼等の、安井に対する、背負ひきれない負ひ目の感じ」とすると共に、「御米にとつて宗助は、神でもあれば、仏でもあり得た」が、宗助は「御米を心から愛してゐたにも拘はらず、神とも仏とも考へて、頼りにする事が出来なかつた」とする重要な指摘を行っている。宗助が安井の出現を御米に告白し得なかった点への批判をも含んでいると見られ、且つ又、「漱石の後年の作品に見出される、人間悪の摘出は、此所にはまだ十分はつきりとその鋒鋩を露はしてゐなかつたが、然しその方向への漱石の心の傾きは、此所で既に十分予言されてゐると言つて可いのである。」という形で、漱石作品史上における『門』の位置の意味の重さにも触れている点、なお今日の『門』研究の出発点たるべき水準を保ち得ている。無論、愛と罪という構造の把握は、ここでも健在である。唯、本稿の視角は、宗助を脅かしているものは「安井に対する（略）負い目」即ち罪として把握すると言うより、女性御米を挟んで敵として相対する、男性という絶対者同士の脅えとして把握する方が作品の実態に合っているとする方向性の裡に存在し、従って、それは御米の罪意識のように一元的なものではない。『門』が漱石作品史上画期的であるのも、宗助を通じての「人間悪」（傍点筆者）の剔抉へという視座においてではなく、絶対者としての〈男性悪〉の剔抉へという視座においてであるとするところに本稿の基本的立場がある。先走って言えば、〈愛〉〈罪〉〈人間悪〉などの『門』の作品論的諸点をめぐる既成の分析の主要な概念的カテゴリーに、絶対者としての男性主体の自己解体への営みという視座を導入することによって、作品『門』において新しく見えてくるものに、本稿の関心事が存在する。

（4）　前作品『それから』で、自己の「自然」に従って三千代に愛を告白した代助は、彼女に対して物質的責任を負うことを当然の義務と感じている。そうして、その義務を十分に果しえないとする意識が、作品末尾における彼の動揺を齎している。三千代の保護者としての彼の絶対者意識の解体の兆であり、代助における、三千代と分ち得ない〈男性の孤独〉の発生として、その動揺を把握することが可能である。

（5）　作品『門』の主題及び構成上、〈告白〉（「自白」）という行為の持つ意味の決定的な重要性を指摘したのは、管見では粂田和夫「『門』論」（「日本文学」、一九七三・五）が嚆矢である。御米の宗助への「自白」を宗助への「投企」と見るこの論には実存主義哲学からの影響が色濃いが、御米の言動における主客一元化の把握という点で方向性としては首肯しうるものだ。反面、宗助の場合を「御米の愛の中への自己投企を放棄し、参禅へと自己投企を試みた」と見る視角は説得力が薄い。御米との関係性の中で生じた矛盾は、あく迄、御米との関係性の中で（本稿の方法に即して言い換えれば、「〈崖下の家〉の空間の中で」）解決されなければならず、宗助の参禅は、問題の回避に過ぎないからだ。又、粂田論のように、告白しない理由を「社会内存在として自立していかねばならぬ宗助」に求めるには宗助における社会意識は作品では余りに稀薄であるし、又、安井の存在に「社会」の意味を認めるならば（粂田論はこの点に言及しないが）、だからこそ御米への告白は、宗助が「社会」の中で生き抜くためにも唯一の支えとして必須不可欠の前提たるべきものである。それらの疑問はあっても、『門』作中での「告白」の意味の決定的重要性を指摘したプライオリテートは、飽く迄も粂田論に帰せられるべきものであるという筆者の立場に変りはない。『門』の研究史における、粂田論への言及が殆んど無いように思われるので敢えて注記する所以である。

（6）　作品第三章の弟小六をもてなす夕餉《げ》の場面で伊藤博文暗殺事件が話題に上り、「兎に角満州だの、哈爾賓《ハルピン》だのつて物騒な所ですね。僕は何だか危険な様な心持がしてならない」と小六が言い、宗助が「夫《それ》や、色んな人が落ち合つてるからね」と応じる場面で「此時御米は妙な顔をして、斯う答へた夫の顔を見た。」とあり、宗助もそれに気づいて、膳の片付けを御米に促し、護謨風船の達磨へと再び話題を戻す叙述があるが、これが「満州に行つたと云ふ」安井に関する「最後」の「音信《たより》」（十七）を踏まえた作品後半部への伏線であることは、既に指摘されている。

（7）　小宮豊隆『漱石の芸術』（岩波書店　昭17・12）。

（8）　拙論「『三四郎』論――美禰子・そのもう一つの画像をめぐり――」（『東海大学紀要　文学部』第四七輯　昭62・9、本書所収）。

『彼岸過迄』をめぐって——その中間領域性を中心に

作品『彼岸過迄』は、明治四十五年（一九一二）一月二日から四月二十九日にかけて『東京朝日新聞』及び『大阪朝日新聞』に発表されました。漱石は元旦に発表した文章「彼岸過迄に就て」[1]において「久し振りだから成るべく面白いものを書かなければ済まないといふ気がいくらかある。」と述べていますが、確かに前作『門』の連載が終ったのが明治四十三年（一九一〇）六月十二日のことなので、それ以来、おおよそ一年六ヶ月という月日が経過しています。東京朝日新聞に入社（明治四十年〈一九〇七〉三月十五日契約）した折の条件に一年に一回、長篇小説を執筆・発表するという趣旨の項目があったので、律儀な漱石が執筆の遅れを気にしていたことは、同じ文章の冒頭に「事実を読者の前に告白すると、去年の八月頃既に自分の小説を紙上に連載すべき筈だつたのである。ところが余り暑い盛りに大患後の身体を打通《ぶつとほ》しに使ふのは何んなものだらうといふ親切な心配をして呉れる人が出て来たので、それを好《い》い機会《しほ》に、尚二箇月の暇を貪《むさぼ》ることに取極めて貰つたのが原《もと》で、とう〳〵其二箇月が過去つた十月にも筆を執らず、十一十二もつい紙上へは杳《えう》たる有様で暮して仕舞つた。自分の当然遣るべき仕事が、斯う云ふ風に、崩れた波の崩れながら伝はつて行くやうな具合で、只だらしなく延びるのは決して心持の好いものではない。」と述べていることからも良く分かります。この引用文における「大患」が明治四十四年八月から十月にかけての〈修善寺の大患〉を指していることは、言う迄もありません。

更に同じ文章で漱石は、「自然派」とか「象徴派」とか「ネオ浪漫《ローマン》派《は》」とか「凡《すべ》て文壇に濫用される空疎な流行語を藉りて自分の作物《さくぶつ》の商標」とせず、「自分は自分であるといふ信念」に従って、「たゞ自分らしいものを書きたい」という抱負――いわゆる「自己本位」の信念を表白しています。それは又、漱石における、これから執筆しようとする小説『彼岸過迄』に対する抱負の表明として読み替えることが出来るものです。

　ところで「彼岸過迄に就て」という文章には、まだ注意しなければならない点があります。それは、この文章の最後で漱石が「かねてから自分は個々の短篇を重ねた末に、其の個々の短篇が相合して一長篇を構成するやうに仕組んだら、新聞小説として存外面白く読まれはしないだらうかといふ意見を持してゐた。(略)もし自分の手際が許すならば此の『彼岸過迄』をかねての思はく通りに作り上げたいと考へてゐる」と述べていることです。

　これは作品の構成方法への言及という点から、非常に重要な発言です。第一にそのようないわば、分割的な構成方法は、『三四郎』『それから』『門』という前期三部作の方法とは非常に異なる方法だからです。しかも、『彼岸過迄』を第一作とし、『行人』『心』と引き続く後期三部作は、総てこの方法で書かれています。けれども、『心』以後の作者晩年の二つの作品『道草』と『明暗』に至ると、漱石は再び前期三部作の一体的方法に戻っています。

　そこで作品『彼岸過迄』を特徴づけるこの方法は、まさに、後期三部作を特徴づける構成方法の誕生という意味で重要な訳であります。この点について漱石は、先に見たように「新聞小説として存外面白く読まれはしないだらうか」と説明しているだけですが、久し振りだから、なるべく面白い作品を書きたいという趣旨の、この文章の前半における漱石の発言とも併せて、読者サービス第一という点で、至極尤もと思われるこの発言の裏面には、もう少し複雑な事情が存在しているようです。

　と言うのも、作品『彼岸過迄』を特徴づけるこの方法は、さすがにそのような構成方法の最初だけに率直に言って余り成功しているとは思われない。後期三部作の最後の『心』における完成度の高い、整然とした構成ぶりを漫然と想い浮かべて見るだけでも、その違いは歴然としているように思われます。

そこで作品を具体的に見れば『彼岸過迄』におけるこの方法は、「結末」を含め、七つもの篇を連続させることとなって、既に屢々指摘されるように一見、必要以上に作品を散漫化し、冗長化しているように思われます。事実、各篇の間のつながり方は、殆んど狂言回し役田川敬太郎の気分次第で、しかも彼の気分は、「風呂の後」の登場人物森本が置土産にくれたステッキの「蛇の頭」の倒れる方向次第（「停留所」二十六）なのですから、実に好い加減です。

のみならず漱石は、先の文章の末尾でこの方法が「よし旨く行かなくつても、離れるとも即《つ》くとも片の付かない短篇が続く丈の事」であって「自分は夫《それ》でも差支へなからうと思つてゐる」と迄言って、周到に予防線迄張っている。相当の居直り方です。しかし、本当に「差支へなからうと思つてゐる」たら、原理的には、個々の短篇が一長篇を構成するという最初の目論見そのものが外《はず》れる訳なのだから、本当に失敗しても構わないと思っていた訳ではないでしょう。

事実、作品『彼岸過迄』は散漫でもあり、冗長でもあるが、確実に中心になる篇があり、それ以外の各篇はいずれは、そこに収斂されて行く構造になっている。作品は、田川敬太郎の気分宜しく、あっちへフラフラ、こっちへフラフラしながら、結局、落ち着くべき処に落ち着いて行く。その〈落ち着くべき処〉が七篇立ての最後から二番目（最初からは五番目）の「須永の話」であることは、言う迄もありません。そこで極くハンディな全集〈岩波新書版〉で各篇の頁数を調べて見ると、作品『彼岸過迄』が如何に「須永の話」に中心を置く作品であるかが、実に良く分かります。

「風呂の後」　二十五頁
「停留所」　八十頁
「報告」　三十二頁

「雨の降る日」　十八頁
「須永の話」　八十頁
「松本の話」　二十九頁
「結末」　三頁

先に「『彼岸過迄』が如何に「須永の話」に中心を置く作品であるかが実に良く分」る、と申し上げましたが、それが間違いではないことは無論ですが、同時に意外にも二番目の「停留所」の篇が「須永の話」と全く同じ頁数になっていることに気づかされます。あたかも中心が二つあるようです。これには何か理由があるのだろうか。この疑問への解答は、比較的易しい。それはこの篇において探偵役を務める田川敬太郎に観察される謎めいた二人ずれの男女の片割れの女と、彼の友人須永にまつわって登場する、未見の若い女という二人の女、それは結局は、須永の従兄妹の田口千代子という一人の女であることが後に判明するのですが、この作品のヒロイン役、田口千代子という存在を作品序盤にはっきりと浮び上らせて置くことが、先程見た「須永の話」に収斂する作品全体の構成から見て、バランスが良いから、ということである訳です。しかし、どうもそれだけでは無さそうです。つまり、作品『彼岸過迄』の内容に立ち入るに当って、「停留所」という篇には、どうやら何か作者の深い工夫が隠されているのではなかろうか、という疑いが起きるのです。そこで、この問題を頭におきつつ、先の七篇について順に検討してみたいと思います。

最初の「風呂の後」の篇は、今年の夏、「学校（＝東京帝国大学法科大学〈現東京大学法学部〉）を出た許《ばかり》」（「風呂の後」四）で三階建ての本郷台町の下宿の「三階」の部屋に住み、就職先をみつけるために奔走している青年田川敬太郎が、新橋の駅《ステーション》に勤める、根のない浮草のような人生を送ってきた森本という同宿人と交際する話です。敬太郎は、先にも一寸触れましたが、作品『彼岸過迄』全篇に亘る狂言回し的な人物で、この作品に出てくる色々な人物に会って話を聴く聞き役でもあります。そして彼には「人間の異常なる機関《からくり》が暗い闇夜に運転する有様を、驚嘆の念を以て眺めてゐたい」（「停留所」一）という、熱い好奇心があります。森本は、そのような彼に自分が実際に見聞した不思議な事実を幾つも語るのですが、何時《いつ》の間にか自分の持ち物を下宿にそっくり残し、半年分の下宿代を滞納した儘、どこかへ姿を消してしまいます。その後、差出人不明の手紙が敬太郎宛に届いたので開《あ》けて見ると、それは今は中国大連の電気公園で娯楽掛りをしている森本からのもので、自分の持ち物は下宿代替りに下宿の主人夫婦に遣り、敬太郎には、彼が手づから作った竹製の洋杖《ステツキ》を置土産に進呈する、という内容のものでした（「風呂の後」十二）。

「風呂の後」の内容は、こういうたわいのないものですが、この短かい篇には、既に作品全篇に亘る『彼岸過迄』の特徴が良く出ています。それは、この篇で敬太郎の出会った森本という人物が、自分について良く語る、ということです。作品『彼岸過迄』を、敬太郎を聞き役とする各人物の告白小説である、と考えると、その極致として「須永の話」がある訳ですから、一寸飛躍するようですが、どうしても作者の内面における告白衝動や自己処罰の欲求の昂進を仮定したい誘惑に駆られることになります。そうして、考えて見ると男性の自己告白という問題こそ、漱石後期三部作の最大の特徴なのです。そうして見ると、田川敬太郎なる人物が視点人物でも語り手でもなく、中途半端な聞き役として登場させられたことの意味が良く分ります。そういう意味で作品『彼岸過迄』は、間接的な男性告白小説なのだ、と言えるでしょう。そして、その告白を実行するのは、四番目の「雨の降る日」が千代子の体験談であることを除いて、他はすべて、男性であり、その中心が須永なのです。ここに、先に提出した男性告白小説の原型としての『彼岸過迄』の画期の位置があるのです。

さて、「風呂の後」の内容は、先にも触れたように単純なものですが、そこには、森本という人物が自分について良く語るという、作品『彼岸過迄』の特徴が既に示されている上に一寸重要な小道具が登場します。それは、敬太郎への置土産として森本が呉れた洋杖《ステツキ》です。この洋杖は、狂言回し役敬太郎の採るべき行動の「方角を教へる指標《フヒンガーポスト》」（「停留所」二十六）として物理的に機能している許りでなく、作品『彼岸過迄』の読者に、この作品の読み方を教える一種、象徴的な「指標《フヒンガーポスト》」としても機能している、と見られる点で重要だと思います。事実、この洋杖《ステツキ》は、次の篇の「停留所」になると、敬太郎の意識を超えて、様々な意味を帯びて登場することになります。そこで、私達も一先ずこの洋杖を指標《フヒンガーポスト》として、作品『彼岸過迄』の展開を辿って見ることにしたいと思います。

＊

「停留所」という篇は、敬太郎の大学での友人須永市蔵を介して須永の叔父の実業家田口要作に就職先の斡旋を依頼し、田口から「今日の四時と五時の間に三田方面から電車に乗つて、小川町の停留所で降りる」「眉と眉の間に大きな黒子《ほくろ》がある」「四十格好の男」（停留所二十一）（これが須永のもう一人の叔父松本恒三であることは「報告」の篇で分ります）の以後一、二時間の行動を探偵しろ、という課題を与えられて、日暮れ方の小川町停留所に赴き、目当ての男（松本）と、停留所で彼を待っていた若い女（実は田口の娘千代子）を発見し、彼等二人の行動を探る、という内容です。これは、敬太郎が探偵という職業に興味を持っていることを須永から聞いて田口が思いついた一種のイタズラなのですが、そのようなイタズラに松本共々さんざんに翻弄された挙句、敬太郎は、その見返りとして田口から適当な就職口を斡旋するという約束を取り付けることに成功する。そして、このようなラッキーな結果に至る迄のプロセスにおいて、森本が敬太郎に呉れた洋杖が潜在的に大きな役割を果しています。

　そこで「停留所」の篇におけるこの洋杖の果した役割を辿って見ると、それは第一に次のような存在として具体的に描写されています。

此洋杖《ステツキ》は竹の根の方を曲げて柄《え》にした極めて単簡《たんかん》のものだが、たゞ蛇を彫つてある所が普通の杖と違つてゐた。尤も輸出向に能く見るやうに蛇の身をぐる〳〵竹に捲き付けた毒々しいものではなく、彫つてあるのはたゞ頭丈《だけ》で、其頭が口を開けて何か呑み掛けてゐる所を握《にぎり》にしたものであつた。けれども其呑み掛けてゐるのが何であるかは、握りの先が丸く滑つこく削られてゐるので、蛙だか鶏卵《たまご》だか誰にも見当が付かなかつた。（略）（「停留所」五）

森本の呉れた洋杖《ステツキ》は、敬太郎には「近いうちに終りを告げる」だろう森本の憐れな「運命」（「停留所」六）を象徴するものとして受け留められて、その結果、次のような感慨を敬太郎に与えています。

さうして多能な彼の手によつて刻まれた、胴から下のない蛇の首が、何物かを呑まうとして呑まず、吐かうとして吐かず、何時迄も竹の棒の先に、口を開《あ》いた儘喰付《くつつ》いてゐるとする。――斯ういふ風に森本の運命と其運命を黙つて代表してゐる蛇の頭とを結び付けて考へた上に、其代表者たる蛇の頭を毎日握つて歩くべく、近い内にのたれ死をする人から頼まれたとすると、敬太郎は其時に始めて妙な感じが起るのである。彼は自分で此洋杖《ステツキ》を傘入の中から抜き取る事も出来ず、又下宿の主人に命じて、自分の目の届かない所へ片付けさせる訳にも行かないのを大袈裟ではあるが一種の因果のやうに考へた。（略）（六、傍線筆者、以下同じ）

抑もこの竹で出来た「蛇の頭」の洋杖は胴体がありません（「頭」ですから当然ですが）。その上に「何物かを呑まうとして呑まず、吐かうとして吐かず（略）口を開いた儘喰付《くつつ》いてゐる」ます。このような、まとまった形を取らない「蛇の頭」の中途半端なイメージは、敬太郎における「此洋杖《ステツキ》を傘入の中から抜き取る事も出来ず、又(略)片付けさせる訳にも行かない」という未決定とも言うべき心理状態とも呼応しています。片付かないとか、未決定とか、又、何方《どつち》つかずの中間領域性(=境界領域性)とか、一層くだいて言えば、中途半端性とか表現されるべきまとまりの解体が、この洋杖にまつわりついているイメージの特性なのですが、唯、まとまりや形の単なるバラバラではなく、一つのまとまりが二つの対立的概念への分裂として現われている処に、この杖のイメージをめぐる解体の特性があります。要するに、対立する概念の対立性を、片付かなさや中途半端性という中間領域性をクローズアップすることで曖昧化し、その区別を解体するところに、「蛇の頭」の洋杖の役割があります。これを『彼岸過迄』という作品の全体構造のうちに戻すと、〈男〉と〈女〉の性的差異性を解体して、その両者に共通する〈人間〉という曖昧ではあるが「暖たかい」中間領域を浮び上らせるのが、この洋杖の役割であるという風に読めてくるのではないか、と思うのです。そうして、こういう役割を持つ洋杖のイメージは、田口となかなか会えないので業《ごう》を煮《に》やした敬太郎が飛び込んだ東京の周縁の空間としての隅田川べり、それも江戸文化の面影の残る蔵前という土地のその名も古めかしい「文銭占い《ぶんせん》」の婆さんの次のようなアドバイスの言葉としても、作品に承《う》けつがれて行く。

貴方は①自分の様な又他人の様な、②長い様な又短かい様な、③出る様な又這入る様なものを持つて居らつしやるから、今度事件が起つたら、第一にそれを忘れないやうになさい。左様《さう》すれば旨く行きます。(「停留所」十九)

敬太郎が「文銭占い」の婆さんの語った傍線部の三ヶ条(①〜③)に該当するものが森本の遺した洋杖であることに思い至るのは、田口からの指示を受けた彼が、小川町停留所へ出かける直前のことですが、そこでは「自分の

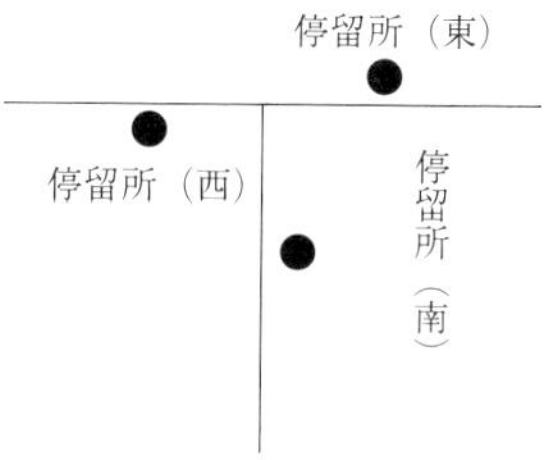

図（一）小川町停留所概念図

様な又他人の様な」という言葉は、「自分の所有の様な又森本の所有の様な、持主の何方《どっち》とも片付かない」という意味、「長い様な又短かい様な」という言葉は、「胴のない鎌首だから、長くなければならない筈だのに短かく切られてゐる」という意味、「出る様な又這入る様な」という言葉は、「鶏卵《たまご》とも蛙とも何とも名状し難い或物が、半《なか》ば蛇の口に隠れ、半《なか》ば蛇の口から現はれて、呑み尽されもせず、逃れ切りもせず、出るとも這入るとも片の付《つか》ない」という意味として解読されるに至っています（「停留所」二十三）。

ともあれ、婆さんのアドバイスに従って、この洋杖を持って小川町停留所迄遣って来た敬太郎は、そこで将《はた》と当惑する。というのは、図（一）に示したように当時の小川町交叉点には同名の停留所が二つ（正確にはT字路の頂点の南に、もう一つ美土代町前に停留所があって、合計三ヶ所。〈高木文雄「小川町停留所――『彼岸過迄』断面――（付「ルナパークの後」考）」〈『漱石の命根』〈平14・9、桜楓社〉〉所収）[2]あって、一つはT字路型交叉点の東側、一つは同じく西側に、前者は東西に走る靖国通りの北側、後者は同じく南側に長い対角線上に交叉点を挟んで斜めに向き合う形で存在していたからです（因みに電車は左側通行です）。その上、この東西二つの停留所間の距離は「一町には足りない位だが、幾何《いくら》眼と鼻の間だからと云つて、一方丈《だけ》を専門にしてさへ覚束ない彼の監視力に対して、両方共手落ちなく見張り終《おほ》せる手際を要求するのは、何《ど》れ程《ほど》自分の敏腕を高く見積りたい今の敬太郎にも絶対の不可能であつた」（「停留所」二十五）から敬太郎は当惑したのです。この時、敬太郎を救ったのが森本の洋杖――正確にはその握《にぎり》に彫られた「蛇の頭」の倒れた方向であったのです。

つまり、眼の前に電車の停ったのに気づかない位、「此所（西側の小川町停留所）にゐやうか彼所《あつち》へ行かうかと迷つてゐた」敬太郎を「突き除《の》ける様にして」電車に飛び乗った青年が敬太郎の手から振り落さした洋杖の「蛇の頭が偶然東向《ひがしむき》に倒れてゐる」のに気づいた敬太郎は、同時に「其頭の恰好《かつかう》を何となしに、方角を教へる指標《フヒンガーポスト》の様に感じ」、「矢つ張り東が好からう」（「停留所」二十六）と心に決めて東側の停留所に移動したことが、事実、東側の停留所で降りた松本を発見する必須の契機となったからです。

要するに漂浪者森本が敬太郎に遺して行った「蛇の頭」の洋杖は、実業家田口が敬太郎に与えた任務を不十分ながら遂行し、次の「報告」の篇でその一部始終を田口に報告し、従って又、敬太郎が就職にありつく前提を築いてくれた貴重な「指　標《フヒンガーポスト》」として機能した訳です。

そして再び話を作品に戻すと、この洋杖は、「停留所」の篇でその後、二人の男女を尾行する敬太郎と共に、洋食屋に入り、又、洋食屋を出、男が女と別れて電車に乗ると、彼を尾行する敬太郎と共に電車に乗り、男が終点で下車して雨の中で人力車をつかまえると、敬太郎と共に又、人力車に乗り、やがて矢来町の坂下で男の俥《くるま》を見失った敬太郎と共に激しい雨の中で途方に暮れることになります。「停留所」での洋杖の役割は、ここ迄ですが、ここで敬太郎と洋杖は、人と物との区別を失って殆んど一体とさえなっている。普通なら洋杖の「指　標《フヒンガーポスト》」としての効力の喪失をここに見るのですが、敬太郎は寧ろ洋杖に「魅入られ」て、松本を見失った矢来の坂の下で怪しい夢を見た様に錯覚する自分に酔った気分になっていたことが、次の「報告」の篇の冒頭部分で良く分かります。

眼が覚めると、自分の住み慣れた六畳に、何時《いつ》もの通り寐てゐる自分が、敬太郎には全く変に思はれた。昨日《きのふ》の出来事は凡《すべ》て本当の様でもあつた。又纏まりのない夢の様でもあつた。もつと綿密に形容すれば、「本当の夢」の様でもあつた。酔つた気分で町の中に活動したといふ記憶も伴なつてゐた。夫《それ》よりか、酔つた気分が世の中に充ち充ちてゐたといふ感じが一番強かつた。停留所も電車も酔つた気分に充ちてゐた。宝石商も、革屋も、赤と青の旗振りも、同じ空気に酔つてゐた。薄青いペンキ塗の洋食店の二階も、其所に席を占めた眉の間に黒子《ほくろ》のある紳士も、色の白い女も、悉く此空気に包まれてゐた。二人の話しに出て来る、何処にあるか分らない所の名も、男が女に遺る約束をした珊瑚の珠も、みんな陶然とした一種の気分を帯びてゐた。最も此気分に充ちて活躍したものは竹の洋杖《ステツキ》であつた。彼が其洋杖を突いたまゝ、幌《ほろ》を打つ雨の下で、方角に迷つた時の心持は、此気分の高潮に達した幕前の一区切《ひとくぎり》として、殆ど狐から取り憑《つ》かれた人の感じを彼に与へた。彼は其時店の灯《ひ》で佗《わ》びしく照らされたびしよ濡れの往来と、坂の上に小さく見える交番と、其左手にぼんやり黒くうつる木立とを見廻して、果して是が今日の仕事の結末かと疑ぐつた。彼は已《やむ》を得ず車夫に梶棒《かぢぼう》を向け直させて、思ひも寄らない本郷へ行けと命じた事を記憶してゐた。（「報告」一）

ここにロマンチスト(3)としての敬太郎の性質が良く出ているのですが、「蛇の頭」を持つ洋杖は、敬太郎にとって、もはや彼のロマンチックな夢想を現実化する「不思議な謎の活きて働らく洋杖《ステツキ》」（「報告」三）として、一種の神秘的存在に迄なって了った訳なのです。

この事態を敬太郎の心理に即して具体的に辿れば、敬太郎は、「暖たかい血を有《も》つた青年」であるが故に「肉体上の関係」という観察点から「男女《なんによ》を眺めるときに、始めて男女《なんによ》らしい心持が湧いて来る」（「報告」五）と考える青年であり、「蛇の頭」を持つ洋杖《ステツキ》は、そのような男女をめぐる「不思議な謎」を夢想させてくれる媒介物であったが故に、彼にとって最早、掛けがえのない存在となったという風に読むことができます。そういう意味で彼の洋杖に寄せる想いは、ここで、作品『彼岸過迄』のプロットを推進する原動力とさえなっている、と言えるのではないでしょうか。

そこで、「停留所」という篇は、見様によっては、敬太郎の「暖たかい血」と一体化した「蛇の頭」の物語と名づけられても良いのではなかろうか。そして、そこには、「男女《なんによ》らしい心持」を何よりも「肉体上の関係」即ち「暖たかい血」の関係を中心として捉えようとする敬太郎の夢が仮託されています。そして、ここで一番面白いのは、敬太郎というヒトと、洋杖というモノとの境界が曖昧化して行っているところです。「蛇の頭」の洋杖や、婆さんの予言に現われた二つの対立概念の曖昧化という一貫した傾向はヒトとモノとの境界の曖昧化に迄及んだ訳ですが、実は、そこが一番面白いところです。この凡《あら》ゆる概念や物事の、対立する境界線を曖昧化し、対立のなり立たない中間領域の面白さを浮き彫りして行くという趣向こそ、作品『彼岸過迄』を貫く面白さの根本であり、あの序文「彼岸過迄に就て」で作者漱石の表白した「成るべく面白いものを書かなければ済まない」という気持の現実化した「面白いもの」の実体のように思われてなりません。

　そして、そのような意味での面白さを象徴する具体的なモノとしてあるのが、敬太郎が森本から譲られた「蛇の頭」を持つ洋杖《ステツキ》であり、それに対する解説として、蔵前河岸《かし》の文銭占いの婆さんの言葉があったことを考えますと、この文銭占いの婆さんの言う三ヶ条、「自分の様な又他人の様な」、「長い様な又短かい様な」、「出る様な又這入る様な」という三つの規定は、単に「蛇の頭」の洋杖《ステツキ》と敬太郎との関係を指すのみではなく、作品全篇の趣向や構造を指し示す、重要な意味を持つものとして改めて蘇《よみがえ》って参ります。

　例えば、ごく恣意的に解釈しても、「自分の様な又他人の様な」は、「蛇の頭」の洋杖に象徴されるものが、敬太郎であったり、須永であったり、又、千代子であったり、男であったり、女であったりしても良い訳です。と言うのも、須永が蛇であることは、あの松本の須永への批評としての「内へとぐろを捲き込む性質《たち》」（「松本の話」一）という言葉で明らかですが、それは〈思考〉というものに至上の価値を置く〈ロゴス〉の蛇の属性である。しかし、半面「蛇」はもと女性性即ち〈エロス〉の象徴として機能する語ですから、須永に執着する千代子も又、「蛇」と考えても良いからです。そして、作品の以後の展開を辿って見ると、男である須永が嫉妬深くて、女っぽく、女である千代子が須永への批判を提起する（「須永の話」三十五）という意味で論理的かつ倫理的で男っぽい、という様に〈男〉と〈女〉という対立概念の解体が――つまり、男の中に女がいて、女の中に男がいるという境界領域の重層性が出現しています。

「長い様な又短かい様な」という婆さんの言葉の第二規定は、洋杖の形状を指し示す語である許りでなく、既に見た序文「彼岸過迄に就て」における、作者の言う「個々の短篇を重ねた末に、其の個々の短篇が相合して一長篇を構成する」という作品の構成方法をも指していることは、明らかでしょう。「出る様な又這入る様な」は、これ又、既に見たように、二つの対立する概念や物事の、一方に片付かない中間領域性や境界領域性、つまり未決定性や猶予性《モラトリアム》こそ、作品『彼岸過迄』の眼目、狙《ねら》い、意図であることを示唆している、と読むことができるのではないでしょうか。それをプロットや主題に置き換えれば、須永と千代子の永遠の並行関係――「松本の話」に拠れば、

彼らが夫婦になると、不幸を醸す目的で夫婦になつたと同様の結果に陥いるし、又夫婦にならないと不幸を続ける精神で夫婦にならないのと択《えら》ぶ所のない不満足を感ずるのである。（「松本の話」一）

と云うような、永遠に解決の付かない男女関係の未決定性や〈中途半端性〉、猶予性《モラトリアム》こそが、「須永の話」の方法であり、主題であることを示唆している、と言って良いでしょう。

このような「須永の話」の主題、ひいては作品の主題や構成方法の捉え方は、右の松本の話に従う限り、ごく一般的な捉え方でもある訳ですが、実は、そのような捉え方は、「須永の話」、ひいては作品の主題や構成方法の半分を覆《おお》うものに過ぎないのではないか。と言うのも、ここに、継子《ままこ》、継母《ままはは》の基本設定の意味の考察が欠如しているからです。

つまり、須永が実は須永の父が小間使いに生ませた庶子である、という設定（「松本の話」五）です。須永と千代子の〈男〉としての個人と、〈女〉としての個人の対立を純粋に追求しようとしたのであれば、作者が須永を庶出

の子として設定する訳がありません。そして、既に庶出の子として設定している以上は、母の思惑がどうあろうと須永と千代子の問題を作品において純粋に〈個〉と〈個〉の問題として追求するには限界がある筈です。

つまり、これは、どうしても作者が須永と千代子を永遠の並行関係に置くためになされた設定であるとしか思われない。それも、前近代的な戯作的設定です。歌舞伎的な御家乗取り騒動の匂いさえします。端的に云って、作品『彼岸過迄』には、前近代的な戯作性と近代の小説性とが仲良く同居していて、渾然一体化しています。作品『彼岸過迄』と『虞美人草』との共通性を指摘する先行論の多いのも偏えにこの事情によると思われます。つまり作品『彼岸過迄』では、江戸的要素と近代的要素が、本来、対立すべきものでありながら、その対立性が曖昧化、重層化され、これ又、未決定性や境界領域性が前面に立ち現われてきているのです。ジャンル論的に整理して言えば、作品『彼岸過迄』では、小説と戯作というジャンルの対立性が解体され、仲良く共存しているのです。

だから作品『彼岸過迄』は、小説であって、且つ戯作です。そして、ここで言う「小説」、「戯作」の語に、少なくとも作者の意識において、上下の価値的等級性が付与されている訳ではありません。こうして見ると、「須永の話」は、作品『彼岸過迄』において近代小説的な一面を象徴する篇の如く考えられていますが、その須永は、既に自分が庶子であることを知っているのに、敬太郎にはそれを隠して、千代子と自分との関係を語っているのですから、純粋な近代（告白）小説の体をなしていないとも言えるのです。

作品『彼岸過迄』の主題や構造が収斂する「須永の話」をめぐる以上の事情は、『彼岸過迄』が、近世、近代の二つの文学ジャンル及び主題の重層性や、広く言えば、近世的近代的という二つの概念の差異性を解体した境界領域の文学である、ということを示唆しています。それは、〈男〉と〈女〉の対立を解体、曖昧化し、差異性より共通性、若《も》しくは特殊性より普遍性を炙《あぶ》り出そうとする「須永の話」を取り囲む、作品の入子型構造の最も外側の基本的な認識の枠組と言って良いでしょう。そして、それ等総ての事象の象徴として「蛇の頭」を持つ洋杖《ステツキ》が、作中に君臨しているのです。

*

「停留所」という篇における「蛇の頭」を持つ「洋杖」の役割は、以上のような演繹的思索に迄、私達を導く訳ですが、作品の具体的展開に話を戻せば、この洋杖は、「停留所」の篇の末尾で敬太郎が松本を訪ねて小川町停留所での彼と田口千代子とのデートの真相を聞く段や、「雨の降る日」の篇で、松本が雨の降る日に客に会わない理由としての末娘宵子の突然死の話を千代子が無人称の語り手に仮託して敬太郎や須永に語る前提としても登場しますが、何と言っても次の「須永の話」における役割が注目されるところです。そこでは第一に、この洋杖《ステツキ》は、敬太郎が須永から話を聞きだす媒体として登場しているからです。これは、二回あります。第一に、江戸川べりの川甚という今もある川魚料理屋の座敷で敬太郎が須永から話を引き出す前提として。第二に、その後、二人が柴又の帝釈天の境内を出て駅《ステーション》の茶店で、敬太郎が須永から残りの話を引き出す前提として。順に本文を引用して見ます。

話しは斯んな風に、御互で引き摺る様にして段々先へ進んだが、愈《いよ〳〵》際どい所迄打ち明けるか、左もなければ題目を更《か》へるより外に仕方がないといふ点迄押し詰められた時、須永はとう〳〵敬太郎に「又洋杖《ステツキ》を持つて来たんだね」と云つて苦笑した。敬太郎も笑ひながら縁側へ出た。其所から例の洋杖《ステツキ》を取つて又這入つて来たが、「此通りだ」と蛇の頭を須永に見せた。（「須永の話」二）

須永も其所に気が付いた。

「話しが理窟張《ば》つて六づかしくなつて来たね。あんまり一人で調子に乗つて饒舌《しやべ》つてゐるものだから」

「いや構はん。大変面白い」

「洋杖《ステツキ》の効果《きゝめ》がありやしないか」

「何うも不思議にあるやうだ。序でにもう少し先迄話す事にしやうぢやないか」

「もう無いよ」

須永はさう云ひ切つて、静かな水の上に眼を移した。敬太郎も少時《しばらく》黙つてゐた。

（略）何うしてもまだ話の続きがあるに違ないと思つた敬太郎は、今の一番仕舞の物語（千代子が結婚が極まったと嘘を吐き、須永に衝撃を与えた話―筆者注）は何時頃《いつごろ》の事かと須永に尋ねた。それは自分の三年生位の時の出来事だと須永は答へた。敬太郎は同じ関係が過去一年余りの間に何ういふ経路を取つて何う進んで、今は何《ど》んな解決が付いてゐるかと聞き返した。須永は苦笑して、先づ外へ出てからにしやうと云つた。二人は勘定を済まして外へ出た。須永は先へ立つ敬太郎の得意に振り動かす洋杖《ステツキ》の影を見て又苦笑した。

柴又の帝釈天の境内に来た時、彼等は平凡な堂宇を、義理に拝ませられたやうな顔をしてすぐ門を出た。さうして二人共汽車を利用してすぐ東京へ帰らうといふ気を起した。停車場《ステーシヨン》へ来ると、間《ま》だ怠るこい田舎汽車の発車時間にはまだ大分《だいぶ》間《ま》があつた。二人はすぐ其所にある茶店に入つて休息した。次の物語は其時敬太郎が前約を楯に須永から聞かして貰つたものである。――（同十三）

しかし、「蛇の頭」の洋杖《ステツキ》の、「須永の話」における役割は、無論、以上の様な須永の話を引き出すというプロット推進上のきっかけとしての役割のみではありません。須永の告白の内容、すなわち、従兄妹《いとこ》田口千代子と須永との関係、彼女と彼との関係から生れる須永の苦悩のあり方が「蛇の頭」というイメージによって象徴されている、と考えられるからです。

須永は千代子に深く牽かれています。同時に千代子を深く恐れています。何故恐れるかと言うと、千代子の純粋で強い感情を恐れているのです。そのような須永と千代子の関係を須永は「恐れない女と恐れる男」(「須永の話」十二)の対立である、と定義しています。ここ迄が「須永の話」の須永の告白の前半です。あの川魚料理屋川甚《かわじん》の座敷での告白の内容です。

しかし、「恐れない女と恐れる男」の対立と説明されても、実は分ったようで分らない。更に須永は「恐れないのが詩人の特色で、恐れるのが哲人の運命である」(同)と説明していますが、それでも良く分らない。この須永の話のよく分らない点については、須永の告白の聞き手田川敬太郎の感想を引いて見ると、よく分ります。

須永の話の末段は少し敬太郎の理解力を苦しめた。事実を云へば彼は又彼なりに詩人とも哲学者とも云ひ得る男なのかも知れなかつた。然し夫《それ》は傍《はた》から彼を見た眼の評する言葉で、敬太郎自身は決して何方《どっち》とも思つてゐなかつた。従つて詩とか哲学とかいふ文字も、月の世界でなければ役に立たない夢の様なものとして、殆んど一顧に価《あたひ》しない位に見限《みかぎ》つてゐた。其上彼は理窟が大嫌ひであつた。右か左へ自分の身体を動かし得ない唯の理窟は、いくら旨く出来ても彼には用のない贋造紙幣と同じ物であつた。(「須永の話」十三)

敬太郎の感想は、平凡のようですが、須永の告白の形式性を良く衝いています。つまり、敬太郎は、既に前出「報告」の章に示されていたように、「暖たかい血を有《も》つた青年」として、「肉と肉の間に起る此(秘密の)関係」即ち田口の云う「肉体上の関係」という「観察点から男女《なんにょ》を眺めるときに、始めて男女《なんによ》らしい心持が湧いて来る」(「報告」五)と考える青年だったので、「詩人」とか「哲人」とか云う言葉を持ち出して自分と千代子との関係を

「恐れない女と恐れる男」との対立として説明する須永の説明の仕方、即ち〈愛〉という男女関係の本質から「肉体」の問題を捨象する須永の説明の仕方に、ある胡散臭《うさんくさ》さを感じ取っているのです。この「肉体」の問題が捨象されているから、須永の説明は、形式的であり、単なる「理窟」でしかない、と敬太郎は感じている訳です。

　そして、この「肉体」の問題の捨象こそ、須永の千代子観、ひいては須永の自己認識――ひっくるめて「頭《ヘッド》」（「須永の話」二十八）のみで考えた〈男女観〉の、否定することのできない空白領域であると言って良いでしょう。「胴体」を持たない「蛇の頭」の洋杖のイメージが、須永におけるそのような「肉体」の契機を欠いた自己認識や世界認識（＝男女観）のあり方の的確な隠喩でもあったことは殆んど否定すべくもありません。

　須永が千代子に〈愛〉を感じえないのも、――須永への千代子の言動を「親切」（「須永の話」三十）とは感じえても、〈愛〉とは感じえないのも、実は、その須永の自己認識の空白領域としての〈肉体〉の問題の捨象があるからです。田川敬太郎の、須永の告白を単なる「理窟」と見る直感的批判は、だから、あく迄も原理的に正しいのです。しかも、須永の自己認識や千代子認識から〈肉体〉の問題――田川敬太郎によれば〈愛〉の問題が捨象され、欠落せしめられているにも拘わらず、須永は既に千代子を無意識（＝肉体）の世界で深く愛しており、千代子は、と言えば、須永を意識的自覚的に（＝精神的肉体的に）愛しているのですから、須永と千代子の間に愛が成立せず、二人が結婚できないのは、須永において〈肉体〉や〈愛〉の問題が意識化されていないからである、ということになるのではないでしょうか。

　しかし、須永が幾ら〈肉体〉の問題に封印を施そうと、須永が人間であり、とりわけ敬太郎と同じように「暖たかい血を有《も》つた青年」である以上、肉体を持った若い男であるという事実から逃げることは出来ません。須永と敬太郎が柴又の帝釈天を出て駅の茶屋に席を移してからの須永の告白の後半の内容は、正にこの封印され、無視された須永の肉体の、須永の精神への復讐の劇と呼ぶべきものであるのは、その意味では当然ではないでしょうか。

須永の肉体の須永の精神への復讐の劇とは、千代子をめぐる、もう一人の男性、高木の出現をきっかけとして発生した、須永の心の内における「嫉妬心」と須永の理性との闘いの問題に外なりません。ともあれ、「須永の話」第十六章以下における原文を引用する迄もなく、須永は、この「嫉妬心」を「嫉妬心」としてはっきり意識化しています。しかし、不思議なのは千代子への愛を意識の外に追放することの出来た須永が、愛の双生児と言って良い「嫉妬心」を平然と（！）意識の世界に受け入れていることです。須永自身は、この「嫉妬心」を「存在の権利を失った嫉妬心」（「須永の話」十七）と客観的に認めて、「腹の中で苦悶」し始めるのですが、確かに〈愛〉と同じく〈肉体〉や〈愛〉の異名である「嫉妬心」が、須永の心の中で燃え出した時（「須永の話」十六）、須永がそれを〈精神〉の世界から追放し、〈愛〉に対してなしたと同じように平然と無視しえなかったのは、不思議です。

　単純化すれば〈愛〉を無視して平気である須永が、どうして〈愛〉のもう一つの現われとしての「嫉妬心」に、かくも意識的に敏感なのでしょう。しかも、「嫉妬心」を意識の世界に上《のぼ》せる位なら、千代子に対する〈愛〉を何故意識化しえないのでしょう。それは、人は嫉妬を媒介として〈愛（恋）〉に目覚める、というスタンダールの三角関係《トライアングル》の理論（『恋愛論』）に該当する心理のようであって、実は、その逆を行っているような事態（〈愛〉の欠如の自覚）なのではないでしょうか。

　そして、この須永の心理は、複雑なようであって、実は単純なのではないでしょうか。須永は、千代子を見下《くだ》し、無視し、軽蔑することは出来た（「須永の話」三十四、三十五参照）。なぜなら、観念の世界で千代子は既に須永のものであったからです。けれども、高木を見下し、無視し、軽蔑することは出来なかった。なぜなら、高木は観念の世界をはみ出す現実の存在であったからです。

　しかし、事態の真相は、もっと凶々しいニュアンスを帯びています。なぜなら、〈男〉高木は、〈男〉須永と同じように、〈女〉に対する〈絶対者〉でありつつ、須永と対等な〈他者〉であったからです。しかも〈絶対者〉たることを当然と心得る須永に対し、千代子の言にあるように〈女〉に対し「紳士」（「須永の話」三十五）として振舞い、〈女〉を〈男〉と対等に扱う（かに見える）高木は、須永にとって、〈女〉の歓心を買うことに長《た》けた偽善者として嫌悪されつつも、それ故に一層うち克ち難い〈他者〉と見えたことは、自然ではないでしょうか。こうして、〈他者〉としての高木に対する〈嫉妬心〉は意識化されざるを得ず、既に自己の一部となっている千代子に対する〈愛〉は意識化されない、という須永の観念の世界のカラクリの一端が判明して来たと言えるかと思います（剰《あまつさ》え高木に対する須永の「嫉妬」は、千代子に対する「嫉妬」として彼女に看破されてさえいます）。

しかし、既に周知のように、「須永の話」における男性須永の告白の最も悲劇的な部分は、須永のこの絶対者としての観念的世界が、須永における内と外との現実の脅威にさらされ、その固い防壁を打ち破られ、内にあっては今迄無視することを許されてきた千代子への愛が自覚され、外にあっては今迄観念の世界で無意識に須永の所有であった筈の千代子が、彼の所有から解き放たれ、客観的存在としての他者性を確立するに至ったところにあります。

先ず、この前段の須永における千代子への愛の自覚の最も鋭い相は、高木への「嫉妬心」を媒介としての、千代子の「技巧《アート》」への猜疑として目覚《めざ》めています。

> 僕は技巧《アート》といふ二字を細かに割つて考へた。高木を媒鳥《をとり》に僕を釣る積《つもり》か。釣るのは、最後の目的もない癖に、唯僕の彼女に対する愛情を一時的に刺戟して楽しむ積《つもり》か。或は僕にある意味で高木の様になれといふ積《つもり》か。さうすれば僕を愛しても好いといふ積《つもり》か。或は高木と僕と戦ふ所を眺めて面白かつたといふ積《つもり》か。又は高木を僕の眼の前に出して、斯ういふ人がゐるのだから、早く思ひ切れといふ積《つもり》か。——僕は技巧《アート》の二字を何処迄も割つて考へた。さうして技巧《アート》なら戦争だと考へた。戦争なら何うしても勝負に終るべきだと考へた。（「須永の話」三十二）

ここで、千代子の「技巧《アート》」への疑いというこの一文の趣旨が、その儘意識せざる須永の千代子への〈愛〉の告白となっているところが重要です。そこ（＝愛）に須永の精神の基層のあることが証明されているからです。しかし、それと共に、この文章の直前に、ここではわざと省いたのですが、「けれども若し親切を冠《かむ》らない技巧《アート》が彼女の本義なら……。」という一文が置かれていることが一層重要です。なぜならこの「けれども」という接続詞は、何のきっかけもなく置かれたもので、それ故に、疑い深さが須永の本質であることを示しているからです。そして、それ（「けれども」）は、鎌倉から母を送って自宅に来た千代子が高木の名前を口に出さないのを「親切」と理解しつつ、反面、疑ったというコンテクストにおいて、不図萌したものなのですから、益々論理的必然性の無いものなのです。このような「けれども」は、最早、論理としての意味を失っている。つまり、「けれども」によって、以後、自らの認識世界を形成する須永は、〈感情〉を論理と錯覚している訳です。にもかかわらず、確かに、この「けれども」は、高木――千代子――須永のトライアングルの関係、具体的には〈嫉妬〉から発せられたもののようにも見えますが、それでは、須永という人物の〈精神〉が余りにも矮小化されてしまう恐れがあるのではないでしょうか。

既に須永の絶対者意識、観念の世界における千代子の所有、高木への「嫉妬心」と須永の千代子への愛の無意識性、須永の〈肉体〉（＝感情）の須永の〈精神〉（＝論理）への復讐劇、そして〈他者〉としての千代子の出現――等々、多様な視角から須永という〈男〉の精神の構造を辿ってきた私達は、ここで、最後に須永の精神と肉体、意識と無意識、認識と実践の不一致を衝く「貴方は卑怯だ」（「須永の話」三十四）という千代子の須永批判の意味に移らなければならないところなのですが、それ故にこそ、ここで須永を理解するためのもう一つ最後の観点を顧みる必要があるのではないでしょうか。

それは、抑《そもそ》も〈ロゴス〉や〈精神〉に執する須永は、〈女性〉を疑い、〈愛〉を疑い、〈人生〉を疑い、それ故に〈生命〉そのものを疑っている究極的な厭生家ではないのか、と云う観点です。だから、彼は〈エロス〉を疑い、〈肉体〉を疑い、且つ、それらを呪詛しているのです。云いかえれば、彼は完全無欠な〈精神〉の世界を冀《こいねが》うが故に、〈生命〉を生む、すべての女性的なもの、肉体的なものを呪詛しているのです。そこから、彼の〈ロゴス〉（＝精神）万能への憧憬《どうけい》と、〈行為〉の不能という特性が生れてきます。

　彼が不義の子であり、〈母〉のいない存在であり、母即ち義母という秘密を抱えた存在であることも、それと関わっていると言えるでしょう。

　要するに須永は、あのマドンナの〈エロス〉の力への敗北を予覚して清のもとに帰る主人公を描いた『坊つちゃん』の作者漱石のように[4]、又、『虞美人草』で幽霊のような、男性主人公にして哲学者（！）である甲野を描いた漱石のように、一切の女性原理的なもの、エロス的なもの、この世的なものを呪い、自分自身の肉体をさえ呪う厭世的人物なのではないでしょうか。そういう意味で、須永は漱石の究極の分身ではないでしょうか。そのような作者の分身としての須永の孤独は、「貴方は卑怯だ」（「須永の話」三十五）という千代子の批判を超えて生き続けてゆき、『行人』を経て『心』の先生の自殺に迄至るのです。千代子の須永批判の意味は、つまるところ、そのような意味での厭生主義者須永における〈肉体〉の問題の捨象、その結果としての精神と肉体の分裂をこそ指し示していると言っても過言ではないでしょう。

＊

　ところで、以上の読み方は、御覧のように「須永の話」を近代小説的に読んだ読み方です。そこからは、継母《ままはは》、

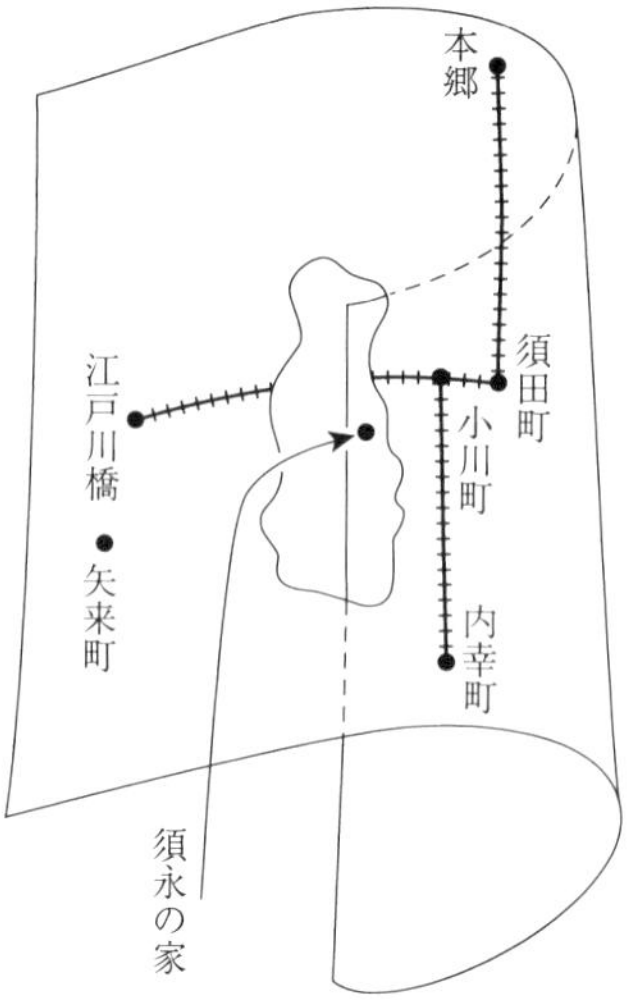

図（二）

継子《まま こ》問題という「須永の話」の設定の戯作的意味づけが脱落しています。しかし、「須永の話」における須永の告白が、父の死と母（義母）の話から始まっていることは、この戯作的設定が「須永の話」の本質とつながっていて、又、作品『彼岸過迄』の本質的な部分とつながっていることの証《あかし》です。作品『彼岸過迄』の面白さは、むしろ、江戸的なものと東京的なもの（＝近代的なもの）とを対立的なものとしてではなく、重層的なもの、境界領域的なものとして捉えるところにこそ存在しているということが出来るという原理は、継母、継子問題をめぐる須永の母が義理の母でありながら、実母より実母的であるというもう一つの設定のうちに明らかです。

こうして私達は、作品『彼岸過迄』には、始めから最後迄、二つの主題があるという事実に、もう一度引き戻されることになる。くり返せば、その一つは、言う迄もなく、須永と千代子との対立に象徴される〈個〉としての〈男〉と〈個〉としての〈女〉の対立、つまり、〈愛〉を巡る牽引と反撥の関係。もう一つは、須永が庶子であると云う設定から来る〈血〉や〈家〉の問題です。作品では、この二つの問題が、田川敬太郎という聞き役を介して、二つ共々、掘り下げられて行く訳で、そこにどうしても作品が冗長であり、散漫であるという印象が齎されることになる。実は、これが冗長、散漫という印象の生まれる最も本質的な理由ではなかろうか。

しかし、一番面白いのは、そのような重層的構造が作品の物理的な空間構造にも反映していることです。例えば、前田愛さんは前出『都市空間のなかの文学』に収めた論文「仮象の街」という論文の中で、作中人物の棲家《すみか》の配置を、小川町停留所を中心とする電車の路線図を踏まえつつ、右のように図式化しています。（図(二)参照）

この図は、電車の軌道という東京的、近代的な世界として作品空間をイメージしたものですが、実は、この空間は、江戸的なものとの重層性のうちに捉えてこそ、作者の意図に最も接近した図となると思われます。それが、〈蛇〉に縁の深い江戸的空間における水（川）の流れであることは、すぐ分る。つまり、江戸の水（川）の流れは、江戸城（＝千代田城）の内濠に発し、左から右へとぐろを捲いて、外濠を流れ、外濠はやがて神田川となり、神田川は隅田川に流れ込む、というように二重、三重の渦巻を構成している訳です。須永に関わる主要登場人物は、この流れの縁《ふち》に位置しています。

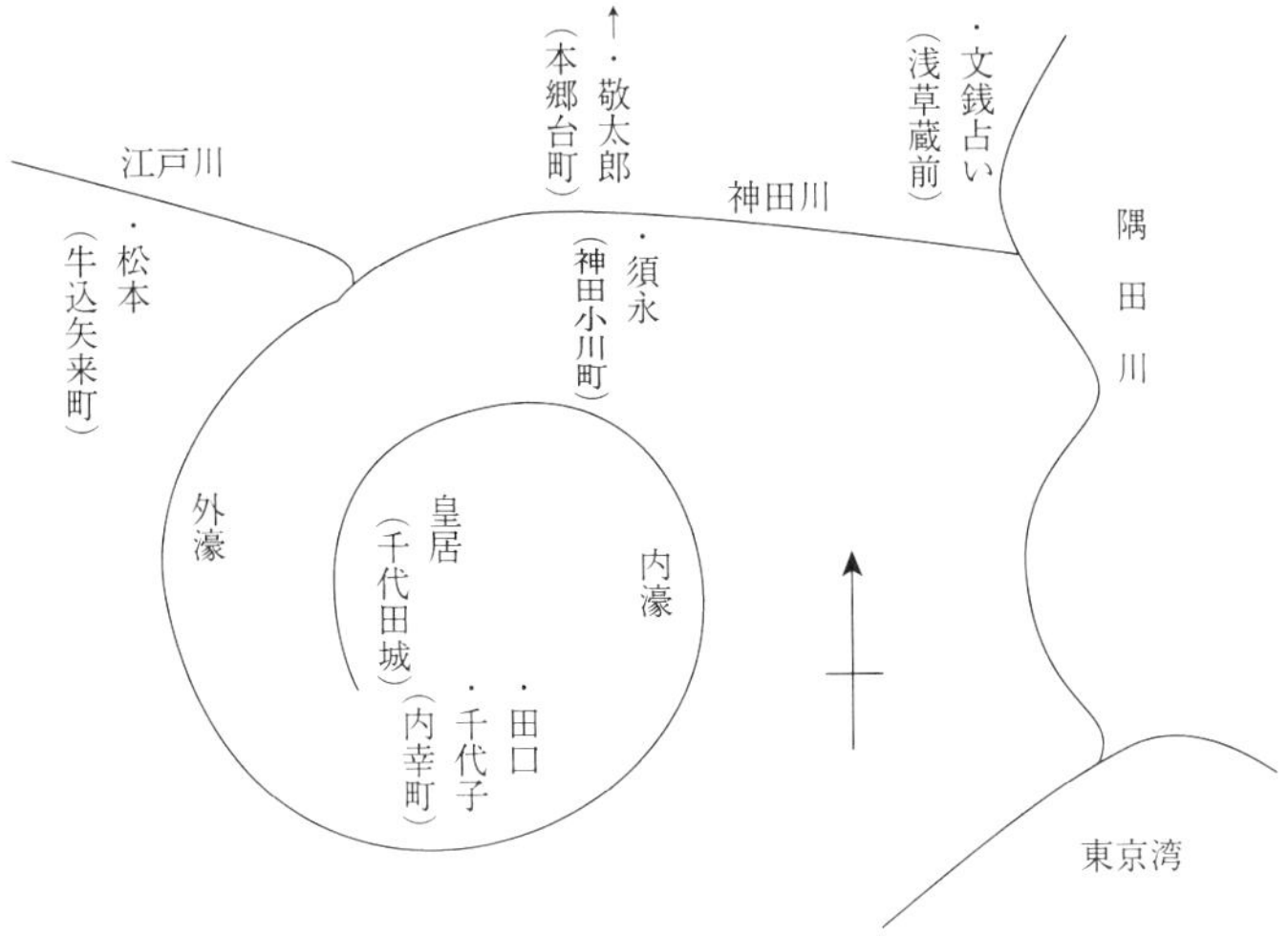

図（三）

（図㈢参照）

　須永自身は、小川町という内濠と外濠（神田川）の間、松本は神田川の支流の江戸川沿いの矢来、田口と千代子は殆んど旧江戸城内と言っても良い内幸町です。敬太郎は、と言えば、これらと関係ない高台の本郷台町の下宿の三階で形勢を観望している趣きがあります。

　興味深いのは、第一にこの水の流れが巨大な蛇のとぐろを巻く形であることと、その中心に須永と千代子がいるが、須永より千代子の方が一層中心に近く位置していることです（中心とは、水の流れの起点、つまり千代田城内濠のことです）。大体、千代子の〈千代〉は、千代田城の〈千代〉であり、須永市蔵の

〈市蔵〉は、神田という市中《まちなか》に隠れ棲む人の意味とすれば、千代子の中心性は、いっそう明らかです。そして、この水の流れの最も外側に隅田川右岸、蔵前の文銭占いの婆さんの棲家《すみか》がある訳ですから、漱石が江戸と東京の都市空間の重層性の面白さの根拠を江戸（千代田）城の内濠に発する水の流れの、右回りのとぐろに求めていることはどうも確実ではないかと思われます。市電の軌道も、原則、この水の流れに即していますが、松本のように水の流れに近くても、雨天は電車の停留所から人力車で帰らねばならない処に棲む人もいます。

漱石は、このように電車の軌道と水の流れの、つまり、近代（東京）と近世（江戸）の空間を、対立性よりも重層性によって描くことで、両者の共通性を炙《あぶ》り出そうとしているように思われるのです。或いは、須永に電車の軌道を、千代子に水の流れをイメージしているのかも知れませんが、そうだとしても千代子は〈電車の女〉でもあるので、千代子に関しても、江戸と東京は、すぐにひっくり返ります。

最も面白いのは、この江戸・東京空間の水の流れの描く巨大なとぐろが、その儘、須永というオスの蛇、千代子というメスの蛇のとぐろの絡み合いを連想させる点です。もしかすると外向的で、行動的な千代子の蛇の頭は、とぐろの外周の果てにあり、あく迄内向的な須永の蛇の頭は、とぐろの最も内側にあるのかも知れない。まさに須永は偏屈な性質（「内へとぐろを捲き込む性質」）なので左巻きである訳です。そうすると右巻きで外側に向かって動くメスの蛇と、左巻きで内側にとぐろを巻くオスの蛇とでは交尾はできないので、絡み合いつつ、永遠の行為不能となります。それは其儘、須永と千代子の愛の永遠の並行関係という作品の図式に一致しています。且つ又、この事態は、あの「蛇の頭」の洋杖の「蛇の頭」が「口を開けて何か呑み掛けてゐる」ながら「其呑み掛けてゐるのが何であるかは（略）、誰にも見当が付かなかつた」（「停留所」五）という「呑み掛けてゐる」何かの隠喩するものが、須永と千代子の愛の永遠の未決定性であるという答えを自然に連想せしめる、とも言えるでしょう。

そして、最後に、このような作品『彼岸過迄』の江戸・東京の都市空間の共通項としてのとぐろの形こそは、田川敬太郎の「蛇の頭」を持つ洋杖《ステツキ》が「指　標《フヒンガーポスト》」として象徴する、〈胴体〉を失ったオスの蛇須永の「内へとぐろを捲き込む」男性精神の〈水〉の流れに逆行する不〈自然〉性を、〈胴体〉も〈頭〉も持ちつつ、〈水〉の流れに従って自由に活動するメスの蛇千代子の〈自然〉性が、抱きしめつつ囲い込む〈愛〉の形の象徴として捉え得るとすれば、それは田川敬太郎の〈愛の夢〉に適う事態と言い得るのですが、さて、そこ迄読むとすれば、それは近代小説よりも、殆んど歌舞伎舞踊劇「娘道成寺」の世界に近いものとなるかも知れません。尤も、そのようなイメージは、田川敬太郎が「蛇の頭」の洋杖に求めた夢に殆んど重なるのは事実であり、敬太郎は江戸的な世界への憧れを抱いて生きている男であるという作品の設定（「停留所」五）とも合致します。

　ともあれ、作品『彼岸過迄』の「結末」の結びは、敬太郎に関わる次のような叙述で終っています。

　要するに人世に対して彼の有する最近の知識感情は悉く鼓膜の働らきから来てゐる。森本に始まつて松本に終る幾席《いくせき》かの長話は、最初広く薄く彼を動かしつゝ、漸々《ぜん〳〵》深く狭く彼を動かすに至つて突如として已《や》んだ。けれども彼は遂に其中に這入れなかつたのである。其所が彼に物足らない所で、同時に彼の仕合せな所である。彼は物足らない意味で蛇の頭を呪ひ、仕合せな意味で蛇の頭を祝した。さうして、大きな空を仰いで、彼の前に突如として已《や》んだ様に見える此劇が、是から先何《ど》う永久に流転して行くだらうかを考へた。

　作品『彼岸過迄』が、近代小説の問題追求の鋭さを矯め、又近世戯作の教訓性をも払い棄て、〈男〉と〈女〉の牽引と反撥という〈永遠の並行関係〉を、江戸・東京空間を貫く、とぐろ状の水の流れに比喩される、二匹の蛇の形としてイメージした、ロマンチックで面白く独創的な、内容的にも形式的にも、未決定《モラトリアム》を主題とした、事実のようで又夢のような作品であり、中心をなす「須永の話」も、未決定《モラトリアム》の枠の中で読むべき作品であるということ、そして、そこに作者漱石における、「成るべく面白いものを書かなければ済まない」（「彼岸過迄に就て」）という目的意識の達成があるとすれば、敬太郎の〈夢〉と〈事実〉の中間領域、もしくは〈肉体〉と〈精神〉との重層的領域の定着にこそ、実は、作品『彼岸過迄』の到達点があったことになり、この時、単なる聞き役敬太郎は、本郷の高台に棲む傍観者という作者の定義（「結末」）からさえはみ出す、作品『彼岸過迄』の唯一の主人役に、その位置を逆転せしめられて行くことになるでしょう。なぜなら、この敬太郎の位置にこそ、未来の作者の超越的立場が仮託せしめられているからです。そういう意味で、敬太郎には、以後、『行人』『心』を経て最晩年の『道草』『明暗』に至る作者の文学的行程を見はるかす意識せざる予言者としての位置が、与えられていると言っても良いでしょう。そこに文銭占いの婆さんの予言の達成もあったことになり、併せて「蛇の頭」の洋杖に仮託された「指標《フヒンガーポスト》」としての役割の、最後の、そして最も豊饒な実りがあったことになります。作品『彼岸過迄』は、そのような意味では、以後の作者の文学的行程を見はるかす画期の作品であると同時に、読者の知的好奇心を誘発する高級なエンターテインメントな作品でもあった訳です。

注

（1）明治四十五年元旦の『東京朝日新聞』紙上にのみ掲載されたこの文章は、同年（大正元）九月十五日、春陽堂から刊行された単行本『彼岸過迄』の巻頭に、文末に「（明治四十五年一月此作を朝日新聞に公けにしたる時の緒言）」と云う言葉を付して再録されている。さらに、単行本には「此書を亡児雛子と三山の霊に捧ぐ」という献辞も付されている。前者は『朝日新聞』の購読者層への挨拶、後者は、この世を去った親愛すべきものへの挨拶である。そして長短の別こそあれ、これら二つの文章は、作品『彼岸過迄』の内容と形式を深いところで支えている、と言っても良い。つまり、漱石は、全ゆる前極めを取り去って作品を作品として白紙の状態において読者に委ねることの重要さを十分に認識しながら、こと『彼岸過迄』については、作品の開示に先立って自らの意図の一半を読者に伝えておくことの必要性を感じていた、と推測することが許されるのではなかろうか。その意味で序文「彼岸過迄に就て」と、雛子・三山への献辞とは、作品『彼岸過迄』の内容と表裏一体の関係にあり、従って作品の読解に当っても、それらは基本的なインデックスとして使用し得るものとして意味づけて良いものではなかろうか。その意味で大づかみに言えば作品『彼岸過迄』は、既に逝った二人の親しき存在への紙に書かれた墓標である、と言っても良いのではなかろうか。そして、本稿の考察の出発点において、筆者が特に「彼岸過迄に就て」にこだわる理由は、そこにおける強烈な対読者意識を通じて表明された高度に知的なエンターテインメント作品創出への漱石のモチーフの確かな存在と、その具体的現われとしての作品に仕掛けられた数々の「面白い」趣向の具体相への考察が作品『彼岸過迄』における芸術的固有性解明への一つの突破口となることへの私か《ひそ》な予感があるからに外ならない。無論、このような視角は、「結末」における作者（むしろそこでは超越的な語り手）の言の認識上の絶対的優越性を否定する論理に転化し得るものでもあるが、以上を取り敢えず以下における序文「彼岸過迄に就て」への余りにもバランスを失した引用の長さと読解上初歩的要素をも含むと受け止められるかも知れぬ長い言及への筆者なりの自己弁護の論理として、ここに注記しておきたい。

（2）　高木論挿入の「小川町停留所付近図」では、以上三箇所の停留所を「東乗降所」「西乗降所」「南乗降所」と呼んでいる。なお高木論が踏まえるように、敬太郎が本郷から市電に乗って下車したのが三番目の「南乗降所」であったことは、本文の「目的の場所へ来た時、彼は取り敢えず青年会館（其督教青年会館―筆者注）の手前から引き返して、小川町の通りへ出た」云々（「停留所」二十四）の叙述で知ることができる。

（3）　作品に「敬太郎は遺伝的に平凡を忌む浪漫趣味《ロマンチック》の青年」（「風呂の後」四）であって、「青年に共通の好奇心と彼に固有の浪漫趣味《ロマンしゅみ》」（「停留所」二）とを共有する存在、つまり「自分はたゞ人間の研究者否《いな》人間の異常なる機関《からくり》が暗い闇夜に運転する有様を、驚嘆の念を以て眺めてゐたい。」（「停留所」一）と考える青年であることは、既に屢々指摘されている。だから、先走って言えば敬太郎のロマンチシズムの作品における意味は、後出、須永の内面の劇との関係上、如何なる形でそれが認識上の測距儀として機能し得るか否か、にこそ懸っていると言えよう。

（4）　拙論「『坊つちゃん』の構造――マドンナの領域」（「近代文学　注釈と批評」第三号　平9・3、本書所収）参照。

（付）『彼岸過迄』の時間構造をめぐる補説

前掲稿（「『彼岸過迄』をめぐって――その中間領域性を中心に――」）は、もと講演の礎稿であった関係上時間的制限との関係で作品『彼岸過迄』の時間構造、とりわけ歴史的時間との対応についての言及を割愛せざるを得なかった。しかし、作品『彼岸過迄』の錯綜した時間構造や歴史的時間の問題をめぐる考察が、前稿の趣旨としての作品『彼岸過迄』が中間領域性や猶予性《モラトリアム》を本質とする作品であるとの筆者の主張の正当性《ヴァリディティ》を補強する一根拠ともなり得る、と思惟せられる以上、時間の問題を放置することは、研究上の怠慢であることも亦明らかである。従って、ここでは必要最小限の範囲に絞って、作品における時間の問題についての私見を明らかにして置きたい。

抑も遺憾なことに作品『彼岸過迄』には、作品内のドラマと歴史的時間との契合を巡る作者の意図的記述が一切欠けている。従って、作品を歴史的時間に還元するには、例えば、前稿に引いた高木文雄論が市電の軌道の延伸の日付を手懸りに明らかにしえた「一九一一・明治四十四年十一月二日（巣鴨郡市境界まで延長の日）以後、十二月二十七日（江東橋まで延長の前日）以前」と云う「田口が敬太郎の就職の世話をするに先立って思いついた人物試験が行われた」時日の歴史的時間的限定に従う以外にない。

この高木の説に従えば、作品『彼岸過迄』の歴史的時間は、「風呂の後」「停留所」「報告」の諸篇が明治四十四年（一九一一）の暮、「雨の降る日」「須永の話」「松本の話」「結末」の以後の諸篇が翌明治四十五年の一月から二月、ということになる（ここで言う歴史的時間とは、田川敬太郎の上に流れる時間もしくは語りの現在の謂であることは論を須《ま》たない。）。

ところで高木説に先立つ集英社版『漱石文学全集』第六巻『彼岸過迄』の注解では、須永の叔父田口になかなか会えなかった田川敬太郎が好奇心がてら自己の未来を易者に占って貰おうと思い、浅草から蔵前に抜ける途中「ルナパークの後《うしろ》から活動写真の前へ出」（「停留所」十六）るという記述中の「ルナパーク」についての注解で、ルナパークが「明治四十四年四月二十九日夕刻、機械活動館から出た火で全焼した」という事実を踏まえ、「本文ではまだ焼けていないので、季節が冬であること、明治四十三年六月以後であることと結びつけて、作品のこの時点は明治四十三年冬に設定されていると言える。したがって、敬太郎・須永の大学卒業は同年七月ということになる。」と記されており、この指摘に従えば、作品内の歴史的時間は、明治四十三年冬から四十四年初春にかけて、ということになる。

従って、高木説は、初出以来の「ルナパークの後《うしろ》から」の「後《うしろ》」のルビの非妥当性と、「後《あと》」と訓むことの妥当性への用例調査を含めた推論の提示（「附論〈ルナパークの後から〉の読み方」）を兼ねることとなっている。しかし、それで『漱石文学全集』第六巻の注解者が十分納得し得るか否かは、とりあえず別問題であろう。しかし、筆者は、結論的には「後から」のルビの問題を含め、作品の歴史的時間を明治四十四年から四十五年と規定する高木説を支持したい。それは、以下の理由による。

抑も作品『彼岸過迄』の時間の問題をめぐる最大の疑問は、作者漱石が作品から歴史的時間との契合をめぐる一切の意図的叙述を消し去ったのは何故か、と言うことである。しかし作者漱石が、歴史的時間そのものと絶縁した場所に作品『彼岸過迄』の世界を構築しようとしている訳でないことは、高木説の論証した市電の軌道の延伸の歴史的時間の作品内事象との対応や、これに準ずる東京市中の当時の風俗的事象の夥しい記述の存在に照して明らかである。作者の関心が時間性より空間性に向けられているとしても、一切の空間的事象は、歴史的時間の流れの中で変化し、明滅するという時間と空間を巡る客観的原理を作者漱石は飽く迄尊重している。従って、歴史的時間に寄り添いつつ、歴史的時間との契合を巡る一切の索引を漱石は何らかの具体的意図があって削除した、もしくは削除せざるを得なかったのだ、と考えるのが最も自然である。その具体的意図、具体的理由とは何かを考えることが、作品『彼岸過迄』における歴史的時間の問題を自然に解決する道である、と筆者は考える。

その具体的意図、具体的理由とは何か。先走って言えば、五女ひな子の死を以て、作中時間の起点とする作者の意図であり、具体的には「雨の降る日」を、それと明示せずして、五女ひな子の紙碑たらしめようとする漱石の意図である。私の弔意を公の作品の基盤とすること。この私的モチーフを公の表現行為の中で重層化させ、共存させること、つまり作品『彼岸過迄』を私人としての表現行為でありつつ、公人としての作者の表現行為でもあらしめること、この相対立するモチーフの共存を可能とする究極の選択こそ、作品から総ての歴史的時間へのインデックスを消去せしめた究極の理由であったと思われるのである。

このように考えて来れば、歴史的時間をめぐる総てのインデックスの抹消という事態は、「雨の降る日」における宵子の死の時日を「夫《それ》は珍しく秋の日の曇つた十一月のある午過《ひるすぎ》」(「雨の降る日」二)とのみ書いて年次を捨象した事態を同心円的に他の諸篇に拡大して行った結果とも見られる。つまり、「雨の降る日」の宵子の死は、それがひな子の死であること、従って言及されないその年次はひな子の死の年次であることは動かないが、作中において、この事実(年次)を公にすることは、表現行為の公の原理に反することだとする作者の自己決定から総てが派生したのである。

筆者の結論は右の通りだが、その詳細な具体的論拠は、ここでは、とりあえず、後述に回すこととする。

さて、作中時間の整合性との関係から見れば、「雨の降る日」における宵子の死は、「停留所」「報告」等の一連の時間と近い過去の時間の事件として、これ等につながるべく設定されている。つまり、内田道雄『彼岸過迄』

再考」（「古典と現代」第五十五号、昭62・9）の指摘する「太鼓」の音の、「報告」と「雨の降る日」とにおける接続の問題である。

「報告」の篇で小川町停留所での男女のデートの真相を、直接「男」即ち田口の義弟にして須永のもう一人の叔父松本恒三に聞くべく、松本の家を訪れた敬太郎は松本の家の門内で「子供が太鼓を鳴らしてゐる音」を聞く（「報告」八）。傍ら「雨の降る日」の篇で松本の末娘宵子が突然死ぬその当日、松本の「七つになる男の子が、巴の紋の付いた陣太鼓の様なものを持つて来て、宵子さん叩かして上げるから御出《おいで》と連れて行」く（「雨の降る日」三）。この作品内の二つの篇における具体的事実の継続性（時間的前後関係は逆だが）は、内田道雄が言うように、敬太郎の松本家訪問に先立つ近い過去において、宵子の死があったことを明証していると言えよう。そして「雨の降る日」で千代子に寄り添った無人称の語り手が敬太郎及び須永に宵子の死を語る語りの現在は、前年十二月の敬太郎の松本訪問から年を越した「正月半ばの歌留多会」で千代子と敬太郎が「公然と膝を突き合はせて、例になく長い時間を、遠慮の交《まじ》らない談話に更《ふ》かした」経験を経て、「夫《それ》から又一ケ月程経つて、梅の音信《たより》の新聞に出る頃」の「ある日曜の午後」（雨の降る日」一）のこととして設定されており、更に引き続く「須永の話」における須永が敬太郎に、過去における千代子との関係の一部始終（須永が庶子であることを除いて）を告白する語りの現在は、その更に「次の日曜」（「須永の話」二）のこととして設定されているので、傍点を付した「正月半ば」「夫から又一ケ月程経つて」、「次の日曜」という一連の時間設定に注意すれば、越年した翌年二月の範囲に収まる。

一方、松本が須永の出生の秘密を須永に打ち明けるのは、松本によって「市蔵の卒業する二三ヵ月前、たしか去年の四月頃」（「松本の話」三）とされている。この松本の言葉の発せられる語りの現在は、その松本の言葉の聞き手田川敬太郎の上に流れる時間が「須永の話」における須永の告白を聞いて以後のそれに近接した時日のことであると考えるのが自然であるから、そこで松本の言う「去年」とは、「風呂の後」「停留所」「報告」の篇の語りの現在と同年であり、「四月」とは、その同年の四月である。厳密に言えば、作品『彼岸過迄』の歴史的時間は、前記三篇から「雨の降る日」第一章の半ば迄が年を跨ぐ前年に属し、それ以後の「雨の降る日」「須永の話」「松本の話」の語りの現在は、年を跨いだ翌年に属している。そして、前記三篇の語りの現在において、敬太郎は「此夏学校を出た許《ばかり》」（「風呂の後」四）と説明され、次の年に属する「松本の話」三において須永は前引のように「卒業する二三ヶ月前、確か去年の四月頃」と説明されているのだから、須永と敬太郎が、松本の云う同じ「去年」の卒業生であることは否むべくもない。敬太郎の須永への言葉遣いが敬体表現でないのを見ても、須永と敬太郎が同期生であることは明白である。従って、須永を敬太郎の一期上とする玉井敬之「『彼岸過迄』論――空想から現実へ――」（『夏目漱石論』〈桜楓社、一九七六・一〇〉）の説は、山田有策「『彼岸過迄』敬太郎をめぐって」（「別冊国文学　夏目漱石必携II」一九八二・五）及び、山田説に先立つ多くの説が指摘するように「『松本の話』の時間を一年錯覚したがゆえのミス」（山田有策）と言うことになろう。

又、「須永の話」の末尾における須永と千代子との衝突は、須永によって「僕が大学の三年から四年に移る夏休みの出来事」とされているので、「雨の降る日」「須永の話」の語りの現在（敬太郎の上に流れる時間）としての某年二月から足掛け三年前、正確には一年六、七ヶ月前の夏休みの出来事であったことも明白である。

一方、松本の末娘宵子の死は、「十一月」（「雨の降る日」二）の或る宵のことで、この「十一月」は、内田道雄が説くように子供の叩く太鼓の音の継続性からその音を聞いた敬太郎の初度の松本家訪問（「報告」八）の十二月に先立つ十一月のことであることが推定されるとすれば、それは、須永、敬太郎の卒業の年の十一月のこととなり、彼等の大学卒業後四ヶ月のこととなる。従って、「雨の降る日」における宵子の死を「おそらく須永の在学中のこと」とする平岡敏夫「『彼岸過迄』論――青年と運命――」（「文学」一九七一・一二、後『漱石序説』〈塙書房、一九七六・一〇〉収録）の推定は根拠を失うと同時に、一年三、四ヶ月以前の夏休みにおける須永と千代子との衝突を踏まえた上で

「雨の降る日」第七章における火葬場での宵子の死体を焼いた竈《かま》の錠前のありかをめぐる千代子の須永批判――「市《いつ》さん、貴方本当に悪《にく》らしい方ね。持ってるなら早く出して上げれば可《い》いのに。叔母さんは宵子さんの事で、頭が盆槍《ぼんやり》してゐるから忘れるんぢやありませんか」、「貴方の様な不人情な人は斯んな時には一層《いつそ》来ない方が可いわ。宵子さんが死んだつて、涙一つ零《こぼ》すぢやなし」云々という言葉が布置されていることになる。この間に介在する一年三、四ヶ月という時間は、一見長過ぎるようだが、須永と千代子との並行関係も亦、衝突後一年六、七ヶ月を介した翌年二月の時点(「雨の降る日」二)でも、不変であるのだ。

傍ら同じ平岡説における、作品『門』における総ての子供を死に奪われてしまう野中家と、子沢山な坂井家とに通底する「家庭の日常にひそむ暗黒」が作者漱石の家庭の上に現われた不思議な偶然(ひな子の死)に「家庭の日常にひそむ暗黒を、先取りして透視し、予感していた漱石」を見る平岡の指摘は「雨の降る日」と、前稿の注(1)に指摘した「献辞」の意味の重さに必然的に連関する。唯、千代子・須永・高木の「三つ巴」(「須永の話」二十五)からの自己の脱落に対する「恰も運命の先途を予知した如き態度」という須永の言葉は、「運命にまともにぶつかろうとしないで逃げる」(平岡)と云う意味を超えて、須永の告白の現時点(某年二月)から顧みた、須永における、出生の秘密というものを未だ知らないうちに先取りしていた過去の自分への、敬太郎には通じるべくもない屈折した自評として受けとめて然るべき余地も残されていよう。

さて、叙上のように『彼岸過迄』における錯綜する時間構造を辿って来て最後に残るのは、依然として、作品内で年が替る、その年の交替とは、明治四十三年から翌四十四年へか、或いは、明治四十四年から翌四十五年へか、という問題である。高木説は、この疑問への半ば決定的とも言える客観的証拠の提出だが、この時、注目すべきもう一つの徴証として、「雨の降る日」を巡る漱石書簡中の次のような発言を挙げてよいのではなかろうか。

「雨の降る日」につき小生一人感慨深き事あり、あれは三月二日（ひな子の誕生日）に筆を起し同七日（同女の百ヶ日）に脱稿、小生は亡女の為好い供養をしたと喜び居候。

これはひな子の突然死の時、偶然漱石が書斎で対談していた元朝日新聞記者中村蓊《しげる》に宛てた明治四十五年三月二十一日付の書簡中の言葉である。この漱石の言葉は、『彼岸過迄』作中「雨の降る日」の篇の執筆における、その起稿日と擱《かく》筆日とをひな子の誕生日とその歿後百ヶ日とに正確に対応せしめようとする強烈な時間意識が漱石に存在していたことを示している。それは、「雨の降る日」の篇の執筆行為が漱石において五女ひな子への供養という私的な営みであったことを第一に証《あか》すデータと言えよう。端的に言い換えれば、既に指摘したように「雨の降る日」は、五女ひな子への漱石の哀悼をこめた紙碑であったのである。紙碑であるならば、作中で宵子と名付けられた松本の末娘は、漱石の五女ひな子の生から死への軌跡を可能な限り忠実になぞるべき存在であることは言を俟たない。しかし、虚構作者漱石の立場からすれば、虚構は虚構としての完結した自立的時空を持つべきであり、如何に痛切であっても、そのような私的な感情を以て作品の時空を決定することは、作品の公共性というもう一つの原理に照して、冒してはならない侵犯的行為であると自覚された筈と言えよう。しかし、一方亡きひな子を悼む漱石の情は、あく迄も痛切であり、表現へのモチーフの強さは如何ともし難いものがあったであろう。そこで漱石が執筆に当って採用したのが、作品から一切の歴史的時間への言及を削除するという方法であった、と推定される。それが、作品『彼岸過迄』における作中のドラマと歴史的時間との契合をめぐる一切の年次的叙述の欠如という不思議な現象の生じた原因である、と筆者は考える。

しかし、それは、作中の時間が歴史的時間から完全に独立していることではない。むしろ暗黙の内に、漱石は宵子の死の歴史的時間を起点としてすべての『彼岸過迄』作中の時間を整序化することによって、ひな子への限りない弔意を表してさえいるとも言い得るからである。

と云うのも、宵子の死を含む『彼岸過迄』作中の時間をひな子の死を含む歴史的時間に暗黙の裡に合致せしめることは、自立的な虚構の原理に照しても、作品の公共性の原理に照しても決して明らさまな侵犯的行為とは呼べないからだ。それは公共性の原理に立つ虚構作者にして新聞作者漱石の選んだ窮余の一策であった、とも言えよう。しかし、作品『彼岸過迄』に通底する中間領域性の構築のモチーフと照し合せて言えば、そこに浮び上るのは又しても公の原理と私の原理という二つの原理の対立性を解体した重層的な境界領域構築への漱石の執念なのである。

かくして、作品『彼岸過迄』における歴史的時間は、以下の如く整理されて然るべきであると言えよう。

松本の末娘宵子の死は、明治四十四年十一月某日（二十八日）であり、従って『彼岸過迄』作中において年を踰えるその年次の交替は、明治四十四年から同四十五年へのそれである。従って「雨の降る日」の語りの現在は、明治四十五年の二月、「須永の話」のそれもこれに準ずる。敬太郎と須永の大学卒業は前年の明治四十四年七月、須永と千代子の衝突は、それを遡ること一年余の明治四十三年七、八月の出来事であり、大学の卒業試験の直前、明治四十四年の四月頃、須永は松本の口から出生の秘密を知る。卒業試験後、須永は、旅行に出、旅先から松本へ数々の手紙を送る。これら総ては、作品内において敬太郎に寄り添う語りの現在に、時間的に先行する過去の事実である。（因みに先の年次整理は前出山田有策論所載の、作中の事件を年次的に整理した年表の内容に合致するものである。）

さて、以上のような時間的整理を閲して、作中で目につく最も重要な事実は、そのような過去の全事象にも拘わらず、須永と千代子が別れもせず、結婚もせず、已然として並行関係を継続中だと云う事実である。

従って、松本の語りによって明かされる、そのような須永と千代子の関係の不変の未決定性は、作品『彼岸過迄』が境界領域性や中間領域性の構築に枢要のモチーフを置く、時間性の契機を捨象した空間の文学であるとする筆者の見方を補強する、もう一つのデータに外ならない。

一方「松本の話」と「須永の話」との関係をめぐって、「旅先からの須永の報告を現時点のもの」とする作者の「錯覚」(「『彼岸過迄』試論――『松本の話』の機能と時間構造――」〈『漱石文学論考』桜楓社、一九八七・一一〉)を提起する秋山公男の見解を殊更に否定する必要はない(なぜなら、『彼岸過迄』作中で時間は本質的に時間としての役割を果していないのだから)。けれども、もともと作品『彼岸過迄』においては、認識の深化はあっても、作者や作中人物の越境という主題、即ち自己変革の主題は、モチーフとして措定されてはいないのである。剰《あまつさ》え「松本の話」における須永の書簡中の言葉は、千代子の須永批判の意味を正当に受けとめてはいない点で畢竟観念の遊びに過ぎず、須永の思想を、松本の思想の上位に置く作品の意図は、須永と松本の相互への批評、それと表裏する各々の各々への自評を省みても否定し難く明瞭であり、従って松本の意見に自らを同化せしめる須永の自評が仮り初めのものでしかない所以は明らかである。加えて卒業前の旅からほぼ十ヶ月も経っての明治四十五年二月の須永の告白の末尾が一年六ヶ月前の千代子の須永批判の言葉で終って居り、傍ら十ヶ月前の旅について何等の言及もなく(自己の出生の秘密を知ったことの告白もない点と絡むが)、告白直前の敬太郎との対話において、敬太郎に「君は益《ます》〳〵偏窟に傾くぢやないか」と言われて、須永は「何うも自分ながら厭になる事がある」と答えている(「須永の話」二)始末であるから、旅先から松本に出した手紙の内容は所詮一過性のものでしかなかったことが明らかである。要するに須永は千代子の批判を正面から受けとめ、乗り越える自己変革への契機を彼の上に流れる作中時間の最後とも言うべき「須永の話」においても結局発見し得ない儘であり、従って依然として未決定、猶予《モラトリアム》の時空に留まり続けている存在である、と言うべきであろう。

相対世界の発見――『行人』を起点として

漱石における「相対世界の発見」という時、『行人』における自己絶対化の破産、『こゝろ』における自己否定を経て、『道草』の相対世界に至る過程が問題となることは、言う迄もない。しかしここでは、視点を絞り、漱石における相対世界の発見が、単に認識の領域の問題に留まらず、観念と現実、思想と実行をめぐる統一的主体確立への翹望、その結果としての漱石の積極的な自己変革――いわば自己の過去の理念への訣別と超剋へのモチーフを秘めた主体の転向そのものの裡に求められるという観点から、『行人』の「裂け目」の意味に注目し、そこに相対世界、相対倫理への漱石主体の出発点を措定してみたい。

＊

『行人』起筆の二ヶ月前、漱石は評論『文展と芸術』（大元・10・15～28『東京朝日新聞』）の中で「芸術は自己の表現に始つて、自己の表現に終るものである」、「徹頭徹尾自己と終始し得ない芸術は自己に取つて空虚な芸術である」と書いた。このような徹頭徹尾「自己本位」の芸術論は、半面で当時の漱石の実生活における深刻な孤独感と表裏するものであったことは、大正元年十月十二日阿部次郎宛、同十二月四日津田亀次郎宛、同十二月二十六日沼波武夫宛、大正二年三月二十二日戸川秋骨宛等の書簡群が示すところであり、贅説の要はないだろう。

また、当時の漱石の悲惨としか呼びようのない異常な精神状態についても、夙に夏目鏡子『漱石の思ひ出』外における証言に事欠かず、その原因として漱石の痼疾としての「病気」「神経衰弱」「鬱病」の昂進等が挙げられていることは周知の事実に属する。しかし、何よりも肝要なことは、このような漱石の孤独感が、漱石固有の「自己本位」の立場の必然的所産であることで、ことは優れて理念的性格を帯びているという一事にある。明治末年の漱石は、明らかに自己の依拠すべき理念の面での行きづまりに直面していた。「日記」明治四十五年に次の叙述がある。

他の権威が自己の権威に変化する時之を生活の革命といふ。其時期。及び説明。

この余りにも簡潔なメモを直ちに『行人』の作意につなげようとするのではない。しかし『行人』が数多の「構成のゆるみ」(江藤淳『夏目漱石』)にも拘わらず、注目に価するのは、少くとも漱石がここで自己の依拠すべき理念の行きづまりを誠実に凝視し、そこから脱出すべき方途としての「生活の革命」を希求、意図している一点にあると言って良いのではないか。当時の書簡に吐露された「気も乗らず自信もなく如何にも書きにくゝ候是が百回以上になるかと思ふと少々恐ろしく候」(大元・12・1 中村蓊宛)、「先がどうなるやら作者にも相分らずたゞ運次第に候」(大2・1・10大谷繞石宛)等と記される運筆上の苦しみは、当時漱石の直面していた理念上の窮境と、そこからの脱出がいかに困難であったかを物語るものに外あるまい。尤も『行人』の難解さは、おそらく理念に先立って現実(孤独)があったと言いうるところに求められるので、前記書簡群に示された漱石の苦しみは、この現実を理念上の窮境へと収斂させる対象化作業の困難さをも暗示していよう。作品『行人』の難解さやゆるみは、作者の直面した、この二重の困難さの所産であると言って良いように思われる。

難解な作品『行人』の世界の解明に一つの新生面を開いたものとして、橋本佳[1]、伊豆利彦[2]両氏による〈二郎説話〉重視の立場があることは周知の通りである。一郎の苦悩を中心とする従来の主題把握への反省に基づき『行人』前三章に描かれた「二郎と直との関係」（橋本氏）、「二郎のお直に対する秘められた心」（伊豆氏）に作品の主題を見ようとするものだが、そこから『行人』前三章と最終章「塵労」との「裂け目」（伊豆氏）が注目されることになる。〈二郎説話〉重視の立場に対しては、既に重松泰雄氏による精細な批判や[3]、それに対する伊豆氏の反論も[4]あるが、小論のコンテクストとの関連で言えば、〈二郎説話〉派生の原因は、漱石の直面した現実の対象化作業の困難さそのもののうちに既に胚まれていたのではなかったか。

　たとえば、大正二年四月から九月に及ぶ長い中断期間を経て、「塵労」起筆後における漱石は「何人にも没交渉にてしかも小生には大いに必要な事」のために没頭していると述べ（大2・7・18　中村蓊宛）、それは「社会とも家族とも誰とも直接には関係なき事柄故他人から見れば馬鹿もしくは気狂に候へども小生の生活には是非共必要」なことだと述べている。この言葉が『行人』起筆直前の前引『文展と芸術』中の言句に、みごとに照応している点に注目すれば、『行人』が、その中断や「裂け目」の存在にも拘わらず、作者の執筆姿勢においては必然的な一貫性を以て終始していることだけは認められねばならない。

　後年に属するが、漱石は大正四年の「断片」において「心機一転。外部の刺戟による。又内部の膠着力による」と書いている。「心機一転」を中心命題として絶対と相対との関わり方を説くこの著名な「断片」の冒頭のみを、あえて引用したのは、「内部の膠着力」という表現に興味を惹かれたためである。『彼岸過迄』に言う「内へとぐろを捲き込む性質《たち》」への漱石の拘執が窺える訳だが、これは視点を変えれば、明らかに『行人』の執筆態度、主題追求のあり方、それらを包括して一郎という存在造型に対する漱石の拘執を物語るものに外ならない。そこに漱石の主題追求上の一貫した方法意識が読みとれるのではないか。

　同じく大正四年の「力紲、の例」と題する「断片」の末尾に、漱石は次のように記している。

同時に行き詰れば何方カへ方向転換をしなければならないといふ事になる。さうして通路を開くといふ事になる。変化といふ事になる。意志（心理的にいふと）の疎通といふ事になる。堀りつくした鉱山見たやうなものでもうどうする事も出来ないのである。だからあまり盛になると衰へるのである。盛になりかたが悪いからである。

この叙述を前引「断片」の叙述に重ね合わせる時、そこに『行人』から『明暗』に及ぶ作品造型上の一貫した漱石の方法意識の一端が示されていると見るのは、私一個の偏見に過ぎぬだろうか。『行人』の作品構成に戻るなら、漱石は過去の自己の理念上の全重量をかけた一郎という存在へのぎりぎりの拘執を通じて、その矛盾の根源に迫り、一郎的存在の「行き詰」りの確認を通じて、自己の主体の「方向転換」「変化」の方途——「生活の革命」を企図している、と言って良いのである。おそらく、このような作者主体の劇的変革へのモチーフを媒介としない『行人』論は無意味と言って良いだろう。

＊

『彼岸過迄』が敬太郎の社会探訪の形を藉りつつ、「須永の話」のうちに作者の枢要なモチーフを展開した構成を採ったことに留意すれば、『行人』も亦、「使者」（千谷七郎氏）としての二郎の語り口を通じて深淵の上に架構された日常生活の危うさを剔抉しつつ、「塵労」における「Hさんの手紙」に至って、初めて作者の枢要なモチーフとしての一郎という存在の苦悩を全的に展開したと見ることは、〈二郎説話〉出現後の現段階においても決して不当ではあるまい。

したがって「塵労」の出現そのものは、「それ以前のプロットの必然的な発展」(越智治雄氏[5])と断じて差し支えない訳だが、問題は「塵労」の出現をプロット展開の必然と見ることが、決して作品内部の「裂け目」の存在を無視しても良いという理由に結びつかないところにあろう。〈二郎説話〉に立脚する限り、〈二郎説話〉の「Hさんの手紙」における消失を内包する「塵労」は、明らかに『行人』前三章との「裂け目」を持つ訳だが、私の言う「裂け目」は、その意味ではない。微視的に見れば、『行人』の「裂け目」は、「Hさんの手紙」における一郎主体の分裂そのものの裡に存在する。そして一郎主体の分裂は、直ちに「塵労」の分裂につながり、「塵労」の分裂は、すぐさま『行人』という作品世界そのものの分裂を呼び起こすのである。

＊

たとえば、「Hさんの手紙」における一郎の苦悩は、著名な次のような叙述に示される「絶対の境地」に至りえないところに生まれると言って良いだろう。

(略)一度此境界に入れば天地も万有も、凡ての対象といふものが悉くなくなつて、唯自分丈が存在するのだと云ひます。(略)即ち絶対だと云ひます。さうして其絶対を経験してゐる人が、俄然として半鐘の音を聞くとすると、其半鐘の音は即ち自分だといふのです。(略)絶対即相対になるのだといふのです、(略)(「塵労」四十四)

江藤淳氏は、この「絶対の境地」に「修善寺に於ける漱石の天賚《プリス》」との相似を見、「漱石に於ける自己抹殺の願望が、実は自己絶対化の欲求とまさしく同質の（相反する方向に向かってはいるが）衝動であることを発見」し、「これらに共通の性質は、皮肉にも孤独の回避にある」と指摘する。(6) 氏はさらに『行人』の内部に「他者の意識と、自己の絶対化への欲求との複雑極まる交錯」、即ち「階段的な自己抹殺（自己絶対化）の倫理と、平面的な他者に対する倫理」との「二重の倫理の体系」を見出し、自己絶対化（自己抹殺）の失敗から「一郎の孤独は生れる」とし、「ここには近代日本に於けるおそらく最初の近代的生活人の発見がある」、「彼（漱石）はここで心ならずも現代の生活人の最も本質的な生存の形態を探りあててしまった感がある。（略）彼の前に立ちはだかっているのは『自然』ではなく、打っても叩いても平然としている『他人』であり、彼はこの不可思議な存在を愛さなければならないのである」と論じつめる。(7)

「他者の発見」を基軸として『行人』の一郎、漱石の「孤独」を把握しようとする江藤氏の視角は、現段階においてもなお圧倒的な迫力を持つ。にも拘わらず、私は氏の視角が、氏の『行人』論を、どのような地点に導いたかを確認しておかなければならない。

（略）なるほど漱石は孤独を発見した。（略）しかし他人も同様に孤独であった。彼らの間をつなぐ糸はどこにもない。しかも彼らはそれぞれの「我執」を澱ませて孤独なのだ。（略）「愛」は湧き出さねばならぬ。しかし、どのようにして？

一郎や漱石の「孤独」の本質の解明に、あれほど鋭利なメスを揮いえた江藤氏の論が、究極において近代生活人の「孤独」の確認という一点に立ち止まってしまったのは、おそらく『行人』論のみならず、氏の漱石論を貫く一つの限界ではなかろうか。少くとも「孤独」の確認と発見という静態的立場において、今日の漱石論に発展的展望が開けうるとは決して言えない筈である。

江藤論の立ち止まった一点においては、則天去私的漱石像の確立者小宮豊隆氏の把握の方に、却って漱石主体のダイナミズムへの接近があると見られるのは皮肉である。氏は大正二年九月一日沼波武夫宛、同十月五日和辻哲郎宛書簡等を参照しつつ、「塵労」執筆中の「漱石の、心の転向」を見出し、特に後者における「道」への言及に注目し、そこに「漱石がその『是非共必要』な『それに何とか区切をつけぬうちは』何事も手につかない状態から脱却して、もしくはその『窮所』から抜け出す事の出来る希望を、自分自身に持ち得た」証左を見る。このような小宮氏の視角を支える作品内部の徴標こそ、江藤氏の『行人』論に決定的に脱落している、「Hさんの手紙」における一郎の次のような最後の言葉である。[8]

「何んな人の所へ行かうと、嫁に行けば、女は夫のために邪になるのだ。さういふ僕が既に僕の妻を何の位悪くしたか分らない。自分が悪くした妻から、幸福を求めるのは押が強過ぎるぢやないか。」（「塵労」五十一）

この叙述に小宮氏は「一郎が初めて自分の転向を可能にされる認識」、ひいては「必然に次の『心』を呼び出す認識」を見る。そして作品の内在的把握という一点に関する限り、私は小宮氏の叙上の把握を全的に肯定する。作品『行人』の「裂け目」は、おそらく、このような一郎主体の「転向」の中にこそ存在する。「塵労」の世界、そして「Hさんの手紙」の世界は、この一郎の最後の一句に集約されることによって、『行人』前三章における直という他者の謎をめぐる存在論的主題との間に、大きな「裂け目」をもたらしたのである。その意味では、『行人』前三章と「塵労」との「裂け目」は、何よりも作家主体そのものにおける飛躍と断絶――「転向」（小宮氏）に起因するものであり、『行人』における一郎的存在に仮託された自己の過去の理念を否定超剋しようとする「生活の革命」への漱石のモチーフが、その背後に息づいているのである。

『行人』前三章が、二郎による直という他者の発見と、直によって触発される二郎内部の深淵の自覚に収束され、そこに二郎の世界認識の一郎への接近を見ることは既に定説と言って良いが、「Hさんの手紙」における漱石は、一郎の最後の一句の点綴において、前三章においては十分開示できなかった一郎主体内部の背理性に決定的な形象化を与えた、と言って良く、二郎の一郎への接近に対する、一郎の二郎への接近も亦、ここに読みとれるのではないか。そして、一郎と二郎の内面的認識が、ともに自己の背理性という同一レベルへの収束をめざすのは、それらが、あく迄も他者と自己との「平面的な」横の関わり方において発生、顕在化したものである限り、原理的には自己絶対化（自己抹殺）という階段的垂直的倫理に対する否定と抹殺を意味するのである。

作品の叙述に即して見れば、事態は、いっそう深刻である。一郎の言葉は、直を悪くしたのは自分だと、はっきり告白しているからである。この認識に関する限り、一郎と直とは、決して孤々介立の対等な自我ではない。主導権はあく迄も一郎にあり、直は従属的立場にあるのである。そこに明治社会における夫婦という生活形態における作者漱石の、男女の階級的力関係への批判的自己認識の萌芽を見ることも十分可能な筈である。江藤淳氏の「彼らはそれぞれの『我執』を澱ませて孤独なのだ」という評言が、作品の全幅を覆いえないのは、そのためである。

再言すれば、一郎と直という特殊具体的な関係に関する限り、一郎は加害者であり、直は被害者なのだ。一郎の登りつめた、この認識の頂点を基軸にすれば、「Hさんの手紙」における自己絶対化（自己抹殺）の希求という観念のドラマが、その現実的基盤の欠如、他者不在の自閉的世界の故に、畢竟おめでたいセンチメンタリズム以外の何ものでもないことがもはや明らかであろう。

十分な論理化を省いて言えば、『行人』前三章と「塵労」との間には、直という他者と自己との関係をめぐる一郎の自己認識の決定的転回がある。そして『行人』の「裂け目」とは、前三章と「塵労」との「裂け目」ではない。それは「Hさんの手紙」に示された一郎の最後の一句における自己認識と、『行人』のそれ迄の全構造に託された、一郎の、そして漱石の自己認識との「裂け目」である。このような作品の構造——作者の世界認識自体の亀裂を意味する「裂け目」は、作品構造への作者の当初の見通しのうちに胚まれていたものではなく、作品中断時における苦しい模索を経ての作者主体の変革そのもののうちに求められると見ることが妥当ではないか。

もとより、この作者主体の転換は、漱石にとっては真に必然的なものであったが、作品当初の世界認識とは背反するが故に、作品の内部に決定的空白を残すことになった。直と自己との関係をめぐる一郎の自己否定化への具体的経緯を作品は一切語らない。この事実は、作品構造上の致命的な欠陥であることは言う迄もないが、同時にそれは、「他者」との関わり方をめぐる平面的倫理の、垂直的倫理形態に対する決定的な勝利を示す一郎の最後の言葉が、二郎の世界認識と相結ぶことによって、作品構造上の細くはあるが確かな架橋をなしえているという事実の意義深さを、いっそうけざやかに示すものと言えるだろう。

*

かくして『行人』の到達点は、自己絶対化（自己抹殺）という垂直的倫理の全的破産の確認であり、「自己の表現に始つて、自己の表現に終る」という『行人』起筆直前の漱石の芸術的理念の否定であった。それは同時に、他者存在との関わり方における自己内面の背理性の自覚を介しての作者主体の平面的倫理の世界への回帰を意味する。そして『行人』の原構想と、「塵労」執筆段階における作者主体の究極的到達点とのめくらむばかりの落差のために、作中に十分開示しえなかった自己主体の相対化の具体的プロセスを、漱石は『こゝろ』で描くことになる。

＊

すでに前記小宮論ほかが必ず引用する大正二年九月一日付沼波武夫宛書簡や、又十月五日付和辻哲郎宛書簡に示された「道」への決意は、このような垂直的倫理形態への否定と訣別に基づく平面的倫理の世界への漱石の復帰を端的に示す徴標と言って良い。そこに「禅の悟のやうなもの」への希求を見る小宮論は恐らく性急なので、「道」が本来、他者と自己との関係の世界を前提とし、思想と実行、観念と現実との一致としての「行為」、あるいは統一的主体の確立を志向するものであることを踏まえるならば、観念と現実との決定的分裂を自覚しつつ、なお観念に執した一郎主体への否定を通じて、漱石が何を希求していたかは、余りにも明瞭ではなかろうか。

たとえば樋野憲子氏は、その優れた論考「『行人』論―則天去私の視点から―」（『国文目白』昭46・3）において、一郎の「絶対の境地」「絶対即相対」への希求に言及し、「自己がどれ程否定しようとも、彼が存在している新しい世界（＝絶対の境地）が、自と他との関係に於て作られたものである事は疑いえない（略）」、「『絶対の境地』は、『自己の絶対』を言おうとして、却って『他者の絶対』を証明する結果になっている（略）」と論じ、このような「非論理の論理」こそ、大正四年の「断片」における「自然の論理」であり、『行人』の自然は、合理的論理的、非合理的非論理的なものを一体化したものであり、そのような「自然」の把握が「絶対の境地」であり、そこにおいては「天意は我執に通じ、合理は不合理に通じ、又その逆が成り立っている」、「両極に引きさかれたその様な姿こそが、人間の生の根源的な姿であり、〈人間の自然〉なのである」とする。そして、「そうした人間を全的に捉える視点は、同時に人間と人間の関係を可能にする道であった」という文脈から「『絶対の境地』とは『孤独の回避』（略）ではなく、孤独の解決をはかるものであり、そこにあるのは『自己絶対化』による他者抹殺でも、『自己抹殺』でもなく、自他双方の肯定である」とし、このような〈人間の自然〉の肯定に、漱石主体における「則天去私」への接近を見ている。

　氏の論が極めて包括的であり、整合的であることは否めない。しかし問題は、作品のコンテクストに従う限り、このような「絶対の境地」、その還相としての「絶対即相対」の境地それ自体によって、漱石が一郎を救済しえていない――というより、このような境地による一郎主体の救済を頑なに拒否していると見られる点にこそあろう。一郎の苦悩は、「絶対の境地」あるいは「絶対即相対」の境地が、理念としては把握可能でも、現実には決して到達しえないというところに発生するのであって、それらはモチーフとしては「孤独の解決」を図るものではあっても、元来垂直的発想形態に基づくものである故に、空しい観念の遊びであり、平面的倫理に至る道は、完全に閉ざされている、と言って良い。「孤独の解決」を図るためにこそ、「絶対の境地」への希求という垂直的倫理の無効性の確認がなされたのであり、その結果として漱石は、一郎の最後の言葉における自己内面の背理性の自覚、加害者意識の発生というかたちでの一郎主体への否定の敢行を代償として、平面的倫理の世界――〈相対〉世界に復活しえたのである。

　漱石における〈相対世界の発見〉とは、かくして、自己内面の背理性の自覚と不可分であり、飛躍を恐れずに言えば、それはおそらく明治の社会構造、その階級的支配、被支配の関係に立脚しての知的社会的優越者としての自己に対するうしろめたさの自覚の成立へと発展、敷衍化しうる貴重な認識上の転回点であった。『行人』における一郎の最後の一句は、さしずめ「家」的優越者としての一郎のうしろめたさの自覚化、夫婦という男女の結びつきにおける優越者（夫）としてのうしろめたさの自覚化と言いうる訳で、このようなうしろめたさの歴史的社会的敷衍化、その延長上に『こゝろ』の先生の死、『道草』における「過去」との関わり方における自己相対化が生まれるのである。

かくして『行人』全構造と一郎の最後の一句との間に横たわる「裂け目」は、漱石における歴史的社会的意識の復活を意味していたと言って良く、うしろめたさを介しての「他者」の発見と、歴史的社会的な自己相対化の試みこそ、『こゝろ』から『明暗』に至る漱石の自己追求、その文学的定着化への中心的モチーフであった、と言いうるだろう。

注

（1）「『行人』について」（『国語と国文学』昭42・7）。
（2）「『行人』論の前提」（『日本文学』昭44・3）。
（3）「『行人』の主題―とくに〈二郎説話〉の意味するもの―」（『国語と国文学』昭45・9）、「『行人』における〈二郎の愛〉―伊豆説の検討を通して―」（『解釈と鑑賞』昭45・9）。
（4）「行人論・虚偽と真実　重松氏の批判に答える」（『国文学』昭46・9臨増号）。
（5）「一郎と二郎」（『漱石私論』角川書店　昭46・6）。
（6）「第四章『行人』―『我執』と『自己抹殺』」（『夏目漱石』東京ライフ社　昭31・11）。
（7）前掲書「第五章『行人』の孤独と東洋的自然観」。
（8）「『行人』」（『漱石の芸術』岩波書店　昭17・12）。

漱石『心』の根底――「明治の終焉」の設定をめぐり

『心』は、大正三年四月二十日から八月十一日まで、百十回にわたり東西の『朝日新聞』紙上に連載された。当初「先生の遺書」の表題のもとに連載されたが、大正三年九月二十日付で岩波書店から単行されるにあたって、全体の上中下の三つに分割し、それぞれに「先生と私」「両親と私」「先生と遺書」という表題をつけた。

漱石は「先生の遺書」を執筆する直前、三月二十九日付津田青楓宛書簡で「私は四月十日頃から又小説を書く筈です。私は馬鹿に生れたせゐか世の中の人間がみんないやに見えます夫から下らない不愉快な事があると夫が五日も六日も不愉快で押して行きます、丸で梅雨の天気が晴れないのと同じ事です自分でも厭な性分だと思ひます（略）世の中にすきな人は段々なくなります、さうして天と地と草と木が美しく見えてきます、ことに此頃の春の光は甚だ好いのです、私は夫をたよりに生きてゐます」と述べている。『心』の執筆直前のこのような激しい厭世観が『心』執筆のモチーフに連なっていることは、否定することができないのである。さらに四月十四日付寺田寅彦宛書簡においても漱石は「近頃は人を尋ねずあまり人も好まず何だかつまらなさうに暮し居候小説も書かねばならぬ羽目に臨みながら日一日となまけ未だに着手不仕候是も神経衰弱の結果かも知れず厄介に候」と述べ、依然たる厭生の念を表白している。このような「憎人厭世」（正宗白鳥）とも言うべき激しい人生への嫌悪の念が、死という絶対の境地に帰した先生という人物の造形に強く働きかけているのである。周知のように「先生と私」第三十章において先生は「私は他《ひと》に欺むかれたのです。しかも血のつゞいた親戚のものから欺むかれたのです。私は決してそれを忘れないのです。（略）然し私はまだ復讐をしずにゐる。考へると私は個人に対する復讐以上の事を現に遣つてゐるんだ。私は彼等を憎む許ぢやない、彼等が代表してゐる人間といふものを、一般に憎む事を覚えたのだ。私はそれで沢山だと思ふ」と私に語っている。ここには、前記書簡に示されていた「憎人厭世」の念が噴出している観がある。先生の自殺も先生の犯した罪に対する贖罪の念よりも、人間一般への憎悪の念によることが多いと言えるのである。

このような先生の生に対する嫌悪は、決して他者にばかり向けられたものではない。『心』の先生がKを自殺せしめた自己を回想して「叔父に欺むかれた当時の私は、他《ひと》の頼みにならない事をつくづくと感じたには相違ありませんが、他《ひと》を悪く取る丈あつて、自分はまだ確な気がしてゐました。世間は何うあろうとも此己は立派な人間だといふ信念が何処かにあつたのです。それがKのために美事に破壊されてしまつて、自分もあの叔父と同じ人間だと意識した時、私は急にふら〳〵しました。他《ひと》に愛想を尽かした私は、自分にも愛想を尽かして動けなくなったのです」（「先生と遺書」五十二）と語っていることは、先生の憎しみが自己そのものにも向けられていることをはっきりと示している。このような自他に対する憎悪は、漱石自身の内面の率直な表白であった。たとえば大正三年一月十三日付畔柳芥舟宛書簡で漱石がメンデリズムと文芸との関係を否定的に説きつつ「僕は自分で文芸に携はるので文芸心理を純科学的には見られない。又見ても余所々々しくてとてもそんなものに耳を傾ける気がしない。僕のはいつでも自分の心理現象の解剖であります。僕にはそれが一番力強い説明です。若しそこに不完全なものがあればそれは心理現象そのものゝ複雑から来るので方法のわるい点からくるとは考へられません」と述べていることを参照にすることもできる。しかし「心」に連なる漱石の人生観を最も明瞭に示しているのは『心』執筆後の大正三年十一月十四日付岡田耕三宛書簡である。漱石はそこで「私が生より死を択ぶといふのを二度もつゞけて聞かせる積ではなかつたけれどもつい時の拍子であんな事を云つたのです然しそれは嘘でも笑談でもない死んだら皆に柩の前で万歳を唱へてもらひたいと本当に思つてゐる、私は意識が生のすべてであると考へるが同じ意識が私の全部とは思はない死んでも自分〔は〕ある、しかも本来の自分には死んで始めて還れるのだと考へてゐる　私は今の所自殺を好まない恐らく生きる丈生きてゐるだらうさうして其生きてゐるうちは普通の人間の如く私の持つて生れた弱点を発揮するだらうと思ふ、私は夫が生だと考へるからである　私は生の苦痛を厭ふと同時に無理に生から死に移る甚しき苦痛を一番厭ふ、だから自殺はやり度ない　夫から私の死を択ぶのは悲観ではない厭世観なのである　悲観と厭世の区別は君にも御分りの事と思ふ。私は此点に於て人を動かしたくない、即ち君の様なものを私の力で私と同意見にする事を好まない。然し君に相当の考と判断があつて夫が私と同じ帰趣を有つてゐるなら已を得ないのです」と述べている。ここに『心』を執筆した後の漱石の厭世観の帰結が示されている。また大正四年二月十五日付畔柳芥舟宛書簡においても漱石は「私は死なないといふのではありません、誰でも死ぬといふのです、さうしてスピリチュアリストやマーテルリンクのいふやうに個性とか個人とかゞ死んだあと迄つづくとも何とも考へてゐないのです。唯私は死んで始めて絶対の境地に入ると申したいのですさうして其絶対は相対の世界に比べると尊い気がするのです」と述べている。このように、生に対する絶望と死の絶対境への憧憬を提示することこそ漱石が『心』の先生の内面剔抉を通じて表現しようとしたところのものであった。

確かに「自殺によって先生の人格が完成される」（吉田精一氏[1]）という指摘は正しい。しかし、漱石はすべての人間が先生と同じ運命を辿り、自殺に至るという事実を無条件に信じえたであろうか。大正四年一月十三日から二月二十三日にかけて『朝日新聞』に連載された『硝子戸の中』第七章において漱石は、死によって現在の「美しい心持」を維持すべきかどうかと相談に来た吉永秀に対して終局的には「死なずに生きて居らつしやい」と忠告しているる。そして次章において「『死は生よりも尊とい』／斯ういふ言葉が近頃では絶えず私の胸を往来するやうになつた。／然し現在の私は今のあたり生きてゐる。私の父母、私の祖父母、それから曾祖父母、それから順次に遡《さかの》ぼつて、百年、二百年、乃至千年万年の間に馴致された習慣を、私一代で解脱する事が出来ないので、私は依然として此生に執着してゐるのである。（略）既に生の中に活動する自分を認め、又其生の中に呼吸する他人を認める以上は、互ひの根本義は如何に苦しくても如何に醜くても此生の上に置かれたものと解釈するのが当り前であるから」と、吉永に対する忠告のモチーフを説明している。こゝに先生の自殺を描いた漱石の人生観の他の一面が示されている。漱石にとり、先生の自殺は、先生自らの偽りない心情の告白として許すことはできても、それを人間一般に対してもおし広げることは、許されざることがらであった。先生自身もその自殺の理由を語り手である「私」がはっきりと呑み込めないかも知れないと危惧して、そこに「時勢の推移から来る人間の相違」あるいは「箇人の有《も》つて生れた性格の相違」（「先生と遺書」五十六）を見ている。ここには、先生自らの死が先生固有の性格と先生の生きた時勢のしからしむるゆえんであること、先生の死が先生の人格と時代との総合としての独立的なひとつの個性のしからしめた死であることが自覚されているのである。即ち先生の死は、先生の性格とともに歴史的社会的に規定された死であったのである。この両面からの規定を無視して先生の死を実存的不安の側面からのみ追いつめることも、時代精神の側面からのみ追い求めることも不十分であると思われる。なぜならば、『心』の先生の死には、人間内面の存在的不安に脅えながらも、あくまでも「明治」という時代の中で生きてきた歴史的実存としての漱石の明治の終焉に当っての偽らざる内面表白がかけられているからである。友人のKを死なしてから死のう死のうと思いつつ生きてきた先生は、いざという間際になって常に妻に心惹かされて生きてきた。妻のために先生は「ミイラの様に存在」（『先生と遺書』一）してくることに満足していたのである。このような先生の内部に『硝子戸の中』に現われたような生への意志がないとは言えない。そのような生への意志と死への希求との闘いに先生が疲れはて、とぼとぼと生を歩いて来た時、明治天皇の死と乃木殉死とが働きかけたことを私たちは、重くみて然るべきだと思う。私は先生が疲労の極、自殺の誘惑にかられたことを否定するものではない。しかし、たとえ疲れ果てても、明治天皇が崩御し、乃木大将の殉死という事件が起らなかったならば、先生は自殺しなかったであろうと言いたいのである。その意味で、先生の死は歴史的に一回限り起りうる死であり、そこには、明治の終焉に対する漱石の感慨がこめられているのである。

漱石の文学的営為は、常に人間における存在的不安の剔抉と現代日本の開化に対する文明批判の精神という二つの主軸に貫ぬかれているのであるが、その作品のひとつひとつが何等かの意味でその作品の書かれた時点（広い意味）での社会的反映であるということを否定することはできない。漱石は生きた社会的事象への強い関心を持つ作家であった。漱石の作中で最も成功した作品と言われる『それから』が当時の「高等遊民」問題を踏まえて発想されていることは典型的な事例である。そして、『心』におけるそのような社会的事象が明治の終焉であり、就中乃木大将の殉死であった。このような具体的事象を媒介として漱石の文学的主題を展開させようとしたところに『心』という作品における漱石の狙いがあった。飛躍すれば、乃木殉死が乃木希典の生きてきた明治という時代の表白であったように、先生の自殺は、漱石その人の生きてきた明治という時代の表白であったのである。そこに共通して「明治」という時代に対する矜持が認められることは否定しがたいのである。したがって、このような明治に対する矜持に支えられた先生の自殺が、後続の世代に理解されがたいのは已むを得ない一面がある。なぜならそこには既に天皇と臣民との一体感、国家と国民との一体感、換言すれば辛うじて国家的独立を達成しえたという明治人の素朴なナショナリズムは、日露戦争を境として急速に失われつつあったからである。このような、先生の自殺をめぐる明治人と大正人との受けとり方の相違は江口渙の表白に見られる先生の自殺の「不自然」さの指摘に始まり、昭和、戦後へとますます懸隔を激しくしているというのが一般の趨勢と見て良いのである。しかし、ここでは、あくまでも漱石の内面に即して見て行きたいのである。

＊

漱石は、大正元年九月二十九日付小宮豊隆宛書簡において自己の痔疾の治療にふれて「僕の手術は乃木大将の自殺と同じ位の苦しみあるものと御承知ありて崇高なる御同情を賜はり度候」とやや軽口めいて述べている。また明治四十五年の「日記及断片」には「乃木大将の事。同夫人の事」という記述がある。更に明治天皇の死については、大正元年八月八日付森次太郎宛書簡において「明治のなくなつたのは御同様何だか心細く候」と述べている。また大正元年七月三十一日の日記には、天皇崩御による宮中の儀式の模様を克明に記録している。更には「法学協会雑誌」大正元年八月号に格調高い「明治天皇奉悼之辞」を執筆しているのである。そしてこのような志向をより直接的に表現しているのが『心』という作品そのものの構成である。

周知のように『心』の実質的な主人公である「先生」は、明治天皇の崩御を聞いて「私は明治の精神が天皇に始まつて天皇に終つたやうな気がしました。最も強く明治の影響を受けた私どもが、その後に生き残つてゐるのは必竟時勢遅れだといふ感じが烈しく私の胸を打ちました」（「先生と遺書」五十五）と述懐しており、妻に向っては「自分が殉死するならば、明治の精神に殉死する積だ」と言い、明治天皇御大葬の夜行なわれた乃木殉死に衝撃を受け、ついに自殺の覚悟を固めているのである。確かに先生の自殺は、冒頭において述べたように深い憎人厭世の念に基づいている。しかしながら、先生が自殺するに当って明治の終焉という時期を選んだのは、それが先生に与えた「時勢遅れ」という実感以外に何ら必然的理由がないとは簡単に言うことはできない。なぜならば、先生の告白と死とが明治天皇の崩御と乃木殉死という新旧の時代の交替を背景に設定されているとともに、語り手である「私」の父が明治天皇の発病と前後して同種の病気で重態に陥り、明治天皇の崩御に自分の死の予示を感じとり、以降病勢が募ってゆくという副次的プロットの展開が存在し、その父の内部に「明治」を生きた庶民の精神的支柱としての明治天皇と乃木大将とが捉えられていることは、構成上無視できない問題を投げかけているからである。

性急に云えば、漱石は『心』の中に、明治天皇の崩御と乃木殉死とが当時の国民に与えた悲劇的感銘を、知識人と庶民の双方の立場から如実に写し出しているのである。漱石が『心』の本来のテーマである人間内面の剔抉を叙述するに当って、このような国民的規模における「明治の終焉」を背景に設定しなければならなかったのはなぜなのか、ということが改めて問題となるのである。

今『心』におけるプロットの展開と明治の終焉との関わり方を概略まとめておくと次のようになる。即ち明治天皇の発病を聞いた私は「つい此間の卒業式に例年の通り大学へ行幸になつた陛下を憶ひ出し」（「両親と私」三）たのであるから、明治四十五年六月に東大文科を卒業したわけである。そして七月の五、六日に帰郷し、父や母が卒業祝の宴会を行なおうと言い出したのは、七月十二、三日であり、予定の日取りは、更に一週間先であった。しかるに七月二十日には明治天皇の発病が公表され、祝宴は中止される（三）。そして私の父は、天皇発病後「凝と考へ込んでゐるやうに見」え、「毎日新聞の来るのを待ち受けて、自分が一番先に読」（四）み、更に「勿体ない話だが、天子さまの御病気も、お父さんのとまあ似たものだろうな」と深い懸念をもって語る（四）。明治天皇の崩御が伝えられると父は「あゝ、あゝ、天子様もとう〳〵御かくれになる。己も……」（五）という嘆声を発して非常に落胆している。そして以後病勢は急激に悪化の一途を辿り、乃木殉死の報に接して「大変だ大変だ」と大声でその驚愕を示してまもなく、危篤状態に陥り、「乃木大将に済まない。実に面目次第がない。いへ私もすぐ御後から」（十六）と囈語をいうのであった。そして父が昏睡状態に陥り、その死が今日、明日という時、先生の死を告げる遺書が私の元に至り、私は父を見捨てて東京行の汽車に身を投じたのである。

いま父の明治天皇の崩御、乃木殉死に関する心情を考えてみれば、それは恐らく明治の大部分の国民の抱いていたナショナリズムに発するものであったろう。そこには明治の国家的独立の象徴としての明治天皇に対する国民、あるいは庶民の一体感が示されている。乃木殉死の報は、まさにそのような一体感を直接に体現したものとして、国民の心情に強く訴えかけたのである。私の父の姿には、そのような国民感情の最大公約数的表現が与えられているといって良い。

だが先生はどうか。確かに先生は乃木殉死に直接のヒントを得て自殺の道を選んだ。しかしそれは乃木大将のように絶対的存在としての明治天皇に対する忠誠の表現としての自殺ではなかった。この点に私の父のような無批判な乃木随順とは異なる点が認められる。先生は「私に乃木さんの死んだ理由が能く解らないやうに」(「先生と遺書」五十六)と私に語りかけているが、先生に分るのはその三十五年の間死のう死のうと思って生きてきた乃木大将の誠実な苦悩だけであったろう。(3) 更に「私は今日に至る迄既に二三度運命の導いて行く最も楽な方向へ進まうとした事があります。然し私は何時でも妻に心を惹かされました。さうして其妻を一所に連れて行く勇気は無論ないのです。妻に凡てを打ち明ける事の出来ない位な私ですから、自分の運命の犠牲として、妻の天寿を奪ふなどゝいふ手荒な所作は、考へてさへ恐ろしかつたのです。私に私の宿命がある通り、妻には妻の廻り合せがあります。二人を一束にして火に燻べるのは、無理といふ点から見ても、痛ましい極端としか私には思へませんでした」(五十五)と語っているが、ここには妻と自分とを一束にして殉死という悲惨な行為につき進んで行った乃木殉死のあり方に対する暗黙の批判が示されていることを否定することができないのである。先生が「私は妻に残酷な驚怖を与へる事を好みません。私は妻に血の色を見せないで死ぬ積です。妻の知らない間に、こつそり此世から居なくなるやうにします。私は死んだ後で、妻から頓死したと思はれたいのです。気が狂つたと思はれても満足なのです」(五十六)と言っているのも同様の批判的意図に立つものである。先生が「明治の精神」への殉死を説くのも、乃木殉死が明治天皇という特定の人格に対するものであったことに対立するものであったと言うことができる。そして漱石は乃木大将の至誠には深い共感を覚えながらも、その至誠の対象や至誠の貫徹のために妻という他者もまきぞえにする前近代的倫理に深い憤りを覚えたのではあるまいか。その点では漱石の『心』は、鷗外の『興津彌五右衛門の遺書』とは正に逆の方向からの乃木殉死へのアプローチを示しているのである。先生の自殺の描写の背後には、このような乃木殉死のあり方に対する漱石自身の内発的な明治の倫理を提示しえたとする誇りの存在したことは否定できないのである。

『心』の語り手である「私」が乃木殉死への素朴の共感者である父を見捨てて、先生の許へ急ぐのもこのような死に対する漱石自身の内発的倫理の追求という根本的モチーフと無縁ではないであろう。周知のように『心』の語り手である私は、心の中で父と先生とを比較して「両方とも世間から見れば、生きてゐるか死んでゐるか分らない程大人しい男であつた。他《ひと》に認められるといふ点からいへば何方も零であつた。それでゐて、此将碁《ママ》を差したがる父は、単なる娯楽の相手としても私には物足りなかつた。かつて遊興のために往来をした覚えのない先生は、歓楽の交際から出る親しみ以上に、何時か私の頭に影響を与へてゐた。たゞ頭といふのはあまりに冷か過ぎるから、私は胸と云ひ直したい。肉のなかに先生の力が喰ひ込んでゐると云つても、血のなかに先生の命が流れてゐると云つても、其時の私には少しも誇張でないやうに思はれた。私は父が私の本当の父であり、先生は又いふ迄もなく、あかの他人であるといふ明白な事実を、ことさらに眼の前に並べて見て、始めて大きな真理でも発見したかの如くに驚いた」（「先生と私」二十三）と言っており、作中における先生の私の父に対する優位性は動かしようがないのである。先生は、先生の「憎人厭世」の念を表白することで、乃木殉死に対立する先生自身の死に至る倫理を確立したのである。

このように先生の自殺が贖罪のモチーフに立つものでなく、人類一般の代表としての自己への憎悪であったことを考えると、そのような憎悪についに含まれなかった奥さんを死の道連れにしないのは、むしろ自然のことがらである。先生にとって奥さんはついに「純白」であり、透徹した人間不信の網の目に捉えられなかったかのようである。しかし、それは恐らく先生自身の奥さんに対する「崇高」な愛情の反照であったに違いない。いずれにせよ、先生のエゴイズムと、死に至る内発的倫理の追求を主題とする『心』においては、それは副次的プロットに過ぎない。そして漱石の憎人厭世の念の表白としての『心』が、先生の「死」をすべての人間に共通の運命として提示することなく、以上のような「明治の終焉」という時代背景のもとに始めて起りうるものとして提示しているところに、私は激しい厭生観に捉われながらもなおかつ生の立場を否定しきれなかった漱石の生きんとする意志が反映していることを確かめておきたいのである。

＊

先生に私をひきつけ、先生と私との間に精神上の親子関係ともいうべき関係を結ばせたものは何か。一言で言えば、それは、先生の抱いている倫理・思想・人生観の内発性であった。私はそれについて「私には学校の講義よりも先生の談話の方が有益なのであつた。教授の意見よりも先生の思想の方が有難いのであつた。とゞの詰りをいへば、教壇に立つて私を指導して呉れる偉い人々よりも只独りを守つて多くを語らない先生の方が偉く見えたのであつた」(「先生と私」十四)と云っている。更にまた「私の眼に映ずる先生はたしかに思想家であつた。けれども其思想家の纏め上げた主義の裏には、強い事実が織り込まれてゐるらしかつた。自分と切り離された他人の事実でなくつて、自分自身が痛切に味はつた事実、血が熱くなつたり脉が止まつたりする程の事実が、畳込まれてゐるらしかつた」(同十五)と述べている。そしてここから私の先生の過去を知りたいという欲求が生じてくる。そしてこのような私の先生の人生観の内発性に対する傾倒こそ、先生の私に対する遺書を呼び起したものであった。即ち「先生と遺書」の第二章において、先生は、かつての私の人生論を評して「あなたの考へには何等の背景もなかつたし、あなたは自分の過去を有つには余りに若過ぎたから」、決して「尊敬を払ひ得る程度にはなれなかつた」と述べ、にもかかわらず私が先生の思想を支える「過去を絵巻物のやうに」展開してくれと迫った時、始めて私を尊敬しえたと述べている。即ち先生は、この時私の無遠慮な態度の中に、先生の腹の中から「或生きたものを捕まへやうといふ決心」をみ、私の、先生を介して内発的に思想形成に踏み出ようとする厳粛な希求を見出したのである。このように内発的倫理の追求という姿勢こそ、先生と私とを最後に結び合わせたものであるということができるであろう。先生は、このような内発的に思想形成に踏み出ようとする私の態度に対して「あなたは真面目だから。あなたは真面目に人生そのものから生きた教訓を得たいと云つたから」という賞賛のことばを送っている。そして同時に先生の思想のもつ内発性こそ、先生をして「私の鼓動が停つた時、あなたの胸に新らしい命が宿る事が出来るなら満足です」と語らしめたものであった。なぜならば、「倫理的に生れ」、「倫理的に育てられた男」である先生にとり、その倫理上の考えが「今の若い人と大分違つた所があるかも知れ」ないとしても、それが「何う間違つても、私自身のもの」であり、「間に合せに借りた損料着」ではないために、「是から発達しようといふ」私にとって「幾分か参考になる」と思われたからである。

　このように私と先生とを結びつけるものは、ともに内発的なるものの追求への志向であったのであるが、ここで見逃すことのできないのが、『心』の前作『行人』擱筆後まもなく、大正二年十二月十二日第一高等学校においてなされた講演『模倣と独立』の内容である。漱石はそこで人間心理の属性として「イミテーション」と「インデペンデント」という対立概念をあげ、どちらも人間にとって不可欠の属性であるが「自己の標準」を有しているという点で、インデペンデントの人には恕すべきものがあると述べた後、次のように語っている。「泥棒をして懲役にされた者、人殺をして絞首台に臨んだもの（略）其罪を犯した人間が、自分の心の径路を有りの儘に現はすことが出来たならば、さうして其儘を人にインプレッスする事が出来たならば、総ての罪悪と云ふものはないと思ふ。（略）如何に傍から見て気狂じみた不道徳な事を書いても、不道徳な風儀を犯しても、其経過を何にも隠さずに衒はずに腹の中をすつかり其儘に描き得たならば、其人は其人の罪が十分に消える丈の立派な証明を書き得たものだと思つて居るから、さつき云つたやうな、インデペンデントの主義標準を曲げないと云ふことは恕すべきものがあると云つた様な意味に於て、立派に恕すべきであると云ふ事が出来ると、私は考へるのであります。」引用が長くなったけれども、ここには『心』の先生を描いた漱石の最も深いモチーフが露呈しているのであって、『心』における人間内面の剔抉が、滔々たる外発的開化即ちイミテーションの風潮に対する貴重な内発的思想即ちインデペンデントな態度の表出に連なるものであったことが分るのである。更に『心』における先生の私への「遺書」が、私心を混えないありのままなる自己内面の描出によって先生自身の「罪が十分に消える丈の立派な証明」となっていることも分る。もちろん漱石がここで言う罪は、人格的な罪であって、社会的な罪ではない。『心』における先生の「遺書」には、このような意味における漱石の作家としての自己表白を通じての自己救済のモチーフが込められていた、ということができるのである。

漱石は続けて「然し斯う云ふ風にインデペンデントの人と云ふものは、恕すべく或時は貴むべきものであるかも知れないけれども、其代りインデペンデントの精神と云ふものは非常に強烈でなければならぬ。のみならず其強烈な上に持つて来て、其背後には大変深い背景を背負つた思想なり感情なりがなければならぬ。如何となれば、若し薄弱なる背景がある丈ならば、徒にインデペンデントを悪用して、唯世の中に弊害を与へるだけで、成功は迚も出来ないからである」と述べている。ここでいう「成功」とは、人に「同情に値ひし、敬服に値ひする観念」を起させて、人の心に何等かの良い影響を与えることをさしている。また「深い背景」とは、来るべき人類一般の「運命」を、時代に一歩先んじて示すことをさしている。このような意味からすれば、『心』という作品は、先生のインデペンデントな思想である人間不信、厭世観の描写を通して、人類一般の運命であるエゴイズムの恐るべき働きをこの上なく的確に捉え、死という究極的な事実を通してこれを批判化することに成功した作品ということができる。先生の自殺は、読者に十分に「同情に値ひする観念」を与えたということができるのである。

さらに「模倣と独立」において漱石は「インデペンデント」の例として、乃木殉死をあげ、日露戦争をあげ、軍人をあげ（『心』の先生の妻は軍人の未亡人の一人娘である）、更に「西洋に対して日本が芸術に於てもインデペンデントであると云ふ事ももう証拠立てられても可い時である。（略）自分で夫程のオリヂナリテーを持つて居ながら、自分のオリヂナリテーを知らずに、飽までもどうも西洋は偉い〳〵と言はなくても、もう少しインデペンデントになつて、西洋をやつつけるまでには行かない迄も、少しはイミテーションをさうしないやうにしたい」と芸術家としての「インデペンデント」な態度の必要を強調しているのである。

このように見てくると『模倣と独立』における主題が、現代日本文明の外発性を、いかに内発性に転化させてゆくかという漱石の文学に一貫する不易のモチーフから発していることが分る。『心』における「明治の精神」への共感も乃木殉死への感慨も、そのような現代日本文化の内発性の追求というモチーフから発しているのではなかろうか。「インデペンデント」な人格としての先生が、明治の対外的独立の象徴としての明治天皇の死に、自らの精神的支柱としての「明治の精神」の喪失を見、乃木殉死に衝撃を受けて、自己の生涯に亘る罪の意識に殉ずる所以はここにある。漱石は『模倣と独立』の中で乃木殉死にふれて「乃木さんの行為の至誠であると云ふことはあなた方を感動せしめる。夫が私には成功だと認められる」と言っており、自らの乃木殉死から受けた感動を認めているのである。

『心』における作家としての救われざる厭生観の所有者としての先生という人格の追求と、国家的独立を象徴する「明治の精神」への共感とは、西洋文明への「模倣」の氾濫する「現代日本の開化」の潮流の中にあって、真に内発的な文化、倫理を追求しようとする文明批判の精神によって結びつけられていたのである。そしてそのような明治人の心情を主題として形象化するための最も適切な具体的事象こそ、明治天皇の崩御、乃木殉死に象徴される明治の終焉という国民的悲劇であった。そして漱石は、このように歴史的に厳密な背景を作品の背後に与えることによって、逆に新たなる時代への蘇りを周到にも用意していたということができるのである。

注

（1）角川書店版『漱石全集』第十一巻解説（昭35・7）。

（2）この点については駒尺喜美氏「『こゝろ』」（『日本文学』昭44・3）にも言及がある。

（3）「思い出（一）夏目漱石の死」（『新日本文学』昭27・7）。

（付）戦後研究史における「漱石と『明治の精神』」

「殉死」という観念

『心』（大3・9）の主人公先生が明治天皇崩御に際し抱いた〈時勢遅れ〉の感慨、さらに「明治の精神」への殉死という観念は、明治人としての先生の本質を遺憾なく示すものであることはいうまでもない。もちろん先生は、この観念としての殉死がおよそ一ヶ月後に乃木殉死として現実化することを知らない。いわば現実に先行するものとして先生の観念があったということは、〈乃木さんの死んだ理由が能く解らない〉という立場をこえて、明治の普遍的精神の質を鮮かに示すものである。夏目漱石が明治天皇崩御に際して、宮中の儀式を克明に記録し（大元・7・31、日記）、「明治天皇奉悼之辞」（『法学協会雑誌』大元・8）を書いたことは、先生の精神の位相と漱石の精神の位相との正確な対応を示している。本来〈罪と罰〉（荒正人）の物語である『心』が「明治の終焉」を強固な枠組みとして語られることは、作品構造上の矛盾をこえて、生々しいリアリティをもって現代に訴えかけ続けている事実と不可分に結びついている。漱石における「明治の精神」を解くことは、矛盾や曖昧をこえて訴えかけてくる、このようなリアリティをいかに捉えるか、という問題であるといえよう。

たとえば「明治の精神」を漱石像のうちに搦め取った最初の論である唐木順三「夏目漱石論」（『現代日本文学序説』

春陽堂、昭7・10）のごとく「明治の精神」を〈ブルジョア知識階級の一般的不安と孤独〉（傍点筆者）というところまで拡大してしまえば、ことは簡単なのだが、明治天皇や乃木将軍と結びつく「明治の精神」は、単純な階級的視点から割り切れぬ要素を包含するものである。『心』の構造そのものが、「私」の父、先生という庶民と知識人の双方から「明治の終焉」を階級をこえた一つの国民的悲劇として写し出しているのであり、「明治の精神」とは、そのような国民的、もしくはすぐれて民族的な実質を保持している。半面、戦中の執筆に係る岡崎義恵『漱石と則天去私』（『日本芸術思潮』1、岩波書店、昭18・11）における〈先生が明治の精神に執したといふやうなことは漱石自身の心にひそんでゐたことであるとしても、此作の全篇の構想からいふと余り唐突なことである〉というごとき把握の方向は今日もなお根強い。戦後、佐古純一郎『漱石の文学における人間の運命』（一古堂、昭30・2）が、天皇崩御や乃木殉死は自殺の〈ひとつの動機〉にすぎず、〈真の因由は（略）死にいたる病にほかならない〉としたのは、キリスト教的原罪観に基づく典型的把握だが、ここでは「殉死」という語に込めた先生の思念の重さがまったく捨象されている。また下って遠藤祐「こころ」（『夏目漱石必携』学燈社、昭42・4）が、先生の悲劇の根源に生来の「懐疑性情」を見、〈崩御はたしかに（略）「明治の精神に殉死する」という想念を与えた。だが、それはあくまで想念にとどまって、自殺の決意と直接に結びついてはいない〉としたのも「明治の精神」と〈自己に固有の理由によって死を決意した〉先生内面との実質的分裂を措定したものである。このような作品把握は、柄谷行人『畏怖する人間』（冬樹社、昭47・2）における〈『こゝろ』の隠された主題は自殺であ〉り、罪の意識も明治の終末感も〈作品をおおっている暗さや先生の自殺決行に匹敵しない〉とする把握にまで引き続く現在の課題でもある。

統一的把握への出発

しかし、これらの一方で、戦後まもなく猪野謙二「『心』における自我の自覚と崩壊」(『世界』昭23・12) が〈いまさらいうまでもなく、『心』の先生が究極において到達していたところは、「天皇に始まって天皇に終った」「明治の精神」の確認であり、一方、現代に対する一つの孤絶の感であった〉とした上で、〈肉体と魂の故郷としての明治的現実の喪失、それからの自由こそが、ただちにかれ (漱石) の究極的な自我の自覚、個人主義思想の概括を可能にしたものであったこと〉を強調するとき、先生固有の内面追求と「明治の精神」への「殉死」という、いわば内容と形式の両面から作品の統一的把握への第一歩が踏み出された、といえる。猪野はのち国民文学論争によって提起された「民族」の問題への考察を核として夏目漱石を中心とする明治文学の完結した個性を闡明することになる。そこに提出されたのは、「国家」的使命感、「国民」的危機感を媒介することにより〈一個の人間存在をトータルに把握する (略) 可能性をもっていた〉(「序に代えて――明治作家の原点」『明治の作家』昭41・11、岩波書店) 明治文学のイメージであり、明治一〇年代以後における国家と個人との分化・対立というナショナリズムの変質にも拘わらず〈近代主義と反近代主義、あるいは西欧主義と東洋主義、等々が、それぞれ切実な国民的危機感に媒介され、一種の緊張関係を保持しつつ並立していた〉(同書) 明治精神の輪郭であり、そのような明治文学としての漱石の位置づけである。他方、平野謙「暗い漱石(1)(2)」(『群像』昭31・1、2) は〈語の真実な意味において、封建日本と近代日本との相剋とその結末〉を『心』の恋愛に眺め、〈先生の歩いてきた過去の全重量とシノニム〉なるものとして「明治の精神」を把握したこともみのがせない。

「明治国家」との対応

ところで昭和三〇年代後半からの高度経済成長政策による大国意識の発生と明治百年を契機とするナショナリズムの台頭の中で、夏目漱石を含む明治文学再評価の気運の高まったことは周知の事実であるが、「明治の精神」への対応もその中である変容を示した。それを端的に示したのが江藤淳「明治の一知識人」（原題「人と文学」『夏目漱石II』「解説」〈『現代文学大系』〉筑摩書房、昭39・12。のち増補版『夏目漱石』勁草書房、昭40・6に表記の題名で収録）である。明治文学における〈大正・昭和期の文学からは喪われてしまったある鮮明な特質〉を〈つねに日本人としての文化的自覚を失わず、一種強烈な使命感によって生き〉、〈何を書くにせよ、彼らは一様に「国のために」書いた〉とする大前提に立つ江藤論は、〈漱石同様明治の教養人、知識人であった先生は、自殺を決行するにあたってさえ、孤絶からの逃避という単なる個人的な動機を越えた動機を必要とした〉と見、先生の「明治の精神」への「殉死」の意味を〈形式を喪失した自我の暴威に対する自己処罰〉に求め、明治の終焉に対する漱石の反応を国家と個人との〈失われたidentity〉回復への欲望のめざめとして捉えた。『心』が〈非感傷的に、人間的愛の絶望的陰影を描〉き〈「愛」の不可能性を立証〉した作品であるとする江藤の旧説的立場からの移行が認められるか否かはしばらく措き、おそらく江藤論の問題点は、氏が漱石における「天」と無媒介に同質視する「国家」の問題にこそあろう。漱石と明治国家との複雑な対応は、江藤論のように「国家」を、〈伝統的倫理〉や〈国家的使命感〉に直接に結びつけることでは図れず、すでに猪野謙二前出「『心』における自我の自覚と崩壊」における〈明治天皇の死がかれ（漱石）にもたらした何よりの意味は、実はかれのうちなる観念的な国家の、最後の、そして永遠の消滅であった。いわばそれは《神》の喪失であった〉とする立場との正当な対決を課題として引き受けざるを得ないのではないか。伊沢元美「明治の精神と近代文学――夏目漱石『こころ』をめぐって」（『島根大学論集』12、昭39・12）は、「明治の精神」は漱石の〈個人道徳追求の精神的基盤〉であり、それは〈日本の自主独立、開明進取の中心的存在としての明治天皇に対する信頼感〉であった、と論じた。

作品論的追求の系譜

以上のような文学史的・作家的イメージ再構築の試みを承けつつ、作品分析の深化の上に「明治の精神」をいっそう内在的に把握しようとする試みが続出する。三浦泰生「漱石の『心』における一つの問題」（『日本文学』昭39・5）は、「明治の精神」を〈自己の行為に関わる一切に対して（略）あくまで「己れの責任」をとるという心のあり方〉とし、〈先生の自殺は、正しくそのような「明治の精神」に殉ずるもの〉であり、同時に〈「明治の精神のみに生きること」の限界を示すもの〉とした。畑有三「『心』」（『国文学』昭40・8）は、Kを先生の先行者とする把握の上にその死因を考察、それによってもたらされる〈Kの自殺と、さらにそのようなKの歩いた路を同じように辿らざるを得ない自分、というその総体こそが先生という人間をつくり上げている基本的内容であり、先生をそのような人としてつくりあげた過去の民族的社会的諸条件こそが、（略）「明治の精神」にあたるもの〉とする把握を示し、あわせて「殉死」という発想の中に、宿命的認識の帰結としての死への指向性と同時に、そこからの脱出、〈行為の回復〉への希求という能動的側面が存在することを指摘した。「明治の精神」が、ここでは国家社会と関わる高音部においてのみでなく、低音部をも含めての先生、もしくは夏目漱石の〈過去の全重量とシノニム〉（前出、平野謙「暗い漱石」）なるものとして論理的に集大成されていることは注目して良い。石崎等「『こころ』」（『国文学』昭44・7）が「遺書」における「性格悲劇」的側面への批判的視点を保持しつつ、先生が「私」に遺書を書いたことの意義を重視し、そこに〈自己の生と「明治」という時代とその既成価値とへの率直な疑問の表明〉、〈自己を含めていまだ確立しえない（略）社会規律・国民倫理への渇望〉の逆説的証明を見るのも畑論の志向の延長上に位置する。小泉浩一郎「漱石『心』の根底――『明治の終焉』の設定をめぐり」（『文学・語学』昭44・9）も漱石の講演「模倣と独立」（大2・12）における〈インデペンデント〉の概念に依拠しつつ、内発的倫理・文化追求の漱石のモチーフを介して「心」における存在論的人間追求と「明治の終焉」の設定に象徴される文明批判的モチーフとを統一しようと試みた。なお「模倣と独立」への注目は、佐藤泰正「『こゝろ』の世界」（『文学その内なる神』桜楓社、昭49・3）においても、異なった角度から継承・展開されている。他方、漱石文学の根底に〈存在の深淵〉を凝視し続けた越智治雄が「『こゝろ』」（『国文学』昭43・4、5、7、昭44・6。のち『漱石私論』角川書店、昭46・6所収）において〈人間存在の不安定性、矛盾〉を見るのは当然として、一時代の終焉に対する感動を〈恒常的存在感〉〈自意識で限定できぬ超意識的なもの〉の意識化という方向で論ずる時、それが〈存在の負っている暗さへの漱石のひたすらな凝視のゆえに見えてきたもの〉という把握と相俟って、力点をあくまで低音部に置いた一元的把握を指向していることは否定できない。そして越智が〈明治の精神に殉死するとは、一面において自身をかく在らしめた時代と刺し違えること〉であり、〈問題は、それまで自己否定を重ねてきた先生の決定的な自己否定を抜きにして明治の精神を考えることはできない〉と論じつめる時、氏が批判の対象として見すえているものが、高音部のみの「明治の精神」のイメージであるとの印象が鮮烈である。このような高音部のみの「明治の精神」への対決のモチーフは、もっとも直接的には明治天皇や乃木殉死と先生との対応の位相に対する関心として示される。その代表的なものとして、相原和邦「『こころ』の人物像――『明治の精神』と『現代』との関連において」（『日本文学』昭47・5）における〈先生は、明治天皇や明治国家から二重に自己を距てている〉、〈先生を通して作者は、天皇や国家からの距離をこそ測っていたのではなかったか〉という指摘がある。なお、梶木剛『夏目漱石論』（勁草書房、昭51・6）が、江藤・越智両説への批判を踏まえ、先生の殉死を〈巨大な暗黒をはらまざるを得なかった「明治の精神」〉に向けられたもの、という統一的把握を指向していることは注目される。

近代と反近代

しかし夏目漱石における「明治の精神」の問題は、おそらく明治国家との対応をこえたヨコのつながりをも持つ。西洋と東洋、いわば反「西欧的近代」の問題である。その意味では桶谷秀昭「淋しい『明治の精神』――『こころ』」（『夏目漱石論』河出書房新社、昭47・4）と、三好行雄「漱石の反近代」（『日本文学の近代と反近代』東大出版会、昭47・9）に注目したい。桶谷論は「明治の精神」を、先生によって体現される〈自由と独立と己れにみちた現代〉いわば〈自己本位〉の精神と、その犠牲となり、寂寞に襲われざるをえない、Kによって体現される淋しい「明治の精神」という相矛盾する要素の複合体として捉え、そこに英国留学を境とする漱石の前半生と後半生のドラマを見、〈漱石が『こゝろ』の先生を書くことで、古い日本の伝統的な倫理である「明治の精神」に、自分の一部を殉じさせたことは、おそらくたしかである〉としつつ、〈漱石の中の別の一部、「自己本位」のモラルに生き、「自由と独立と己れ」の新しいもう一つの「明治の精神」が、（略）自分を招く亡霊を、明治の時代の終焉とともに背後に押し遣ったにちがいない〉と位置づけた。しかし桶谷論のもっとも独創的な意味は、おそらく〈自己本位〉の概念を、〈西洋の文化に対する対等な自覚〉とともに、現実の明治国家と社会の外発性から疎外されざるを得ぬ〈漱石の記憶の中の現実にない「日本」のナショナル〉として捉えたところにあろう。いわば反西洋、反近代の核としての〈自己本位〉なのだが、「心」における〈自由と独立と己れ〉としての「明治の精神」が、かかる〈自己本位〉と対応するならば、漱石の選びとった「明治の精神」が、西洋の奴婢となることも肯わず、また日本の国家社会の外発的現実をも許容しえぬ、反西洋（的近代）、反（日本的）近代の、まさに「内発的」としか呼びようのない精神のある位相であることだけは確実なのではないか。その意味では三好論が〈私の個人主義〉における〈自己本位〉の内包する〈個人主義〉と〈徳義〉の双極のバランスを踏まえて言うように、〈自己本位をみずからの思想の根底にすえたとき、漱石はまた鷗外と同じく、西欧にむかって日本を指さす反「西欧的近代」と、日本にたいして西欧へゆれもどる反「近代主義」との重層に身をゆだねる思想家であった〉ので、〈漱石の反近代は反「近代主義」においてよりもむしろ反「西欧的近代」の介在によって、さらに検討にあたいする問題を多く残しているといえよう。かつて勝本清一郎は「心」のエゴイズムの追求にふれつつ、キリスト教的原罪観に対し〈かえって東洋ではその原罪は許さない、救われないと言い切っているんです〉、〈原罪は救えない教理である点ね。この方が生半可な微温的なものより、思想体系としてすばらしいじゃありませんか。漱石もエゴイズムの追求を通して、そういう救えない原罪へ深入りしているんです〉（『座談会　明治文学史』岩波書店　昭36・7）と喝破したが、漱石における「個人主義」の完成が、人間の原罪に対する西欧的伝統への苛烈な否定ともいうべき先生の自殺を介してなされていることは、「殉死」という東洋的意味づけとも相俟って、反「西洋的近代」としての「明治の精神」の位相を示すものであることを再確認しておくことはおそらくむだではあるまい。

IV

『心』から『道草』へ――〈男性の言説〉と〈女性の言説〉

『『心』から『道草』へ』というのが私に課せられたテーマですが、このすでに何回となく繰り返されてきた課題への解答は、唯に『心』（大3・4〜8）と『道草』（大4・6〜9）という二作品の間に横たわる距離や飛躍を明らかにすることに留まらず、ほとんど漱石晩年における文学的主題、あるいは世界観の飛躍や転回を明らかにせよ、と云うに等しい重味を持つ、という私の些《ささや》かな実感から語り始めなければなりません。

ここで使用した「漱石晩年の」という語をいっそう正確に申し上げれば、「明治から大正に至る」漱石の、という意味となります。つまり、言い古されたことながら『心』から『道草』への漱石の転回は、明治の漱石から大正現代の漱石への転回に他ならないのです。何よりも二作に先立つ作品『行人』（大元・12〜2・4〈中絶〉、大2・9〜11）一篇が鮮かに示しているように、明治末年の漱石は明らかな思想的行き詰りに直面していました。そのような漱石の思想的行き詰りを、評論『文展と芸術』（大元・10）の用語に則って言えば、それは「自己」に始まって「自己」に終る、〈淋しい個人主義〉の一つの帰結であると見ることも必ずしも間違ってはいないでしょう。たとえば『行人』の主人公長野一郎の作品結末部における自己否定から、『心』の先生の自殺を経て、『道草』に至る過程の意味を〈相対世界〉の発見に見たり、〈関係の論理〉の発見に見る視点の有効性は、已然失なわれてはいないはずです。

しかし、作品研究というものは、そのようなすでに確立ずみと云う意味での抽象的レベルに留まり、自己満足して終ってはならないでしょう。確立された把握を、作品の具体に即しつつ、さらに細分化し、個別化してこそ、作品研究の進歩や、さらなる深化が図られる、と考えるのです。

そこで〈淋しい個人主義〉の究極の到達点と一般に目される『心』における先生の自殺は、今日、具体的に読みかえれば、どのようなものとなるでしょうか。私はそれを単なる「個人主義」とか「明治の精神」とか云うような抽象的かつ概念的把握をこえて、男性中心軸の個人主義の終焉として捉えてみたいのです。つまり、自己に始まって自己に終る〈淋しい個人主義〉とは、男性に始まって男性に終る個人主義の淋しさの謂であったのではないか――そして、そのような意味における「淋しさ」こそは、遡って云えば、『それから』(明42・6〜10)以後の漱石作品の展開を解く一つの重要な鍵ではないか、と思うのです。なぜなら『それから』以後の漱石作品の男性主人公達は、本来、男性と女性とによって分ち担われるべき、この現象世界の矛盾に対し、女性の責任分担を潔癖に拒否し、男性である己れ一人に、その全責任を引き受けようとしてきた点で、ほとんど例外なく孤独であったからです。

すでに、漱石における日露戦後的世界観の確立と言いうる『それから』においてさえ、作品末尾における代助の錯乱と孤独は、否定しようがありません。そこに私達が見るものは、恋人三千代に対する物質的責任を担おうとして担いえない、という自覚と表裏する男性としての代助の孤独の姿です。ここで、代助の物質的責任能力の欠如を一先ず措いて、私達が何よりも確認しなければならないのは、女性の生存に対してその全責任を負うべきである、とする代助の世界観の牢固さであり、それは、三千代とけっして分ちもちえない、彼の孤独の錯乱のうちに逆説的に鮮かに表現されている、という事実です。その意味で、代助と三千代の共有しえた「自然の愛」の背後において、すでに男性と女性の共有しえない男の孤独の領域――「自然の愛」への不吉な亀裂の主題は密かに奏でられつつあった、と云えるでしょう。

そして、この事態は『それから』の作者の説く如き、〈自然の復讐〉というような単純な抽象的概念のレベルにおいて、ついに救抜さるべきものではないのです。問題の本質は、主人公代助、そして代助を操る作者漱石とが分ち持つ〈男性の、男性による、男性のための〉個人主義にこそあるのですから。そして、その必然の反照として女性主人公三千代は、人間よりは半ば自然（＝死）に属する、不治の心臓病に冒された存在として、あえて仮構されなければならなかったのです。

次作『門』（明43・3〜6）に至ると、事態は、いっそう明瞭となります。夫宗助は、妻お米に対し、本来彼ら共通の死活の問題に他ならないはずの、お米の前夫安井出現の可能性を、宗助自身は参禅する迄に追いつめられ、苦悩しながら、ついに打ち明けることができないからです。逆にお米は、三度まで赤ん坊を亡くした理由を易者によって喝破された苦悩――永く彼女の心の中に秘めていた苦悩――を、ある夜、涙ながらに宗助に打ち明けているのです。したがって『門』結末における「本当に難有いわね。漸くの事春になつて」と言うお米の「晴れ〴〵しい眉」に象徴される彼等夫婦の生活に甦ってきた平和な生活は、うつむきつつ、「うん、然し又ぢき冬になるよ」と答える、すべての事態を見渡しつつ、それを自分の胸中にのみ仕舞いこむ宗助の、けっしてお米と分ちあうことのできない孤独によってのみ、支えられているものと云うことができるはずです。

このような男性と女性との関係をめぐって現われる力学は、次の『彼岸過迄』（明45・1〜4）になると、周知のように「恐れない女と恐れる男」の関係に転位されています。主人公須永が千代子によって「自分といふ正体が、夫《それ》程解り悪い怖いものなのだらうか」と思い知らされるところに、『彼岸過迄』の主題の一つの中心軸が存在することは確実としても、千代子を愛しつつ、千代子に向って動きえない須永の矛盾の基底にあるものが、女性と云う存在は、美しく弱いもの、それ故、汚れを知らず、怖れを知らないものだが、そのような女性の美しさや純粋さを保証するものは、女性を庇護し、女性を外部世界の汚れから守る男性の強さである、という信念であることは動きません。つまりは、そのような女性の期待に応えうる存在ではないとするところに「恐れる男」としての須永の不安があるのです。

　これを逆説的に言い換えると、須永は金の力の前に、女性の愛を疑っている、と云うことにもなります。それはほとんど『心』の先生の金をめぐる奥さん、ひいてはお嬢さんの「策略」に対する疑いや、そこから生ずる行為不能という事態の先どりとさえ思われます。そして、そのような須永の苦悩が決して千代子には伝わらないと設定されているところに、『彼岸過迄』も亦、女性によって分け持たれることのない男性の孤独というものを別のベクトルから描き出している作品である、と些《いささ》か強引ながら断定しうる根拠がある、と言って良いでしょう。

「些か強引ながら」と申し上げたのは、『彼岸過迄』においては、『それから』や『門』に底流しつつ、しかし作品の主題に関わる形では決して浮上しえなかった新しい試み――すなわち〈女性の、女性による、女性のための〉世界観、あるいは〈言説《ディスクール》〉というものに明瞭な形を与えようとする試みを作者が自覚的に行っている、と見られるところに問題追求の一転回を認めうるからに他なりません。なぜなら、『彼岸過迄』における「恐れない女と恐れる男」との対立とは、相互に愛しあいつつ、しかもけっして相交わることのない〈女性の言説〉と〈男性の言説〉との対立であり、亀裂である、と眺めうるからです。そして、〈女性の言説〉と〈男性の言説〉との対立と、その垂直的な掘り下げにこそ、次作『行人』のみならず――『心』は暫く措いて――、『道草』から『明暗』（大5・5～12〈中絶〉）に至る漱石の文学的モチーフの根幹が存在したと眺めることが可能な点で、漱石作品史上における『彼岸過迄』の画期の位置は、従来以上に重視されて然るべきである、と少くとも私には思われます。

　さて、以上のように見てくると、『行人』は、すでに大方が諒解されているように、結婚して了った須永と千代子の話であると、大づかみに括っても良いでしょう。長野一郎によって担われる〈男性の言説〉と、妻お直によって担われる〈女性の言説〉との対立は、夫婦という結びつきを前提としてのそれであるだけに、『彼岸過迄』における以上に悲劇的相貌を呈しています。しかし作品『行人』の基本的特徴は、おそらく、作者が〈女性の言説〉をかつてない規模と深度で救抜しつつ、しかも〈男性の言説〉による〈女性の言説〉の圧服に全力を傾けている点にこそ存在するのです。

私達は、〈女性の言説〉と〈男性の言説〉との対立を、二十世紀文明固有の矛盾としての個と個との乖離・断絶という普遍的命題に置き換えようとする主人公一郎や作者漱石の論理的詐術に欺かれてはなりません。そのような詐術こそ、〈女性の言説〉を支配し、圧服しようとする〈男性の言説〉の越権的濫用なのです。のみならず、一郎や漱石における本質的問題は、普遍的な個と個との問題にあるのではなく（あるいはあるばかりでなく）、二十世紀における男性と女性との対立にあるのであり、男性と女性を懸け渡す橋をこそ、一郎も漱石も無意識に求めているのです。

一郎や作者における、このような矛盾は、作品構造に明瞭に反映されざるをえません。お直によって担われる〈女性の言説〉は、一郎の弟二郎の前には、比較的自由に語り出されていますが、一郎とお直との対話の描写は驚くほど少ない――と言うより、この夫婦には対話そのものが本来的に欠如しています。こういう前提のもとで一郎は、考えて考えて考え抜くだけなのです。言い換えれば一郎は、何よりも論理に根拠を置く〈男性の言説〉によって、肉体や感情に基礎を置く〈女性の言説〉を領略しようとしているのである、とも言えるでしょう。しかし、そのような把握も事態の深刻さに較べれば、所詮比喩に過ぎません。肉体や感情、ひいては無意識に媒介されない論理とは、一種の抽象的存在に他ならないからです。結果として一郎が、自己の肉体や感情、ひいては無意識の裏切りによって無残に打ち砕かれざるを得ないのは、必須です。

このプロセスは、一郎が文明批評的な個と個との対立という疑似的論理から、男性と女性との対立という本源的論理への回帰を果すプロセスでもあります。抽象的論理への固執から、感情や肉体、ひいては無意識という非論理の領域における自己の発見は、いわば〈女性の言説〉に浸潤される自己の発見にほかなりません。

すでに著名な「塵労」中「Hさんの手紙」終末部における一郎の自己否定は、一郎の固執し続けた抽象的論理への訣別を意味すると同時に、一郎とお直との対立が男性と女性との、いわばイデオロギー的対立であるという真の事態への、一郎の開眼を物語っているのです。

言い換えれば、それは、お直を圧服しようとした一郎の試みの挫折であると同時に、論理によって自己を制禦しようとした一郎の試みの挫折です。一郎は、おそらく、自己の内部に論理によっては如何ともなしがたい〈嫉妬〉という感情の領域、すなわち〈女性の論理〉——〈女性の言説〉の存在することに気づかざるをえなかったのです。かくして、『行人』は、〈男性の言説〉を最大限に発展させることによって、男性としての作者漱石の存在の根拠を証明しようとした作品であったにもかかわらず、その到達点は、論理に根拠をおく〈男性の言説〉の〈女性の言説〉のレベルへの転落でした。一郎における〈男性の言説〉の内部に、思いがけなく、一郎が否定せんとする、感情に根拠をおく〈女性の言説〉が潜在していたのです。これは、『彼岸過迄』の地点への回帰とも云えるでしょう。にもかかわらず、『行人』の到達点は、〈男性の言説〉の〈女性の言説〉への敗北という点で、〈男性の言説〉と〈女性の言説〉とが永遠に平行線を辿るべく宿命づけられていた須永と千代子の場合とは明らかに異なります。抽象的な論理に基盤を置く〈男性の言説〉は、内と外とにおいて感情や肉体に基盤を置く〈女性の言説〉の前に木端微塵に粉砕されてしまったからです。そしてそれは、感情や肉体、ひいては無意識に根ざす新しい真の論理獲得への出発点たるべきものであります。

『行人』における〈男性の言説〉の挫折は、漱石の個人主義が〈男性の、男性による、男性のための〉個人主義であった所以を、明瞭にさし示すとともに、〈女性の言説〉、ひいては女性という不可解な存在＝〈他者〉を組み込むことなくして、新しい世界観の構築の不可能である所以をも否定しがたく治定することになりました。にもかかわらず、『行人』における〈男性の言説〉の破綻は、その破綻へのプロセスの具体的描写を欠いています。

この欠如を穴埋めするとともに、論理に基盤を置く〈男性の言説〉が、ほかならぬ男性内部の〈嫉妬〉という不可解な存在、すなわち感情の論理としての〈女性の言説〉に浸潤され、破綻する過程を描いたのが、次作『心』であることは、すでに言うまでもありますまい。たとえば、近代的自我の根拠の喪失を描いた作品として『心』がしばしば論及されてきたことは周知の事実ですが、そこに言われる近代的自我とは抽象的一般的な概念としてのそれであることは否定できません。そして、『心』によって証明されたものが、〈男性の、男性による、男性のための〉自我の根拠の全面的な抹殺であり、否定であるという明瞭な事実を正当に再評価した論は、未だ少ないのです。しかし、抽象的一般的な近代的自我の根拠の喪失を描いた作品として『心』を評価する視座に今日の私達がなお甘んじるとすれば、それは、漱石の苦悩の生きた具体を捨象し、漱石の否定しようとした男性中心的世界像に私達が無自覚に身を委ね続けることを意味するでしょう。

たとえば「芸術は自己の表現に始つて、自己の表現に終る」（『文展と芸術』）と云い、「強情と我慢」と云い、「自由と独立と己れ」と云い、「明治の精神」への「殉死」（以上『心』）と云い、それらは、すべて〈男性の、男性による、男性のための〉自我を支え来った価値規範として、作者によって提起されて来たものと言うべきなのです。飛躍を恐れずに言えば、『心』の先生は、作者漱石における〈男性の言説〉の時代の終焉を一身に象徴して死ぬのです。そうして先生は、男性としての、そのような死に至るプロセスを一切妻に明かさないで死ぬ――いや、むしろ逆に妻に秘密を打ち明けられない孤独のためにこそ死ぬのです。それは、まことに崇高な男性の倫理には違いありません。しかし、その崇高な男性の倫理は、同時に紛れもなく死に至る倫理であったことを『心』のプロットは明かしています。その意味で『心』の先生は、作者漱石が描いた〈男性の言説〉＝論理を担う文字通り最後の主人公《ヒーロー》であったのです。

私は『心』という作品を、かなり単純化して語ったかも知れません。たとえば、Kと先生との確執の意味にも当然、触れるべきであったでしょう。にもかかわらず、その論理至上主義において先生が漱石の分身であるように、Ｋも亦、漱石の分身に他ならぬというすでに自明な前提に立てば、Ｋと先生との刺し違えというべきプロット展開から立ち現われて来るものは、再びあの〈男性の、男性による、男性のための〉世界像の自己崩壊と自己否定の相《すがた》でなくて何でありましょう。二人は、その死の遅速こそあれ、愛の対象である女性に一切を明かさずに死ぬという設定の共通性から浮び上るものは、抑もことが彼らの分ちもつ男性中心的世界像の本源的矛盾に根ざしているという自明の事実に他なりません。そして、先生やＫと、「お嬢さん」もしくは、「妻《さい》」との距離は、肉体や感情という〈女性の言説〉の浸潤を介して、実はその儘先生とＫを隔てる「襖」として、二人の男性を隔てる壁に転化してさえいることを、私達は、もはや率直に諒解すべきではないでしょうか。

　こうして『心』におけるＫや先生の自死は、漱石が女性という不可解な存在、〈女性の言説〉を、自己の世界像に招き入れるために支払わなければならなかった必然の代償であったのです。つまるところ『心』とともに終ったのは、漱石における〈男性の言説〉の自己絶対化の時代であり、同時に漱石における女性と決して分ちあえぬ〈男性の孤独〉という主題への沈潜の時代でもあったのです。

＊

〈男性の言説〉が作品を支配した時代が終り、女性が語り始める――『道草』は、まさに、そういう作品です。しかし、その前に私達は、この作品の基本的構造に目を向けなければなりません。

＊

以上は、〈男性の言説〉と〈女性の言説〉との対立の形象化の上に、性差を超えた〈人間〉という新たな基準獲得への漱石の文学的道程の一里程標として、『道草』の構造を分析する営みへのささやかな前提であります。

＊

周知のように、『道草』には、二つの座標軸があります。それは養父母島田やお常に象徴される健三の〈過去〉と、お住と健三との関係に象徴される健三の〈現在〉です。前者を時間軸、後者を空間軸と言いかえることも可能です。そして作品は、健三がそれぞれに違和感を覚える、この二つの座標軸に、徐々に違和感を捨てて、同化、接近してゆくプロセスを描いている、と云えるでしょう。そのような健三の同化、接近への起爆剤として配されたのが養父島田の出現であり、おそらくそれは、作品の全構造を予め見通した上で、作者の配した巧妙な仕掛けなのです。

ここで注目すべきは、『道草』という作品が、そのような健三をめぐる二つの座標軸を、それぞれの登場人物の〈言説〉を以て表現しえていることです。とにかく『道草』の登場人物は、よくしゃべります。饒舌というのは当りませんが、それぞれの人物の〈言説〉は、的確に彼らのすべてを表現しえています。健三の、それらの〈言説〉への解釈や、作者の批評の介入の意味については暫く措くとしても、『道草』は、まさにさまざまな〈言説〉の錯綜によって構成される小宇宙なのです。

さて、そのような多種多様な〈言説〉の中でも、一きわ擢ん出たものが、健三の〈言説〉に対する妻、お住の〈言説〉であることは、既に言うまでもありません。『道草』論のイロハを繰り返すのは気がひけますが、お住の

〈言説〉は、優に健三の〈言説〉に拮抗しえているのであり、〈男性の言説〉と〈女性の言説〉との対立が『道草』において初めて全面的に展開し、対峙、緊張の関係を付与せしめられた点に、『道草』における近現代小説としての真の達成がある、と私も考えています。約言すれば、『道草』の作者は夫健三と妻お住との対立を、個と個との対立という抽象的レベルではなく、文字通り〈男性の言説〉と〈女性の言説〉との対立としてパラフレーズし、彼らの対立を育くむそれぞれの〈言説〉の背後に潜む、それぞれ固有の必然性を明るみに引き出そうとしているのです。即ち『道草』の作者は、『行人』や『心』におけるような所謂存在論的な不条理性やエゴイズム（我執）などという抽象的概念を世界解釈に導入することをもはや潔癖に拒否しているのであり、作者の唯一の拠り所は、いわば〈人間〉という語によって象徴される、男性と女性をともに貫通する論理のカテゴリー以外にはないのです。ここにあるのは、日常や現実――ひいては我執などへの作者の敗北ではありません。逆に、日常や現実を〈男性の言説〉と〈女性の言説〉として、個別化し、具体化した上で、それぞれの言説の明と暗とをともどもに救抜しようとする、文学者漱石におけるダイナミックな認識の運動に外ならないのです。

以上を前提として、『道草』における〈男性の言説〉と〈女性の言説〉との対立の具体相に目を移せば、そこに浮び上がるのは、〈男性の言説〉の世界への〈女性の言説〉の浸潤に外なりません。矛盾するようですが、『道草』における二つの言説は、決して平等なものでも、並行的なものでもないのです。なぜなら、そもそも『道草』のモチーフは、〈女性の言説〉の発見と再認識のプロセスの照射にこそ存在したのであって、主人公健三、そして作者漱石は、〈男性の言説〉や男性の自己認識の空白領域の彼方から、思いがけず浮び上る、男性の、あるいは人類の生の根としての女性なる存在の意味を、ここに治定せしめようとした、と考えられるからです。

『道草』の男女は、救われない夫婦と云えば云えますが、たとえば健三のインフルエンザは、この二人を無言の対立劇から解放します。むろん、それは一時の緩和剤でしかありません。しかし、お住の看護を受けた後の健三を描く作者の筆は、思いの外、痛烈です。

　斯《こ》んな場合に健三は細君の言葉の奥に果してどの位な真実が潜んで居るだらうかと反省して見るよりも、すぐ頭の力で彼女を抑へつけたがる男であつた。事実の問題を離れて、単に論理の上から行くと、細君の方が此場合も負であつた。熱に浮かされた時、魔睡薬に酔つた時、もしくは夢を見る時、人間は必ずしも自分の思つて居る事ばかり物語るとは限らないのだから。然しさうした論理は決して細君の心を服するに足らなかつた。

（略）

　健三は席を立つた細君の後姿を腹立たしさうに見送つた。彼は論理の権威で自己を佯《いつは》つてゐる事には丸で気が付かなかつた。学問の力で鍛へ上げた彼の頭から見ると、この明白な論理に心底《しんそこ》から大人しく従ひ得ない細君は、全くの解らずやに違なかつた。（十、傍点筆者、以下同じ）

　引用傍点部に着目すれば、作者はお住の批判に十分の理のあること、又、健三の自己省察に決定的な空白の領域のあることを、既に見透していることが明らかでしょう。健三によって担われる〈男性の言説〉は、やがて、お住によって担われる〈女性の言説〉によって相対比され、浸潤されることが作品論理の必然である所以を、右の一文は明瞭に指し示しています。

　島田という健三の〈過去〉（お住にとっては〈外部〉）からの侵入者に対し、お住は健三との対立にも拘わらず、健三と共に憂慮し、いわば、夫の心配をわがこととして心配する存在であることを十六章における健三と島田との会見以後のプロットの展開は示しています。のみならず、十九章における健三の兄長太郎訪問後における、健三とお住との対話は、事態の推移への正確な予測が、健三よりはお住の側にあったことを、みごとにさし示しているのです。


細君は口を噤《つぐ》んだ。それが何故だか健三には淋しかつた。

「己も実は面白くないんだよ」

「ぢや御止《およ》しになれば好いのに。つまらないわ、貴方《あなた》、今になつてあんな人と交際《つきあ》ふのは。一体何ういふ気なんでせう、先方《むかふ》は」

「それが己には些《ちつ》とも解らない。向でも嘸《さぞ》詰らないだらふと思ふんだがね」

「御兄《おあにい》さんは何でもまた金にしやうと思つて遣つて来たに違ひないから、用心しなくつちや不可《いけな》いつて云つて居らつしやいましたよ」

「然し金は始めから断つちまつたんだから、構はないさ」

「だつて是から先何を云ひ出さないとも限らないわ」

細君の胸には最初から斯うした予想が働いてゐた。其処を既に防ぎ止めたとばかり信じてゐた理に強い健三の頭に、微かな不安が又新しく萌した。（十九）

健三とお住との、島田をめぐる認識の、このような落差は、一見、知識人としての健三の論理と、生活者としてのお住の論理との落差を示すものとして捉えられがちですが、本文の意味は、そこに留まりません。お住の言説の真のモチーフは、彼女の健三に対する結びつきの意識の強さが、彼女をして健三の嫌がること、不安がることから、健三を遠ざけたい、という本能的な防御の姿勢を取らせている、という点にこそあります。

やがて島田は健三に対する復籍の請求を起すのですが、この時健三は、論理をこえる現実の不可解さに圧倒されるのみです。事態のなりゆきは、健三を姉の夫比田や兄の世界に向わせます。そして、二十九章における次の叙述は、既に著名な冒頭の一句に予示されていた『道草』の主題の一半を、みごとに定着するに到っています。

　健三は自分の背後にこんな世界の控へてゐる事を遂に忘れることが出来なくなつた。此世界は平生の彼にとつて遠い過去のものであつた。然しいざといふ場合には、突然現在に変化しなければならない性質を帯びてゐた。

私は今「主題の一半」と言いましたが、実は主題の他の一半も亦、この条りにおいて明瞭に浮上し始めていることを見落してはなりません。具体的には、それはお住における、「歇私的里《ヒステリー》」の問題の顕在化であります。既に比田の家に赴く途中の健三の心中について、象徴的な次の叙述がありました。

　彼は途々《みち〳〵》自分の仕事に就いて考へた。其仕事は決して自分の思ひ通りに進行してゐなかつた。一歩目的へ近付くと、目的は又一歩彼から遠ざかつて行つた。
　彼は又彼の細君の事を考へた。其当時強烈であつた彼女の歇私的里《ヒステリー》は、自然と軽くなつた今でも、彼の胸に猶暗い不安の影を投げて已まなかつた。彼はまた其細君の里の事を考へた。経済上の圧迫が家庭を襲はうとしてゐるらしい気配が、船に乗つた時の鈍い動揺を彼の精神に与へる種となつた。
　彼はまた自分の姉と兄と、それから島田の事も一所に纏めて考へなければならなかつた。凡てが頽廃の影であり凋落の色であるうちに、血と肉と歴史とで結び付けられた自分をも併せて考へなければならなかつた。
（二十四）

この叙述には、『道草』という作品の全構造、全主題の輪郭がみごとに定着されています。が、ここでは、とりわけ細君の「歇私的里」が健三に「猶暗い不安の影を投げ」ている、という点に注意したいのです。やがて比田の家で喘息の姉の苦しい咳を聞いた健三は、比田の冷淡な態度の「自然の対照」として、「自分の細君が歇私的里の発作に冒された時の苦しい心持」（二十六）を想い出さずにはいなかったのです。

健三に憎悪を呼び起こすお住の「朝寝」（三十）も、おそらく後の激しい歇私的里の発作の伏線に違いありません。お住の歇私的里の原因は、健三には已然として謎なのですが、彼の主観の如何に拘わらず、お住の歇私的里が、実は、夫健三の置かれた危機的状況に対する心身症的な反応に外ならぬことを、直後の次の叙述は明かしています。

彼は其処に立つた儘、しばらく細君の寐顔を見詰めてゐた。肱の上に載せられた其横顔は寧ろ蒼白かつた。彼は黙つて立つてゐた。お住といふ名前さへ呼ばなかつた。

彼は不図眼を転じて、あらはな白い腕《かひな》の傍に放り出された一束の書物《かきもの》に気を付けた。それは普通の手紙の重なり合つたものでもなければ、又新しい印刷物を一纏めに括つたものとも見えなかつた。総体が茶色がゝつて既に多少の時代を帯びてゐる上に、古風なかんじん撚《より》で丁寧な結び目がしてあつた。其書ものゝ一端は、殆ど細君の頭の下に敷かれてゐると思はれる位、彼女の黒い髪で、健三の目を遮ぎつてゐた。（三十）

即ち、傍点部分における「一束の書物」が、健三と島田との過去を物語る書類であり、それが細君の「黒い髪」で蔽われている、という生々しい叙述は、ただごとではありません。お住が夫の置かれた危機的状況に打ち拉《ひし》がれそうになっていることは、彼女の「蒼白」い顔と「あらはな白い腕《かひな》」の点描に明らかな訳で、しかも、彼女が、この書きものを如何に精読したか、あるいは、如何に好奇（！）の目を以て読もうとしているかを、引き続く二章の内容は示しています。そして、お住における健三をめぐる危機についての状況認識の深化は、四十四章の末尾で、迂闊な健三に対して、島田の旧妻お常出現の可能性をも的確に予言せしめるにさえ至るのです。

こうして、四十六章における、今回は「過去の亡霊」「現在の人間」「薄暗い未来の影」と三重に規定される島田の再度の来訪を経て、三日後の島田の三回目の来訪（四十七〜四十九）と符節を合して、お住は、強烈な歇私的里の発作に襲われることになります。

もはや明らかなように、お住は、健三の精神的苦痛を、肉体や感性を介して、〈病〉として表現、もしくは分ち持ちえているのであり、そこに対立を常とする、この一対の男女における、第三者には見えぬ深い絆の存在が的確に表現されているのです。

お住は、いわば、歇私的里という〈肉体の言説〉＝〈女性の言説〉を以て、夫婦の危機を代弁しえているのであり、それは、明らかに事態の不可解さにとまどう健三の〈論理の言説〉＝〈男性の言説〉以上に、状況の危機的本質を先取りしえているのです。

ここに至れば、お住なる女性存在は、今迄の健三の顧みなかった彼の深層の自我であるとも言えますし、健三の生の根拠である、とも言えるでしょう。肉体や感性の領域に根ざさない偽りの論理によって自己を権威づけてきた健三は、肉体や感性――即ち生の根拠そのものに根ざすお住の〈肉体の言説〉の真率な力を黙認せざるをえないからこそ、彼女の歇私的里を畏怖せねばならないのです。

序《ついで》に云えば、このようなお住の歇私的里を彼女の置かれた妊娠中という事態で説明することは、皮相的であるだけでなく、不当でさえあります。なぜなら「赤ん坊」こそは、漱石文学の世界における、男と女、夫と妻をめぐる最終的な絆の象徴的表現に外ならないからです。お住が今、健三の三番目の分身を、わが身のうちに宿しているという設定こそ、お住から健三に差し向けられた絆の強固さ、そして健三における生の根拠としての女性存在――お住の意味深さを象徴的に体現しえているのです。

　こうして、内部では対立・矛盾を胚みつつ、外部からの危機に対する健三・お住の精神、肉体の両面にわたる結合の強さは、お住の歇私的里のうちに何よりもよく示されていると云えるでしょう。『道草』における〈女性の言説〉は、発話以前の肉体の言説をも含み込むことによって、その生産性をいっそう有効に救抜しえているのです。

*

　再言するまでもなく、お住の歇私的里は、健三にとって、彼女との関係における最も重大な不安でした。それは又、二人において「冥々の裡に自覚」され、「一切の他人には全く通じない」、「二人に特有な因果関係」（五十二）を持つものであった限りにおいて、この歇私的里のうちにこそ、彼等夫婦の共有してきた〈過去〉というものの特殊な重みがある、と云える筈です。『道草』後半におけるお住の歇私的里は、そのような「二人に特有な因果関係」をさし措いて考えることはできません。

　お住のお腹が大きくなるにつれ、気分も「能く変化」するようになる傍ら、健三の気分にも「上り下り」があって、「詰りしぶといのだ」というお住への健三の憎悪は、「貴方《あなた》がさう邪慳になさると、また歇私的里を起こしますよ」（五十四）という彼女の眼の「光」によって報われます。健三は「非道くその光を怖れ」るが故に、「劇しくそれを悪《にく》」むので、「内心に無事を祈」りつつ、「外部《うはべ》では（略）勝手にしろという風を装」っても、お住には「弱点」を「能く承知」されているのです。

　歇私的里の発作において、お住が「刃物三昧」（五十四）に迄及ぶ潜在的可能性を所有している限り、お住の歇私的里には、歇私的里ではないが凝として動かぬ『行人』のお直にはなかった攻撃性が与えられているとも言える訳で、それ故、健三にとって歇私的里の原因の解明は、「彼の実生活を支配する上に於て、学校の講義よりも遥に大切」（五十四）と意識されざるをえないのです。

　にも拘わらず、お住の歇私的里が、追いつめられたものの最後の反撃という趣をもつことも亦、否定できません。しかし、その根底にあるものは、おそらく、〈夫婦〉という関係さえ解体する潜在的可能性を秘めたものとしての、健三における〈女性なるもの〉の持つ「技巧」「策略」に対する攻撃的な猜疑心の存在である、と云ってよい筈です。この点で健三は『行人』の一郎や、『心』の先生にほぼ全面的に重なります。即ち〈女性なるもの〉の持つ「技巧」「策略」に対する健三の攻撃的な猜疑心こそは、女性としてのお住を追い詰める、『道草』後半における〈男性の言説〉の中心命題であることを、赤ん坊誕生以後の、次のような夫婦の対話は示しています。

　「女は子供を専領してしまふものだね」
　細君は驚いた顔をして夫を見返した。其処には自分が今迄無自覚で実行して来た事を、夫の言葉で突然悟らされたやうな趣もあつた。（略）
　「何うでも勝手になさい。何ぞといふと僻みばかり云つて。どうせ口の達者な貴方には敵ひませんから」
　健三は寧ろ真面目であつた。僻みとも口巧者とも思はなかつた。
　「女は策略が好きだから不可《いけな》い」
　細君は床の上で寝返りをして彼方《あちら》を向いた。さうして涙をぽた〱と枕の上に落とした。（略）
　細君の様子を見てゐた子供はすぐ泣き出しさうにした。健三の胸は重苦しくなつた。彼は征服されると知りながらも、まだ産褥を離れ得ない彼女の前に慰藉の言葉を並べなければならなかつた。然し彼の理解力は依然

として此同情とは別物であつた。細君の涙を拭いてやつた彼は、其涙で自分の考へを訂正する事が出来なかつた。（八十三）

むろん、同章末尾で「何と云つたつて女には技巧があるんだから仕方がない」と繰り返される健三の女性観のそのような固定性や閉鎖性については、「恰も自分自身は凡ての技巧から解放された自由の人であるかのやうに。」という作者、もしくは語り手の批評が直ちに付け加えられるのですが、『道草』後半に展開される〈男性の言説〉と〈女性の言説〉との極めてリアルな対立、拮抗のドラマの迫力に比べれば、そのような語り手の発話のみを重くみることは、必ずしも作品の真の意味に遡及する直接の手立てとはなりません。

『道草』後半のドラマの真の意味は、健三によって担われる〈男性の言説〉が、女性（妻）としてのお住を追い詰める一方、お住によって担われる〈女性の言説〉が、男性（夫）としての健三の言説を解体に瀕せしめる——その拮抗のドラマにこそある、と言えるからです。

ここで注目すべきは、肉体や感性に基づく〈女性の言説〉が論理を至上とする〈男性の言説〉に優に匹敵する力を持つに至っていることであって、如何に強固な自負心を持つ健三も「貴方には女房や子供に対する情合が欠けてゐるんですよ」（八十三）というお住の批判を終局的には受け容れざるをえないことを、「ことによると己の方が不人情に出来てゐるかも知れない」（八十六）「健三は自分が如何にも不人情のやうな気がした」（九十三）などの自省の弁は明かしています。

「女房や子供に対する情合」に絡めて言えば、癇癪の余り子供の大切にしている鉢植を庭へ蹴飛したり、地震の際に子供をさし置いて真先に庭先へ逃げ出したりする健三の行為は、まさに「情合」においてお住には及ばぬものと云われても、やむをえません。しかし、それは健三のみならず、抑も〈男性〉存在そのものの通弊なのでもあって、健三と赤ん坊との一見奇異の感を抱かせる関係も、その範囲の外には出ていないといえます。そして、それは、お住に象徴される〈女性の言説〉の意味を一層、引き立たせています。

たとえば「赤ん坊」のイメージは、健三においては、有名な出産の場面における「寒天のやうにぷり〳〵し」た「一種異様の触覚」（八十）を与えるものから、「眼鼻立さへ判明《はっきり》し」ない「一個の怪物」（九十三）を経て、最終章では、明瞭な「赤い頬」の持主へと変ってゆきます。「変な子が出来たものだなあ」という健三の懐疑的口調に、「今に御覧なさい」（九十三）と自信に満ちて答えたお住の予言は、みごとに的中しつつある訳で、生命を産み、育む存在としての〈女性の言説〉は、「人間の運命は中々片付かないもんだな」（八十二）という独語に象徴されるような、〈生命〉それ自体に懐疑的である健三＝〈男性の言説〉の観念性を打ち破り、解体しつつある、と言えましょう。このとき、健三が、そして作者が望み見ていたものは、あの「技巧」や「策略」という猜疑のフィルターさえ既に褪色させて了う、生命の根としての〈女性なるもの〉の根源的イメージではなかったでしょうか。

このような〈女性の言説〉の生命性による〈男性の言説〉の観念性への打破こそ、漱石作品のヒロイン像を変革し、やがて『明暗』のお延像を樹立するに至る必須の前提であった、と思われるのです。

＊

ところで、『行人』の一郎にも、『心』の先生にも共通するのは、その潔癖な論理癖であった訳ですが、その点においても健三は、彼等の明らかな分身に外なりません。しかし、〈男性の言説〉によって担われた、そのような論理至上主義の破綻をこそ、上記二作の結末は、さし示していた訳で、その原因は〈他者〉との通路をもたぬ彼らの論理至上主義の負の側面としての自己閉鎖性にあったことも既に明らかです。いわば、論理の前に〈猜疑〉があったのであり、かつ又、自己に始まって自己に終る「自己本位」の立場とも、それは言い換えられる筈です。『道草』の作者は、一郎や先生の論理の、そのような偏りを確実に知っているのであって、そこに健三に対する「彼の道徳は何時でも自己に始まつた。さうして自己に終るぎりであつた。」（五十七）という明確な批判がさし挟まれることになるのは、自然の成り行きなのです。

　ところで既に見たように〈自己に始まり、自己に終る〉と要約される自己本位の立場とは、実は〈男性に始まり、男性に終る〉男性本位の立場と等価に見合っている、というのは瞠目すべき現象ではないでしょうか。この視座に立つとき、『道草』のみならず、『彼岸過迄』『行人』から『道草』へ、ひいては『道草』から『明暗』に至る漱石の文学的営みの総体の意味が、その趣きを新たにして浮上してくるように、少くとも私には思われます。

　そのとき『道草』は〈女性なるもの〉への男性の和解の書とも言え、また屈服の書とも言えるのですが、何よりも注目すべきは、人間の生命の根としての〈女性なるもの〉の言説を、肉体と精神との両面において救抜することが、主人公健三、ひいては作者における〈人類〉との和解につながって行ったと云う事実です。

　私は今、「人間の生命の根としての〈女性なるもの〉」と申し上げました。しかし、その意味をさらに押し詰めると、男性ひいては〈人類〉の、心身の故郷としての〈女性なるもの〉の意となります。作中人物健三に、それが明らかに見えているか否かはともかく、作者には、それが見え、健三は、いやいや乍ら、作者の視点に近づきつつある、と言えるのです。

　この〈故郷〉という語にこだわれば、『道草』の健三には、第一に自己の出身階層としての〈故郷〉が見えています。それは、兄や姉や比田という血縁につながる人々であり、ひいては健三の養い親としての島田やお常という人々でもあります。私は、このような〈故郷〉を、あえて民衆と呼び、民衆との和解に『道草』の、もう一半のモチーフを認めるものです。すなわち作品『道草』は、作者や健三における、〈民衆〉と〈女性〉という、〈二つの故郷〉の再発見と、それらとの和解の物語であったと見たいのです。（尤も〈故郷〉としての民衆の意味については、既に多くの指摘もあり、今回は、あえて触れません。）

こうして、健三の〈自己に始まつて自己に終る〉言説は、〈女性なるもの〉と〈民衆〉という健三における二つの〈故郷〉の言説の前に、去勢され、解体されつつある、と言えましょう。しかし、新たな〈言説〉は、再建されなければなりません。なぜなら、〈故郷〉は出自であっても、決して〈論理〉ではないからです。同時に〈故郷〉から遊離した〈言説〉は、空転し、無効化されるのは必至です。新たな言説は〈故郷〉に根を下しつつ、さらにこれを対象化しえたものでなければなりません。

作品『道草』における〈男性の言説〉と〈女性の言説〉との対立は、健三とお住との主観に照す限り、永遠の並行線を描くとも言え、そこに作者漱石と主人公健三との離れが介在することも否定し難い事実です。『道草』という題名の寓意も、そこに明らかな訳ですが、にも拘わらず、『道草』末尾における、事態を「片付」かぬものと眺める健三の発言には、健三の主観的な論理の限界を越えた作者漱石のメッセージが鳴り響いているように思えます。即ち、島田との関係に一応の終止符を打ちつつ、なお「片付」かないと見る健三の発言は、先に述べたような新たな言説確立のために〈民衆〉という〈故郷〉を決して視野から放擲しないという健三、ひいては作者の決意の表明とも読めるのです。もはや、健三、ひいては作者にとって、〈民衆〉及び〈民衆〉の住む世界は、健三の眼前に彼の子を抱くお住、すなわち女性という〈故郷〉との関係が現存するのと同じように、決して断ち切れない強固な絆で結ばれたものとなり了ったのであります。

それにしても、『道草』の文字通りの掉尾を飾る、

（略）細君は黙つて赤ん坊を抱上げた。

「お〻好い子だ〱。御父《おとう》さまの仰しやる事は何だかちつとも分りやしないわね」

細君は斯う云ひ〱、幾度《いくたび》か赤い頬に接吻した。（百二）

というお住の〈肉体の言説〉の把握は、何と鮮烈にして、かつ新鮮な生命そのものの息吹にみちみちていることでしょう。それは、作者の発見した人類の生命の根としての〈女性〉という故郷が、今後の漱石の文学的な営みのうちにおいて、いかに生産的な意味を発揮しうるかを確実に予言しえています。

かくして『道草』は、〈男性〉として、〈知的エリート〉としての作者（健三）における〈女性〉と〈民衆〉という二つの故郷発見の物語であると同時に、〈故郷〉に測鉛を下しつつ、新たに自立してゆく知識人の物語である、と定義づけることが妥当でしょう。作中人物健三は、そのような高みから作者によって眺め下《おろ》されつつ、確実に作者の境位への道程を約束された存在でもあるのです。

『道草』の言説世界――〈性差〉の言説から〈人間〉の言説へ

周知の通り、作品『道草』は、主人公健三における、「遠い所」からの「故郷」への帰還という事実の叙述によって始まる。この「遠い所」「故郷」の二語をめぐっては、既に様々の意味解釈の堆積があり、従って屋上屋を架す愚を冒すことにもなるのだが、とりあえず、ここでは、それが何よりも夫である健三の、妻お住の肉体の下への帰還であった、という作品内の具体的事実を再確認したいと考える。と言うのは、作品展開に明らかなように、『道草』には、夫健三の妻お住の下への帰還によるお住の受胎・妊娠・出産そして赤ん坊の成長という一連の女性的にして肉体的なる時間――いわば〈子宮〉的時間によって主人公健三をめぐる様々な事件を取り囲む、という最も基本的な作品的枠組が存在し、それは空間性に対する時間性の優越というこの作品の特徴をも指し示しているからである。

だから『道草』は、何よりも、肉体的時間の枠組によって、健三を主人公として進行する精神的時間を統括する構造をもつ小説とも言え、又男性的時間を取り囲む女性的時間の進行をプロット展開の最も外側の枠組とする額縁小説である、と言っても良い。俗に言う〈妊娠・出産〉小説としての『道草』のそのような二重の時間構造を作品の基本的構造として第一に認識しておく必要があると私は考えるのである。

＊

既に定説化されている、主人公健三をめぐる二つの基本的な座標軸も、むろん、そのような作品の基本構造の枠組のうちにあるものだ。それは養父母島田・お常や姉お夏、兄長太郎などに象徴される健三の〈過去〉と、妻お住・健三との関係に象徴される健三の〈現在〉である。前者を時間軸、後者を空間軸と言い換えることも可能であろう。そして作品は、健三がそれぞれ違和感を覚えるこの二つの座標軸に、徐々に違和感を捨てて、同化、接近してゆくプロセスを描いている、と一先ず言うことができよう。そのような健三における同化、接近への起爆剤として配されたのが養父島田の出現であり、おそらく、それは、作品の全構造を予め見通した上で作者が配した、作者の伝記的事実との時間的な対応関係をさえ越えた巧妙な仕掛けであったと言えよう。(1)

次に注目すべきは、『道草』という作品が、そのような健三をめぐる二つの座標軸を、それぞれの登場人物の〈言説〉を以て表現していることであろう。そして、それぞれの人物の言説は、的確に彼らのすべてを表現しえている。少くとも作者や語り手は、そのような前提を以て『道草』の世界を構成している。『道草』は、まさに登場人物のさまざまな言説の錯綜によって構成される小宇宙であり、主人公健三は、そのような錯綜する言説の網の目の中心点に身を置く存在なのである。言葉を換えれば、好むと好まざるとに関わらず、健三が既にさまざまな言説や〈関係〉と共にある〈自〉と〈他〉の世界に組み込まれてあること、このような基本的設定は、健三の主観や観念の世界を越えて、彼が何よりも〈生〉の世界に帰属する存在であること、又、『心』と『道草』との間に介在する〈生〉と〈死〉の境界領域の文学としての『硝子戸の中』の世界をも越えて、作品『道草』が、死の世界から生の世界に軸足を移した作者によって書かれた生の文学であることの決定的な証左であろう。

さて、そのような多種多様な言説の錯綜する関係の中でも、一きわ擢ん出たものが、健三の言説とお住の言説との対立・拮抗のドラマであることは改めて指摘するまでもない。のみならず、既に先行の『道草』論が一致して指摘しているように、お住の言説は、優に健三の言説に拮抗しえているのであり、二人によって担われる〈男性〉の言説と〈女性〉の言説との対立・拮抗の劇が、『道草』において初めて全面的に展開せしめられ、同時に夫婦という男女の結びつきを、それぞれの〈性差〉の問題に迄遡って改めて問い直そうとしていること、そこに、『道草』の、掛け値なく世界文学史上における画期の意味が存在する、と私には思われる。

換言すれば、『道草』の作者は、夫健三と妻お住との対立を、屢々論じられてきたような個と個、自と他というような一般的かつ抽象的な次元において問い直そうとしているのではなく、文字どおり二十世紀における〈男性〉の言説対〈女性〉の言説の対立、即ち男性と女性の世界観上の対立として個別化し、彼らの対立を育むそれぞれの言説の背後に潜む、それぞれ固有の必然性を明るみに引き出そうとしているのである。その意味で『道草』は、何よりも性差の意味を根源から問う世界観小説であり、作者は、〈男／女〉というものを、性差という根源的視座を媒介とすることによって、改めてリアルに問い直そうとしているのである。そして、そこにおける作者の究極の拠り所は、いわば〈人間〉という言葉によって代弁される、男性と女性をともに貫くものとしての論理的カテゴリー以外にはないのである。(2)

従って、ここにあるのは、屢々使用されるような日常や現実、ひいては実生活などの語によって象徴される一切の形而下なるものへの作者の屈服などではない。逆に、日常や現実における矛盾を一旦〈男性〉の言説と〈女性〉の言説の対立として、分離、個別化した上で、それぞれの言説の明と暗及び意識と無意識をともどもに救抜することで、両者を懸け渡す橋をこそ、作者は求めているのである。作品『道草』を、第一にそのような作者におけるダイナミックにして統一的な認識の運動の展開過程として眺める視座の確立こそ、目下の急務なのである。『道草』は、その写実小説的な外面をこえて、何よりも一個卓抜な思想小説であることを私達は忘れてはなるまい。

＊

以上を前提として、作品『道草』における男性の言説と女性の言説との対立の具体相に目を移せば、そこに浮び上るものは、男性の言説の世界への女性の言説の浸潤に他ならない。そして、その逆も又、真である。しかし『道草』におけるこの二つの言説の力関係は、けっして平等なものでも、並行的なものでもない。なぜなら、そもそも作品『道草』の眼目は、男性の言説や男性の自己認識の空白領域の彼方から思いがけず浮び上る男性の、あるいは人類の根としての女性という存在——敢えて言えば、〈女なるもの〉（『ファウスト』）の言説の形を、作品内に明瞭かつ具体的に定着せしめようとしたところにある、と考えられるからである。そして、それは漱石の文学を男性の文学から人間の文学へと止揚せしめようとする作者における文学的な自己変革の遂行とともにあったのである。(3)

『道草』の男女は、救われない夫婦と言えば言えるが、たとえば健三の罹るインフルエンザ（「風邪」）は、二人を無言の対立劇から解放している。にも拘わらず、病中、お住の看護を受けつつ、お住への不信を口走った自己の行為を、無意識の責任に帰して反省しない健三に対する作者の筆は、思いの外痛烈である。

斯んな場合に健三は細君の言葉の奥に果してどの位な真実が潜んで居るだらうかと反省して見るよりも、すぐ頭の力で彼女を抑へつけたがる男であつた。事実の問題を離れて、単に論理の上から行くと、細君の方が此場合も負であつた。熱に浮かされた時、魔睡薬に酔つた時、もしくは夢を見る時、人間は必ずしも自分の思つて居る事ばかり物語るとは限らないのだから。然しさうした論理は決して細君の心を服するに足らなかつた。

（略）

健三は座を立つた細君の後姿を腹立たしさうに見送つた。彼は論理の権威で自己を佯《いつは》つてゐる事には丸で気が付かなかつた。学問の力で鍛へ上げた彼の頭から見ると、この明白な論理に心底《しんそこ》から大人しく従ひ得ない細君は、全くの解らずやに違なかつた。（十、傍点筆者、以下同じ）

引用傍点部に注目すれば、作者はお住の不満に十分な理由のあること、また、健三の自己省察に決定的な空白領域のあることを、既に見通していることが明らかであろう。それは「学問の力で鍛へ上げた」健三の「頭《ヘッド》」の論理の、「事実の問題」を踏まえたお住の「心《ハート》」の論理（ルビはいずれも『彼岸過迄』から借用）に対する決定的な敗北を既に先取りさえしている。しかし、だからと言って、そのような健三の言説の背後に作品『道草』を貫ぬく基本設定としての、男性としての健三における抑も女性存在そのものに対する根源的な猜疑心が存在し、それが健三の一見我儘勝手な〈男性〉の言説に普遍的なリアリティを付与せしめている事実に目を瞑《つぶ》るとしたら、それは作品『道草』の読解における、決定的な片手落ちと言うものだろう。

その意味で、健三は、女性の愛の背後に「策略」「技巧」を見る漱石後期三部作の男性主人公の系譜に立つ正統的な存在なのである。

しかし、島田という健三の〈過去〉からの侵入者に対し、お住は健三から投げかけられる「技巧」「策略」という猜疑の視線にも拘わらず、健三とともに心配し、いわば、夫の心配をわがこととして憂慮する存在であることを十六章における健三と島田との会見以後のプロットの展開は立証している。のみならず、十九章における健三の、兄長太郎訪問後における、健三とお住との対話は、事態の推移へのいっそう的確な予測が健三よりはお住の側にあったことをみごとに指し示してさえいる。

細君は口を噤んだ。それが何故だか健三には淋しかつた。

「己《おれ》も実は面白くないんだよ」

「ぢや御止しになれば好いのに。つまらないわ、貴夫《あなた》、今になつてあんな人と交際《つきあ》ふのは。一体何ういふ気なんでせう、先方《むかふ》は」

「それが己には些《ちつ》とも解らない。向でも嘸《さぞ》詰らないだらふと思ふんだがね」

「御兄さんは何でもまた金にしや《ママ》うと思つて遣つて来たに違ひないから、用心しなくつちや不可《いけな》いつて云つて居らつしやいましたよ」

「然し金は始めから断つちまつたんだから、構はないさ」

「だつて是から先何を云ひ出さないとも限らないわ」

細君の胸には最初から斯うした予想が働いてゐた。其処を既に防ぎ止めたとばかり信じてゐた理に強い健三の頭に、微かな不安が又新しく萌《きざ》した。(十九)

健三とお住との島田をめぐる、このような認識の落差は、「理に強」く、実際に疎い知識人としての健三と、「理」に疎く、実際に強い生活者としてのお住との対立を示す具体的根拠として一般に位置づけられがちであるが、本文の意味は、そこに留まってはいない。お住の言葉の真のモチーフは、彼女の健三に対する結びつき――〈関係〉意識の強さが、彼女をして健三の嫌がること、不安がることから彼を遠ざけたい、という本能的な防御の姿勢を取らせているところにこそあって、そこに健三には、いまだ自覚されてはいないが、島田の出現という健三の危機を媒介として、健三に対するお住の「心」の作用――お住の「女性」の言説の含み持つ、もう一つの形を定着せしめようとする作者の意図が浮上していると考える方が自然だろう。健三をも包み込む、そのようなお住の、いわば〈母性〉の言説こそ、作品後半において、彼らの子供としての赤ん坊に対するそれを越えて、夫健三をも子供に準じる存在として包み込むものに成長して行く当のものである。
やがて島田は健三に対する養子復籍の請求を起すに至るのだが、この時健三は、〈論理〉をこえる現実の不可解さに圧倒されるのみである。事態は、健三を姉及びその夫比田や兄の世界に向わせるのだが、二十九章における次の叙述は、既に指摘のあるように「遠い所」からの帰還という作品冒頭において主人公健三に与えられた象徴的状況設定のあり方に内包されていた作品主題の他の一半――健三における民衆という「故郷」の顕在化――を見事に定着するに至っていることは否定し難い。

健三は自分の背後にこんな世界の控へてゐる事を遂に忘れることが出来なくなつた。此世界は平生の彼にとつて遠い過去のものであつた。然しいざといふ場合には、突然現在に変化しなければならない性質を帯びてゐた。

屡々、見過されがちなのだが、実は本稿冒頭において指摘した『道草』本来の主題も又、この条りの直後において、作品の表面に明確に浮上し始めているのである。具体的には、それはお住の身体《しんたい》における「歇私的里《ヒステリー》」の病の顕在化である。作者は、それを、健三における危機の進行と対応せしめつつ、周到に作品内に布置せしめているのであって、既に、比田の家に赴く途中の健三の心中について、象徴的な次の叙述があったことを私達は想い起す必要がある。

彼は又彼の細君の事を考へた。其当時強烈であつた彼女の歇私的里《ヒステリー》は、自然と軽くなつた今でも、彼の胸に猶暗い不安の影を投げて已まなかつた。（略）（二十四）

比田の家で喘息持ちの姉の苦しい咳を聞いた彼は、比田の冷淡な態度の「自然の対照」として、「自分の細君が歇私的里の発作に冒された時の苦しい心持」（二十六）を想い出さずにはいない。歇私的里の発作の精神病理学的意味はどうあれ、『道草』作中におけるお住の歇私的里の進行が、島田の出現を介しての健三における危機的状況の顕在化及び進行という作品におけるプロット展開の主軸と見事な対応関係を示しており、さらにその外側には、お住における妊娠の進行過程が暗示されているという、既に指摘しておいた作品の構造の最も外側の枠組に注意すれば、お住の歇私的里の発作が、夫健三と彼女との対立関係をさえ越える、健三に向けたお住の心身一元的な関係意識の病としての発露であることだけは、明らかではなかろうか。

細かく見れば、時間的には島田の初めての健三訪問と、それによる健三の比田訪問の直後の三十章に布置され、健三に憎悪を呼び起すお住の「朝寝」の習慣に対する言及も、おそらく後の彼女における激しい歇私的里の発作への伏線として、作者によって意図的に挿入されたものと見て間違いないだろう。そして又、お住が現在、健三の「三番目の子を胎内に宿してゐ」る事実が明かされるのが、健三と教え子の青年との対話のスレ違いを描く、直前の二十九章の末尾においてであることは、お住の歇私的里の病理学的意味に留まらない、彼女の心《ハート》と肉体との緊密な一元性の内実を示唆する、作者の緻密な虚構的配慮を示すものとして重要である。[4]

無論、お住の歇私的里の原因は、健三には依然として謎なのだが、彼の主観の如何にかかわらず、お住の歇私的里が、実は既に見たような夫健三の置かれた危機的状況に対する心身症的な反応に他ならないことを、直後（三十）の次の叙述は明かしている。

彼は其処に立つた儘、しばらく細君の寐顔を見詰めてゐた。肱の上に載せられた其横顔は寧ろ蒼白かつた。

彼は黙つて立つてゐた。お住といふ名前さへ呼ばなかつた。

彼は不図眼を転じて、あらはな白い腕《かひな》の傍に放り出された一束の書物《かきもの》に気を付けた。それは普通の手紙の重なり合つたものでもなければ、又新しい印刷物を一纏めに括つたものとも見えなかつた。総体が茶色がゝつて既に多少の時代を帯びてゐる上に、古風なかんじん撚《より》で丁寧な結び目がしてあつた。其書ものゝ一端は、殆ど細君の頭の下に敷かれてゐると思はれる位、彼女の黒い髪で、健三の目を遮つてゐた。

彼はわざ〳〵それを引き出して見る気にもならずに、又眼を蒼白い細君の額の上に注いだ。彼女の頬は滑り落ちるやうにこけてゐた。


即ち、傍点部分における「一束の書物《かきもの》」が、亡父が健三の兄長太郎に預けた、健三と島田との「過去」を物語る書類であり、それが細君の「あらはな白い腕の傍に放り出され」、「殆ど細君の頭の下に敷かれてゐると思はれる位、彼女の黒い髪で」覆われているという叙述の生《なま》々しさは、ただごとではない。お住が夫の置かれた危機的状況に打ち拉《ひし》がれそうになっていることは、彼女の「蒼白」い額と「滑り落ちるやうにこけ」た頬の点描に明らかであり、しかも、彼女がこの「書物《かきもの》」を如何に「綿密に」（三十一）読んだか、あるいは、如何に「事実」に対する「好奇心」（三十二）を以て精読したかを、引き続く二章の内容は示している。序でに言えば、彼女が「健三のために綿密に（略）読み下し」、「読み上げ」る文書は「古風な」健三の父が書いた「丸で旧幕時代の町人が町奉行か何かへ出す訴状」のような時代がかった文体のものである上に、その手蹟の「読みにく」さによって、健三に「之を御覧、迚《とて》も読む勇気がないね。兄でさへ判明《わか》らない所へ持つて来て、無暗に朱を入れたり棒を引いたりしてあるんだから」と投げ出させる底《てい》のものである限り、そこには「小学校を卒業した丈」（七十二）の彼女における、「旧幕時代」に程遠からぬ明治初年の準公式難読筆写文書に対する思いがけない解読能力の高さが示されている訳で、「活字との交渉」(三)という語によって象徴される健三の西洋的学問体系の外来性とは別の、伝統的な、もう一つの教養体系の連続性が、お住のうちには生きていると指摘することも十分に可能な筈である。しかし、とりあえず重要なのは、お住が、当の夫も投げ出す程の困難を冒して、夫の危機をのりこえるための具体的証拠を、この難読の「一束の書物」のうちに追い求めた、という彼女の心のあり方ではなかろうか。そして、それと並んで重要なのは、このようなお住の行為を介してのみ、外ならぬ健三自身の過去が、現在に具体的に架橋せしめられてくることである(健三は、自己の過去に対してさえ実際はなげやりであるのだから)。

ともあれ、そのようなお住における健三をめぐる危機的状況についての認識の深化は、四十四章の末尾で彼女をして「あの人が不意に遣って来たやうに、其女の人も、何時《いつ》突然訪ねて来ないとも限らないわね」と、島田の旧妻お常出現の可能性をも的確に予言させるにさえ到るのである。

こうして、四十六章における、今度は「過去の亡霊」「現在の人間」「薄暗い未来の影」と三重に規定された島田の二回目の来訪からまもなくの、彼の三回目の来訪(四十七〜四十九)と符節を合わせて、お住は強烈な歇私的里の発作に襲われることになる。

健三は退屈した。然し其退屈のうちには一種の注意が徹《とほ》つてゐた。彼は此老人が或日或物を持つて、今より判明《はつき》りした姿で、屹度自分の前に現れてくるに違いないといふ予覚に支配された。其或物がまた必ず自分に不愉快な若くは不利益な形を具へてゐるに違ないといふ推測にも支配された。

彼は退屈のうちに細いながら可なり鋭い緊張を感じた。その所為《せゐ》か、島田の自分を見る眼が、さつき擦硝子の蓋《かさ》を通して油煙に燻ぶった洋燈《ランプ》の灯《ひ》を眺めてゐた時とは全く変つてゐた。

「隙があつたら飛び込まう」

落ち込んだ彼の眼は鈍い癖に明かに此意味を物語つてゐた。（略）
其時突然奥の間で細君の唸るやうな声がした。健三の神経は此声に対して普通の人以上の敏感を有《も》つてゐた。彼はすぐに耳を峙《そば》だてた。（四十九）

もはや明らかなように、お住は、健三の精神的苦痛を、肉体や感性を介して、〈病〉として表現し、もしくは分ち持ちえているのであり、そこに対立を常とするこの夫婦における、第三者には秘められた深い絆の存在が的確に表現されている、と言って良いだろう。くりかえしになるが、お住においては、肉体と精神とは殆んど一体のものなので、後に「彼女は考へなかつた。けれども考へた結果を野性的に能《よ》く感じてゐた」（七十一）と概括される彼女の特質としての一元的主体性は、歇私的里の発作において最も顕著なのだ。島田の出現の場合、お住は、言わば歇私的里という〈肉体〉の言説、即ち〈女性〉の言説を以て、夫婦の危機を代弁しえているのであり、それは、明らかに事態の不可解さにとまどう健三の〈論理〉の言説、即ち〈精神〉の言説以上に、状況の危機的本質を直観的に先取りしえているのである。

ことここに至れば、お住という女性存在は、それまでの健三が顧みなかった彼の深層の自我であると言っても決して言い過ぎではなく、むしろ男性存在としての健三における、今まで忘却していた〈生〉の根拠であるとさえ言い得る筈である。その意味では、健三は自己の裡にある、肉体や感性という人間の根源的領域——即ち女性的領域を軽蔑しつつ、それ故に〈神経衰弱〉、即ち〈精神〉や〈論理〉という男性性本来の領域そのものの衰弱を惹き起しつつ、その因果関係に無自覚な存在——「強情」や「我慢」（五十四）（因みに、それらは『心』の先生やKの精神と本質において同一のものである。）という、男性の〈精神〉に徹して孤独に生きつつある存在なのである。その意味では、まさに、彼の生のあり方は彼の意識を越えて、生の基盤から遊離した〈人間〉としての「成し崩し」

の「自殺」（六十八）と評するに足るものと言い得るのではなかろうか。

ともあれ、肉体や感性の領域に根ざさない、「佯《いつは》」（十）りの論理によって自己を権威づけてきた健三は、肉体や感性の領域、即ち生の根拠そのものに根ざすお住の〈女性〉の言説の持つ一元的にして真率な力を黙認せざるを得ないからこそ、彼女の歇私的里を畏怖しなければならないのである。そこにお住の歇私的里の設定に作者が仮託した、もう一つの、そして一層本質的な虚構的意図があった、と言って良いだろう。

序でに言えば、このようなお住の歇私的里を、彼女の置かれた妊娠中という事態の派生的現象としてのみ説明することは、皮相的という以上に本末顛倒である故に冒瀆的でさえある。なぜなら「妊娠」、そして「赤ん坊」の出産こそは、漱石文学の世界における男と女、夫と妻をめぐる本質的絆の存在に関わる象徴的表現に他ならないからである。(5) その意味でお住が今、健三の分身をわが身のうちに宿しているという設定こそ、お住の歇私的里の生産性の積極的証左となり得る訳で、その病としての非生産性を明かすものとは原理的になり得ないからである。

従って、お住の胎内に宿り、成長しつつある「赤ん坊」こそ、お住から健三に指し向けられた強固な絆の証しであり、半面、健三にとっては、生の根拠としての〈肉体〉なるもの、〈女性的なるもの〉への帰還によって世界観的な自己変革と〈人間〉としての再生を無意識に希う彼自身の隠喩的イメージの投影に外なるまい。しかし、何よりもそれは、決して「赤ん坊」の生まれることのなかった『心』の先生の〈孤独〉と〈淋しさ〉に象徴される死の世界への全的否定に立脚した、作者漱石自らの裡に根づき胎動しつつある、女性存在と共にある生への世界観的な隠喩でこそあったのである。

筆が先走ったが、こうして、内部では矛盾対立を胚みつつ、外部からの危機に対する健三・お住の精神・肉体の両面にわたる結合の強さは、お住の「歇私的里」のうちに何よりもよく示されている、と言えよう。『道草』における女性の言説は、発話以前の肉体の言説をも含み込むことによって、その生産性をいっそう有効に救抜しえており、逆にお住の「歇私的里」から解き放たれた場合における健三は、依然として〈論理〉や〈精神〉の言説——それは殆んど彼における〈過去〉という固定観念の重みと等価である——に固執し続けることによって、現実や肉体との相関関係を見失い、徒らに「神経衰弱」という生命の自滅・自壊状態に陥りつつ、それが「論理の権威で自らを伴《いつは》つてゐる」ことの結果であることを自覚しえていないのである。

＊

くり返せば、お住の歇私的里は、健三にとって、彼女との関係における最も重大な不安であった。それは又、二人において「冥々の裡に自覚」され、「一切の他人には全く通じない」、「二人に特有な因果関係」(五十二)を持つものであった限り、この歇私的里のうちにこそ、彼等夫婦の共有してきた〈過去〉というものの特殊な重み、即ち内発性がある、とも言えよう。『道草』後半におけるお住の歇私的里は、そのような「二人に特有な因果関係」という語のもつ重さに迄遡らなくては、理解できない。

お住のお腹が大きくなるにつれ、気分も「能く変化」するようになる傍ら、健三の気分にも「上り下り」があって、「詰りしぶといのだ」というお住への健三の憎悪は、「貴方がさう邪慳になさると、また歇私的里を起こしますよ」(五十四)という彼女の眼の「光」によって報われる。健三は「非道くその光を怖れ」るが故に、「劇しくそれを悪《にく》」むので、「内心に無事を祈」りつつ、「外部《うはべ》では(略)勝手にしろといふ風を装」っても、お住には「弱点」を「能く承知」されているのである。

ともあれ、歇私的里の発作において、お住が「刃物三昧」(五十四)にまで及ぶ潜在的可能性を所有している限り、お住の歇私的里には、歇私的里ではないが凝として動かない『行人』のお直にはなかった攻撃性が与えられているとも言え、それ故、健三にとって歇私的里の原因の解明は、「彼の実生活を支配する上に於て、学校の講義よりも遥に大切」（同上）と意識されざるを得ないものとなって行く。

にも拘わらず、お住の歇私的里が、追いつめられたものの最後の反撃という趣をもっていることも又、否定し得ない。そして、お住を追いつめたものは、おそらく夫婦という関係さえ解体する潜在的可能性を秘めたものとしての、既に触れたような健三における女性的なるものの持つ「技巧」「策略」に対する攻撃的な猜疑心の存在である、と言って良いだろう。この点で健三は『行人』の一郎や『心』の先生にほぼ全面的に重なっている、と言えよう。恐らく、〈愛〉とは論理で解釈したり、立証するには最も適しない存在なので、それは〈肉体〉や〈感性（情）〉を以てしか了解しえないものなのである。と言うより、抑も〈愛〉の存在を認めることは、〈論理〉という言葉で象徴される精神や観念の世界の、肉体や感性（情）の世界に対する優越を自ら手放し、肉体や感性（情）の世界への、精神や観念の世界の降服を認めることをさえ、健三にあっては意味するのである。

その意味で、女性的なるものの持つ「技巧」「策略」に対する健三の攻撃的な猜疑心は、実は、この現象世界に対する男性的なるものの支配権を女性的なるものによって侵され、奪われまいとするまさに二十世紀的な男性的なるものの抵抗・防御のモチーフの、〈論理〉それ自体を武器とした反撃なのである。しかし、遺憾なことにそれは、精神や観念がそこに根ざす肉体や感性の領域——即ち故郷《ふるさと》に対する反逆、謀反《むほん》である限り、終局的には、男性原理それ自体の自己解体という結果に行き着かざるを得ないのは、まさに〈自然〉の論理、即ち〈人間〉の論理と言うものだろう。こうして、既に早く作者が定位しえた健三の矛盾が、今、健三の前に無視すべからざる先験的難題《アポリア》として現前しつつあると言えるのではなかろうか。

　自然の勢ひ彼は社交を避けなければならなかつた。人間をも避けなければならなかつた。彼の頭と活字との交渉が複雑になればなる程、人としての彼は孤独に陥らなければならなかつた。彼は朧気にその淋しさを感ずる場合さへあつた。けれども一方ではまた心の底に異様の熱塊があるといふ自信を持つてゐた。だから索寞たる曠野《あらの》の方角へ向けて生活の路を歩いて行きながら、それが却つて本来だとばかり心得てゐた。温かい人間の血を枯らしに行くのだとは決して思はなかつた。（三）

『道草』の作者は、このようなまさに二十世紀的な肉体と精神の転倒が如何に男性としての主人公健三を自己矛盾に落し入れ、彼の精神や肉体の衰弱――ノートに記す彼の字の細字化が示す、彼の神経衰弱や視力の衰えに代弁される――を惹起せしめているかを、如実に描こうとしているのだが、そのような自己の矛盾を、健三はある時は、ぼんやりと自覚しつつ、又、ある時は、全く無自覚に生きているのである。

その反面、女性的なるものに付随する「技巧」「策略」に対する健三の攻撃的な猜疑心こそ、女性としてのお住を追い詰める『道草』後半における男性の言説の中心命題であることを、赤ん坊誕生以後の、次のような夫婦の会話は示している。


「女は子供を専領してしまふものだね」

細君は驚いた顔をして夫を見返した。其処には自分が今迄無自覚で実行して来た事を、夫の言葉で突然悟らされたやうな趣もあつた。（略）

「何うでも勝手になさい。何ぞといふと僻みばかり云つて。どうせ口の達者な貴方《あなた》には敵ひませんから」

健三は寧ろ真面目であつた。僻みとも口巧者とも思はなかつた。

「女は策略が好きだから不可《いけな》い」

細君は床の上で寐返りをして彼方《あちら》を向いた。さうして涙をぽた〳〵と枕の上に落した。

「そんなに何も私を虐めなくつても…」

細君の様子を見てゐた子供はすぐ泣き出しさうにした。健三の胸は重苦しくなつた。彼は征服されると知りながらも、まだ産褥を離れ得ない彼女の前に慰藉の言葉を並べなければならなかつた。然し彼の理解力は依然として此同情とは別物であつた。細君の涙を拭いてやつた彼は、其涙で自分の考へを訂正する事が出来なかつた。（八十三）

むろん、この章の末尾でも「何と云つたつて女には技巧があるんだから仕方がない」と反復される、健三の女性観のそのような固定性や閉鎖性については、「恰も自分自身は凡ての技巧から解放された自由の人であるかのやうに。」という作者、もしくは語り手の批評が直ちに付け加えられているのだが、『道草』後半に展開される男性の言説と女性の言説との極めて緊迫した対立、拮抗の劇の迫力に比べれば、そのような語り手の発話のみを重く見ることは、必ずしも作品の真の意味に遡及する直接の手段とはなるまい。

『道草』後半のドラマの真の意味は、健三によって担われる男性の言説が、女性（妻）としてのお住を追い詰める傍ら、お住によって担われる女性の言説が、男性（夫）としての健三の言説を解体の危機に直面させる、その拮抗の劇にこそあると言って良い。

ここで注目されるのは、肉体や感性に基づく女性の言説が論理を至上とする男性の言説に優越する〈人間として〉という論理的カテゴリーを獲得するに至っていることであって、(6) 如何に強固な自負心を持つ健三も「貴方には女房や子供に対する情合が欠けてゐるんですよ」（八十三）というお住の「事実」を踏まえた批判を終局的には受け容れざるをえないことを、姉の「親切気」に比較しての「ことによると己の方が不人情に出来てゐるかもしれない」（八十六）という自省や、地震に際して、子供の安危を真先に気づかわなかったことへのお住の批判に直面しての「健三は自分が如何にも不人情のやうな気がした」（九十三）などの語り手の解説は明かしている。

「女房や子供に対する情合」に絡めて言えば、癇癪の余り子供の大切にしている鉢植を庭へ蹴飛したり、地震の際に子供をさし置いて庭へ飛び下りる健三の行為は、まさに人間としての「情合」においてお住に及ばないものと言われても、やむをえないものであろう。にも拘わらず、それは健三のみならず、抑も男性存在それ自体の通弊なのでもあって、健三と赤ん坊との一見奇異の感を催させる関係も、その範囲の外には出ていないと言えよう。そして、それはお住に象徴される女性の言説が〈情合〉（＝人情）を介しての〈人間〉の言説である所以を否定し難く治定させているのである。

たとえば「赤ん坊」のイメージは、健三においては有名な出産の場面における「寒天のやうにぷり〳〵した」「一種異様の触覚」（八十）を与えるものから、「眼鼻立さへ判明《はっきり》し」ない「一個の怪物」（九十三）という把握を経て、最終章では明瞭な「赤い頬」（百二）の持主へと変ってゆく。「変な子が出来たものだなあ」という健三の懐疑的口調に、「今に御覧なさい」（九十三）と自信に満ちて答えたお住の予言は、みごとに的中しつつある訳で、生命を産み、育む存在としての〈女性〉の言説は、「人間の運命は中々片付かないもんだな」（八十二）という独語に象徴されるような、生命それ自体に懐疑的な健三による男性の言説の観念性を打ち破り、解体しつつあると言い得るだろう。このとき、健三が、そして作者が望み見ていたものは、男性の言説と女性の言説の対立を超える生命の、ひいては人間の故郷としての女性的なるものの根源的イメージであった、と言っても過言ではないだろう。

『道草』は、その意味で、男性健三による人間の故郷としての女性的なるものの再発見の物語であり、認識そして世界観の領野における男性の自己変革小説であると言えよう。そこにおいて女性的なるものの不動性もしくは中心原理性は、既に否定すべくもない。

いわば、健三によって担われた男性の言説即ち〈論理〉の言説は、女性の言説が内に持つ肉体（感性）の言説の中に融化、解体させられ、それによって初めて〈人間〉の言説として甦り、再生せしめられるのである。本来、赤ん坊や子供、そして生命それ自体について懐疑的であった健三の妻お住の出産場面への直面は、事実としてのリアリティを越えて、実は作品を貫ぬく、このような事態の意味深い隠喩でこそあったのである。そこに、この作品の基本的枠組としての、健三の「遠い所」からお住のもとへの帰還、お住による受胎・妊娠・出産、そして赤ん坊の「気味の悪い」、「何かの塊」から「赤い頬」をもつ明瞭な人間への成長という、一連の生命誕生のドラマとしても総括され得る、作品固有の子宮的時間の完璧な迄の円環構造が持つ虚構的意味の一面も又、存在したと言い得るだろう。

＊

ところで『行人』の一郎にも、『心』の先生にも共通するのは、その潔癖な論理癖ひいては倫理癖であった訳だが、それは、自己に始まって自己に終る「自己本位」（『私の個人主義』）の立場と表裏のものであった。[7]〈他者〉との通路を持たない漱石固有の個人主義の負の側面としての自己閉鎖性や自己完結性は既に注目されて久しいが、その由来への納得のゆく明快な解答が、いまだに提出されていないことも事実であろう。『道草』の健三も「彼の道徳は何時でも自己に始まった。さうして自己に終るぎりであった。」（五十七）と作者によって総括される限り、一郎や先生の個人主義の忠実な継承者である所以が明らかである。

にも拘わらず、既に検討してきた『道草』の作品世界は、そのような漱石の個人主義をめぐる研究史上の難題にも、明瞭な解答をさし出している、と言えよう。即ち、漱石の無意識にして根源的なる課題が、男性原理と女性原理の対立という性差の問題に根ざしていた限り、漱石の個人主義には、男性中心原理的世界像に固有の宿命としての孤独と淋しさ――即ち、自己解体や死への予感が纏りつくのが一つの必然であった、とする見方である。

漱石における自己に始まり、自己に終る「自己本位」の立場とは、実は、男性に始まり、男性に終る男性本位の立場と等価であるという視座に立つとき、上記のような漱石の個人主義の淋しさのみならず、『彼岸過迄』『行人』から『道草』へ、ひいては『道草』から『明暗』に至る晩年の漱石の文学的営みの総体迄が、男性の言説の自己完結的な世界から女性の言説の世界への解体、融合を経ての〈人間〉の言説の世界への再生のプロセスとして統一化され、趣きを新たにして浮上してくるのである。

『それから』末尾における代助の煩悶も、『門』の宗助の孤独も、これと無縁ではない。

そのとき『道草』は、女性的なるものへの男性の和解の書とも言え、また屈服の書とも言えるのだが、何よりも注目すべきは、人間や生命の故郷《ふるさと》としての女性的なるものの言説を、肉体と精神との両面において救抜することが、男性としての主人公健三、ひいては作者における〈人類〉との和解につながって行ったという事実であろう。健三に、そのような女性的なるものの根源性が明らかに見えているか否かはともかく、作者には、それが見え、健三は、いやいやながら、作者の視点に近づきつつあるのだと言えよう。

＊

こうして『道草』は、〈女性の言説〉を拠りどころにしての〈人間〉の言説の再構築の書であった、と断じて良いのだが、性差の問題がそれによって解消された訳ではない。「金の力」（五十七）の語で象徴される健三と〈民衆〉という故郷との関係にも、それは当て嵌まる。何故なら、故郷は帰還すべきものであると同時に、そこから新たに出発すべきものでもあるからだ。健三の言説は、お住によって象徴される肉体や感性、情合や親切という女性の言説の肯定性・生命性を受け容れつつ、新たな旅へと出発しなければならないし、お住も又、健三によって体現される論理という男性の言説に拮抗する言葉の力を獲得することによって、健三と必要にして十分な形における人間としての関係を取り結ぶことが出来る筈である。のみならず、作品『道草』における男性の言説と女性の言説との対立は、健三とお住との主観に照す限り、永遠の並行線を描くとも言え、そこに作者漱石と主人公健三との離れが介在することも否定し難い事実である。『道草』という題名の寓意も、そこに明らかな訳だが、にも拘わらず、作品末尾における、事態を「片付」かないもの、即ち非論理なものと眺める健三の発言には、健三の自己完結的な論理の世界を越えた作者漱石のメッセージが鳴り響いているように思われる。

即ち、島田との関係に一応の終止符を打ちつつ、なお「片付」かないと見る健三の非論理的な発言——「片付いたのは上部《うはべ》丈ぢやないか。だから御前は形式張つた女だといふんだ」、「世の中に片付くなんてものは殆どありやしない。一遍起つた事は何時《いつ》迄も続くのさ。たゞ色々な形に変るから他《ひと》にも自分にも解らなくなる丈の事さ」——は、島田や姉、兄などによって構成される〈民衆〉という故郷《ふるさと》を決して視野から放棄しないという〈人間〉としての健三の言説、ひいては作者における言説の表明であるとともに、併せてそれを、原理的には、健三の眼前に彼の赤ん坊を抱くお住、即ち女性という故郷との関係定立に向けた、健三ひいては作者による〈人間〉の言説の表明として受けとめても決して誤りではないものとして定位し得るのである。

それにしても、『道草』の文字通り掉尾を飾る、

細君は黙つて赤ん坊を抱上げた。
「おゝ好い子だ〳〵。御父《おとう》さまの仰しやる事は何だかちつとも分りやしないわね」

細君は斯う云ひ〳〵、幾度か赤い頬に接吻した。（百二）

というお住の〈肉体〉の言説の定着は、何と鮮烈な生命の息吹きにみちみちていることだろう。お住が、威丈高な夫の言葉に「不審と反抗の色」を浮べつつ、「黙つて」抱き上げた赤ん坊は、最早その子の父である健三の観念をもこえて、健三こそ、この赤ん坊であり、お住によって〈人間〉として再生せしめられた存在であることの言外の表現ではなくて何であろう。この描写の鮮烈なリアリティこそ、『心』の死の世界を経て、新たに作者の発見した〈人類〉、そして生命の世界の瑞《みず》々しさの否定することのできない証《あかし》であると言って良いだろう。そこに男性の言説と女性の言説の二元的世界を架橋する〈人間〉の言説の誕生の形が確実に刻み込まれている、と私には思われるのである。

注

（1）島田のモデル塩原昌之助と漱石との出会いは、明治三十六年（一九〇三）五月四日（月）又は五月十八日と荒正人著・小田切秀雄監修『増補改訂　漱石研究年表』（集英社　昭59・3）は推定。但し、同書に拠れば、漱石が塩原から人を介して「塩原家の養子に戻らぬかと交渉を受け」、「金銭は出さぬが、交際はしてもよい」と答えたのは明治三十九年「春頃（三月または四月）」で、三年の隔たりがある。

（2）作品七十一章において展開される健三とお住との対立は、「単に夫といふ名前が付いてゐるからと云ふ丈の意味で、其人を尊敬しなくてはならないと強《し》ひられても自分には出来ない。もし尊敬を受けたければ、受けられる丈の実質を有《も》つた人間になつて自分の前に出て来るが好い」云々というお住の言説が、「女だから馬鹿にするのではない。馬鹿だから馬鹿にするのだ、尊敬されたければ尊敬される丈の人格を拵へるがいゝ」という健三の言説を呼び起す点で、〈男性の言説〉と〈女性の言説〉の相互浸潤のみならず、それらを越える〈人間の言説〉の論理的カテゴリーの普遍妥当性もしくは、不変的本質性が、逆に〈男性の言説〉と〈女性の言説〉の争闘の形式論理的な武器として浮上せしめられている、と言う点で過程的であり、戯画的であることを否定し難いが、結果するところは、「あらゆる意味から見て、妻は夫に従属すべきものだ」とする健三の権威的男女観の解体である点で、作品の全構造の帰結を考える上で、この上なく示唆的である。

（3）　江藤淳『夏目漱石』は、『道草』の展開過程を「知的並びに倫理的優越者であると信じていた健三が、実は自らの軽蔑の対象である他人と同一平面に立っているにすぎないことを知る」「『自己発見』の主題」として正当に押さえながら、「妻」ではなく「『自然』の名に於ける『我執』の承認」を結末部に読みとり、それを「極めて巧妙な、日本的な妥協」と位置づけ、併せて「彼（健三）は、自分が日常生活の中に埋没するのとちょうど逆比例的に、彼の『思想』が、彼一個人の偶発的な、限定的な行為をはなれて、（略）独自の美しい軌跡を描きはじめることをも知ったのである」と論じているが、これでは「『自己発見』の主題」が宙に浮いてしまう。既に小森陽一による「思想と日常生活という二項対立を本当に水平に置く方法を、江藤淳はこの批評の中で確立し得ていない」、浅野洋による「垂直的な作品ではないと言いながら、彼の発想自体は垂直的」云々という批判（いずれも「鼎談」〈『漱石作品論集成・道草』桜楓社　一九九一・六〉）もあるが、健三とお住の立場が同一平面に立つという把握に拠るのみでは健三とお住の対立の実態を覆いえないと見る点に本論の基本的方向性がある。

（4）　三番目の子のお住の妊娠は、伝記的事実を省れば、作者の妻鏡子による三女エイの妊娠と対応する。但し、後に作品で示される産婆不在での出産は、明治三十六年十一月三日のエイの出産の場合ではなく（前掲『増補改訂漱石研究年表』同日の項には「天長節。早朝、三女エイ生れる。（鏡、夜半に産気づく。下女を起し、向いの家の電話で、産婆に連絡するように頼む。）」とある）、二年後の同三十八年十二月十四日の四女アイの出産の場合であることが、夏目鏡子述、松岡譲記『漱石の思ひ出』（改造社　昭三・二。但し筆者の見たものは、改版〈桜菊書院　昭23・1〉）中、「生と死」の章）によって知られる。

（5）　『それから』の平岡と三千代の子が産まれて間もなく死に、『門』の御米の子が流産又は死産であり、『心』の先生夫婦に子が出来ず、『明暗』の清子が流産するなどの設定は、彼ら夫婦のあり方に何らかの罪もしくは過失があることの証である。それらに対し、『行人』『道草』の夫婦に子供があることは、妻と夫の対立にも拘わらず、彼ら夫婦のあり方に基本的に正しい要素が具わっていることの証であろう。拙論「臨終前後――『明暗』の精神」（『國文學　解釈と教材の研究』平成元・4、本書後出）参照。

（6）前出注（2）参照。
（7）評論『文展と芸術』（『東京朝日新聞』大元・10・15〜10・28）冒頭に「芸術は自己の表現に始つて、自己の表現に終るものである」との一文があり、この一文から始まる「一」の末尾に「だから徹頭徹尾自己と終始し得ない芸術は自己に取つて空虚な芸術である」と同趣旨の文の反復がある。『彼岸過迄』と『行人』との間に書かれたこの評論の上記の表現には、『私の個人主義』と同様に男性中心原理の投影がある。

〔付記〕本稿は、一九九一年八月二日、梅光女学院大学で行われた日本キリスト教文学会九州支部主催第十三回夏期セミナーの第二日、「シンポジアムII〈『行人』から『明暗』まで〉」における報告「『こころ』から『道草』へ」を基本として成立した二論「『心』から『道草』へ―〈男性の言説〉と〈女性の言説〉」（『キリスト教文学』一一、一九九二・三）「同――〈男性の言説〉と〈女性の言説〉・序説」（『東海大学紀要　文学部』六〇　一九九四・三）の内容を根幹として、新しい試みを部分的に加えて成稿したものである。既に十四年の歳月を経ているので前二論同様の感興を得ることは至難であったが、仮にフェミニズム、ジェンダーに関わる新見があるとすれば、それは基本的には十四年前に遡る二論に拠る所が大きいことをお断りしておく。なお性差に関わっての作品解釈としての「『坊つちやん』の構造――マドンナの領域」（『近代文学　注釈と批評』三、一九九七・三　本書所収）を参照願えれば幸いである。

（二〇〇五・三記）

『明暗』の構造――津田とお延

既に『明暗』の前作『道草』において、漱石は、相反発しながら、決して共通の土俵をはみ出すことのない一対の夫婦像を描いた。そこには、あの『行人』の夫と妻の孤々介立の世界を超える〈関係〉の論理の発見と定立があったと云って良いだろう。漱石にとり『こゝろ』の絶対的な孤独の世界は、明治の精神への訣別とともに、既に過去の世界に葬られつゝあった、と言っても過言ではあるまい。

漱石は大正五年の年頭『点頭録』のうちに「過去」と「現在」に対する「一体二様の見解を抱いて、わが全生活を、大正五年の潮流に任せる覚悟」を記したが、それはその儘自己と他者という相対立、拮抗する存在が「同時にしかも矛盾なしに両存して、普通にいふ所の論理を超越してゐる異様な現象」(『点頭録』)即ち〈関係〉への漱石の重い思念の仮託へと――些か手前勝手ではあるが、――パラフレーズ可能な発想とみなして差し支えないものと私には眺められる。そのような漱石の「わが全生活を、大正五年の潮流に任せる覚悟」の直接的な文学的表現が『明暗』であったことは既に云う迄もあるまい。

『明暗』作中における漱石の「大正五年の潮流に任せる覚悟」の反映は、どこに求められるべきか。性急の譏を冒して云えば、私はそれをブルジョア社会における〈関係〉の追求と概括したい。小林に象徴される底辺の「余裕」なき階層と岡本、吉川等に象徴される「余裕」ある階層との関係、岡本――お延、藤井(父、お秀)――津田等の個人を規定する〈家〉又は〈血〉の関係、吉川(夫人)――津田という会社組織にまつわる上下の関係、それら凡ゆる関係につながりつつ、本質的には〈個〉と〈個〉との関係としての津田――お延の夫婦の関係等々、『明暗』の世界は、まさに大正期ブルジョア社会のもろもろの関係の総和より成り立っている。ここに『明暗』を壮大な社会小説と規定して然るべき理由がある訳だが、それら〈関係〉の網の目の中心点、結び目として選ばれたのが、津田とお延という一対の夫婦であり、これら入り組んだ〈関係〉の世界の中で、もろもろの外的〈関係〉から、二人の愛という〈関係〉の世界が、果して自立可能かどうか、その成否を問うところにこそ『明暗』一篇の主題並びにモチーフが存在した、と私には思われるのである。

そして、このような私の把握の前提にあるのは、津田とお延という一対の〈関係〉を、作品の〈関係〉の網の目から切り離し、いわば彼らの〈個〉としての〈関係〉の世界に閉じ込めることは、作品の総体として担った主題を抽象化、一般化して了うのではないか、というひそかな疑問なのだ。そこから捨象されるのは、例えば当時の『日記及断片』（大4・12頃〜大5・7・12）に明瞭に記されている「人から遠慮される様な地位にあるもの」への批判的視角や、「故なく人を損ふもの」に対する、いわば「打ち懲ら」しめのモチーフではあるまいか。

『明暗』の主題を、津田とお延という一対の夫婦の〈関係〉に限定する時、例えそこに津田やお延の「認識」の課題を読みとり得るにしても、作品構成の依拠するブルジョア社会の〈関係〉の複雑な網の目のうちから現われ来る、「故なく他を損ふもの」への漱石の戦いのモチーフ――「わが全生活を、大正五年の潮流に任せる覚悟」は、みごとに捨象されざるを得ない筈である。

確かに津田は作品冒頭部分（二）に所出する如き肉体、精神の両面に亘る「認識」の課題を背負っているし、それはやがて小林の予言する「事実其物」による「覿面」の「戒飭」として現前する事態と決して無関係ではあるまい。津田への「戒飭」は、お延にとっても既に小林の予言と警告（八七）に予示される如く、体面に関わる危機を齎すことは、ほぼ確実だろう。しかし、この事態をその儘、津田やお延に対する一方的断罪と受けとるには、作品の構成は今一歩複雑である。

津田とお延との関係、もしくは津田その人、お延その人に対する作中人物の視角には、それぞれの立場に由来する誤差もしくは偏差があり、それはお延に対する津田、津田に対するお延の視角にも必然的に付き纏う。作者は、それらの偏差を明らかにしつつ、津田とお延との対立を超えて、外部から彼らに射返されるもろもろの視角の偏差、とりわけお延に対するそれらをプロット展開の中軸に据えていることは、疑いもなく明らかである。

津田のお延への認識の偏差は、彼女の「技巧」への疑惑として現われ、お延の津田へのそれは「手前勝手な男」（四七）という感想、「良人といふものは、たゞ妻の情愛を吸ひ込むためにのみ生存する海綿」（同）かという疑いとして現われる。このようなお延の視角は又、「愛する人が自分から離れて行かうとする毫釐の変化、もしくは前から離れてゐたのだといふ悲しい事実」（八三）への認識のめざめとして結実するに至る訳だが、にも拘わらず私たちは、津田とお延が間断なく「愛の戦争」（一五〇）を繰り返しつつ、しかも「派出」好きや自己を尊しとする「虚栄心」（「意地」）等により、実は共通の土俵を持つ存在であり、何より恋愛を通じての結婚という道を歩んだ〈近代〉的モラルの遵奉者であるという点で、他の作中人物に比し、堅い〈関係〉の絆で結ばれた存在であるという自明の事実を無視することは許されないだろう。

〈血〉もしくは〈家〉の関係にもとづくお秀の闖入は、一面津田――お延の関係に危機を齎しつつ、半面彼らの〈関係〉の絆をいっそう強固に結ばせる。吉川夫人の津田来訪は、津田の〈過去〉をめぐりお延を「破裂」（一五〇）へと誘うが、それは津田にお延への「同情」を惹き起すとともに、お延にも又夫の使った「妥協」の一語のうちに「黙認に近い自白」の所在を確かめさせることにより、夫への「気の毒といふ感」を惹き起す。

漱石はこのような津田夫婦の〈関係〉の明暗をお延の「小さい自然」に対する「大きな自然」の「蹂躙」と、「報酬」という視角から照らし出すが、それをお延の主我的な愛のあり方に対する、自と他の結びつきとしての夫婦という〈関係〉に立脚しての作者の批評として見ることは、無論可能である。前引『日記及断片』に所出する「我一人の為の愛か」以下のメモと対応するお秀のお延への批判（一三〇）や、陰陽和合、陰陽不和の必然性を説く岡本の言説（七五）の有効性もそこにある訳で、小宮豊隆を始めとする定説的漱石像の把持者のお延への厳しい指弾は、今なお強力である所以もそこにあろう。

にも拘わらず、私たちは津田に対するお延の愛が真実であり、主体的なものであることを明かされている限り（六五）、愛をめぐる態度決定や主体の位相の不明な津田に較べ——それが治癒可能であるとしても——、『明暗』における愛の成否の課題、もしくは〈関係〉意識確立の課題が、ひとりお延によってのみ担われていることを無視することは許されない筈である。むしろ、お延によって担われたそのような愛の成否の課題のうちにこそ、大正五年の時点に留まらぬ今日なお解決を見ない愛をめぐる現代的課題が象徴せしめられている、と見ることの方が正確ではないか。

既に漱石は、一読者の疑問に対し、お延の「技巧」をめぐり「斯ういふ女の裏面には驚ろくべき魂胆が潜んでゐるに違ないといふのがあなたの予期で、さう云ふ女の裏面には必ずしもあなた方の考へられるやうな魂胆ばかりは潜んでゐない（略）といふのが私の主張になります」（大5・7・19、大石泰蔵宛）と述べていた。この作者の証言を信ずる限り、お延の愛の行方にかけた漱石のモチーフの重さを否定することは至難とも云えよう。

かかるお延の愛への最初の対立者がお秀であり、お秀——吉川夫人の結託がお延そして津田を危機に招き入れることは、明らかだが、お秀のお延への視角が指輪をめぐる彼女の誤解に発するものである限り、お秀は、津田夫婦を襲うであろう悲劇への人格的責任を究極的には免れえているとも見られようが、吉川夫人の場合は、その責任をめぐり弁解の余地はあるまい。端的に言って吉川夫人のお延に対する「謀計《はかりごと》」は、何ら理由のない完璧な悪意の発露以外ではないからだ。

既に作者は「自分が嫌はれるべき何等のきつかけも与へないのに、向ふで嫌ひ始めたのだ」（四九）というお延の自信を点出するのみならず、吉川夫人の技巧をめぐる「時として恐るべき破壊力が伴なつて来はしまいかといふ危険の感じ」（五三）をお延に抱かしめている。この「危険の感じ」は、ひとりお延に対して当て嵌るのみではあるまい。吉川夫人は、おそらく自ら意識せずして、津田――清子の関係を破壊した前歴の所有者だからである。前引書簡に所出する作者の言葉を藉りれば、吉川夫人の「技巧」は「人を殺すため」、そしてお延の「技巧」は「人を活かすため」、という対比が、ここに可能な筈である。『明暗』作中最大にして、最も緊迫した対立は、このような意味での吉川夫人とお延との対立にある、と言っても過言ではない。そこにはブルジョア的社会組織の保証する「優者の特権」（一三二）に驕り、愛という若い男女の死活の問題に善意の名の下に隠微な形で介入し、「故なく他を損ふ」吉川夫人という存在に対する、近代の〈個〉の立場に基づく、お延の、そして作者漱石の戦いのモチーフが示されている、と見られるのだ。

しかし吉川夫人とお延との間に横たわる、このような「一種微妙な関係」（六三）は、岡本のみならず、津田にも通じていない。そこにお延の「孤独」の生ずる客観的条件がある訳だが、この事情は「お延を愛してもゐたし、又そんなに愛してもゐなかった」（一三五）という津田の「心の状態」と相俟って、津田を結果的に吉川夫人の「謀《はかり》計《ごと》」に加担せしめることとなる。しかし同時に私たちは、お延への完全な裏切りとしての津田の異常な、この行動が、お延への批判や反発を出発点としての彼の主体的選択の結果ではなく、その究極の責任は、夫の下僚としての津田の外的内的な状況認識の暗さを、己のために利用した、津田よりも「却つて確かりした心理の観察者」（一四一）としての吉川夫人その人に帰せらるべきものであることを、津田のために弁明しておかねばなるまい。

従って、吉川夫人――津田、お延の〈関係〉をめぐり、作者が半ば津田の視点に拠りつつ、次のような一節を書き加えたのは、作品の真のドラマとしての吉川夫人――お延の対立の客観的意味を示唆するための必須の要請であったと眺められるのである。

津田の眼に映るお延は無論不完全であつた。けれども彼の気に入らない欠点が、必ずしも夫人の難の打ち所とは限らなかつた。それをちやんぽんに混同してゐるらしい夫人は、少くとも自分に都合の可《い》いお延を鍛へ上げる事が、即ち津田のために最も適当な細君を作り出す所以だと誤解してゐるらしかつた。それのみか、もう一歩夫人の胸中に立ち入つて、其真底《しんそこ》を探ると、飛んでもない結論になるかも知れなかつた。彼女はたゞお延を好かないために、ある手段を拵へて、相手を苛《いぢ》めに掛るのかも分らなかつた。気に喰はない丈の根拠で、敵を打ち懲らす方法を講じてゐるのかも分らなかつた。幸に自分で其所を認めなければならない程に、世間からも己れからも反省を強ひられてゐない境遇にある彼女は、気楽であつた。(略)(一四二)

ここにはお延に対する津田の視角と夫人の視角との落差に留まらず、前出『日記及断片』の二つの叙述に照応する夫人の位相――「人から遠慮される様な地位にあるもの」としての夫人の「暴君」(一三一)たる存在形態と、それが可能となる「故なく他を損ふもの」としての役割が明瞭に刻印されていると見るのは、果して私一個の独断であろうか。

津田は吉川夫人とお延との間の「微妙な軋轢」(一三三)に初めて触れることも出来た訳だが、津田が温泉行を肯《うけが》うのは、未だ彼女らの「間柄を、内面から看破る機会に出会つた事のない」ために、夫人の「言葉を疑ふ資格」がなく、「大体の上で夫人の実意を信じて掛つた」(一四二)故である。そして実は、津田の夫人へのこの信頼こそが、津田の状況認識の最大の盲点であり、清子に去られ、遂には津田をして『明暗』のカタストロフィーに至り絶体絶命の死地に陥らせることになる原因そのものなのだ。(1)

既に小坂晋は、『明暗』の行方に手術後まもなく温泉行を断行した津田の「粗忽な遺口」(一五三)を介しての津田の再度の発病というプロット展開を想定しているが、(2)〈修善寺の大患〉を踏まえての津田の危機的病状の再発こそ、小林の予言した「事実其物」による「覿面」の「戒飭」に他なるまい。そしてそれは又「反省」(自己認識)を強いられない境遇にいた吉川夫人の内面認識の暗さへの「戒飭」にそのまま重なる。清子のいる温泉場での津田の突然の病は、そのスキャンダル性によって、津田本人のみならず、直接の責任主体としての吉川夫人、妻としてのお延、そして『明暗』作中全ての〈関係〉の世界を根底から震撼たらしめることは必然だからである。

この間にあって、お延はよく外部の〈関係〉から津田との愛の世界を守り、津田との間に真の〈関係〉を樹立し得るかどうか。それを保証するものは、「(略)何だか知らないけれども、あたし近頃始終さう思つてるの、何時か一度此お肚《なか》の中に有《も》つてる勇気を、外へ出さなくつちやならない日が来るに違ないつて」「いゝえ生涯のうちで何《い》時《つ》か一度ぢやないのよ。近いうちなの。もう少ししたらの何時か一度なの」(一五四)と鋭く直感しえた、お延における「夫のために出す勇気」以外にありえない。蓋し、この形而下的擾乱の世界にあっては、吉川夫人の掌上に踊る津田との〈関係〉を回避した清子ではなく、吉川夫人と対立する「勇気」を持ち、津田との愛に主体を賭けたお延のみが、ひとり津田の救済者たる資格を持ち得ているからである。

確かに津田への「戒飭」は必然である。しかし「自然は思つたより残酷でな」(一五〇)い。清子のいる温泉場での彼の発病は、津田の「過去」に纏わる状況をお延に理解せしめ、又、津田をして(恐らくはお延の能動的役割を介し)真の状況認識——津田の吉川夫人の呪縛からの解放をも齎しめよう。恐らくそれは清子離反の謎の解明を伴うだろう。私たちは、ここに真の他者理解を閲しての「同情」「気の毒」(一五〇)を介しての夫婦の〈関係〉の再生への微かな可能性を見ることは許されている筈である。

注

（1）吉川を頼りにしたことが、清子の津田離反の要因の一つであることについては石崎等「『明暗』論の試み」（『日本近代文学』13　昭45・10）にも指摘がある。

（2）小坂晋「漱石文学の謎と大塚楠緒子（上）――伝記的研究と作品解釈の問題――」（『文学』昭52・7）。

臨終前後——『明暗』の精神

大正五年（一九一六）の漱石の文筆活動が、『点頭録』（『東京朝日新聞』『大阪朝日新聞』1・1～21）に始まっていることの意味は、重視されても良い。それは例えば、大正四年のそれが『硝子戸の中』（同上、1・13～2・23）に始まったことと照し合せてみれば、思い半ばに過ぎるものがあろう。『硝子戸の中』が『こゝろ』から『道草』に至る漱石の思想的・文学的・人生的な境界線上に立つ、その意味で微妙に靉靆としたアトモスフィアーを生命とする、いわば未決定《モラトリアム》の文学であったとすれば、『点頭録』は、「わが全生活を、大正五年の潮流に任せる覚悟」の表明において、内から外へ、過去から現在へ、孤絶した個から〈関係〉の多元的に錯綜する社会現実へと、百八十度の方向転換を閲し、そこに新たな戦闘態勢を完了しえた漱石の姿勢を指し示す明確な指標であったと言えよう。

『点頭録』で漱石は「過去」と「現在」という二つの時間が「同時にしかも矛盾なしに両存して、普通にいふ所の論理を超越してゐる異様な現象」への驚異の念を述べたが、このような時間概念の確立こそは、『明暗』を支える、いま、ここという〈現在〉への漱石の強烈な思念の存在を語って余りあるものと言えよう。

視点を遡らせれば、未決定《モラトリアム》の文学『硝子戸の中』を挟んで相対峙する『こゝろ』と『道草』こそは、漱石のそのような時間概念の変革を指し示す二つの作品的徴標と言えよう。蓋し『こゝろ』は、主人公における〈過去〉ゆえの関係確立の挫折を描き、『道草』は、甦える〈過去〉に祟られつつ、なお厳として存在し続ける主人公の〈現在〉を描いた。〈過去〉に呑み込まれる〈現在〉のはかなさを描いた『こゝろ』に対して、執拗にくいさがる〈過去〉

を〈現在〉のうちに包含し、それ故に、多層化、多元化する〈時間〉の流れに誠実に身をさらし続ける主人公の姿を描いたのが『道草』であった、と言えよう。だから『道草』の眼目は、結末部における「まあ好かつた。あの人だけは是で片が付いて」というお住の言葉に対する、健三の「片付いたのは上部丈ぢやないか。だから御前は形式張つた女だといふんだ」、「世の中に片付くなんてものは殆どありやしない。一遍起つた事は何時迄も続くのさ。たゞ色々な形に変るから他《ひと》にも自分にも解らなくなる丈の事さ」という苦々しい白《せりふ》の裡に集約されていると見る通説に従うべきだろう。『道草』のモチーフの一半は疑いもなくそこにあった。

にもかかわらず、『道草』末尾の次の描写は、健三とお住の落差をこえて、この作品世界そのものの根源的な豊饒性を指し示しえている。

（略）細君は黙つて赤ん坊を抱上げた。
「おゝ好い子だ〳〵。御父さまの仰しやる事は何だかちつとも分かりやしないわね」
細君は斯う云ひ〳〵、幾度《いくたび》か赤い頬に接吻した。

お住の行為が「自分から出たものは何うしても自分の物だといふ」、「理屈なし」の気持ち（八十五）から出たものであるとしても、「赤ん坊」こそは、健三やお住の〈過去〉を〈現在〉につなぐものであり、さらに〈自〉を〈他〉につなぐ「不思議な生き物」である限り、そこに〈過去〉と〈現在〉、〈自〉と〈他〉によって構成される、いま、ここなる「異様な現象」（『点頭録』）の肉体的象徴を読みとることは可能である。その意味で「赤ん坊」（子供）の生れぬ『こゝろ』が〈死〉（過去）の文学であることは言うまでもないとして、次々と「赤ん坊」の生れ出る『道草』の世界が〈生〉の文学である所以も自ずと明らかであると言わねばなるまい。

すでに陳套と化している、このような見解をことごとしく私が持ち出すのは、「赤ん坊」（子供）そして「赤ん坊」を生みうる女性、ひいては夫婦、その逆に「赤ん坊」を生みえぬ女性、ひいては夫婦にまつわる漱石の視点は、『明暗』論においてもまた、有効であると考えるからに外ならない。漱石文学における「赤ん坊」のイメージの持つ意味は、多義的であり、けっして単純化されてはならないが、『道草』の相対世界の社会小説版として『明暗』があること[1]を考え合わせれば、「赤ん坊」のイメージの意味に些《いささ》かの逸脱があるとも考えられないはずである。そして既に『硝子戸の中』末尾（三十九）において、庭に喜戯する「子供」のイメージの復権がなされていたことも興味深いデータに外ならない。漱石晩年の伝記と文学の通路に「赤ん坊」（子供）のイメージを置くことによって、『明暗』解読への一つの突破口を切り開いてみたいのである。

*

かつて私は、『明暗』において津田を操り、お延に掣肘を加えようとする吉川夫人の存在を〈大正〉ブルジョア社会の〈関係〉の複雑な網の目のうちから現われ来る「故なく他を損ふもの」（『日記及断片』大4・12頃〜大5・7・27）と呼び、『明暗』一篇のドラマを、「吉川夫人という存在に対する、近代の〈個〉の立場に基づく、お延の、そして作者漱石の戦いのモチーフ」に基づくものとして捉えたが[2]、この見解は今なお有効と考える。別の場所で、私はまた、吉川夫人を『明暗』作中唯一の「悪」と呼んだこともあるが[3]、そのような吉川夫人の負性や非生産性は、「赤ん坊」を産めず、母たりえなかった彼女の〈石女《うまずめ》〉性と正確に対応している。津田夫婦と対立し、夫人のもとに駆け込み訴えを行うお秀は、「赤ん坊」を生みうる女性であり、現に二人の子持なのだが、夫の堀が性病に罹患したことがあるにもかかわらず健康な子を産みえたお秀のこの母性としての生産性は、彼女のお延への批判的視座が、元来、指環をめぐる誤解から出発し、倫理的負性を免れえている作品内の事情と正確に照応している。

一方、吉川夫人・お秀に対し、お延はまさに健全な肉体を持ちつつ、母たりうる存在と言わねばなるまい。友人関から自分と同様の性病患者と誤解されている津田もまた、健康な肉体と旺盛な性欲の所有者であることが、小林に見抜かれ、お延によって確証されている以上は[4]、彼ら夫婦は十分健康な「赤ん坊」を産みうる存在なのだ。津田の病は、痔という器官的なものに過ぎない。おそらく、この事情は、津田とお延の夫婦としての生産的な関係確立への潜在的な可能性を指し示している。

ところで、以上のような「赤ん坊」のイメージをめぐり女性達に適用される法則性は、もう一人のヒロイン清子に対しても、そのままあてはまる。清子は、津田を突然捨て、彼の友人関と結婚し、大の性病に罹患した結果、「赤ん坊」を流産する。産む能力を持ちつつ、産みえなかった「赤ん坊」にまつわる彼女のイメージには、複雑で屈折した影の部分がある。おそらく、その影は、彼女と関との関係にまつわる〈影〉でもある。彼女の夫への信頼を、夫が性病患者であること、そして彼女の流産が自身の性病罹患の故であることを自覚した上でのそれであると考えるのは、余り合理的な解釈ではないだろう。温泉場での津田は病再発の危機に無自覚だが、清子もまた、自身の肉体の深部に潜在し、その生殖能力を蝕みつつある、より危険な病に無自覚なのである。

すでに唐木順三『夏目漱石』（修道社　昭31）以来、『明暗』において、肉体の病は精神の病の比喩である、という見方は、ほとんど定説化していると言えよう。「赤ん坊」を産むという女性としての根源的能力を蝕まれながら、自己の病に無自覚である清子に精神の病がないと見るのは、そのような作品の根本法則に背いている。『明暗』の書かれなかった彼方に、津田の肉体の病の再発と、彼の精神（認識）の病への解析が布置されているとすれば、それは同時に清子の肉体の病の顕在化と、彼女における精神（認識）の病の解析と表裏するだろう。

津田が夫婦という〈関係〉確立の上での〈病〉を持つことは言うまでもないが、視点を変えれば、清子の夫関にも明らかに同種の〈病〉がある。見様によっては、それは津田以上に悪質である。それは、彼が津田を性病患者と誤認したことに発する。作品内時間を整理すれば、清子は津田が病院で関と偶然邂逅し、関に彼と同じ性病患者と誤認された直後に津田から離反している。そこに関の果した役割が想像されよう。関こそ清子のもとに津田性病者という誤報をもたらし、清子の津田離反を決定づけた張本人に外ならない。ここに関の第一の病がある。第二の病は、清子が外ならぬ、その関と結婚したという事実によって示唆されよう。清子以外の女性と肉体的交渉を持ったという事実によって津田を捨てた清子が、外ならぬ性病者である当の関と結婚したとすれば、彼女も〈恋愛〉という近代の劇のヒロインでもありえた事実を自明の前提とする限り、この矛盾を説明する道は一つしかない。関は、自ら性病者である事実を清子に秘したのであり、今なお秘し続けているのだ、という解釈である。関におけるこの第二の病は、第一の病が〈誤解〉に基づく分、倫理的負性を免れえているのと逆に、明らかに否定的なるものと言わざるをえない。それが精神的なる負性である限り、性病という彼の肉体的病の根源的なる否定性と正確に対応していると言えよう。この意味で清子の夫関の病（肉体・精神）は、津田の病より本質的に悪質なのである。

いっそう重要なことは、このような夫の病に清子が無知でありつつ、精神的・肉体的に夫に同化していることである。精神的な同化は、清子の津田への認識の偏差として現われる。たとえば、宿の廊下での偶然の再会（それが真の偶然であることは津田の視点に即しつつ、作者によって読者に明かされている。）を津田の待ち伏せと疑った彼女は、津田にその理由を問われて、「そりや申し上げないだつて、お解りになつてる筈ですわ」と答え、さらに追求されて「ぢや解らないでも構はないわ。説明する必要のない事だから」（百八十六）と一段と高飛車に応じるが、ここに彼女の津田の人格判断上の証拠、即ち津田＝性病者という事実を確実に握っているという誤った自信を読みとりえよう。しかし、それはそのまま、夫関の認識の偏差（病）に同化している彼女自身の認識（精神）の病なのである。次いで夫への肉体的な同化が、性病への感染と流産という事態に示されていることは、再言の要はない。

このような夫への無批判の同化は、彼女の眼の「信と平和の輝き」によって象徴されている。しかし、そのような「信と平和の輝き」は、彼らの夫婦のかかる二つの病――その根底に潜在する〈関係〉の病への清子の無知によって、辛うじて保障せしめられているに過ぎない。この事態を、誤解された当の津田もまだ知らない。彼にとって清子の離反と、彼女の眼の「信と平和の輝き」の消失の原因は、依然として〈謎〉である。

それにしても、このような関夫婦の〈関係〉の病は、津田夫婦の〈関係〉の病より本質的に悪質なものであることだけは、もう一度確認しておく必要があろう。彼ら夫婦の〈関係〉は、関の津田への誤解に出発し、関の意図的な自己隠蔽に基づいて成立しえている点、〈病〉が顕在化したのちの彼らの未来は、津田に意図的な偽りがなく清子離反の〈謎〉の未解決性に〈関係〉の脆弱性の所以を求めうる津田夫婦の未来よりも、確実に暗いと言わざるをえない。そのような未来における二組の夫婦の〈関係〉の明と暗を分かつものは、またしても器官的にして結核性でない痔と、「赤ん坊」を齎しえぬ生殖の根本にかかわる性病という二つの肉体の病の落差である。そして、それはそのままお延の健康な肉体と、清子の蝕まれた肉体との落差なのである。

かくして「赤ん坊」のイメージは、『明暗』を支える人間関係の行方を占う隠された鍵と言いうる所以であり、漱石の死に際してますます熾烈さを帯びる〈関係〉追求の眼が、いまや、産む〈性〉としての女性存在の根源に向けられつつある事実を、それは如実に指し示すものと言えよう。

＊

「赤ん坊」のイメージをめぐる、以上のような私の解読は、その基本的方向性において、今なお根強い清子を中心軸にすえる『明暗』の読みに、(5) 些《ささや》かな反措定を対置しようとするモチーフに基づくものだが、一歩突っ込んで言えば、清子中心軸の読みに代えて、お延中心軸の読みの確立が、研究史的な必然性を持つと信じるからに外ならない。伝記から作品への通路を開くという本特集の趣旨に即して言えば、清子中心軸の読みを今なお堅持している論者達は、たとえば大正五年の大石泰蔵宛書簡に示された、漱石におけるお延への強い共感と支持とを、いったいどのように『明暗』論に組み込みうるのだろうか。

　漱石はそこで大石の質問に答えて「まだ結末迄は行きませんから詳しい事は申し上げられませんが、私は明暗（略）で、他から見れば疑はれるべき女の裏面には、必ずしも疑ふべきしかく大袈沙（原）な小説的の欠陥が含まれてゐるとは限らないといふ事を証明した積でゐるのです。」と述べているが、この書簡の日付である七月十九日迄には、『東京朝日』掲載の『明暗』は、四十四章までの津田の視点に沿う語りから、次章からのお延の視点に沿う語りに移行して間もなくの五十一章に達し、津田の視点からの「技巧」もしくは「疑惑」（四十三）の女お延のイメージに、お延の視点からの「手前勝手な男」（四十七）としての津田のイメージが対置され、「良人《をっと》といふものは、たゞ妻の情愛を吸ひ込むためにのみ生存する海綿に過ぎないのだらうか」（四十七）という彼女の秘かな疑問が点出され、津田、お延双方から、彼らの〈関係〉の不安定性（病）が照射されるに至っているのである。

　だが『明暗』の独自性は、このような津田の視点とお延の視点とが、互角に相殺しあって、彼らの正負が共々に明かされるという如き相対主義に留まらないところにある。そこに、結婚後半年近く経過してなお、「何して彼《あ》の女は彼所《あすこ》へ嫁に行ったのだらう。（略）さうして此己は又何うして彼《あ》の女と結婚したのだらう。」（二）という内省を免れえぬ津田の主体的位相の曖昧さに対する、恋愛から結婚へという「冒頭から結末に至る迄、彼女は何時《いつ》でも彼女の主人公であつた。又責任者であつた。自分の料簡を余所《よそ》にして、他人の考へなどを頼りたがつた覚はいまだ嘗てなかつた。」（六十五）というお延の主体的位相の明確さが鮮烈に浮上することはすでに言うまでもあるまい。近代的恋愛や近代的主体の限界を云々することは今日余りに容易《たやす》いが、『明暗』作中で夫婦という〈関係〉確立のために苦闘し、行動するのは、お延唯一人であり、お延の行動のみが真に生産的なのである。近代の原理をその究極まで追求することによって、近代の内部から近代を超える以外に脱出への道のないことを、漱石は誰よりも良く知っていたのであり、そのような作者の原理を最も良く体現しえているところに、『明暗』におけるお延の像の決定的重要性があると言えるのである。

漱石は、引き続き大石泰蔵宛書簡でお延の「技巧」を問題とし、「あなたは此女（ことに彼女の技巧）を何う解釈なさいますか。天性か、修養か、又其目的は何処にあるか、人を殺すためか、人を活かすためか、或は技巧其物に興味を有つてゐて、結果は眼中にないのか、凡てそれ等の問題を私は自分で読者に解せられるよう《ママ》に段を逐ふて叙事的に説明して居る積と己惚れてゐるのです。」と述べているが、お延が吉川夫人の「技巧」と自己の「技巧」との間に介在する距離を「上下の距離でなくつて、平面の距離」と捉えつつ、にも拘わらず「夫人の技巧には時として恐るべき破壊力が伴なつて来はしまいかといふ危険の感じ」（五十三）を受け、そのお延の直観が、やがて津田・お延の関係への夫人の介入という形で現実化し、作品後半のメイン・プロットを構成して行くという作品内事実を踏まえる限り、すでにみた漱石のお延への基本的視座と相俟って、お延の技巧は「人を活かすため」の技巧、吉川夫人の技巧は「人を殺すため」の技巧と断定して差支えないだろう。漱石は、お延そして彼女の「技巧」へのそのような基本的視座を、引き続いて「斯ういふ女の裏面には驚ろくべき魂胆が潜んでゐるに違ないといふのがあなたの予期で、さう云ふ女の裏面には必ずしもあなた方の考へられるやうな魂胆ばかりは潜んでゐない、もつとデリケートな色々な意味からしても矢張り同じ結果が出得るものだといふのが私の主張になります。」と述べているのだが、ここに至れば、お延ひいては彼女の「技巧」に対する漱石の視座の肯定性は、もはや決定的であると言わざるをえない。

ふり返れば、『こゝろ』の先生の罪と孤絶とが、ほとんど先生の女性（の技巧〈策略〉）に対する不信と信（愛）

との絶対的対立——それはひいては「私」の奥さんに対する視座にも底流として受け継がれている(6)——という主観のアポリアに相伴い、『道草』の健三のお住への視座の基本にさえ、「女は策略が好きだから不可《いけな》い」、「何と云つたつて女には技巧があるんだから仕方がない」(『道草』八十三)という牢固たる信念が存在し、それがお住の急所を衝く一方、「赤ん坊」や子供、女房に対する情愛の欠如という健三の急所がお住によって暴かれ、ひいては健三の先の信念自体が「恰《あたか》も自分自身は凡ての技巧から解放された自由の人であるかのやうに。」という作者の批評で相対化されるに至っていることを考え併せれば、『こゝろ』から『道草』、ひいては『明暗』に至る過程の中で、漱石が女性の「技巧」「策略」に如何に深く思いを致してきたか、さらにその解析と形象化への努力の中で、夫の〈愛〉に命を託し、「赤ん坊」を産み育む女性存在なるものの根源的様態との関わりにおいて、女性の「技巧」なるものの意味を如何に深く自他に問い直そうと試みてきたかを、私たちは如実に知ることができよう。そして、そのような漱石の真摯な問いかけの対象として、今、お延なる一人の自覚的な現代の女性像が選ばれてここにあるのである。

　この意味で『明暗』の新しさは、お延という女性像への漱石の可能的問いかけの成否にこそかけられているのであり、そのような『明暗』枢要のモチーフを漱石は、大石宛書簡末尾で「あなたの方が真実でないとは云ひません。然し其方の真実は今迄の小説家が大抵書きました。(略)今迄の小説家の慣用手段を世の中の一筋道の真として受け入れられた貴方の予期を、私は決して不合理とは認めません、然し明暗の発展があなたの予期に反したときに、成程今迄考へ〔て〕ゐた以外此所にも真があつた、さうして今自分は漱石なるものによつて始めて、新らしい真に接触する事が出来たと、貴方から云つて頂く事の出来ないのを私は遺憾に思ふのであります。」と述べているのである。この書簡の末尾には「兎に角私の精神丈は其所にある事を御記憶迄に申上て置きます。」という表現もあるが、まさに『明暗』に賭ける漱石の「精神」とお延再評価のモチーフとが、密接不可分の関係にあることを、この一文は明かすものと言えよう。漱石が、その死に臨んで医師真鍋嘉一郎に「真鍋君、どうかしてくれ、死ぬと困るから」と言ったとすれば、それはこのようなお延を中心軸とする『明暗』の「精神」が、未だ作中に十二分に具現される段階に到達していないこと、したがってお延批判に基づく清子中心軸の『明暗』解釈が将来永く大勢を占めるに至るであろう可能性への危惧に基づく、作者としての無念さのなさしめた業と思われてならない。真の『明暗』論確立への道は、なお遠いのである。(7)

注

（1）拙論「津田とお延」（『解釈と鑑賞』昭56・6）で『明暗』を「壮大な社会小説」と呼んだことがある。
（2）前注所出、拙論。
（3）成文化されていないが、昭和六十二年五月、国学院大学で開かれた日本近代文学会の『明暗』をめぐるシンポジウムでの質問者としての発言。因みに同シンポジウムの企画は、運営委員会の席上で私が提案し大方の賛同をえたものである。
（4）『明暗』八十四章を参照。
（5）最近における『明暗』論の一到達点と目される加藤二郎氏「『明暗』論―津田と清子―」（『文学』昭63・4）や、それを踏まえて自説を再確認した平岡敏夫氏「『明暗』、信と平和の輝き」（『解釈と鑑賞』昭63・8）も、津田・お延批判に立脚した清子中心軸の解釈を展開している。
（6）越智治雄『漱石私論』（角川書店　昭46・6）。
（7）真鍋嘉一郎「漱石先生の思ひ出」（『日本医事新報』九二七号　昭15・6・15）。荒正人著・小田切秀雄監修『増補改訂　漱石研究年表』（集英社　昭59・6）に拠る。

V

漱石論をめぐる二つの陥穽

漱石論は花盛りだが、徹底的に漱石を対象化しようとする論は、意外に少ない。その一つに、漱石の暗さを十分に領略しえていない、ということが考えられよう。かつて、私は、国文学言語と文芸の会の月例会で、『心』の読みをめぐり、鈴木醇爾氏と共に報告した際、『心』の先生の自殺は、人類に対する憎悪の念に拠ると考えることが最も正当だ、という趣旨の立論を披瀝したことがある。正宗白鳥の所謂「憎人厭世」説なのだが、先生の生から凡ゆる生の可能性を奪い尽したのは作者である漱石である以上、そこに人間を殺さなくては、人間への愛を取り戻しえなかった漱石の暗さがある、と考えるのは、決して背理ではないはずである。

一般に漱石研究は、このような漱石の暗さを掘り下げず、素通りしがちである。それが私には、論者の人生体験が、漱石のそれに比して余りに明るいからである、と見える。しかし、暗いものは、論理や倫理以前に既に暗いのであって、この暗さを論理化や倫理化することなどできはしない。大体、『心』という作品から、ある明るさを抽き出そうとすることが、土台ムリなのである。

先生は死ななくては、先生になれなかったので、たとえ、「私」なる語り手が先生の思想を理解しえても、先生を生き返らせることは出来ない。先生は、最初から死ぬべき人なのである。「私」なる青年の環境や性格は、先生の生きた環境や性格から無限に遠い。「私」の明るさは「私」の生得のものなので、先生の暗さは、先生の生得のものなのだ。

先生は、死ぬ前に、自己を徹底的に解体して見せた。みごとなディスクールだが、そのディスクールを支える論理、即ち倫理（『心』では、論理と倫理は全く径庭がない）が、「憎人厭世」エネルギーの根源である。論理の内容ではない、論理という形式がである。なぜなら、論理は凡て死に帰着せずして已まぬものだからである。

私たちは、先生の論理の内容を自らのものとすることはできない。なぜなら、私たちは多かれ少かれ生に執着しているからだ。

しかし、論理というものの形式、即ち本質を思考することはできる。そのとき、漱石論をめぐる次の陥穽が浮び上りはしないだろうか。即ち、男性中心的漱石像という陥穽が。

なぜなら、論理とは本質的に男性的なるものだからである。『心』の先生も、ライバルのKも、論理によって、男性である自らを切り刻むのである。論理が極度に煮詰められるとき、それは、男性的なるものの自己否定に帰着せざるをえない。論理が論理として自立しうることはない。論理は、感情や肉体、即ち女性的なるものに媒介されて、はじめて生の上に根付きうるからである。女性なるものへの先生の懐疑と不信こそが、先生の自滅の真因に外ならない。それが、先生における論理の意味である。

女性なるものへの懐疑と不信とは、論理の勝利であると共に論理の自滅の道である。「自由と独立と己れ」も「明治の精神」も、男に始って男に終る時代精神の謂に外ならない。

先生もはっきり言っている。妻に理解されない、理解させられない自分の淋しさが自殺への道を用意したのだ、と。なぜか。先生は終始、妻の保護者として一貫したからである。女性に支えられて、男性ははじめて生を指向しうる、という告白に外ならない。女性が男性に支えられるのではない、男性が女性に支えられるのである。だから、男性としての語り手「私」が「奥さん」を支える、という『心』後日談の推定の、いかに男性中心的発想であるかが明らかであろう。それは、近代（＝明治）天皇制に適合した思想と云うべきだが、『心』には当て嵌まらない。

『心』は、保護者としての男性の自己否定の物語だからである。

男性としての先生の妻君観は、「私」という語り手によって照射された妻君の聡明さ、先生を理解する目の深度に届きえていない。「私」が「奥さん」を倖せにする、という読みは、女性（肉体・感情）を男性（論理）より劣位におく『心』までの漱石の世界観の丸ごとの継承を客観的には意味する。

こういう意味からして、『心』の先生の自殺は、男の、男による、男のための思想あるいは文学の漱石における終焉を示す。『それから』によって確立された抽象的レベルにおける個人主義の思想の根底に、このような男性中心主義がなお息づいていたのが『心』までの漱石の世界の越えられぬ地平であった。

『心』は、そういう意味では、女性不信の最後の物語である。保護者としての男性の孤独の物語は、『心』の先生の自殺で終る。しかし、保護者としての男性の孤独の意識の発生と、女性不信の発生とが、ほぼ同時であったことは注目して良い。無論、漱石には根深い女性不信があって、それは『三四郎』の美禰子像にも明らかに投影している。しかし、保護者としての男性の孤独の発生が、夫婦の愛に亀裂をもたらす、少くとも、そのような可能性を内包している作品として『門』に注目する論者は、まだ少ない。論拠は簡単であって、お米は、彼女の心の秘密を宗助に打ち明けえているのに、宗助は、お米の前夫安井出現の可能性を、ついにお米に打ち明けえないからである。安井出現の不安に脅える宗助は、お米さえも羨ましい人の一人に数えざるをえない。その極、宗助は、円覚寺に参禅することになるのだが、悟りを得ず、帰宅後安井が蒙古に去ったことを聞いても、この事情を彼の胸に秘めた儘である。この事情が、私には、心身ともに一つの有機体となっていたこの二人の男女の世界に萌した亀裂の芽と見える。

宗助が、なぜお米に安井出現の可能性を打ち明けえなかったのか。ここには、『心』の先生が自分の秘密を妻に打ち明けえなかったと同じ女性に対する保護者的姿勢が作用している。しかし、そのような保護者的姿勢・発想が、男性の孤立化を招き、併せて、根深い女性不信と一体化する所以を、私たちは次作『彼岸過迄』以降『心』に至る諸作のうちに見てとることができよう。『彼岸過迄』において中心に据えられるのは、有名な「恐れない女と恐れる男」というテーゼに象徴される男における「頭《ヘッド》」の「論理」と女における「感情《ハート》」の「論理」との対立である。しかし、一皮剝けば、それは男性の女性に対する不信の物語に他ならない。

つまり、男の男である所以の論理に対する矜恃が、女の女である所以の感情――肉体即ち生そのものの基本的与件への屈服を潔しとしない、男の孤立の物語である。『行人』は、そのような男の矜恃の根拠としての「頭《ヘッド》」の「論理」の自己解体の物語である。

『行人』は、とりわけ、二十世紀文明への一郎や作者の批評・懐疑と絡めて論じられる傾向が強い。むろん、そのような批評は、それとして有効には違いない。しかし、作者が、そして一郎が追求したのは、何よりも男と女の〈愛〉の可能と不可能の問題であったはずだ。『行人』も『心』も、漱石における個人主義との関連で論じられる傾向も強い。しかし、そこに、たとえば「私の個人主義」の主題としての抽象的・普遍的な個人の問題などない。あるのは、男と女という形を取った個と個の対立、葛藤の物語なのだ。文明の矛盾や普遍的・一般的な個人主義の問題から『行人』や『心』の主人公の悲劇を截断することは、余り適当とは云えない。

なぜなら、『行人』や『心』の主軸をなすものは、男に始まって男に終る男の個人主義の追求であるからである。漱石は、それを「芸術は自己の表現に始つて自己の表現に終る」（『文展と芸術』）といみじくも述べている。自己とは男性的自己そのものに他ならぬ。この男のディスクールとしての『行人』や『心』の基本的性格は十分に理解される必要がある。『行人』や『心』が偉大なのは、既に見たように男のディスクールの自己解体が、作者の精神の流血とともに如実に跡づけられていることによる。

＊

云う迄もなく、男は男のみで自立できない。同時に、女は女のみで自立できない。「頭《ヘッド》」の「論理」の「感情《ハート》」の「論理」への浸潤と、「感情《ハート》」の「論理」の「頭《ヘッド》」の「論理」への浸潤とは、必然にして不可欠である。そこに「頭」の「論理」でも「感情」の「論理」でもない、「人間」の「論理」が要請される。『道草』や『明暗』は、そのような「人間」の「論理」にまで到達しえた偉大な作者の達成である。そしてそれを男性中心的世界像からの作者の脱却、「人間」の世界への復活の物語と呼ぶことは、強ち不可能ではないだろう。

このような視点に立つ時、盛行を極める漱石研究が果して漱石精神の抜殻としての男性中心的世界像の域内から脱出しえているか否か、そして、同時に女性研究者が、ひいては現代の女性たちが、漱石の期待しえた「人間」としての自立的領域に到達しえているか否か、それは、漱石研究の今後の動向を占う興味深い踏絵のように私には思われてならない。

『私の個人主義』の位置づけをめぐり

『私の個人主義』は、大正三年（一九一四）十一月二十五日、学習院輔仁会において講演され、大正四年三月刊の「輔仁会雑誌」並びに同月刊の『孤蝶馬場勝彌氏立候補後援現代文集』（実業之日本社）巻頭に収録された。この講演が文字通り漱石の個人主義思想の一到達点と目され、作品史的には『心』（大3・4〜8）から『道草』（大4・6〜9）に至る自己と他者とをめぐる漱石の人間追求の一つの転回と密接な関連の下に捉えられてきたことは、言うまでもない。

いっそう厳密に言えば、『私の個人主義』は、そこに提起され来った〈淋しい〉個人主義の立場において、とりわけ『心』における漱石をそれまで支えてきた〈自己本位〉の理念の全的破産と、そこに生じる〈自〉と〈他〉との決定的乖離の様相の定着と密接不可分の関連にあるものとして、今まで論及され続けてきたし、現在もまたそうである、と言っても良いだろう。要するに漱石において新しい個人主義の理念は未だ確立されず、過去の理念の廃墟に悄然と佇立せざるを得なかった時点における心理的反映を私たちは個人主義の〈淋しさ〉を説かねばならなかった、この講演における漱石の言辞のうちに確認できるはずである。

とすれば、『私の個人主義』前段の主張の内実である〈自己本位〉の立場も、西洋と日本との文化や歴史の質的差異を踏まえての文明論的視角や、人生論的視角における已然たるアクチュアリティーを一先ず措いて見れば、それは殆んど『行人』から『心』に至る文学的営為の中で、その崩壊の必然性を漱石自身が具《つぶ》さに立証し続けてきた当のものであるという矛盾した事態に私たちは直ちに気づかされるわけであって、漱石の個人主義思想において『私の個人主義』の占める位置の過渡的性格、もしくはモラトリアム性を、そこに見出すことは、比較的容易であると言っても良いだろう。

例えば「もともと学習院という特殊の学校の『上流社会の子弟』を相手にして語った『私の個人主義』に深い思想の展開を期待することは当を得ていないが、漱石の問題が思わず顔を出しているところに、『自己本位の立場』の展開がある」、「この講演が学習院の特権階級の子弟のために行われた制約は、漱石自身の問題を小説のように理論として深く掘りさげて考えることのできない『教訓』にとどめていたのである」(1)(瀬沼茂樹)という見方は、視角こそ違え、おそらく、そのような『私の個人主義』の思想的水位をめぐる中間性、過渡性を踏まえて提出されたものに外なるまい。

割引いて考えても、瀬沼氏がこの講演の思想的レベルに十分満足せず、むしろ慊《あきた》らなく思っていることは、明らかである。そして、上引二文の後者の前提としての「漱石がここに説いている近代個人主義は明らかに功利主義的倫理の立場からいわれているが、ミルの信じた『完全なる人格の支配』がそうであったように、『道義上の個人主義』は功利主義的立場から説きあかされないものを含んでいたことを、なによりも漱石自身が知っていたはずである。純粋なエゴを培養体とする実験小説のさまざまな可能性への試みは、思わず洩らしたように、ひとりぼっちの淋しさにおいて、自他の人間存在の根源に深いつながりのあることをしめしている」という叙述は、そのような氏の慊《あきた》らなさの具体的理由を明確に語っている。

だが、そうだとすれば漱石は、なぜこの講演をなしたのか。「『道義上の個人主義』は功利主義的立場から説きあかされないものを含んでいたことを、何よりも漱石自身が知っていた」にも拘わらず、漱石はあえてこの講演をなしたのであり、瀬沼説には十分に明確化されてはいない、その理由こそが問われねばならぬはずである。

ここで注目されるのは、以上のような瀬沼説を踏まえつつ、瀬沼説への批判を提起した小沢勝美氏の「逆に、学習院という特殊の学校の『上流社会の子弟』を相手に語ったことの意味の大きさをあらためて考えてみなければならぬ（略）学習院から講演を頼まれたのは偶然であるにしても、それを引き受けた漱石の側は、決して『学習院の子弟』つまり『特権階級の子弟』に語ることの意味を、軽く考えはしなかったと思う[2]」という視点である。

氏は、そのような視点に基づいて、「私の個人主義」の要点を「(1)漱石自身の痛切な体験にもとづいた『自己本位』の必要性の強調」、「(2)『上流社会』の人間が、自己の個性を尊重されたかったら、『貧民』の個性を認め、彼らの傾向を尊重しなければならぬ。従って、上流社会の人間のみが一方的にもっている『権力、金力』には、社会的、倫理的な義務と責任がともなうはずであり、『道義上の個人主義』の支配を受けなければならぬ」、「(3)各人の享有する『個人の自由』は『国家の安危』に従って、寒暖計のように上がったり下がったりする。しかし、『国家的道徳』というものは、『個人的道徳』に比べると、段違いに低いことに注意しなければならぬ」と要約した上で、このうち特に(2)の問題について次のように興味深い指摘を行なっている。

わたしは、「自分がそれ丈の個性を尊重し得るやうに社会から許されるならば、他人に対しても其個性を認めて」云々という文章を、多くの批評家や文学史家たちのように、単に「自分」と「他人」という抽象的な関係の次元に移行させてしまうことに同意できない。虚心に本文全体を読むならば、それは、この講演で漱石のいいたかったことの意味を半分に切り捨てることになるからである。漱石は（略）「個人主義」について、単に普遍的な抽象論をのべているのではなく、自分の眼の前に坐っている特殊な「上流社会の子弟」に対して、きわめて具体的に、将来「権力と金力」とが彼等にとって「自分の個性を貧乏人より余計に、他人の上に押し被せるとか、又は他人を其方面に誘き寄せるとかいう点に於て、大変便宜な道具」となることを、事実の問題としてとりあげているのであり、それが本来「平等」な「個人」の結合からなり立つべき「社会」にとって非常に危険なものであり、不当であることを指摘しているのである。（略）従って、「個性」「権力」「金力」という三つのものの背後にあるべき「人格」の支配ということばも、抽象的な「人格一般」ではなく、実際に「権力・金力を握っている人間」が「平等主義」という「思想や論理」の支配を受けるべきであることを説いていることを強調したいと思うのである。

引用が大変長くなったが、このような小沢氏の見解と瀬沼氏の見解との相違は、小沢氏論の他の部分における「つまり、瀬沼は、学習院という特殊な場において、普遍的な個人の問題を考えることは、はじめからあまり期待出来ないという論理をとっているように思われるが、わたしは逆に、学習院という特殊な階層の子弟を相手にすることで、漱石における個人主義の特質がむしろ具体的にはっきり打ち出されているのではないかと思うのである。」という立場の鮮明化のうちに何よりも良く示されている。すなわち、瀬沼氏が学習院における講演という条件を漱石の個人主義思想の表白という課題に対する制約、桎梏と考えているのに対し、小沢氏は逆に積極的な手段と見ているのである。そして、小沢氏の考える漱石の「個人主義の特質」とは、貧民――底辺の民衆に基盤を置く「平等主義」もしくは「民主主義」の主張である、と見ても決して失当ではあるまい。

そして、いわば講演『私の個人主義』の臨場性、現場性を踏まえつつ、この講演のモチーフ、ひいては漱石の個人主義思想の特質に遡ろうとする小沢氏の方法および把握に私は全面的な賛意を表する者である。さらに、そのような理解こそ、従来の『私の個人主義』をめぐるモラトリアム性、中途半端性と私自身指摘した、この講演に対する物足りなさを、逆にプラスの位相に転化するために必須不可欠のものと考える者である。

講演『私の個人主義』には、漱石の個人主義思想の普遍的かつ一般的な表白というよりは、学習院の子弟という特殊な階層を聴衆として明確に意識した上での漱石の特殊的個別的なモチーフが存在したということであり、そのように考えることによってこそ、講演『私の個人主義』の思想は、金力、権力を所有する支配階層に向けての権利に付随する義務の強調という一点において、まさに底辺の民衆に自己の立脚地を置いた戦う個人主義の実践として定位されることになるからである。従って、講演『私の個人主義』の思想は、学習院の子弟という具体的な聴衆に向けられたものである、という客観的条件を無視して把握されてはならないのである。なぜなら、それは、金力も権力も所有しない階層としての民衆に向けて、権利に付随する義務を説いたものではなく、横暴を極める支配階層にやがてなるであろう、その子弟たちの集団に対して義務の尊重を説いたものであるからだ。

　そして、このような視点こそ、従来の『私の個人主義』に対する理解において決定的に欠落していたもの、と言っても過言ではあるまい。その欠落は、やがて『私の個人主義』——ひいては漱石の個人主義思想を権利と義務の双極のバランスの強調という、今日の支配層もまた、被支配層に向けてしばしば説くところの古典的なスタチシズムに帰納せしめることに、結果としてなっていることは、何人もこれを否定しえないはずである。

　しかし惜しむらくは、小沢論は、その提起した視点において極めて示唆的であり、この講演をめぐる研究史上に一期を画したと称すべき優れた立論でありながら、もう一歩の具体的実証的なつめにおいてやや甘い憾《うら》みが残る。結果として、それは、一つの仮説、一つの視点の提示に終っていると言えよう。

　以下で私が行おうとするのは、このような小沢氏の卓抜な視点に対する漱石側からの具体的論拠の提出という補強作業に外ならない。もとより、それも事実の解釈という点でやはり一つの仮説の提示ではある。しかし、この意味における仮説の提示は、あくまで漱石のことばに即してのこの講演のモチーフへの遡及という点で、単なる着想に留まらぬ、漱石という実体に向っての無限の接近という意味での何がしかの客観性を保留しうるものと私には夢想せられるのである。究極において、それは作者（家）論に包摂されるはずのものであって、作者（家）論という旧い語を用いる以上、それは私にとって一つの主体的選択の結果に外ならぬのである。

*

そのような『私の個人主義』に対する、ささやかな考察の出発点を、私はこの講演から一カ月半ほど後に起稿された『硝子戸の中』（大4・1〜2）第十五章における一つのエピソードのうちに求めたい。

私が去年の十一月学習院で講演（『私の個人主義』を指す——稿者注）をしたら、薄謝と書いた紙包を後から届けてくれた。立派な水引が掛かつてゐるので、それを除して中を改めると、五円札が二枚入つてゐた。（略）一口でいふと、此金は私に取て決して無用なものではなかつたのである。世間の通り相場で、立派に私の為に消費されたといふより外に仕方がないのである。けれどもそれを他に遣らうと迄思つた私の主観から見れば、そんなに有難味の付着してゐない金には相違なかつたのである。打明けた私の心持をいふと、斯うした御礼を受けるより受けない時の方が余程颯爽《さつぱり》してゐた。

漱石が講演に対する学習院からの謝礼にこだわっている、という事実に、私はとりあえず注目したい。偶々《たまたま》来合せたK君（畔柳芥舟）に、漱石は以下の如く、そのこだわりの生ずる所以《ゆえん》を説明している。

「此場合私は労力を売りに行つたのではない。好意づくで依頼に応じたのだから、向ふでも好意丈で私に酬ひたらよからうと思ふ。（略）」

「私は御存じの通り原稿料で衣食してゐる位ですから、無論富裕とは云へません。然し何うか斯うか、それ丈で今日を過して行かれるのです。だから自分の職業以外の事に掛けては、成るべく好意的に人の為に働いてやりたいという考えを持つてゐます。（略）従つて金などを受けると、私が人の為に働いてやるという余地、（略）其貴重な余地を腐蝕させせられたやうな心持になります」

「もし岩崎とか三井とかいふ大富豪に講演を頼むとした場合に、後から十円の御礼を持つて行くでせうか、或は失礼だと云つて、たゞ挨拶丈にとゞめて置くでせうか。私の考では恐らく金銭は持つて行くまいと思ふのですが」

「もし岩崎や三井に十円の御礼を持つて行く事が失礼ならば、私の所へ十円の御礼を持つて来るのも失礼でせう。（略）」

以上の漱石の説明の外に、K君の「其十円は貴方の労力を買つたといふ意味でなくつて、貴方に対する感謝の意を表する一つの手段と見たら」どうか、という問いに対し、漱石が「品物なら判然《はつきり》さう解釈も出来るのですが、不幸にも御礼が普通営業的の売買に使用する金なのですから、何方《どつち》とも取れるのです」と答えている事実も挙げておく必要があろう。

このような『硝子戸の中』第十五章における学習院からの十円の謝礼をめぐる漱石のこだわりと、そこに派生した漱石と畔柳との見解の対立は、後に尾を引いた。『硝子戸の中』完結後の大正四年二月十五日付畔柳宛書簡において、漱石は次の如く自己の立場をいっそう詳しく述べることになる。

報酬問題に就ての御異存も相当な根拠のある御考と思ひますが、私の見方はかうです。医者がいくら親切をつくしても患者が夫程ありがた（が）らないのは薬礼をとるからで、もし施療的に同様の親切を尽してやつたなら薬価診察料を収めた時以上に患者の方で親切を余計恩にきるのが必然のサイコロジーだと思ふのです。だから実をいふと品物も受けるのは厭です。（略）

もう一言書き添へると私は世間でやる交換問題といふ奴はあまり好まないのです。つまりプラスマイナスで0になつてあとには人情も好意も感激も何も残らないからです。全く営業的に近いからです。（略）

無論、報酬問題をめぐる漱石のこのような態度は、学習院での講演に関してのみ発露されたものではない。例えば『思ひ出す事など』（明43・10〜44・4）第二十三章において、漱石は修善寺の大患当時の医者や看護婦の示してくれた献身的活動に触れて、次の如く述べている。

医師は職業である。看護婦も職業である。礼も取れば、報酬も受ける。たゞで世話をして居ない事は勿論である。彼等を以て、単に金銭を得るが故に、其義務に忠実なるのみと解釈すれば、まことに器械的で、実も蓋《ふた》もない話である。けれども彼等の義務の中に、半分の好意を溶き込んで、それを病人の眼から透かして見たら、彼等の所作がどれ程尊《たつ》とくなるか分らない。病人は彼等のもたらす一点の好意によつて、急に生きて来るからである。（略）

このような漱石の基本的立場が、学習院からの謝礼へのこだわりにおいても一貫している事を認めるのに私は吝《やぶさか》ではない。しかし、それにしてもなぜ漱石は、あれ程執拗に学習院からの十円の謝礼にこだわったのであろうか。『私の個人主義』の内容、少なくともその一部（しかし本質的な）の正確な把握のためには、この漱石の異常とも言えるこだわり方に強く注目する必要があると私は思う。なぜなら、そこには報酬問題をめぐる基本的立場を超える漱石の生きた具体的な精神が働いているように、私には思われるからである。しかし今直ちにこの問題に立ち入る前に、私達は再び『私の個人主義』の内容およびその一般的享受のあり方について必要最小限の範囲においてここで要約しておくことが必要であろう。

＊

周知のように『私の個人主義』の内容は、前後二段に分かれている。その前段において漱石は、英国留学において『文学論』の構想に至るまでの苦闘と、「自己本位」の理念の確立による、そこからの脱却について述べ、学習院の子弟に人生態度としての「自己が主で他は賓である」というこの理念の重要性を強調している。そして後段においで漱石は、自己本位の態度に立脚して自己の個性を主張しようとするものは、他人の個性・自由・権利をも尊重しなければならない所以を力説している。そして、とりわけここで注目したいのは、この後段における漱石の主張についてである。

例えば漱石は、そこで英国における自由と秩序という問題を取り上げて次の如く述べる。

それで私は何も英国を手本にするといふ意味ではないのですけれども、要するに義務心を持つてゐない自由は本当の自由ではないと考えます。と云ふものは、さうした我儘な自由は決して社会に存在し得ないからであります。よし存在してもすぐ他から排斥され踏み潰されるに極つてゐるからであります。私は貴方がたに自由にあらん事を切望するものであります。同時に貴方がたが義務といふものを納得せられん事を願つて已まない

のであります。（略）

右の引用に示された自由と義務という漱石の個人主義における双極の緊張関係は、そのまま、『私の個人主義』における「自己本位」と「徳義心」という双極の緊張関係に拡大され、漱石における個人主義思想の内実を過不足なく示し得ているもの、と一先ず言い得るであろう。それらはまた、権利と義務という、あの近代市民社会の普遍的原理の定着として、相互にバランスを保っている、と見ることも確かに可能である。ともあれ、私たちが高校、大学における教育・研究の現場で『私の個人主義』を取り上げるに当たり、そのような双極の力関係、そのバランスに注目することを一つの出発点、ひいては帰結点としていることは、今なお否定し難い一般的現実である、とは言い得るはずである。

しかし、もしそうであるとすれば、『私の個人主義』は、近代市民社会を支える個人主義の普遍的原理を述べたに留まり、一般論を越える突出した意味は、辛うじて前段における自己本位の理念の提起に認められるに過ぎないものとなりはしまいか。まさに先に紹介した瀬沼論は、そのような意味における講演『私の個人主義』に対する不満を述べたものに外ならなかったのである。しかも『私の個人主義』後段における漱石の主張は、明らかに自由・権利よりは義務（徳義心）にウェイトが置かれている。従って、これを近代市民社会における普遍的原理の持ち出しとして抽象的、一般的に捉えるならば、それは現代の状況下において民衆や国民に対し、権利とともに義務を、――いや一層正しくは権利よりは義務の重視を説く体制的イデオロギーとして作用するもの、と考えざるを得まい。無論、研究者や教育者の大多数が、そのようなものとして『私の個人主義』を理解している、などと言いたいのではない。漱石に対する研究者、教育者、そして一般読者の期待も決してそのようなものではないだろう。にも拘わらず、『私の個人主義』を、個人主義の一般論――もしくは、いわゆる健全な市民社会の原理の確立への主張と解するとき、私たちは、思いがけず漱石の真意、もしくは漱石への期待とは逆に、体制的イデオロギーの枠組みに取りこまれてしまった自分を見出さざるを得ない、という逆説的事態の生起を客観的に指摘したいということなのである。なぜなら、『私の個人主義』の論理展開は、それを講演の現場性から切り離し、抽象化して捉えるならば、まさに容易に体制的イデオロギー、すなわち上からの個人主義に転化する必然性を持っているからである。

にも拘わらず、『私の個人主義』が今なお取り上げ続けられている現実の示唆するところのものは、大方がそれと明確に意識せずとも、上からの個人主義とは全く逆の方向からの個人主義――下からの個人主義への漱石主体の接近を直観しえているからに外ならないだろう。これを、もう少し具体的に考えれば、漱石の反権力、反金力の熱い想いを、『私の個人主義』から汲みとりえているからに外なるまい。しかし、そのような反権力、反金力の漱石の熱い想い――あるいは漱石の個人主義思想の反体制的イデオロギーとしての特徴と、あの双極の緊張関係――ひいては権利（自由）よりは義務の重視を説く『私の個人主義』後段における論理展開、――いや一層厳しく言えば、前段は後段への前提として把握することが可能なのであり、従ってそのような後段の論理展開こそがこの講演の主眼として考えることが一層正確である以上、この後段の論理展開が下からの個人主義という漱石の個人主義思想の反体制的イデオロギー性と決定的に矛盾する、というアポリアに私たちは如何に対処すべきか――ここに今日における講演『私の個人主義』理解の枢要の課題がある、と言っても過言ではないだろう。

私は先に下からの個人主義と漱石の個人主義思想を一先ず要約した。しかし、想うに下からの個人主義の現実化には、下からのエネルギー、すなわち民衆のエネルギーの存在が不可欠であることは自明であろう。しかし漱石の主観に照して見れば、そのような民衆のエネルギーは、果たして存在したか。それは少なくとも『私の個人主義』に見る限り疑問なしとしない。『私の個人主義』の個人主義思想は、飛躍を怖れずに言えば、民衆不在の個人主義に外ならない。少なくとも、この講演の時点においては、漱石は民衆を発見してはいない。語を換えれば、民衆としての自分を発見しえていない。そこにこの講演に説かれる個人主義の淋しさの意味を見出すことができる。支配層とも被支配層とも融和せず、自己の正しいと信ずるところに自己を進めて悔いない孤高の個人主義――これこそが『私の個人主義』に説かれる〈淋しい〉個人主義の客観的意味である。そこにこの講演の史的限界、もしくは作家における認識の旅の一過程としての位置がある。しかし漱石の認識の旅が、やがて民衆としての自分、少なくとも民衆とともにある自分を見出すのは、すぐそこであった。なぜなら、次作『道草』（大4・6～9）こそは、そのような漱石の民衆の発見を示す否定し難い作品的達成であるからだ。

このような意味において、『私の個人主義』には、漱石の下から個人主義を支える下からのエネルギーとしての民衆は発見されてはいないが、漱石の個人主義思想の方向性を下からの方向性に立つものと規定することは、一先ず可能であろう。そして講演『私の個人主義』を、そのような漱石の個人主義追求の一過程としての孤立した孤高の個人の個人主義の表白と眺めることは、もはや贅説の要なく可能であり、かつ妥当なはずである。

こうして問題は再び、そのような下からの個人主義の追求という漱石の営為の思想的文学的意味と、『私の個人主義』における義務の強調という一見、体制的イデオロギーにみまがわれるスタティックな個人主義の主張との決定的矛盾という当初の困難性に回帰することになる。

＊

しかし、既に私は余りに多くを語り過ぎたようである。なぜなら答えは、もはや出ているも同然だからである。すなわち、『私の個人主義』は、民衆や国民に対して、義務の尊重を訴えた講演ではなく、将来金力・権力を所有し、支配者の座につくべき学習院の子弟という特定の聴衆に対して、その権利よりは義務の尊重を説いた講演であったからである。学習院の子弟を対象としてなされた講演であるという、余りにも自明な前提を無視して、『私の個人主義』後段における自由と義務の双極の緊張関係、とりわけ義務を強調した漱石の真意――その論理展開の客観的意味を具体的に把握することはできない。従って、そこでは、あの下からの個人主義の追求という漱石の姿勢は不変であり、そのような漱石の姿勢と、義務の強調という後段、もしくはこの講演そのものの主張とは、決して対立するものではなく、逆に表裏の関係において密接不可分に結びついていたのである。語を換えて言えば、漱石の個人主義の反体制的イデオロギー性は、むしろ支配者における義務（民衆の権利の尊重）への力説のうちに、いっそう鮮やかに示されていたのである。

具体的に言えば、漱石が聴衆としての学習院の子弟をいかなる存在として意識していたか。講演の次の一節は、それを明確に示している。

学習院といふ学校は、社会的地位の好い人が這入《はい》る学校のやうに世間から見做されて居ります。（略）もし私の推察通り大した貧民は此所へ来ないで、寧ろ上流社会の子弟ばかりが集まつてゐるとすれば、向後貴方がたに付随してくるもの丶うちで第一番に挙げなければならないのは権力であります。換言すると、あなた方が世間へ出れば、貧民が世の中に立つた時よりも余計権力が使へるといふ事なのです。（略）

権力に次ぐものは金力です。是も貴方がたは貧民よりも余計に所有して居られるに相違ない。此金力を同じくさうした意味から眺めると、是は個性を拡張するために、他人の上に誘惑の道具として使用し得る至極重宝なものになるのです。

漱石は、このように「貧民」より「余計権力が使へる」階層、「貧民」より余計に「金力」を「誘惑の道具として使用し得る」階層に帰属する存在として学習院の子弟を捉えているのであり、従って彼ら学習院の子弟に対し、権力に付随する義務、金力に伴う責任を説いたのであることが、次の部分に明らかである。

元来をいふなら、義務の付着して居らない権力といふものが世の中にあらう筈がないのです。（略）金力に就いても同じ事であります。私の考によると、責任を解しない金力家は、世の中にあつてはならないものなのです。（略）

かくして、講演『私の個人主義』で、漱石が単なる権利に対する義務を説いたのではなく、金力や権力に付随する義務と責任とを説いたことは、疑いようもなく明らかである。漱石は、単に「個人主義」という抽象的一般的命題を考察しようとしたのではない。その真意は、以上のようなところにあった、と言うべきである。

このような『私の個人主義』の主題やモチーフを、近代市民社会の普遍的原理や近代個人主義の自由と義務という基本理念の考察として理解することは可能ではあっても、そのように理解することでは、逆にこの講演の真の主題、ひいては結論を逆立ちさせることになりかねないのである。

＊

「私の個人主義」後段に鋭く顕現した反権力、反金力の姿勢は、明治・大正社会の現状に対する認識に媒介され、作家・思想家としての漱石の生を一貫するものであった。とりわけ、個人主義の淋しさを説く漱石の姿勢は、しばしばその類似関係を指摘される『心』の「先生」の淋しさよりは、むしろ遠く、正しい道を説いて天下に容れられなければ、飄然として天下を去ろうとする『野分』（明40・1）の白井道也の孤影にいっそう深く重なるように私には思われる。少なくとも漱石は、反権力、反金力の思想家白井道也と同じ決意を以て学習院の子弟の前に佇んだはずである。『野分』と『私の個人主義』との相関関係の深さに、私は改めて注目したいのである。

例えば、労力と報酬（金）との関係をめぐって、『私の個人主義』の講演後、漱石の実生活に鋭く露頭した問題は、夙《つと》に『野分』の白井道也の演説（「天下の青年に告ぐ」）草稿と目される「断片」（明39）のうちに、早くも次の如くその姿を現わしていたことを私たちは想起する必要があろう。

金ハ労力ノ報酬デアル。ダカラ労力ヲ余計ニシタモノハ余計ニ金ガトレル。コヽ迄ハ世間モ公平デアル。（略）然シ一歩進メテ高等ナ労力ニ高等ナ報酬ガ伴フカヨク考へテ見ルガイイ。報酬ト云フ者ハ眼前ノ利害ニ最モ影響ノ多イ事情丈デキマルノデアル。（略）眼前以上ノ遠イコト、高イコトニ労力ヲ費ヤス者ハイカニ将来ノ為メニ国家ノ利益ニナラウトモ報酬ハ減ズルノデアル。（略）従ツテ金ノアル者ガ高尚ナ労力ヲシタトハ限ラナイ。（略）金ヲ目安ニシテ人ノエライ、エライ、エラクナイヲキメル訳ニハ行カナイ。ソレヲ無茶苦茶ニ金ガアルカラエライ〳〵ト騒グノハ何ノ事ダ。

先走って言えば「高等ナ労力」に伴う「報酬」の問題が、文学者漱石においては反金力の思想と表裏一体のものであった所以を、私たちはここに窺い知ることができよう。そして漱石は、同じ「断片」において、「金ノアル者」も「人生問題」「道徳問題」については「絶対的ニ学者ノ前ニ服従せんければならん」と述べた上で、次の如き現状認識を記すのである。

商人ガ金ヲ儲ケル為メニ金ヲ使フノハ専問上（原）ノコトデ誰モ容喙ガ出来ヌ。然シ商売上ニ使ハズシテ人事上ニ使フトキハ、ワケノ分ツタ人ニ聞カヌ（原）バナラヌ。サウシナケレバ社会ノ悪ヲ自ラ醸造シテ平気デ居ルコトガアル。今ノ金持チノ金ノアル部分ハ常ニ此悪ヲ醸造スル為ニ用ヰラレテ居ル。夫ト云フ者ハ彼等ハ彼等自身ガ金以外ニハ取柄ノナイ者ダカラデアル。学者ヲ尊敬スルコトヲ知ランカラデアル。（略）彼等ハ是非共学者文学者ノ云フコトニ耳ヲ傾ケネバナラヌ時期ガクルモシ耳ヲ傾ケネバ社会上ノ地位ヲ保テヌ時期ガクル。

この部分、『野分』作中では、一字一句正確に道也の演説の結語に生かされ、それに対する反応は、「聴衆は一度にどつと鬨《とき》を揚げた。高柳君は肺病にも拘らず尤も大なる鬨を揚げた。生れてから始めてこんな痛快な感じを得た。襟巻に半分顔を包んでから風のなかをこゝ迄来た甲斐はあると思ふ。」（十一）というものである。肺病の貧書生高柳君が、作中唯一道也の弟子にして、作者漱石の救抜せんとした心身ともに病める現代青年の一典型であったことは、断わるまでもあるまい。

無論、漱石は「断片」の如く直接的な金力批判を『私の個人主義』で行なってはいない。そこには講演者としての聴衆に対する自《おのずか》らなる節度というものがあったに違いない。しかし、講演者漱石の内部に、横暴を極める金力・権力を所有する階層に対する鋭い批判精神が存在したことは、「権力の他を威圧する説明」として弟を威圧する兄を比喩として用いた講演の一エピソードに対応する、同じ「断片」の別の部分における次の如き叙述のうちに明らかである。

コヽニ一人ノ男ガアル。其男ガ自分ノ云フヿヲ聞カナイト云フノデ、朝ニ晩ニ其人ヲツヽツキ、コヅキシテ幾年ノ間ニ其男ノ人格ヲ堕落セシメテ、実ニ趣味ノ低イ者ニシタラ、カヽルヿヲナシタ者ハ人殺シヨリモ重イ罪ヲ犯シテ居ル。（略）ソンナ悪事ヲ働イテ平気デ居ルノハ人殺シヲシテ罰セラレンノト同ジヿデアル。又コンナ者ハ多ク身分ノアル者ニ多イ。門閥ノアル者ニ多イ。金ノアル者、権威ノアル者ニ多イ。是等ハ皆積極的ニ個人ニ働ラキカケルヿノ出来ル能力ヲ有シテ居ル。（略）

金ノアル者、身分ノアル者、等ガ「カルチュアー」［ノ］ナイノハ前ニ述ベタ通リデアツテ、其金ヲ使ヒ身分ヲ利用シテ人ニ働キカケルトキニハ、働キカケル能力ガアツテモ、働ラキカケル権利ハナイト云ハネバナラヌ。ダカラシテ彼等ガコンナヿニ首ヲ出ス場合ニハ訳ノワカツタ人ニ平身低頭シテ聞カネバナラヌ。文学者ハカウ云フヿヲ彼等ニ教ヘル為メニ世ノ中ニ生レテ来タノデアル。（略）

漱石はさすがにこの部分の矯激性をそのままに作品中に演説化することをせず、微温化しているのだが、にも拘わらず、漱石の反金力思想が、反権力、反門閥の意識と密接不可分のものであった明瞭な証左を、私たちはここに見出すことを許されよう。それは『硝子戸の中』や『思ひ出す事など』等に示された単なる「人情」「好意」と、「職業」「報酬」などという一般的次元で捉えるには、余りにも生々しい漱石の内的現実の発露でもあったと思われる。

そしてこの事情は直ちに、金力・権力・門閥を持つ階層出身の学習院の子弟に対してなされた講演『私の個人主義』、とりわけその後段に示された「義務」「責任」——総じて「徳義」の強調の、内在的かつ状況的意味を鋭く照し出さずにはおかぬはずである。

＊

こうして文学者漱石において、学習院という特殊な場における『私の個人主義』の講演がその主体内において持った具体的な位置は、今ようやく明らかとなりつつある。それは恐らく、『野分』以来の反権力、反金力、反門閥の精神に支えられた現実批判に立脚しつつ、権力・金力・門閥――総じて明治大正の支配階層の子弟育成のための教育上の牙城に、それらに対立する「高等ナ労力」に従事する文学者としての自覚をひっさげて素手で乗り込み、『野分』の主人公白井道也と同じく、近代個人主義の特殊な顕現としての「人格」なる原理（徳義心）を武器として、権力・金力・門閥を現に保有し、やがてその力を行使することになるであろう学生たちに、将来への忠告としての「自己本位」の信念を説き、それを前提として、返す刀で、同じく警告としての「義務」「責任」「徳義」の尊重という態度の絶対的必要性を強調する、ということであったと思われる。そして、比重は、明らかに後者にあったのである。

こうして漱石が学習院からの謝礼金十円にあれ程執拗にこだわった内面的経緯も明らかとなる。それは単に自己の「高等ナ労力」や「人情」「好意」が、「営業的」な金に換算されたからだけではない。そのいっそう深い理由は、反金力、反権力の文学者としての自覚に支えられた漱石の主体的基盤が、学習院から謝礼（金）をもらうことで、幾分か毀損されることになるのを自覚し、それを怖れた、という一点にこそあった、と私は思う。この点、漱石はその生涯に亘り、潔癖といえば潔癖、狷介といえば狷介な態度を貫き通した人であった。

そして『私の個人主義』の今日なお失われぬアクチュアリティーは、かかってこの漱石の態度決定の一点にこそあり、反面、その作品に示された到底一言で言い尽くされぬ〈自己〉及び〈自と他〉への問いかけの苦渋に充ちた足どりが反映されぬこの講演の限界と狭さとが、そこにあった、と言っても良いだろう。端的に言って、『私の個人主義』の主題・モチーフは、『行人』から『心』へ、『心』から『道草』へ、という文学的主題とは、自ずから別種のものであった。それは、むしろ遠く『野分』『二百十日』の流れを汲む激しい社会批判のモチーフのもう一つの現われであった、と考えられるのである。

＊

今日、教育・研究の場において、『私の個人主義』後段における「義務」「責任」の強調が、漱石本来のモチーフとしての金力や権力の濫用――支配層の横暴に対する強い警告としてではなく、秩序や法律、道徳の遵守への注意としての一般市民層への警告として受容、理解される傾きがあるとすれば――意図の存否はともかく、この講演の論理構造を、抽象的に把握すると必然的にそのような理解に辿りつかざるを得ないのだが――、それは『私の個人主義』が説かれた状況的意味を捨象するに留まらず、終生、権力・金力・門閥に対する批判的立場を貫いた漱石の下からの個人主義の思想を逆立ちさせることになろう。また、この講演に示された思想を人格的（道義的）な個人主義と称することは正しいが、人格という概念の解体と拡散の必然性を立証し続けたのもまた、作家としての漱石とその人に外ならない。

民衆から孤立した、その個人主義思想は、体制の絶対的強大さを知るがゆえに漱石に〈淋しさ〉をもたらさねばならなかった。しかし、そのような限界にも拘わらず、この講演における漱石の思想を、闘う個人主義として総括することは失当ではないだろう。『私の個人主義』の根底に潜む文学者漱石の闘いへのモチーフを捨象し、既成の秩序や権力を合理化する個人主義もしくは近代市民社会の普遍的原理に名を借りた体制的イデオロギーの枠組みの中に、漱石の個人主義思想を、結果として押し込める愚挙だけは、決して冒してはならないと思うのである。

注

（1）　瀬沼茂樹『夏目漱石　近代日本の思想家6』（東京大学出版会　一九六二・三）。
（2）　小沢勝美『透谷と漱石　自由と民権の文学』（双文社出版　一九九一・六）。

岩波新版漱石全集第二十五巻における

講演『模倣と独立』の本文の取り扱いをめぐる疑問

私は岩波新版漱石全集の良い読者とは言えないが、数ヶ月遅れで手元に配送された第二十五巻別冊上の「後記」を最近、偶然一読して驚きの余り、正直あいた口がふさがらない、という想いをした。そのあいた口がふさがらない、という想いとは、講演『模倣と独立』（大正２・12・12、於第一高等学校）の本文取り扱いをめぐる、次のような編集部の態度表明に対して生起したものである。公平を期するために、この部分を次に全文引用する。

『〈模倣と独立〉』について述べる。この「講演」は、大正六年版の最初の『漱石全集』に収められたものであるが、これについて小宮豊隆は次のように述べている（昭和十年版『漱石全集』第十八巻「別冊」（昭和十二年四月）の巻末に付された「解説」）。

『模倣と独立』は、大正二年十二月十二日、第一高等学校に於ける漱石の講演の筆記である。是は漱石の歿後、『倫敦のアミユーズメント』とともに、漱石の応接間の右の本箱の上に積み重ねられて、発見された。然し是は『倫敦のアミユーズメント』に比べて、大分落ちる筆記である。漱石はその翌年の十一月二十五日学習院で『私の個人主義』の題下に講演し、その筆記を全部書き直して、当時の『輔仁会雑誌』に与へてゐるが、第一高等学校の弁論部の委員も、恐らく是を『校友会雑誌』に掲載する希望で、漱石の校閲を乞ふたものに違ひない。漱石も出来ればさうして『校友会雑誌』を賑はしてやりたいと考へてゐたものであらうが、何等かの理由から漱石はそれをせず、本箱の上に積み重ねられたまま、いつのまにか忘れてしまはれたものらしく見える。是は或は当時漱石の頭が、かういふものを書き直すに適しないやうな、働き方をしてゐたせゐかも知れない。それとも是は或は、自分の講演がそれほど立破《ママ》な講演でもなかつたといふ自覚が漱石にあつた所へ、筆記が余り上手でなかつたので、一層書き直す気持になれなかつたせゐかも知れない。（尤も大正三年一月の第一高等学校校友会雑誌には、「弁論部々報」として、この講演の「概要」が掲載されてゐる。）

右の文では、文中の「筆記」と引用末の括弧の中で触れられている「概要」とが同じものであるかどうかは分からない。また、従来の全集に収められてきた『模倣と独立』の本文が「筆記」をもとにしているのか、「概要」に基づくのかも不明である。はっきりしていることは、従来の全集の本文と「概要」の本文とがかなり違うということと、「概要」は極めて読みにくいが「全集」の方はかなり読みやすいということである。ただし、小宮が「筆記」を「大分落ちる」、「余り上手でなかつた」と言っていることから考えれば、「筆記」は「概要」に近かったのではないかと思われる。いずれにしても、今回の編集作業過程において「筆記」を見ることも、従来の全集の本文の成立事情を知ることもできなかった。（従来の全集では、最初に収録した大正六年版の『漱石全集』では「速記による」、昭和十年版では「筆記による」、昭和三十年版以降は「第一高等学校校友会雑誌所載の筆記による」となっており、本文はすべて同文である。その本文は第二十七巻「別冊下」に「資料」として全文を掲げる。）

本全集では、「概要」（第一高等学校校友会『校友会雑誌』第二三二号、大正三年一月五日発行、所収）を底本として、後述する方針のもとに本文を作成した。なお同誌では、「大会　十二月十二日於第一大教場」の見出しのもとに本文に掲げた前文があり、「演題未定」「夏目漱石先生」として本文が掲げられている。また文末には、「投稿〆切期日切迫の為め先生の御校閲を乞ふ暇なかりしを遺憾とす」とある。『校友会雑誌』では「演題未定」であるが、従来の全集では「模倣と独立」と題されてきたので、本全集でもそれに従った。ただし原題と区別するため〔　〕を付した。

右の文章の前半は、昭和十年版『漱石全集』第十八巻「別冊」（昭12・4）に付された小宮豊隆「解説」の引用であり、後半は、小宮の「解説」を踏まえての、編集部の態度表明である。この、編集部の態度表明を要約すれば、以下の如くなろう。

①小宮文でふれられている「筆記」と「概要」とが同一か否か不明である。
②従来の全集に収められてきた『模倣と独立』の本文が「筆記」に基づくのか、「概要」に基づくか不明である。
③今回の編集作業過程で「筆記」を見ることも、全集の本文の成立事情を知ることもできなかった。
④そこで本全集では、「概要」（第一高等学校校友会『校友会雑誌』第二三二号、大正三・一・五発行、所収）を底本とした。
⑤従来の本文は第二十七巻「別冊下」に「資料」として掲げた。

枝葉末節は省略したが本文の取り扱いをめぐる問題点は、右の五点に尽きよう。そこで疑問は既に①をめぐって起きる。編集部自身が引用した昭和十年版漱石全集の小宮豊隆の「解説」を読んで、一体誰が「筆記」と「概要」が「同一か否か不明」などと云う疑問を起こしうるか。小宮の主観において二者が別物であることは、わざわざ文末にカッコを付して「尤も大正三年一月の第一高等学校校友会雑誌には、「弁論部々報」として、この講演の「概要」が掲載されてゐる。」（傍点、筆者）と述べていることでも明らかではないか。もし二者が同じものなら、「尤も」などと小宮が言うはずがないし、又、二者が別の物であって「概要」に拠ったのならば、その旨を小宮が断らない訳があろうか。小宮は、両者を別物とした上で、「概要」を捨て「筆記」を採用したのだ、と考えることこそ、自然な理屈と云うものだ。

②は、①と関連するが、既に新全集に収録された『〔模倣と独立〕』と、従来の全集に収録されている『模倣と独立』と対比すれば、編集部自身が認めているように「従来の全集の本文と「概要」の本文とがかなり違うということ』は疑いえない。新全集編集部は「「概要」は極めて読みにくいが「全集」の方はかなり読みやすい」と云うが、抑も文体自体が違うのである。そして、編集部が「概要」を実見、本文に採用しつつ、従来全集の『模倣と独立』が「「筆記」に基づくか、「概要」に基づくか不明である」と言うのだから面妖なことになる。既に「概要」がある以上、それと少なくとも表現が大きく違う従来全集所収の『模倣と独立』は、「概要」と別物と考えるのが筋と言うものだろう。このような自己矛盾に充ちた「後記」は、読者の健全な判断力をナメタものと言われても弁解の余地があるまい。

③については、本来なら全集所収の「筆記」を岩波編集部が所有しているか、所在を知っていることが望ましいが、「筆記」を見ることができなかったことは、そういうこともありうるであろうと推測しうるので仕方がない。しかし「従来の全集本文の成立事情を知ることもできなかった」とは、一見客観的事実を述べているようでありながら、もしかすると「従来の全集の本文成立事情」に問題があったのではないか、と疑っている書き方である。しかし、問題は、逆に新版全集編集部の本文の取り扱いにあるのだ、ということは一目瞭然ではないか。

その上で、「後記」は④⑤へとつなげるのだが、あいた口が塞がらないという思いは、ここに至って究まる。なぜなら、「筆記」を疑って「資料」に回した編集部は、その同じ手で、「弁論部々報」と銘打った弁論部員の手による「概要」を新全集に採用すべき本文と決定したからである。「筆記」も「概要」も漱石の講演を第三者が文字化したものには違いない。しかし、速記者の筆記と、弁論部々員の「概要」と、どちらが漱石の口述に近いかは、小学生でも分かる事柄ではないか。しかも「筆記」と「概要」の分量に約千二百字の差しかないにも関わらず、その表現・文体に大きな差があることを考えれば、「概要」の筆者が講演『模倣と独立』の生々しい臨場感を伝え切れないことへの自覚に立って、あえて「概要」と名付けたのであることも朧気ながら推察できるのである。「若し先生の意を誤り伝ふるあらばそは皆筆者の責任なり」という前書き中の言は、そのような筆者の心意を伝えて、リアルである。

以上、要約して、講演『模倣と独立』の「従来の本文」（講演速記）を「資料」として、その客観的価値を貶め、全くの第三者の手による「概要」をあえて「本文」として正面に押し出した岩波新版漱石全集の本文取り扱いの態度は、漱石本文へのテロリズムである、と断じたい。なぜなら、「後記」本文に示された、以上の数々の自己矛盾に無自覚であるほど、岩波新版漱石全集編集部が無意識にして無知な人々であると信じるほど、私達、読者は愚かではないからだ。

最後に講演『模倣と独立』の本文へのテロリズムは、『模倣と独立』の「従来の本文」に依拠して漱石論、『心』論を構築してきた先行研究者、業績へのテロリズムであることを指摘しておく。そして、先行研究のうちには拙論（「漱石『心』の根底―『明治の終焉』の設定をめぐり―」『文学・語学』五三号、一九六九・九、本書所収）も入る。従って、この一文は私憤にして公憤の所産である。如何なる公憤も、私憤を介してこそ真にアクチュアリティーを帯びるのは、テロリズムに非ず、ブルジョワ・デモクラシーの根本原則であるからである。

あとがき

本書は、私が初めて纏めた漱石論集である。収めた論の最も早いものは、昭和四十四年（一九六九）九月発表の『心』論であり、最も遅いものは、今年（二〇〇九）三月発表及び書き下ろしの『彼岸過迄』関係二論であるから、丁度四十年の歳月が経過していることになる。私は、もともと漱石についての作品論集を世に出すことを生涯の夢の一つに数えていたが、その実現を急ぐつもりを殆んど持っていなかった。急ぐには、漱石という対象は余りに巨大であったからであり、急げば必ずや将来に悔を遺すであろうことを確信していたからである。この確信には、自分の非力への見透しも含まれていたが、それらは、四十年後の現在から振り返ってみても、正しい選択であったのだと私は思う。しかし、四十年という歳月は、私の漱石論に、思わぬ変容を齎したという事実も率直に認めなければならない。

図式的に言えば、私の漱石論は、昭和四十年代に興隆した越智治雄氏を中心とする存在論的漱石論との対決のモチーフの中に胚胎した。越智氏の漱石論は、江藤淳『夏目漱石』の作品論的パラフレーズの様に私の目に映じたのである。もちろん、越智氏の論が、氏固有の生の不安から齎され、その意味で、十分内発的であったことは、認めなければならない。そこには、〝状況〟に向けた漱石の文明批評精神との架橋のモチーフが稀薄である、もしくは未整理であるように見受けられた。もちろん、それらは明治百年に呼応した日本における大国的ナショナリズムの勃興への対立と自己決定という越智氏の姿勢と相俟った事態であったことであろう。巨視的に見れば、当時の盛行を極めた漱石論は、殆んど漱石に衣を借りた国家論であったのだから。序に言えば、この国家論的モチーフを欠落した時点から、その後の漱石論、のみならず近代文学研究一般の頽落が始まったように私には思われる。

すでに猪野謙二氏『明治の作家』における〈明治の暗さ〉と総括しうる「明治作家の原点」への遡及がなかった訳ではないが、漱石における〈自我〉（私）が、殆んど漱石におけるあるべき〈国家〉像と一体であるという地点に迄徹底すれば、猪野氏の描く漱石像には、余りに歴史社会的モチーフが過剰であり、われとわが身を切り刻むような凄惨な漱石固有の生のドラマとしての漱石作品群を解明するには、一定の限界があるようにも見受けられたのである。当時の私に、それほど明晰な批評意識があった訳ではないが、作品『それから』の末尾における〈赤〉のイメージの氾濫を「生の不安」と「社会的な不安」の統一と意味づける猪野氏の論は、おそらくそれだけでは、『それから』の主人公代助や作家漱石における〈生の不安〉、つまり男性中心原理的世界像崩壊への怖れを把握するにはなお余りに抽象的であると言っても良いのではないか。

しかし、御覧のとおり本書には、その肝腎な『それから』論が欠けている。だから、本書は、飽く迄完成された漱石論として提出しているのではなく、完成への道程を夢見る未完の書である。未完の道程への夢のリアリティを保証するものは、『坊っちゃん』『門』『彼岸過迄』をめぐって遂行した主人公、そして漱石内部における〈男性の言説〉と〈女性の言説〉の対立、拮抗のドラマへの私固有の分析に他ならない。端的に言って漱石は、その男性中心原理的な国家像乃至は世界像の内部に〈女性の言説〉を呼び込み、明治的世界像を超克するために悪戦苦闘を続けた作家であったのではなかったか。そこに日本近代思想史上のみに留まらない世界思想史上における漱石独自の達成があると言って良いのでないか。本書の意義に対する私の細《ささや》かな自負も、そこを措いてないのである。

以上は、本書をお読みになる読者に向けた筆者としての簡単な自己弁明調書に他ならない。

そのような私の拙ない漱石研究を、初期から一貫して励まして下さった同学の先輩平岡敏夫氏の友情、又平岡氏の友人として私を広い意味での同世代の研究グループの一員として遇して下さった故三好行雄氏の御恩情並びに前記猪野謙二氏を始め、内田道雄氏や玉井敬之氏など漱石研究における先覚者の方々の学恩並びに御鞭撻に深い謝意を表する。

さらに、東京教育大学大学院に入って間もなくの私に、「小泉君、これからは漱石の時代だ。君も鷗外ばかりでなく漱石も遣り給え。」と励まして下さった故吉田精一先生の御助言がなかったら、抑も本書は誕生すべくもなかったのであり、今は亡き先生の御霊前に謹んで本書を呈したい。

最後に、今日の厳しい出版状況の下で、遠い過去から私の漱石論のとりまとめを督促し続け、漸くにして上梓の機会を現実化して頂いた同じ昭和十五年（一九四〇）生れの翰林書房社主今井肇氏並びに令閨静江氏の御配慮に対し、厚く御礼を申し上げるものである。

二〇〇九年四月五日

小泉浩一郎

初出一覧

Ⅰ

漱石と鷗外──日露戦前から戦後へ
『一冊の講座　夏目漱石　近代文学1』有精堂出版　昭和五十七年二月

Ⅱ

『坊っちゃん』の構造──マドンナの領域
『近代文学　注釈と批評』第三号　東海大学注釈と批評の会　平成九年三月

『草枕』論──画題成立の過程を中心に
『国文学　言語と文芸』第77号　東京教育大学国語国文学会　昭和四十八年十一月

『野分』の周辺
『湘南文学』第15号　東海大学日本文学会　昭和五十六年三月

観念と現実　『野分』論
三好行雄・平岡敏夫・平川祐弘・江藤淳編『講座夏目漱石　第二巻　漱石の作品（上）』有斐閣　昭和五十六年八月

Ⅲ

『三四郎』論──美禰子・そのもう一つの画像をめぐり
『東海大学紀要　文学部』第47輯　東海大学文学部　昭和六十二年

（付）『三四郎』の時計台
『湘南文学』第36号　東海大学日本文学会　平成十四年三月

『門』・一つの序章──男性の〈孤独〉をめぐり
『東海大学紀要　文学部』第89輯　東海大学文学部　平成二十年十月
『東海大学紀要　文学部』第90輯　東海大学文学部　平成二十一年三月

『彼岸過迄』をめぐって―その中間領域性を中心に
書き下ろし。
(付)『彼岸過迄』の時間構造をめぐる補説
『湘南文学』第43号　東海大学日本文学会　平成二十一年三月
相対世界の発見―『行人』を起点として
『国文学　解釈と教材の研究』特集　夏目漱石　出生から明暗の彼方へ　學燈社　昭和五十三年五月
漱石『心』の根底―「明治の終焉」の設定をめぐり
『季刊　文学・語学』全国大学国語国文学会　第53号　昭和四十四年九月
(付)戦後研究史における「漱石と『明治の精神』」
有斐閣双書『近代文学　3　文学的近代の成立』有斐閣　昭和五十二年六月

Ⅳ

『心』から『道草』へ―〈男性の言説〉と〈女性の言説〉
(本書二五九頁二行目まで。初出、サブタイトル「―〈男性の言説〉と〈女性の言説〉」を付す)『東海大学紀要　文学部』第60輯　東海大学文学部　平成五年三月
(本書二七三頁九行目まで。初出、サブタイトル「―〈男性の言説〉と〈女性の言説〉」を付す)『キリスト教文学』第11号　日本キリスト教文学会　九州支部編　平成四年三月
『道草』の言説世界―「〈性差〉の言説から〈人間〉の言説へ
(初出、サブタイトル「〈性差〉の言説から〈人間〉の言説へ」を付す)『国文学　解釈と鑑賞』特集　ジェンダーで読む夏目漱石　至文堂　平成十七年六月
『明暗』の構造―津田とお延
『国文学　解釈と鑑賞』特集　夏目漱石　表現としての漱石　至文堂　昭和五十六年六月
臨終前後―『明暗』の精神
『国文学　解釈と教材の研究』特集　夏目漱石伝　學燈社　平成元年四月

V

漱石論をめぐる二つの陥穽
『漱石研究』創刊号　翰林書房　平成五年十月

『私の個人主義』の位置づけをめぐり
『文学と文明』東海大学文明研究所　平成四年三月

岩波新版漱石全集第二十五巻における講演『模倣と独立』の本文の取り扱いをめぐる疑問
『近代文学　注釈と批評』第三号　東海大学注釈と批評の会　平成九年三月

※本書収録に際し、全篇にわたり、細部の語句表現に手を加えたところがある。但し、論旨を動かすことはしていない。

【著者略歴】

小泉浩一郎（こいずみ　こういちろう）

昭和15年　長野県に生まれる。昭和43年、東京教育大学大学院博士課程修了。大東文化大学専任講師を経て、昭和48年東海大学専任講師。昭和59年東海大学教授。平成18年、同大学退職。特任教授となる。現在、東海大学名誉教授。

【主要著作】

『日本近代文学大系　12 森鷗外集 II』中『澀江抽斎』注釈（角川書店　昭和49・4）『森鷗外論　実証と批評』（明治書院　昭56・9）『テキストのなかの作家たち』（翰林書房　平成4・11）『続テキストのなかの作家たち』（翰林書房　平成5・10）『鷗外歴史文学集　第5巻　澀江抽斎』注釈・解説　岩波書店　平成11・1）『同第4巻　寒山拾得ほか』中『都甲太兵衛』ほか注釈・解説（岩波書店　平成13・6）『新　日本古典文学大系《明治編》25』中、鷗外初期三部作　注釈・解説（小川康子氏と共著、岩波書店　平成16・7）ほか。

夏目漱石論
〈男性の言説〉と〈女性の言説〉

発行日	2009年 5 月 20 日　初版第一刷
著　者	小泉浩一郎
発行人	今井 肇
発行所	翰林書房
	〒101-0051 東京都千代田区神田神保町 1-14
	電 話 (03)3294-0588
	FAX (03)3294-0278
	http://www.kanrin.co.jp
	Eメール● Kanrin@nifty.com
印刷・製本	シ ナ ノ

落丁・乱丁本はお取替えいたします

ISBN4-87737-283-5